Ulrich Maier
Die Seelenverkäufer im Neckartal

Wellhöfer Verlag
Ulrich Wellhöfer
Weinbergstraße 26
68259 Mannheim
Tel. 0621/7188167

info@wellhoefer-verlag.de
www.wellhoefer-verlag.de

Titelgestaltung: Uwe Schnieders, Fa. Pixelhall, Mühlhausen
Satz: Creative Design, Lukas Fieber, Mannheim

2. Auflage 2016
© 2014 Wellhöfer Verlag, Mannheim

ISBN 978-3-95428-155-8

Ulrich Maier

Die Seelenverkäufer im Neckartal

Am 21. August 1816, zu Beginn der großen Auswanderungs-welle aus Südwestdeutschland, schrieb das Essex Register aus Salem, in Massachusetts:

»Die Auswanderung ist ein Vorgang von solchem Ausmaß, dass sie für die Lebensweise der Menschheit ein neues Zeitalter ein-leitet. Jede Familie wird, derjenigen Abrahams gleich, danach Ausschau halten, auf welchem Teil der bewohnbaren Erde sie sich niederlässt, um den Ort zu finden, wo die Lebensgewohnheiten den Wünschen am ehesten entsprechen.

Die Bevölkerung wird sich – wie der Markt – daran orientieren, wo das Leben den höchsten Wert, die größte Sicherheit und die längste Dauer hat, und die Mehrheit wird lernen, die Minderheit zu respektieren.«

Friedrich List schrieb in einem Bericht an das württembergi-sche Ministerium des Innern über seine Auswandererbefra-gung in Heilbronn, Weinsberg und Neckarsulm, Stuttgart, 7. Mai 1817:

»Denn es ist doch wohl die Sprache der Verzweiflung, wenn die Auswanderer von Weinsberg sagen, es sei hier keine Besserung zu hoffen. Sie wollen lieber Sklaven in Amerika sein als Bürger in Weinsberg. [...] Es ist der größte Grad von Wahrscheinlichkeit vorhanden, dass hierbei eine ganze Bande von Seelenverkäufern, größtenteils Württemberger, unter der Decke steckt.«

Inhalt

1

Besser Sklave in Amerika als Bürger in Weinsberg

Die Stimme des Redners überschlug sich. Zu Hunderten drängten sie sich um ihn. Georg bahnte sich einen Weg durch die Menge. Gleich da vorne musste sein Vater stehen. Böse Blicke trafen ihn, als er versuchte, sich zwischen den Leibern der dicht an dicht stehenden Menschenmenge hindurchzuschieben. Einer hielt ihn an seinem Mantel fest, brüllte auf ihn ein, was er sich denn erlaube.

Sie alle wollten den Neuländer hören, den Mann, der aus den neuen Ländern jenseits des großen Meeres kam, der von Amerika berichtete, von den ungeahnten Reichtümern, die sich dort jedem boten, der ein bisschen Mumm aufbrachte, von den Möglichkeiten, von hier wegzukommen, wo die Menschen Hunger litten und die Verzweiflung Tag für Tag weiter um sich griff.

Georg wich geschickt zur Seite aus und erkämpfte sich endlich einen Platz an der Stadtmauer, wo er zwar im Rücken des Redners stand, dafür aber seine Worte gut verstehen konnte. Er war jetzt nur zehn Schritte von ihm entfernt.

Vor der Stadt dehnte sich auf einem kleinen Plateau eine Freifläche, der Grasige Hag. Hier fanden die Weinsberger Jahrmärkte statt. Hier flanierten die ehrwürdigen Weinsberger Bürgersleute am Sonntagnachmittag. Hier versammelten sich die Menschen bei Kundgebungen, wenn der Marktplatz vor dem Rathaus für die Menge nicht ausreichte. Nach Norden fiel der Grasige Hag steil ab. Streuobstwiesen neigten sich zum Sulmtal hinunter.

Wer sich von hier der Stadt näherte, sah hoch oben die Stadtmauer, die wie ein Bollwerk mit ihren stumpfen Ecktürmen über das Tal hinausragte. Hinter die Mauer, ganz in die Ecke des Städtchens gerückt, duckte sich die ehrwürdige

Johanneskirche. Über dem Turmansatz zwischen Ostchor und Hauptschiff strebte die hochgezogene, leicht schräge Spitze aus grauem Schiefer wie eine Zipfelmütze empor.

Gleich daneben, nur wenige Meter vom Eckturm der Stadtmauer entfernt, begann der steile Bergkegel der sagenumwobenen Weibertreu aufzusteigen, dessen Gipfel vom verfallenen Gemäuer der alten Burg gekrönt war.

»Wer hier ein armer Bauer ist, lebt drüben als reicher Gutsherr mit Wiesen, Weiden und Feldern, so weit das Auge reicht, fährt mit Pferd und Wagen über Land und freut sich an seinem Wohlstand. Wer hier ein elendes Leben führt als Handwerker ohne Aufträge, ohne Zukunft, der ist drüben ein angesehener Geschäftsmann und wohnt im eigenen Haus in der Stadt, kann sich vor gut bezahlter Arbeit kaum retten. Seine Frau, die hier kaum weiß, wie sie ihren Mann und ihre Kinder satt kriegen soll, ist drüben die gnädige Madame und kommandiert ihre Mägde. Wer hier schuftet und doch nichts verdient, der scheffelt drüben gute Dollars, beispielsweise als Handwerker im Baugeschäft, und wer fleißig ist, hat nach wenigen Jahren bereits sein eigenes Geschäft.«

So ein Aufschneider! Georg betrachtete die Menge, die den Werber fast an die Stadtmauer drückte. Tausend Augen waren auf ihn gerichtet. Ein bisschen Hoffnung wollten sie sich erhaschen. Abgehärmte Gesichter, magere Gestalten, Frauen, die ihre Kinder an sich pressten, Männer mit müdem Rücken, aber leuchtenden Augen. Sie träumten von einem Leben ohne Not, Entbehrung und Erniedrigung.

Er dachte an die Schrecken des letzten Jahres, die verheerenden Unwetter, Kälteeinbrüche noch im Juni; das Korn, das auf dem Halm verdarb, bevor es geerntet werden konnte, und in den Weinbergen die Trauben am Stock, die faulten, bevor sie reif wurden; der Wein miserabel und von schlechter Qualität; dieses Jahr die Teuerung und die Hungersnot, die so viele Bauern in den Ruin getrieben hatte.

Georg suchte seinen Vater unter den zahllosen Gesichtern, die dem Redner andächtig lauschten, und schließlich entdeckte er ihn. Er schwenkte seinen rechten Arm, kurz schaute sein Vater zu ihm herüber, nahm seinen Hut vom Kopf und winkte zurück. Georg versuchte seinen Blick festzuhalten. Wie alt er geworden war! Sein graues Haar fiel über Stirn und Ohren, knochig zeichneten sich die Wangen und Unterkiefer ab, aber er wirkte noch immer kräftig, drahtig.

Wie alle hier auf dem Platz vor der Stadtmauer folgte sein Vater gebannt den Versprechungen des Werbers. Der machte eine kurze Pause, rückte seinen Hut zurecht, schlug seinen schwarzen Mantel – eigentlich nur ein weiter ärmelloser Umhang – über die Schultern und richtete sich zu seiner ganzen Größe auf. Dieses kantige Kinn, die starke, leicht nach unten gebogene Nase und vor allem seine stechenden schwarzen Augen! Georg spürte, wie er die Menge in Bann hielt.

»Und jetzt kommt das Allerbeste!« Die ungewöhnlich hohe Stimme des Redners überschlug sich. »Wer das Geld nicht aufbringt für die Passage über den großen Ozean, der fährt halt nur den Neckar runter bis Mannheim und dann weiter auf dem Rhein nach Amsterdam. Die Kapitäne in Holland nehmen jeden mit, der arbeiten kann und drüben am Hafen in Philadelphia oder Baltimore stehen bereits die Geschäftsleute Schlange, warten auf die fleißigen Menschen aus Deutschland und bezahlen nachträglich ihre Überfahrt.«

»Alles Schwindel!«, schrie einer aus der Menge. »Das machen die schon lange nicht mehr!«

Der Werber schüttelte seine geballte Faust und starrte in die Richtung, aus welcher der Zwischenruf gekommen war. Dann brüllte er zurück: »Hast du's denn schon versucht? Ich komm gerade aus Amsterdam und weiß, was ich sage! Freilich ist der besser dran, der seinen Fahrpreis selber bezahlen kann und darum bin ich ja hier und mache euch allen, die endlich raus wollen aus diesem Elend und die Not in der

Heimat gründlich satt haben, dieses unglaublich günstige Angebot.«

Die Menge johlte und klatschte Beifall. Zufrieden entspannte sich das Gesicht des Neuländers, bevor er mit einer theatralischen Geste eine Liste entrollte.

»Nur noch drei Tage, Restplätze auf den Passagierschiffen nach Mannheim und Amsterdam zum halben Preis. Und wer will, kann bei mir auch gleich die komplette Überfahrt buchen. Die Hälfte billiger als ihr in Amsterdam bezahlt! Morgen Mittag bin ich im Gasthof *Sonne*, da könnt ihr euch in die Liste eintragen, aber nur gegen Vorkasse!«

Georg zuckte zusammen. Seit Monaten hatten sie von der Auswanderung gesprochen, immer wieder durchgerechnet, was ihr Haus, ihre Weingärten, Äcker und Wiesen bei einem Verkauf einbringen könnten. Die Preise für Bauernland waren ständig gefallen seit letztem Jahr.

Aber hatte sich sein Onkel, der reiche Friedrich Brenneisen, nicht kürzlich interessiert gezeigt, angedeutet, wenn sie tatsächlich auswandern sollten, ihren Besitz übernehmen zu wollen?

Für den halben Preis nach Amerika! Konnte man dem Neuländer trauen? Sollte man sich auf ihn einlassen? Wenn sie den Schritt tatsächlich wagten, gäben sie alles hier auf, die Weinberge am Zeilberg, die Wiesen im Sulmtal, ihren Hof, die Verwandten, die Freunde.

Hier waren ihre Wurzeln, hier hatten schon die Großeltern und Urgroßeltern gelebt, schlimmere Zeiten überstanden und immer war es irgendwie weitergegangen. Und jetzt sollten sie alles hinschmeißen, um den farbigen Versprechungen eines wildfremden Werbers in ein unbekanntes Land zu folgen, Tausende von Meilen über Land und Meer?

Der Redner hatte seinen Auftritt beendet. Er stieg von seiner flachen Kiste, die ihm als Podest gedient hatte, klappte den Deckel hoch und packte seine Sachen hinein. Dann sicherte er die Kiste sorgfältig mit zwei kleinen Vorhängeschlössern an den Ösen und trug das Ding wie einen Holzkoffer neben sich an einem ledernen Griff. Bald war er durch das schmale Feuertor in der Stadtmauer verschwunden.

Die Leute liefen auseinander. Einige drängten sich ebenfalls durch den engen Durchlass, dem Werbeagenten hinterher. Andere traten in kleinen Gruppen zusammen und diskutierten erregt über seinen Aufruf zur Auswanderung. Georg wartete auf seinen Vater, der ihm mit schnellen Schritten entgegenkam.

»Hast du das gehört? Verbilligte Restplätze für die Überfahrt! Wenn wir jetzt nicht verkaufen! So eine Chance bekommen wir nie wieder. Ich hab alles kurz durchgerechnet. Das reicht für die Auswanderung!«

Einen kurzen Augenblick betrachtete Georg seinen Vater stumm, wie er da so atemlos vor ihm stand, groß und hager, mit leicht gebeugtem Rücken, gezeichnet von der jahrzehntelangen Arbeit im Weinberg. In seinen Augen dieses Feuer, diese Begeisterung! So hatte er ihn schon lange nicht mehr erlebt!

Es fiel ihm schwer, ihn auf den Boden zurückzuholen. »Der hat doch das Blaue vom Himmel heruntergeflunkert! Vom Tagelöhner zum Unternehmer, vom armen Bäuerle zum reichen Gutsherrn – glaubst du solche Märchen?«

Heinrich Schmidt zuckte die Achseln, grinste verlegen und machte eine wegwerfende Handbewegung. »Ich weiß doch, das sind Sprüche. Der Mann will seine Überfahrtsverträge verkaufen. Aber denk doch mal an dieses einmalige Angebot. Wenn wir's jetzt nicht wagen, dann schaffen wir's nie! Wie lange reden wir darüber, hoffen, bangen, rechnen. Noch ein solches Jahr und uns gehört überhaupt nichts mehr.«

Georg hörte aus seinen letzten Worten die ganze Niedergeschlagenheit und Verzweiflung heraus, die seit Monaten auf ihm lastete. Die schwere Zeit der Teuerung hatte alle hier im Weinsberger Tal bitter getroffen.

Korn war kaum noch zu bekommen. Der Scheffel Gerste kostete dreimal so viel als noch vor einem Jahr. Ihr kleiner Hof drüben in Ellhofen mit ein paar Hühnern, Ziegen und den wenigen Weingärten, die ihnen noch geblieben waren, reichte kaum, um über die Runden zu kommen – zu viel zum Sterben, zu wenig zum Leben.

Während er schweigend neben seinem Vater über den Kirchplatz trottete, jagte ein Gedanke den anderen. Letztes Jahr hatte er seine Gesellenprüfung als Zimmermann abgelegt, nun stand er arbeitslos da. Sein Meister hatte vor wenigen Wochen dichtmachen müssen.

Große Ziele hatte er gehabt, sich in Württemberg und im Ausland umsehen, irgendwann einmal selbst Meister werden, dann Baumeister – er kannte einige Zimmerleute, die den Aufstieg geschafft hatten. Er wollte große Gebäude entwerfen und sie ausführen. Aber dazu brauchte man Geld, das er nicht hatte und sein Vater ihm nicht geben konnte.

Keine Aufträge – niemand hier im Weinsberger Tal hatte Geld, eine Scheune, ein neues Haus zu bauen. Selbst dringende Reparaturen wurden zurückgestellt oder notdürftig selbst ausgeführt. So half er eben wieder zu Hause mit. Dass er seinen Eltern auf der Tasche lag, spürte er mehr und mehr – und das tat weh.

Lange konnte er das nicht mehr ertragen. Spätestens im Sommer wollte er auf Wanderschaft gehen, dann eben ohne einen Groschen, an den Rhein, irgendwo gäbe es vielleicht Arbeit und er könnte neue Eindrücke bei anderen Meistern sammeln. Aber – ob er in dieser schweren Zeit überhaupt Aufnahme bei einem Meister finden würde?

Drüben in Amerika, da wurden neue Städte gebaut. Die Leute verdienten gute Dollars. Wenn er seinen Traum, irgendwann ein eigenes Unternehmen als Baumeister und Architekt aufzubauen, vielleicht einmal verwirklichen konnte, dann drüben in den Vereinigten Staaten. Hier war das unerreichbar.

Die Woge der Zuhörer zerrann in den schmalen Gassen, die hinunter zum Marktplatz führte. Kaum jemand fand den Weg in eines der Wirtshäuser, die meisten machten sich auf den Heimweg an diesem warmen Sonntagmittag im März 1817. Gulden und Kreuzer – wenn man sie noch hatte – mussten zusammengehalten werden. Wer konnte daran denken, sie im Wirtshaus zu verjubeln?

Der Winter schien zwar überstanden, die Tage wurden länger und wärmer, aber die Vorräte waren aufgebraucht und es dauerte noch viele Wochen, bis die Hoffnung auf eine neue, reichere Ernte und auf ein Ende der Not sich vielleicht erfüllen konnte.

In der Unterstadt trennten sich ihre Wege. Der Vater hatte auf der Gasse ein Gespräch mit einem Bekannten begonnen, Georg suchte die Werkstatt seines Meister auf, vielleicht gab es doch wieder Arbeit – wenigstens im Taglohn.

»Oben ist er, auf dem Grasigen Hag, bei dem Auswandereragenten, dem verdammten Seelenverkäufer«, schimpfte seine Alte und machte ihm deutlich, dass er wieder verschwinden sollte.

Kaum auf der Straße, fiel sein Blick auf eine merkwürdige Szene. Da vorne, ganz nahe der Stadtmauer, war das nicht der Neuländer? Zwei wütende Männer redeten auf ihn ein, drängten ihn an die Wand, einer ballte sogar die Faust.

Während Georg sich der Gruppe näherte, versuchte er Gesprächsfetzen aufzufangen. Da wurde von Betrug geredet, die wollten Geld von ihm haben. Der Werber hielt seine Hände abwehrend vorgestreckt und versuchte offenbar die Aufgebrachten zu beschwichtigen.

Keine zwanzig Meter mehr war Georg von ihnen entfernt, da glaubte er eine seitliche Kopfbewegung des Werbers in seine Richtung zu vernehmen. Wie auf Kommando schauten die beiden Streithähne ebenfalls zu ihm herüber, drehten sich dann aber kurzerhand wieder um und verschwanden zusammen mit dem Neuländer in einer schmalen Gasse.

Was hatten die beiden von dem Werbeagenten gewollt? Warum waren sie alle drei so plötzlich davongelaufen, als sie ihn bemerkt hatten?

In Gedanken versunken machte er sich auf zum *Oberen Tor*, wo die Haller Landstraße in Richtung Ellhofen führte. Dort stand sein Vater, wartete auf ihn und kaum, dass er ihn erreicht hatte, begann er wieder von der Auswanderung zu sprechen.

Die Worte sprudelten nur so aus ihm heraus: »Ich muss die Wiesen drunten an der Sulm so und so verkaufen. Es fehlt an allen Ecken und Enden. Das Saatgut ist doppelt so teuer als letztes Jahr und überhaupt ...«

»Du weißt genau, dass du für die feuchten Wiesen an der Sulm nicht viel bekommst, wenn sie überhaupt einer haben will«, fiel ihm Georg ins Wort.

Der Alte wich seinem Blick aus. »Das ist es ja. Georg, du sagst es selber. Wir sind am Ende. Ein Jahr, wenn wir Glück haben vielleicht auch zwei, dann kommt die Zwangsversteigerung, die Gant. Dann stehen wir auf der Straße, ohne Aussicht auf Arbeit, ohne Mittel für irgendeinen Neunanfang. Die Auswanderung ist unsere letzte Hoffnung.«

»Dann aber nicht mit diesem windigen Werber. So wie der gerade aufgetreten ist, will er den Leuten nur das Geld aus der Tasche ziehen.«

»Der sieht von uns keinen roten Heller, bevor wir nicht ordentliche Überfahrtsverträge haben.«

Georg gab auf. Er spürte, dass er seinen Vater heute nicht umstimmen konnte und fragte sich insgeheim, ob er es denn wirklich gewollt hätte. Aber wenn es tatsächlich dazu kommen sollte, dass sie mit diesem Kerl verhandelten, wollte er wenigstens seine Augen offen halten.

In dem bescheidenen Wengerterhäuschen in Ellhofen ging es hoch her.

»Du versündigst dich an deinen Kindern!«

Friedrich Brenneisen schlug mit seiner fleischigen Faust auf den Küchentisch, um den sich Heinrich Schmidt, seine Frau Marie, Georg und seine Schwester Anna versammelt hatten.

Sein massiger, kahler Schädel war rot angelaufen, die geschwollene Ader auf seiner rechten Schläfe hatte eine dunkelviolette Farbe angenommen. Seine Augenlider, zu zwei schmalen Schlitzen verengt, ließen die Pupillen kaum sehen – und doch konnte Georg den abgrundtiefen Hass und die kalte Verachtung in dem vernichtenden Blick, den sein Onkel seinem Vater zuwarf, deutlich spüren.

»Man kann nicht einfach weglaufen, wenn es einmal nicht so geht, wie es einem passt, begreif das doch endlich!«

Heinrich Schmidt hielt die Ellbogen aufgestützt und rieb sich verlegen die Hände. So ging es, seit er Marie Brenneisen, die Tochter des reichen Weinhändlers aus Weinsberg geheiratet hatte.

Kein gutes Haar ließ ihr Bruder an ihm. Und hatte sein Schwager im Grunde nicht recht? War es denn wirklich Zufall, dass er es zu nichts gebracht hatte, während Friedrich immer reicher wurde? War er selbst nicht ein jämmerlicher Versager, ein Hungerleider, der zu nichts taugte, außer zum täglichen Arbeitstrott, der zu nichts führte? Aber musste er deshalb immer alle Beleidigungen demütig schlucken?

Immerhin hielt er sich und seine Familie mit ehrlicher Arbeit am Leben, was man von seinem Schwager, dem Geschäftemacher, dem Beutelschneider, nicht so ohne Weiteres sagen konnte. Wie brannte er darauf, ihm endlich einmal die Meinung zu sagen! Aber so verlockend dieser Gedanke auch war, so schnell musste er ihn wieder begraben, denn wenn einer ihnen helfen konnte, dann war es sein Schwager Friedrich Brenneisen.

Er schluckte seinen Zorn hinunter, rang nach Worten. »Du hast ja keine Ahnung. Wer spricht denn von Weglaufen – bei uns geht's doch ums blanke Überleben! Das letzte Geld ist für die Aussaat draufgegangen. Und wenn du mir nicht die zwei Weinberge am Zeilberg abgekauft hättest, stünden wir jetzt schon vor der Gant. Die Kuh und die beiden Schweine haben wir nicht über den Winter bringen können. Georg hat seit Wochen keine Arbeit und auch keine Aussicht, in nächster Zeit irgendwo beim Bau was zu kriegen. Selbst wenn die Ernte dieses Jahr gut ausfällt, bis dahin ist es noch weit hin. Wovon sollen wir denn jetzt leben? Das Korn wird Tag für Tag teurer und Kartoffeln gibt es überhaupt keine mehr. Verkaufen müssen wir so oder so. Entweder wir fahren mit unserem letzten Geld nach Amerika, oder alles ist weg, eh wir's uns versehen, und dann stehen wir als Bettler auf der Straße.«

Er senkte den Kopf in seine Hände und schwieg.

Eine Weile blieb es still in der dunklen Küche des schmalen Häuschens. Durch das kleine Fenster zwischen den rauchschwarzen Fachwerkbalken suchten sich die letzten Strahlen der untergehenden Märzsonne ihren Weg und malten dunkle Schatten auf die weiß gekalkte Wand.

»Frieder, du musst uns helfen!« Marie ergriff den Arm ihres Bruders, der neben ihr saß. Ihre Stimme klang rau und eindringlich, ihr schmales Gesicht wandte sie ihrem Mann und dann wieder ihrem Bruder zu.

Warum mussten diese beiden auch immer so aneinandergeraten! Ihr Heinrich war immer gut zu ihr gewesen. Sie hatte es nie bereut, dass sie ihn damals geheiratet hatte, auch wenn es ihnen jetzt so schlecht ging. Er war zu allen Leuten gut, vertraute auf die Ehrlichkeit seiner Mitmenschen, zeigte Mitgefühl, auch wenn es ihm selbst schlecht ging. Mehr als einmal war er wegen seiner Gutmütigkeit über den Tisch gezogen worden. Aber jedes Mal hatte er sich wieder aufgerichtet und weitergekämpft. Sie liebte ihn dafür.

Brenneisen schüttelte die Hand seiner Schwester mit einer unwirschen Bewegung ab. »Dem ist doch nicht mehr zu helfen. Warum hast du dich auch auf den Tagdieb eingelassen vor zwanzig Jahren? Du hättest eine andere Partie machen können. Das weißt du ganz genau. Hat er nicht die ganze Mitgift von damals durchgebracht? Und jetzt weiß er nichts anderes als auszuwandern, ab zu den Wilden nach Amerika.«

Wieder hieb er mit der Faust auf den Tisch und brüllte: »Ja glaubst du denn, da geht's euch besser? Hast du denn eine Ahnung, was es heißt, Waldboden zu Äckern und Wiesen zu machen, Bäume fällen, Wurzeln ausgraben, Steine hacken? Bis da was wächst, dauert es Jahre! Selbst wenn sie euch den Boden schenken, wovon wollt ihr denn bis dahin leben?«

Georg lehnte sich auf seinem Stuhl zurück. Wie er seinen Onkel hasste. Wie er sich wieder aufspielte, der Geldsack. Sein Vater dagegen tat ihm unendlich leid. Er konnte sich ausmalen, was jetzt in ihm vorging. Am liebsten hätte er Brenneisen in hohem Bogen aus seiner Küche hinausgeworfen, aber damit wäre das letzte Fünkchen Hoffnung, das ihnen verblieben war, verspielt gewesen.

Er musste ihm zeigen, dass er zu ihm stand. Mit verschränkten Armen saß er da, blitzte seinen Onkel an: »Du hast wirklich keine Ahnung! Ich geh sowieso weg. Als Zimmermann hab ich hier keine Zukunft. Drüben in Amerika suchen sie Handwerker und zahlen gute Dollars für gute Arbeit. Vielleicht bleib ich auch in Holland. Auch da brauchen sie Zimmerleute.«

Er schaute kurz zu seiner Schwester hinüber. »Aber denk doch auch einmal an Anna. Sie hat doch nichts! Wer soll sie hier denn heiraten? Was bleibt uns denn anderes übrig als alles hinter uns zu lassen und fortzugehen?«

Anna lief rot an, versetzte ihrem Bruder unter dem Tisch einen heftigen Tritt gegen das Schienbein und zischte: »Wer sagt denn, dass ich heiraten will? Ich kann mir auch eine Arbeit als Dienstmädchen in Heilbronn suchen oder als Magd. Mach dir um mich mal keine Gedanken!«

Brenneisen erhob sich und rückte seinen Stuhl geräuschvoll zum Tisch. »So weit ist's also schon gekommen, Heinrich. Du stehst vor der Gant und deine Familie ist drauf und dran auseinanderzulaufen.«

Dann wandte er sich an seine Schwester Marie: »Ich hab dir immer gesagt, dass meine Tür für dich offen steht, aber Heinrich muss sich selber helfen.«

Er nickte ihr kurz zum Abschied zu, drückte sich seinen Hut in die Stirn und verließ mit schnellen Schritten das Haus.

Georg blickte ihm zornig nach. Für seinen Onkel wäre es doch ein Leichtes gewesen, ihnen unter die Arme zu greifen. Und jetzt tat er so, als wären sie der letzte Dreck, als schäme er sich für seine missratene Verwandtschaft!

Brenneisen hatte vor vielen Jahren den Weinhandel von Georgs Großvater übernommen und Jahr für Jahr immer bessere Geschäfte gemacht. Er kaufte im Spätherbst den gekelterten Traubenmost bei den Weingärtnern der Umgebung, baute ihn weiter aus und vertrieb ihn als fertigen Wein bis nach Schwäbisch Hall, Gaildorf, Ellwangen und Aalen.

Seine Überschüsse legte er in Grundbesitz an und bestimmte so seit Jahren die Bodenpreise im ganzen Weinsberger Tal. Die karge Weinernte im letzten Herbst, die hohen Brotpreise durften ihn kalt lassen. Ein schlechtes Jahr konnte er ohne Weiteres überbrücken, für einen hohen Preis bekam er auch in Krisenzeiten Korn und dann, wenn die Preise weiter gestiegen waren, verkaufte er es mit einem satten Aufschlag weiter. Mit diesem Wucher ließ sich sogar noch in der Not ein Geschäft machen.

Als Marie damals in den kleinen Bauernhof von Heinrich Schmidt eingeheiratet hatte, war es darüber beinahe zum Zerwürfnis zwischen Vater und Sohn gekommen. »Unter Stand heiratet man nicht«, waren Friedrichs Worte gewesen. Aber der alte Brenneisen hatte ihn barsch zurechtgewiesen und die

Mitgift sehr großzügig berechnet, was seinen Sohn weiter gereizt hatte. Von diesem Tag an wollte er seine Zweifel an seinen Schwager bestätigt sehen und zögerte nicht, ihm Prügel zwischen die Beine zu werfen, wo er nur konnte.

In gedrückter Stimmung blieben sie am Tisch sitzen. Es dauerte eine Weile, bis Heinrich Schmidt leise zu berichten begann: »Ich war heute Nachmittag mit Georg drüben in Weinsberg. Ein Reiseagent, ein Neuländer, hat für die Auswanderung geworben. Die haben noch freie Plätze zu günstigen Preisen. Aber wir müssten uns schnell entscheiden. Auf dem Oberamt sollten wir so bald wie möglich die Papiere beantragen. Denkst du, Frieder würde uns den Hof abnehmen?«

Marie war näher zu ihrem Mann gerückt. Ihr Bruder machte sich Sorgen um sie, aber das gab ihm nicht das Recht, so mit Heinrich umzugehen.

»Ich rede morgen noch mal mit ihm.« Sie streichelte seine Hand. »Warum sollen wir es nicht versuchen mit der Auswanderung? Ich hab heute nach der Kirche mit der Liesel vom Löwenwirt gesprochen. Sie hat von ihrem Bruder einen Brief aus Baltimore bekommen. Er schreibt, dass es ihm gut geht, dass drüben alles viel besser ist und dass er schon viel früher hätte auswandern sollen.«

Bei diesen Worten wurde Anna kreidebleich, stand ruckartig auf und stürzte aus der Küche. Georg nickte kurz seinen Eltern zu und folgte ihr. Er ahnte, was in ihr vorging und wollte sie jetzt nicht allein lassen.

In der verrauchten Schankstube der *Sonne* in Weinsberg ging es hoch her.

»Glaubt bloß nicht an solche Märchen!«

»Aber hier steht's doch, schwarz auf weiß!«

Ein rothaariger Bursche verschaffte sich aufgeregt mit seinen Ellenbogen Platz und drückte sich aus der vollbesetzten Bank. Vor dem Tischende blieb er stehen und hieb mit dem

Handrücken auf das Blatt Papier, das er den anderen vor die Nase hielt.

»Ich les' euch mal vor, was da steht: Von Amsterdam aus freie Überfahrt und Verköstigung, nämlich pro Kopf täglich ein halbes Pfund Fleisch, dazu Gemüse, einen halben Schoppen Branntwein, 1 Maß Bier und 1 Maß Wasser. Die Reisekosten bis Amsterdam werden bei der Überfahrt ersetzt. An Bord des Schiffes bekommt jeder hundert Gulden Bargeld und bei der Ankunft in Amerika zwei Hektar Ackerfeld, zwei Stück Zugvieh, zwei Kühe, Schweine und was er sonst noch braucht.«

»Wer hat denn so einen Blödsinn geschrieben, dann würde ja jeder auswandern, am besten von Amerika aus gleich wieder zurück und noch einmal losfahren.«

Brüllendes Gelächter.

Ein Zwerg mit schütterem grausträhnigen Haar sprang auf, drückte den Rothaarigen auf einen freien Stuhl und baute sich vor ihm auf.

»Wir wissen ganz genau, was Sache ist. Wer nicht mindestens hundert Gulden hat – also den halben Fahrpreis bezahlen kann – hat überhaupt keine Aussicht, mitgenommen zu werden. Den Rest muss er dann in Amerika als Sklave abarbeiten.«

»Besser Sklave in Amerika als Bürger in Weinsberg«, schrie einer vom anderen Ende des Tisches.

Georg sah, wie der Zwerg mit dem Armen fuchtelte, um sich in dem aufkommenden Stimmengewirr Gehör zu verschaffen. »Mein Vetter hat mir vor ein paar Wochen geschrieben. Der Morgen Ackerland kostet drüben sechs Gulden, Vieh gibt es jede Menge und mit einem Anfangskredit kann man einen eigenen Hof bekommen, aber nur, wenn man den gesamten Preis für die Überfahrt bezahlt hat und die Kosten nicht bei irgendeinem Amerikaner abverdienen muss, der sie vorgestreckt hat. Die warten nämlich am Hafen bereits auf so arme Schlucker, bezahlen dem Kapitän das restliche Fahrgeld und lassen einen dann jahrelang für sich schuften. Wer drüben frei bleibt, verdient aber gut, selbst ein Taglöhner kann täglich einen Gulden zurücklegen.«

Inzwischen war der Auswandereragent dazugetreten und bestätigte lächelnd seine Worte: »Wer das Geld für die Überfahrt selbst aufbringt, der ist fein raus, man kann aber auch nach wie vor auf Pump mitgenommen werden und anschließend die Überfahrt abverdienen. Aber so günstig wie bei mir bekommt ihr nirgends die Schiffsverträge.«

Heinrich Schmidt hob die Hand und fragte, was die Überfahrt denn bei ihm koste.

»Einhundertzwanzig Gulden, Kinder unter vier Jahren frei, bis vierzehn Jahre halber Preis, aber nur bei mir. Sonst bezahlt ihr einhundertsiebzig Gulden pro Nase.«

Von wegen zum halben Preis wie der Aufschneider in seiner Rede behauptet hat! Georg sah seine Zweifel bestätigt.

Das wären bei vier Personen knapp fünfhundert Gulden, überschlug sein Vater, stand auf und trat auf den Agenten zu. Der musterte ihn einen Augenblick, bemerkte seine Entschlossenheit und bat ihn dann höflich an einen Tisch in der Ecke der *Sonne*. Georg folgte zögernd. Er ahnte, dass sich sein Vater in diesem Augenblick endgültig entschieden hatte.

»Ferdinand Schwendt, Agent des bekannten Schifffahrtsunternehmens Zwißler und Kompagnie«, stellte sich der Neuländer vor, indem er seinen Hut mit einer schwungvollen Geste vom Kopf nahm und zielsicher neben sich auf die Bank warf. Dann bot er den beiden an, sich zu ihm zu setzen.

Während er an der gegenüberliegenden Seite des Tisches Platz nahm, fingerte er bereits Vertragsvordrucke aus einem bereitliegenden Stapel, breitete sie auf dem Tisch aus und begann sogleich damit, ihnen den Ablauf der Reisevorbereitungen zu erklären.

Georg blieb skeptisch. Ihm kam seine Freundlichkeit so falsch, so gespielt vor! Wie er seinen Vater immer wieder anlächelte, seinen Worten einen fröhlichen, unbeschwerten Klang zu geben bemüht war! Wie die Katze, die mit der Maus spielt, bevor sie zuschnappt.

Er nahm all seinen Mut zusammen und unterbrach das Gespräch zwischen seinem Vater und dem Agenten. Er wollte den arroganten Windbeutel, den falschen Schleimer zur Rede stellen, ihn aus seiner so selbstbewusst gespielten Rolle kippen.

»Wer waren denn die beiden Herrschaften, die Ihnen gestern nach Ihrem Auftritt auf dem Grasigen Hag so zugesetzt haben?«, fragte er frei heraus und so laut, dass die Gäste zu ihnen herüberschauten.

Schwendt stutzte, dann blickte er seinen Vater mit einem mitleidigen Lächeln an. »Die jungen Leute heutzutage, immer forsch, aber wir wollen es ihnen nachsehen. Wir waren ja selber mal jung.«

Er fixierte Georg mit scharfem Blick. »Das kann ich dir genau erklären. Das waren zwei Burschen, ungefähr in deinem Alter, die ohne einen Kreuzer mitgenommen werden wollten bis nach Amsterdam. Sie hatten mich wohl falsch verstanden. Die Möglichkeit, auf Pump auszuwandern, gibt es nur in den Atlantikhäfen. Ich habe ihnen deutlich gesagt, sie könnten auch als Wanderburschen losziehen und unterwegs sich etwas im Taglohn dazu verdienen, damit gaben sie sich schließlich zufrieden.«

Georg ließ nicht locker. Mit solchen Ausreden wollte er sich nicht abspeisen lassen. »Warum sind Sie dann regelrecht vor mir geflohen? Hatten Sie denn etwas zu verbergen?«

Wieder lächelte Schwendt milde und meinte versöhnlich und mit entwaffnender Offenheit: »Als Reiseagent ist man seinen guten Ruf schnell los. So ein peinlicher Auftritt kann einem schon mal das Geschäft verderben.«

Scheinbar unberührt von Georgs Frage zog er aus einem Stapel eine Urkunde hervor und reichte sie Georgs Vater. Mit einem Wink lud er auch Georg ein, sie zu lesen. In feiner Schrift stand hier auf einem reich verzierten Formular Schwendts Name und seine Berufsbezeichnung als Reiseagent der Reederei Zwißler und Co. in Amsterdam. Der Text nannte die Stationen der Reise: Mannheim, Amsterdam, Philadelphia.

Mit einem strafenden Blick wies Heinrich Schmidt seinen Sohn zurecht. Schwendt ging auf den Vorfall nicht weiter ein, sondern erläuterte, wie es nun weitergehen sollte. Zuerst käme der Vorvertrag, den sie gleich aufsetzen könnten. Damit müsste Schmidt zum Oberamt gehen und den Pass beantragen.

Das sei schon geschehen, antwortete Heinrich Schmidt.

Ob er denn einen Bürgen hätte? Schmidt zuckte die Achseln, schwieg, während Georg schließlich zögernd seinen Onkel Friedrich Brenneisen nannte.

Schwendt nickte ihm anerkennend zu. »Dann geht es recht schnell. Ohne einen Bürgen kann es dagegen manchmal ein Jahr dauern. Ihr müsst jetzt nur noch die Auswanderung öffentlich anzeigen, damit alle Gläubiger sich rechtzeitig melden können, aber auf dem Oberamt wird man euch schon sagen, was zu tun ist. Außerdem müsst ihr natürlich auf euer Bürgerrecht verzichten.

»Mit Vergnügen«, brummte Schmidt grimmig.

»Wenn das alles erledigt ist, kommt ihr mit dem Pass und dem Vorvertrag wieder zu mir und bezahlt die Hälfte des Fahrpreises bar auf die Hand. Das quittiere ich dann auf den Papieren und damit ist die Sache schon in trockenen Tüchern. Die andere Hälfte müsst ihr beim Einschiffen in Holland direkt an den Kapitän zahlen. Alles Wichtige, was sonst noch zu beachten ist, steht hier im Text.«

Schwendt nahm die Feder und begann ihre Namen und andere persönliche Angaben in den Vordruck einzutragen. Dann beglückwünschte er sie mit Handschlag zu ihrem Entschluss, den sie gewiss nie bereuen würden, aber es eile ja nicht, sie könnten alles noch einmal in Ruhe überlegen, in einer Woche sei er wieder hier in Weinsberg und dann könnten sie bereits alles fertig machen.

In der Wirtsstube besprachen sie sich kurz. Georg sah ein, dass seine Vorbehalte wohl unbegründet gewesen waren und auch in der Hauptsache musste er seinem Vater recht geben. Die Hürden, die sich noch vor Tagen vor ihnen aufgetürmt hatten, den ersten Schritt zur Auswanderung zu wagen, schienen nun überwindbar. Sie mussten nur einen Käufer für ihren Hof finden. Mit gemischten Gefühlen machten sie sich auf den Weg zu Friedrich Brenneisen. Ob er bereit war, ihnen zu helfen, darauf würde es jetzt ankommen.

Als sie die *Sonne* gerade verlassen hatten und dabei waren, den Marktplatz zu überqueren, war es Georg, als sähe er seinen Onkel Friedrich vor seinem Haus heftig mit einem Herrn in weitem schwarzen Mantel diskutieren. Der Mann drehte ihm den Rücken zu – aber war das nicht Schwendt, mit dem sie gerade noch in der *Sonne* verhandelt hatten?

Als sein Onkel sich abrupt von ihm abwandte und im Innern des Hauses verschwand, drückte sich der Fremde seinen Hut in die Stirn und machte sich schnell davon. All das spielte sich in Sekunden ab. Wenig später traten sie bei Brenneisen ein.

»Du hast dich also von diesem windigen Agenten beschwatzen lassen.« Friedrich Brenneisen betrachtete seinen Schwager spöttisch. »Ein Neuländer, ein Seelenverkäufer. So wie der Werbung für die Auswanderung macht, ist das nach den Gesetzen in Württemberg eigentlich verboten. Ich war vorhin auf dem Oberamt. Die überlegen sich, ein Verfahren gegen ihn einzuleiten.«

Brenneisen war aufgestanden und lief mit auf dem Rücken verschränkten Armen durchs Zimmer. Dann wandte er sich wieder an seinen Schwager.

»Aber wenn du unbedingt willst, dann mach ich dir den Bürgen, Marie, Georg und Anna zulieb, die anscheinend ja auch auswandern wollen. Marie hat mir versichert, dass ihr nur bei mir Schulden habt. Dafür müsstest du mir aber mit dem Preis für dein Haus, deine Wiesen und Weingärten entgegenkommen. Du weißt, die Zeiten sind schlecht, viele sind gezwungen zu verkaufen und es wird nicht leicht sein, euren Besitz an den Mann zu bringen.«

Mit hochgezogenen Augenbrauen musterte Brenneisen seinen Schwager, der wie ein Schuljunge mit gesenktem Kopf vor ihm stand. Georg fand den gönnerhaften Ton seines Onkels widerlich. Wie oft schon hatte sich sein Vater erniedrigen lassen müssen, bis sich Brenneisen endlich gnädig zum Kauf eines Wengerts oder einer Wiese hatte erweichen lassen.

Dabei ging es ihm nur um den Preis, den er auf diese Weise drücken konnte! Er wusste, dass er der einzige zahlungskräftige Interessent für ihren Hof weit und breit war, und nutzte die Situation gnadenlos aus. Dass sie im Elternhaus seiner Mutter so behandelt wurden, das war nicht richtig!

Georg betrachtete die schweren Eichenmöbel in der guten Stube des hochgieblgen Fachwerkhauses am Marktplatz, das sein Großvater vor Jahrzehnten erworben hatte. Es war nicht zu übersehen, sein Onkel war wohl der reichste Bürger der Stadt, aber die Familie seiner eigenen Schwester ließ er zappeln. Er hätte ihnen ohne Mühe einen weiteren Kredit geben können, damit sie über die schwere Zeit kämen. Aber daran dachte sein Onkel nicht im Traum. Eigentlich war er es, ja er war schuld daran, dass sein Vater keine andere Möglichkeit sah, als der Vergantung zuvorzukommen, nämlich zu verkaufen und auszuwandern.

Was denn die Überfahrt koste, wollte Brenneisen schließlich wissen und sein Vater, die ehrliche Haut, machte den Fehler, ihm gleich mit der Summe zu kommen, die Schwendt ihnen genannt hatte. Damit hatte er den Verkaufspreis selbst bestimmt. Viel mehr bräuchte der Onkel ihm nicht zu bieten. Der setzte ein sorgenvolles Gesicht auf, erhob sich aus seinem Lehnstuhl und ging mit verschränkten Armen in der Stube auf und ab.

Schließlich blieb er vor Heinrich stehen und sagte in herablassendem Ton: »Also gut, ich vergesse die Schulden, die du bei mir noch hast und gebe dir 500 Gulden, dazu noch 50 Gulden für die Reise nach Amsterdam, damit ihr nicht Hunger leiden müsst. Dafür bekomme ich deinen Hof samt Ländereien und Gerätschaften.«

Heinrich Schmidt blieb in seiner Zwangslage nichts anderes übrig, als sich demütig zu bedanken.

»Der verkauft unseren Hof doch glatt um das Doppelte.«

Georg machte auf dem Heimweg nach Ellhofen seinem Ärger Luft. »Wie er mit dir geredet hat. Der reibt sich doch die Hände, wenn er uns fortziehen sieht.«

»Dafür wird uns der Abschied nicht schwer gemacht«, versetzte sein Vater trotzig. »Georg, wir müssen nach vorne schauen. Wir haben einen Bürgen, wir bekommen das Geld, das wir zur Überfahrt brauchen und drüben müssen wir uns sowieso einen Kredit geben lassen. Also, reg dich nicht auf. Die Sache auf dem Oberamt habe ich gestern geregelt, morgen können wir die Pässe abholen und dann machen wir bei Schwendt unsere Anzahlung, sobald er wieder in Weinsberg ist.«

Er blieb stehen und fasste Georg beim Arm. Seine Augen hatten wieder dieses Leuchten, das Georg schon nach der Rede des Werbers in Weinsberg aufgefallen war.

»Du bist jung, Georg, du wirst drüben ein guter Baumeister werden, das weiß ich ganz gewiss. Bald geht's los in ein neues Leben. Wir lassen das alles hinter uns und fangen in Amerika neu an.«

Wieder diese Begeisterung, diese innere Kraft, die von ihm ausströmte, die sein Vater bereits in Weinsberg bei Schwendts

Rede auf dem Grasigen Hag gezeigt hatte! Er lächelte seinem Vater kurz zu, doch eigentlich war ihm nicht wohl dabei.

Das ging doch alles viel zu schnell! Wenn Schwendt tatsächlich so ein windiger Bursche war, wie sein Vater ja selbst zugegeben hatte? Trieb seinen Vater lediglich der Mut der Verzweiflung an? Sie setzten alles aufs Spiel – setzten alles auf eine Karte. War das richtig oder nicht eher leichtsinnig?

Aber hatte sein Vater nicht trotzdem recht? Was riskierten sie denn wirklich? Er war arbeitslos, kaum dass er ausgelernt hatte. Die Eltern standen vor der Gant. Auch wenn man es nüchtern betrachtete, sprach alles für die Auswanderung. Sie mussten dieses Wagnis eingehen.

Und waren sie nicht im Vorteil gegenüber den vielen anderen, die ihre Heimat verlassen wollten, aber von ihrer Herrschaft daran gehindert wurden? Hier in Württemberg galt wenigstens das Recht des freien Zugs, das die Stände vor Jahrhunderten schon dem Herzog abgerungen hatten.

Zum vereinbarten Zeitpunkt traten sie wieder ins Nebenzimmer der *Sonne*. Schwendt empfing sie überschwänglich wie zwei alte Freunde und lobte sie, dass sie so schnell alles geregelt hätten. Wohlwollend nahm er ihre Vorauszahlung in Empfang und quittierte mit zügigen Federstrichen auf den Vorverträgen, die sie mit ihm abgeschlossen hatten, ohne die Gulden genau nachgezählt zu haben. Hatte er so viel Vertrauen zu ihnen?

Georg widerte dieser überhebliche Typ mit seinem scheinheiligen Lächeln an. Aber die Worte des Auswandereragenten, mit denen er ihnen die nächsten Schritte ausführlich beschrieb, drängten seine Zweifel in den Hintergrund. Nächste Woche schon sollte es losgehen.

Die Überfahrtspapiere für den Kapitän in Amsterdam und den Schein mit dem Namen des Schiffsmeisters, der sie von Heilbronn auf dem Neckar nach Mannheim und anschließend weiter nach Amsterdam befördern sollte, wollte er ihnen übermorgen höchstpersönlich in Ellhofen vorbeibringen. Er fahre selbst mit den Auswandererfamilien auf dem Rheinschiff mit und mache sie dann in Amsterdam mit dem Kapitän bekannt, der sie hinüber nach Philadelphia bringen würde.

»Alles ist bestens vorbereitet. In Amsterdam kommen die Reisebegleiter von Zwißler und Co. an Bord, das sind die Supercargos, sie kümmern sich auf der Fahrt über den Atlantik um alles. Den alten Zwißler kenne ich übrigens persönlich. Der ist ja eigentlich auch ein Württemberger, er stammt aus Reutlingen.

Es ist also alles ganz ohne Risiko, wenn man einmal vom Wetter auf See absieht. Dort ist man ja bekanntlich in Gottes Hand. Aber die Kapitäne sind alle erfahren und die Frachtensegler sehr robust gebaut.«

Schwendt beschrieb ihnen wortreich die Einrichtung der Schiffe, die Verpflegung an Bord und lud sie dann auf ein Glas Wein ein, denn auf diesen Entschluss müsse man doch anstoßen. Dann entließ er sie mit guten Wünschen für die letzten Tage in der alten Heimat.

2

Bettelmanns Umkehr

Schon von Weitem konnte man das Städtchen unter dem Himmel sehen, wenn man von Weinsberg aus das Sulmtal aufwärts wanderte. Steil stieg die Straße am Heiligenhäusle an und dann dauerte es nur noch eine Viertelstunde, bis man oben war.

Der Weg führte durch die sonnenwarmen Rebhänge der Löwensteiner Berge, vorbei an schmalen Weingärten, abgeteilt durch zahllose Staffeln und Trockenmauern, die das kostbare Erdreich vor dem Abrutschen schützen sollten. Oft genug kam nach langem Regen der Berg in Bewegung, die Mauern brachen, mussten neu geschichtet und die Erde auf Tragekörben, den Käzen, hochgeschleppt werden.

Eng drängten sich die Fachwerkhäuser des Bergstädtchens mit ihren hohen Giebeln zur Hauptstraße. Auf dem schmalen, flachen Bergrücken unter der Burgruine, hoch über dem Tal, war der Platz für Häuser und Gassen äußerst gering bemessen. Jeder Meter musste genutzt werden.

Die Stadtmauer zog sich wie ein enger Gürtel um die Hausdächer. Durch das *Untere Tor* betrat man den Ort und bis zum *Oberen Tor*, wo man Löwenstein in Richtung Schwäbisch Hall wieder verließ, brauchte man keine fünf Minuten. Manche Gebäude, wie das mehrstöckige Freihaus oder die Kelter, saßen auf der Stadtmauer auf und ragten weithin sichtbar über die Weinberge hinweg.

Die Märzsonne schien von einem strahlend blauen Himmel und goss eine heitere Stimmung über das Städtchen, die so gar nicht zu dem Elend seiner Einwohner passen wollte. Hier oben hing alles vom Weinbau ab. Wein baute man vor allem da an, wo kein Korn gesät, keine Kartoffeln gesteckt werden konnten. Auf den steilen Bergwiesen, wo die Sonne die Reben nicht mehr erreichte, weideten Ziegen. Kaum einer hatte eine Kuh im Stall und – ging es den Wengertern schlecht, dann machten auch die Handwerker und Krämer keine Geschäfte.

»Schau, dass du wegkommst, du warst schon mal dran!« Das Mädchen mit den schwarzen Haaren versuchte ein Lachen zu verbeißen, schwang dabei drohend die Suppenkelle und verscheuchte den frech feixenden Jungen, der sich schnell wegduckte und davonsprang.

»Der Frechdachs hat sich schon wieder hinten angestellt. Wenn wir da nicht aufpassen, reicht die Suppe nicht.«

Barbara stand mit ihrer Tante vor dem langen Tisch in der öffentlichen Küche des Löwensteiner Wohltätigkeitsvereins. Überall im Königreich Württemberg waren in diesem Hungerjahr Suppenküchen für die Armen eingerichtet worden, um die größte Not zu lindern und den Armen wenigstens einmal am Tag eine warme Mahlzeit zukommen lassen zu können.

Die Idee zu dieser landesweiten Armenspeisung hatte die junge Königin Katharina gehabt, die Frau König Wilhelms, der erst vor einem halben Jahr die Regierung übernommen hatte. Sie engagierte sich höchst persönlich und tatkräftig bei der Bekämpfung der Not.

Auf ihre Veranlassung hin hatte man in der Landeshauptstadt Stuttgart einen zentralen Wohltätigkeitsverein eingerichtet und überall im Königreich Württemberg entstanden in kurzer Zeit lokale Vereine, die öffentliche Suppenküchen einrichteten, zu Spenden aufriefen und die Suppenverteilung in ihren Gemeinden organisierten.

»Sind noch Brotschnitten da?«, fragte Barbara und gab weiter Suppe aus. Ihre Tante Karolina blickte besorgt auf den fast leeren Brotkorb, machte sich auf den Weg in einen der Nebenräume der Wirtschaft *Zum Löwen* und kam mit einem Korb voller dünn geschnittener Brotscheiben zurück.

In jede Schale, jeden Topf, mit dem die Hungrigen anstanden, legte sie eine Schnitte und Barbara schöpfte aus einem großen runden Kessel, der in einem eisernen Dreifuß auf dem Boden stand, eine Kelle der Armensuppe darüber, während die Männer, Frauen und Kinder den Tisch umdrängten und ihr mit hungrigen Augen zusahen.

»Jeder bekommt was, es reicht für alle«, beruhigte sie die Wartenden. Sie war stolz, dass sie ihrer Tante in der Armenküche helfen durfte. Zu Hause, in der Familie ihres Onkels, drohte ihr langsam die Decke auf den Kopf zu fallen.

Seit sie konfirmiert und aus der Schule entlassen war, hatte sie dieses Gefühl, eigentlich überflüssig zu sein, immer häufiger bedrückt. Sie half zwar bei der Hausarbeit mit und versorgte ihren kleinen Cousin, aber das war's auch schon.

Mit ihrer Tante verstand sie sich prächtig. Sie war ihr Mutter und Freundin zugleich. Und nun würde sie ihr in der Löwensteiner Suppenküche auch bald beim Kochen helfen.

Als sie schließlich den leeren Kessel in die Küche zurückgebracht und mit dem Abwasch begonnen hatte, atmete sie erleichtert auf. Die Suppe hatte gereicht.

»Was kommt da eigentlich alles rein?«, fragte sie ihre Tante.

»Immer dasselbe, der Verein will, dass das Rezept der Rumfordschen Suppe peinlich genau eingehalten wird.«

Barbara konnte ein Kichern nicht unterdrücken. »Wie heißt die Suppe?«

Katharina lachte hell auf: »Den komischen Namen hat sie von ihrem Erfinder, einem Amerikaner, der Rumford heißt. Die Suppe kann da nichts dafür. Also, pass auf: Zuerst werden Graupen und Erbsen in Wasser weichgekocht. Das dauert so um die zwei Stunden, dann kommen Kartoffeln dazu und die Suppe bleibt noch mal eine Stunde auf dem Feuer stehen. Dazwischen immer rühren, damit unten nichts ansetzt und alles zu einem gleichmäßigen dünnen Brei wird. Abgeschmeckt wird mit Salz und Essig. Das ist eigentlich schon alles.«

Barbara hatte andächtig zugehört und inzwischen den Kessel geschrubbt und die Schöpfkelle blank gerieben, während ihre Tante damit begann, die Graupen und Erbsen für den nächsten Tag einzuweichen.

Als die Tische abgewaschen, die Küche aufgeräumt und gewischt war, machten sich die beiden Frauen auf den Heimweg. Barbara trug die Blechkanne mit der Suppe, Katharina einen Korb mit übrig gebliebenem Brot.

Ohne ein Wort zu wechseln, gingen sie nebeneinander her und hingen ihren Gedanken nach. Schließlich brach ihre Tante das bedrückende Schweigen, als sie die Hauptstraße überquerten: »Stell dir vor, wir hätten die Suppe nicht, dann wär's auch bei uns knapp. Seit Hans keine Arbeit mehr hat, weiß ich oft nicht mehr, wie es weitergehen soll. Das geht jetzt schon fast ein Jahr so, nur dass es immer schlimmer wird.«

Kurz bevor sie in ihre Gasse einbogen, kamen sie beim Korbflechter Schmidgall vorbei. Der hagere Alte mit dem Raubvogelgesicht und den hervorstechenden wasserblauen Augen saß auf einer schmalen Holzbank vor seinem Laden in der Sonne und flocht an großen Obstkörben.

Als er sie bemerkt hatte, lächelte er matt und rief mit seiner hohen Fistelstimme: »Bald haben wir's überstanden. Es gibt ein gutes Jahr. Ich hab's beim Rutenschneiden gemerkt, die sind voller Saft und Kraft. Drüben am Wolfertsberg werden die Reben gerade wieder aufgebunden. Die sind auch gut über den Winter gekommen.«

So viele Worte mussten ihn einige Anstrengung gekostet haben. Er hustete hohl und rang nach Luft. Als er heftig einatmete, hörte Barbara ein dünnes Pfeifen, dann rasselte es bedrohlich. Schmidgall lächelte verlegen, als ob er sich dafür entschuldigen wollte, und nickten den beiden freundlich zu.

Karolina lächelte zurück. »Hoffentlich hast du recht. Aber bis zur Weinlese dauert es noch mehr als ein halbes Jahr. Wenn wir nur keinen Nachtfrost mehr kriegen.«

Sie wandte sich zu Barbara und sagte leise: »Gib ihm was von unserem Brot, er ist zu stolz, um für Suppe anzustehen und hätte es doch bitter nötig.«

Barbara legte beim Vorbeigehen zwei Schnitten auf das Tischchen. Der Alte tat so, als ob er es nicht bemerkt hätte.

»Bettelmanns Umkehr« hieß bei den Löwensteinern das enge Gässle, das von der Hauptstraße auf die Stadtmauer zuführte und keinen Ausgang kannte. Das letzte Häuschen, das sich an die Stadtmauer schmiegte, gehörte den Pfitzers. Hier hatte Hans Pfitzer seine Flaschnerei.

Unten die Werkstatt, das Lager und die Küche – in den beiden Zimmern und der kleinen Kammer darüber lebte er mit seiner Frau und seinem kleinen Sohn und ganz oben unter dem Dach schlief seine Nichte Barbara. Wenn sie morgens das schmale Giebelfenster öffnete, blickte sie über die Stadtmauer hinweg in die Ferne bis zum Katzenbuckel im Odenwald, wo der Himmel den Horizont berührte. Und wenn die dicken graublauen Wolken anrückten, sah man schon Stunden zuvor, dass sich von Westen eine Regenfront näherte.

Das weißgekalkte Häuschen mit dem hohen Giebel war mit rot gebrannten Hohlziegeln gedeckt, wie es sich für ein Löwensteiner Handwerkerhäuschen gehörte. Ein letzter Sonnenstrahl hatte den Weg in die schmale Gasse gefunden und ließ Hauswand und Dach hell aufleuchten.

Christoph hatte sie bereits gesehen, kaum dass sie in die Gasse eingebogen waren, und rannte ihnen entgegen.

»Vorsicht, die Suppe«, lachte Karolina, reichte den Korb schnell Barbara und fing ihren kleinen Sohn mit beiden Armen auf, hob ihn hoch, drehte ihn einmal um sich herum und setzte ihn wieder ab.

»Schon wieder Suppe«, nörgelte Christoph und sah missmutig zu Barbara auf.

»Die vertreibt den Hunger. Du willst doch groß und stark werden wie dein Papa.«

»Bin schon stark, Bärbele. Willst du's sehen?«, quietschte der Bengel vergnügt, umfasste seine Cousine und versuchte sie hochzuheben.

»Ich heiße nicht Bärbele, ich heiße Barbara, das weißt du ganz genau«, antwortete ihm sein Bäsle patzig und fügte spöttisch hinzu: »Bevor du mich einmal tragen kannst, musst du aber noch tüchtig zulegen.«

»Du machst dich absichtlich schwer«, schimpfte der Bub. »Aber schneller bin ich als du.«

Er wetzte los. Barbara setzte die Suppenkanne ab und rannte ihm lachend hinterher.

Karolina sah den beiden fröhlich nach. Doch dann trübte sich ihr Blick und ihre Stirn legte sich in Falten. Plötzlich sah sie die schrecklichen Bilder wieder vor sich.

Es war mitten in der Weinlese gewesen: Der schwere Wagen mit den vollen Butten, der bedrohlich schwankte. Im letzten Augenblick hatte sie noch das Kind wegreißen können. Marlene, ihre Schwägerin, stemmte sich verzweifelt allein gegen den Wagen, der sich unaufhaltsam immer mehr auf die Seite neigte. Sie stöhnte, sah sie mit großen Augen an. Bis Karolina richtig begreifen konnte, was gerade geschah, war schon alles vorbei.

Sie hatte schreien wollen, aber vor Angst gelähmt hatte sie keinen Ton herausgebracht. Hilflos musste sie zusehen, wie der Wagen endgültig das Gleichgewicht verlor, krachend mitsamt seiner Last umstürzte und ihre Schwägerin unter sich begrub.

Hans und sein Bruder Ludwig stürzten sofort herbei, Ludwig versuchte den Zugochsen, den es ebenfalls umgerissen hatte, aus seinem Geschirr zu befreien. Das Tier, mit angstvoll aufgerissenen Augen um sich schlagend, traf ihn an der Stirn und Ludwig stürzte sofort zu Boden. Der Ochse versuchte verzweifelt den Kopf unter dem Joch hervorzuziehen, verhedderte sich dabei in den Seilen, rappelte sich schließlich hoch und trampelte dabei den Gestürzten zu Tode.

Als Hans das schwere Tier endlich weggeschoben hatte und sie Marlene unter dem Wagen hervorzogen, kam auch für sie jede Hilfe zu spät. Mit eingedrücktem Brustkorb lag sie da. Einmal noch schlug sie die Augen auf, blickte zu Barbara hinüber, bewegte lautlos ihre Lippen, dann schwand ihr Bewusstsein und noch bevor man sie wegtragen konnte, war sie tot. Die kleine Barbara an ihrer Hand hatte entsetzt zugesehen. Sie war damals nicht viel älter als Christoph gewesen und hatte an einem Tag Mutter und Vater verloren.

Sie strich sich die Haare aus der Stirn, als ob sie damit die furchtbaren Bilder für immer bannen könnte. Aber diese hatten sich unauslöschlich in ihre Seele eingebrannt. Mehr als zehn Jahre war das jetzt her, und es schien ihr, als wären erst Wochen seit dem schrecklichen Unglück vergangen.

Damals, als ihr Mann Barbara bei ihnen aufgenommen hatte, war es ihr eigentlich nicht recht gewesen. Sie hätte lieber eigene Kinder mit Hans haben wollen. Jahrelang hatten sie umsonst gehofft. Und dann war das Wunder geschehen und sie war mit Christoph schwanger geworden.

»Ich glaube, der liebe Gott hat uns dafür belohnt, weil wir uns um Barbara gekümmert haben«, hatte Hans zu ihr gesagt und jetzt war ihr Barbara wie eine Tochter ans Herz gewachsen.

Karolina nahm die Suppenkanne vom Boden und folgte den beiden ins Haus.

Während Barbara den Kleinen zu Bett brachte, stopfte Hans Pfitzer seine Pfeife und sah seiner Frau beim Abwasch zu.

»Ich war in Heilbronn. Keiner braucht da einen Flaschner. In Willsbach und Weinsberg hab ich mich auch umgehört. Kein Taglohn, keine Aushilfsarbeit. Die wenigen Handwerker, die noch nicht ihren Laden zugemacht haben, können niemand einstellen. Sie haben selber keine Aufträge. Überall redet man von Amerika, von Preußisch Polen, Russland oder der Schwäbischen Türkei, drunten in Ungarn, und in Heilbronn scharen sich Auswanderer haufenweise aus dem ganzen Land. Bei den Flößern, beim *Kranen*, warten sie auf die Schiffe, die sie nach Mannheim und dann den Rhein abwärts nach Amsterdam oder Antwerpen bringen sollen.«

Nach einer kurzen Pause fügte er hinzu: »In Weinsberg soll ein Neuländer aufgetreten sein und verbilligte Fahrten nach Amerika angeboten haben.« Er kramte in der Schublade des Küchentischs. »Vorhin war der Pfefferle aus Reisach da und hat seine Rechnung vom letzten Jahr bezahlen wollen. Mehr als einen Gulden hat er mir nicht geben können. Er hat alles verkauft und zieht nächste Woche mit Sack und Pack los. Sein Bruder bürgt für ihn, dass er keine Schulden mehr hat. Ich hab ihm den Rest erlassen und die Quittung unterschrieben. Er hat mir dafür ein Buch dagelassen, einen Ratgeber für Auswanderer. Den braucht er jetzt nicht mehr, hat er gemeint. Er kennt ihn inzwischen fast auswendig, sagt er.«

Sie hatte das Geschirr weggeräumt, rieb energisch den Spülstein sauber. »Lass dir nichts einreden. Das geht alles irgendwann wieder vorbei. Der alte Schmidgall sagt, es gäbe dieses Jahr wieder eine gute Ernte.«

Hans brummte mürrisch: »Woher soll der das wissen? Vor vier Wochen sind drunten im Rot noch die Reben erfroren.« Er stopfte seine Pfeife nach und blickte den blauen Rauchschwaden hinterher. »Was sollen wir denn machen, wenn's wieder einen Fehlherbst gibt?«

Karolina knallte den Lappen in die Ecke des Spülsteins. »Ich hab dir schon mal gesagt, das mit der Auswanderung, das ist Teufelszeug. Das ist ein Abschied für immer und eine Reise voller Unsicherheiten und Gefahren. Hier in Löwenstein haben unsere Eltern und Großeltern gelebt. Ich will hier nicht weg. Irgendwie werden wir schon durchkommen.«

»Mit einer Portion Armensuppe am Tag?«, lachte Hans bitter. »Warum zahlt dir der Pfarrer eigentlich nichts dafür, dass du für den Verein kochst und zusammen mit Barbara die Suppenportionen ausgibst?«

Karolina fuhr ihn an, ihre Augen blitzten: »Sei jetzt nicht undankbar, Hans. Überleg dir genau, was du sagst. Vielen geht es noch viel schlechter als uns. Immerhin dürfen wir Brot und Suppe jeden Abend mit nach Hause nehmen.«

Hans schien wenig beeindruckt: »Hör dir doch wenigstens an, was in dem Buch steht. Der Mann, der das geschrieben hat, war selbst viele Jahre drüben in Amerika.«

Sie setzte sich unwillig neben ihn, Hans legte seine Pfeife weg und schlug eine Seite auf, die er mit einem Papierschnipsel gekennzeichnet hatte.

»Also hier steht: *Solange der Ansiedler nicht hinreichendes Fleisch von seinen Haustieren hat, hält er sich an seine Jagdbüchse. Das Fleisch der Haustiere ist hier zwar nicht teuer, auch kostet das Pfund Ochsenfleisch nur 1 1/2 Cent und das Schweinefleisch zwei Cents (3 Kreuzer), aber es gibt so viel Wild, Hirsche, Truthähne, Feldhühner, Tauben, Fasanen, Schnepfen und anderes, dass ein guter Schütze ohne alle Anstrengung den Bedarf einer großen Familie bestreitet.*

In den ganzen Vereinigten Staaten ist die Jagd und Fischerei völlig frei und an nicht umzäunten Orten kann jeder jagen wie und wann es ihm gefällt, mit Hunden, mit Netzen, mit Schlingen und Büchsen, auf kleines Wild wie auf großes.

Die Hirsche sind meist sehr fett. Das Fleisch ist wohlschmeckend. Aber selten nimmt der Jäger den ganzen Körper mit. Er begnügt sich mit dem Fell und den Hinterschenkeln und hängt den Rest an einen Baum, damit ein anderer, der Lust hat, sich einen Braten holen könne.« Er blätterte weiter. »Da, hör gut zu, das interessiert dich vielleicht mehr: *Der Garten liefert die besten europäischen Küchengewächse. Erbsen und Bohnen gedeihen über alle Erwartungen. Dort pflanzt man auch Kürbisse, Salat und vieles andere. All das gedeiht auf dem fetten Boden gleichzeitig ohne die geringste Düngung, nach zwanzig Jahren ebenso gut als in den ersten Jahren.*

Ist die Haushaltung einmal eingerichtet, sind die ersten Anschaffungen einmal bestritten, so lebt die ganze Familie sorglos und vergnügt.

Wie gut das zahme Geflügel hier gedeiht, könnt ihr euch nicht vorstellen. Enten, Gänse, Hühner, alle finden hinreichendes Futter in den Wäldern. Selten weiß ein Pflanzer, wie viel Hühner er hat.

Bedarf er Eier, so wendet er sich an die Kinder, welche die Nester in den nahen Gehölzen aufzusuchen pflegen. Sie bringen oft hundert bis zweihundert Stück Eier auf einmal.«

Sie schaute ihn nur mitleidig an: »Fall doch nicht auf solche Kindermärchen rein. Es fehlen nur noch die gebratenen Tauben, die einem ins Maul fliegen, wie im Schlaraffenland. Der will doch nur die Leute zum schnellen Auswandern überreden! Außerdem verkauft sich natürlich sein Buch besser, wenn er den Verzweifelten Hoffnung macht. Papier ist geduldig. Darauf kann man viel Blödsinn drucken.«

Hans Pfitzer legte seinen Arm um ihre Schultern und drückte sie kurz an sich. »Du hast ja recht, er übertreibt sicher ein bisschen. Aber irgendwas wird schon dran sein und es schadet nicht, wenn man sich schlau macht. Lass uns doch mal ernsthaft überlegen, wie's um uns steht. Wir haben Schulden beim Amt. Die Steuer wird uns – wenn wir Glück haben – vielleicht noch für ein Vierteljahr gestundet, aber irgendwann wird sie eingetrieben und dann müssen wir verkaufen, so oder so. Das Geld reicht hinten und vorne nicht. Und am Ende steht die Gant. Und was das heißt, kannst du täglich sehen, im Städtle, in Reisach, in Hirrweiler. Das Haus, die Werkstatt, der Wengert im Wolfertsberg, die Obstwiese in den Keutländern – wenn wir jetzt verkaufen, können wir unsere Schulden noch bezahlen und es würde gerade noch zur Überfahrt nach Amerika für uns drei reichen, in einem halben Jahr schon nicht mehr. Drüben sind wir frei, Arbeit gibt es genug, vielleicht kann ich sogar bald wieder ein eigenes Geschäft aufmachen.«

Karolina löste sich ruckartig von ihm und stand auf. Sie war außer sich. »Für uns drei? Und Bärbel, willst du die etwa hier lassen?«

Hans brummte: »Barbara ist erwachsen. Sie kann eine Stelle als Dienstmagd annehmen, vielleicht heiratet sie auch bald. Wir haben sie großgezogen, das war auch richtig so, aber irgendwann muss sie für sich allein sorgen.«

Fassungslos stemmte Karolina ihre Arme in die Seiten und schüttelte den Kopf. Dann rief sie aufgebracht: »Der Wengert und die Wiese drüber beim Bleichsee gehören eigentlich ihr, das weißt du ganz genau. Du hast die Stückle aus dem Besitz deines Bruders damals nur bekommen, weil du die Pflegschaft für sie übernommen hast. Entweder sie kommt mit oder es gibt keine Auswanderung.«

Sie stürmte hinaus und ließ ihren Mann in der Küche allein. Der lächelte zufrieden. Das war mehr, als er fürs Erste bei ihr zu erreichen gehofft hatte. Die Sache mit Barbara ließ sich irgendwie regeln.

Auf dem Weg zum *Löwen* blieb Karolina einsilbig. Sollte sie ihrer Nichte erzählen, was Hans vorhatte? Nein, das musste er ihr schon selber beibringen, vielleicht überlegte er sich die Sache mit der Auswanderung ja auch noch einmal. Schließlich hatte sie ihm gestern Abend deutlich gesagt, was sie davon hielt.

Während die Graupen und Erbsen in der Brühe vor sich hin kochten, schälte Barbara die Kartoffeln und rührte dazwischen immer wieder um, damit sich nichts ansetzte. Karolina prüfte missmutig die Vorräte, die immer mehr zusammenschrumpften. Die Worte von Hans gingen ihr nicht aus dem Kopf.

Kurz vor Mittag schaute der Pfarrer vorbei, lobte seine beiden Köchinnen und erkundigte sich, wie viel Portionen sie gestern ausgegeben hätten. Karolina lächelte nur kurz zurück und antwortete mürrisch: »Das dürften so um die sechzig gewesen sein. Es werden jeden Tag mehr, die sich um Suppe anstellen.«

Der Pfarrer bemerkte ihre Bedrückung und ahnte auch den Grund dafür: »Wie sieht es mit euren Vorräten aus?«

»Die reichen gerade noch bis übermorgen.«

Er runzelte die Stirn, überlegte: »Im Pfarrhaus wird kaum noch was abgegeben. Ich frag auf dem Rückweg beim Fürstlichen Rentamt nach. Vielleicht lässt sich da was machen.«

Er reichte beiden die Hand zum Abschied, zögerte einen Moment, dann fragte er: »War Wilhelmine gestern bei der Suppenausgabe?«

Karolina dachte kurz nach und schüttelte den Kopf. »Vorgestern habe ich sie auch nicht gesehen.«

Der Pfarrer blickte auf den Boden, atmete tief durch. »Könnt ihr auf dem Heimweg kurz bei ihr vorbeischauen? Ich mach mir Sorgen.«

Als er gegangen war, fragte Barbara ihre Tante: »Die alte Frau Klöpfer wohnt doch bei Schilpps. Die kümmern sich doch um sie.«

Karolina gab etwas Essig in die Suppe, rührte um und meinte wortkarg: »Bei denen geht's selber eng zu.«

Als sie die Suppe ausgegeben und die Küche aufgeräumt hatten, füllte Barbara zusätzlich eine kleine Milchkanne mit restlicher Suppe. Dann machten sie sich auf in die Entengasse, wo Wilhelmine Klöpfer in einem kleinen Stübchen unter dem Dach des hohen, schmalen Fachwerkhauses von Wagnermeister Schilpp wohnte.

Die Hausfrau öffnete ihnen die Tür, begrüßte sie flüchtig, dann blickte sie sich nach ihren tobenden Buben um: »Jetzt hört endlich auf, euch zu schlagen!«

Als Karolina sich nach ihrer Untermieterin erkundigte, antwortete sie fahrig, während sie sich die nassen Hände an ihrer Schürze abwischte: »Ich hab sie heute Morgen noch gar nicht gesehen. Geht doch schon mal nach oben, ihr findet ja den Weg.«

Sie stiegen die steile Holztreppe zum Dachgeschoss hoch und Karolina klopfte an der Kammertür. Nichts rührte sich. Sie klopfte lauter und rief ihren Namen. Zaghaft öffnete sie die Tür und rief dann noch einmal: »Wilhelmine, bist du da?«

Als wieder keine Antwort kam, traten sie ein. Der Fensterladen war geschlossen. Ein beißender Geruch stand im Raum. Im Halbdunkel tastete sich Barbara ans Fenster, öffnete die

Flügel und schlug die Läden auf. Im spärlichen Abendlicht, das von der Straßenseite hereindrang, blickte sie in das karg eingerichtete Dachkämmerchen. Ein kleiner Tisch, ein Stuhl, eine Kommode mit einer Waschschüssel und einer Wasserkanne – und im Hintergrund, ganz an die Wand gerückt, dem Fenster gegenüber, das Bett.

Barbara stellte die Kanne mit der Suppe auf dem Tischchen ab, während Katharina auf das Bett zuging. »O Gott, Wilhelmine...«, hörte sie ihre Tante dann leise sagen.

Barbara blickte hastig zu ihr hinüber und erstarrte. Alles um sie herum begann zu verblassen, bis auf das Gesicht der Frau, das sie erschreckend scharf wahrnahm: ihre eingefallenen Wangen, der offen stehende Mund, die glasigen Augen, die hagere, spitze Nase, die aus dem wächsernen Gesicht stach.

»Sie ist tot, schon seit Stunden«, flüsterte ihre Tante. Dann riss sie die Tür auf und rief mit schriller Stimme nach der Hausfrau.

Als ob sie bereits geahnt hätte, was geschehen war, stürzte sie die Treppe hoch. Karolina legte den Arm um sie, als sie ins Zimmer trat.

»Ich hätte früher nach ihr sehen müssen«, schluchzte sie und verbarg ihr Gesicht in ihren Händen. »Die große Wäsche, der Streit mit den Buben. Ich hab sie einfach vergessen.«

Barbara nahm das Geschehen, das sich vor ihr abspielte, kaum wahr. Erst als Karolina mit der hohlen Hand sacht die Augenlieder der Toten schloss, begann sie zu begreifen. Ihre Erstarrung löste sich aber erst, als ihre Tante sie bat, zum Doktor und zum Pfarrer zu laufen.

»Sie war leicht wie eine Feder«, sagte Karolina am Abend zu ihrem Mann. »Ich konnte sie alleine aus dem Bett heben und auf die Bahre legen. Der Doktor schüttelte den Kopf und schrieb in den Totenschein ›an Unterernährung gestorben‹. Sie ist einfach verhungert.«

Schweigend saßen sie nebeneinander auf der Ofenbank und ließen ihren Gedanken treiben. Mitten in die belastende Stille hinein fragte Karolina: »Hast du endlich mit Barbara gesprochen?«

»In Heilbronn hab ich gehört, dass sie junge Leute auch ohne Fahrgeld mitnehmen, wenn sie sich verpflichten, drüben den Fahrpreis abzuverdienen«, wich Hans ihr aus. »Die Kapitäne vermitteln sie noch in den Häfen an interessierte Amerikaner. Die zahlen den Kapitän aus und nehmen die Auswanderer gleich mit.«

Karolina sah ihren Mann erschrocken an. »Du meinst, die Kapitäne verkaufen sie drüben an den Meistbietenden?«

Hans brauste auf. »Was ist denn schon dabei? Sie verdingen sich für zwei, drei Jahre und verdienen in dieser Zeit ihr Reisegeld, bis sie den ausgelegten Fahrpreis zusammenhaben.«

»Das ist doch die gleiche Unterdrückung wie hier bei uns, Hans! Amerika, das Land der Freiheit – schöne Freiheit! Freiheit für die Reichen, Knechtschaft für die Armen!«

»Da gibt es aber einen feinen Unterschied«, widersprach er ihr zornig. »Niemand wird in Amerika zu solchen Dienstverträgen gezwungen. Wir dagegen werden in die Unfreiheit hineingeboren und können noch froh sein, wenn der Leibherr uns erlaubt, dass wir uns freikaufen. Außerdem – als ich Lehrjunge bei meinem Meister war, hat der auch alles für mich bestimmt, das war fast genau so!«

»Und die vielen schwarzen Sklaven in Amerika?«, stichelte seine Frau.

»Die Nordstaaten haben die Sklaverei inzwischen ganz abgeschafft und ihre Sklaven freigelassen«, antwortete Hans mürrisch, aber er musste seiner Frau im Stillen recht geben. Auch ihm wäre es lieber gewesen, er hätte das Fahrgeld für Barbara auftreiben können.

»Schon bei der ersten Gutenachtgeschichte ist er eingeschlafen.« Barbara setzte sich zu den beiden auf die Ofenbank. »Ist was?«, fragte sie unsicher, als ihr Onkel und ihre Tante sie bedrückt ansahen.

»Wir müssen mit dir reden«, begann Hans vorsichtig, dann holte er weit aus. »Das Geschäft läuft schlecht, ich habe keine Aufträge mehr und wir müssten alle Hunger leiden, wenn ihr beide, Lina und du, nicht jeden Abend etwas Suppe und ein paar Stücke Brot aus der Armenküche mitbringen würdet. Wir haben Schulden beim Rentamt, die wir bald zurückzahlen müssen.«

»Hör doch auf, um den heißen Brei herumzureden. Er will auswandern«, unterbrach ihn seine Frau ungeduldig, »alles liegen und stehen lassen und fort nach Amerika.«

»Jetzt lass mich doch bitte mal ausreden.« Ärgerlich wies Hans seine Frau zurecht. Barbara blickte ängstlich von ihrer Tante zu ihrem Onkel, als ob sie bereits ahnte, was nun auf sie zukommen würde.

»Wir haben dich wie eine Tochter bei uns aufgenommen«, nahm Hans seinen Gesprächsfaden wieder auf, »und wir haben es gern getan.«

Sichtlich bemüht rang er um die richtigen Worte. »Besonders in den letzten Jahren warst du uns eine große Hilfe und inzwischen gehörst du längst zur Familie, bist für uns eine Tochter und für Christoph eine große Schwester.«

Er stand auf, schlurfte in seinen Pantoffeln zum Schrank und goss sich ein Glas Birnenschnaps ein.

»Ich hab hin- und hergerechnet. Wenn wir das Häuschen verkaufen und unsere Schulden abzahlen, dann reicht das Geld für die Überfahrt einfach nicht für alle. Wenn wir hier bleiben, müssen wir über kurz oder lang in die Vergantung und stehen alle auf der Straße.«

»Dann soll ich alleine hier bleiben«, sagte Barbara leise.

»Das kommt nicht in Frage«, schaltete sich Karolina ein. »Ich hab ihm schon gesagt, entweder alle oder keiner von uns.«

»Es gäbe da eine Möglichkeit...« Hans stellte sein Glas ab und erklärte Barbara, wie junge mittellose Leute sich in Amerika ihr Fahrgeld abverdienen könnten.

Sie war sofort begeistert und wischte alle Einwände ihrer Tante vom Tisch. Wenn sie alleine zurückbliebe, müsste sie froh sein, sich irgendwo als Magd verdingen zu können und hätte auch kein besseres Leben. In Amerika wäre die Dienstzeit, zu der sie sich verpflichten müsste, absehbar. Hier würde sie ihr ganzes Leben arm und abhängig bleiben.

»Du weißt aber nicht, worauf du dich einlässt«, gab ihr Karolina zu bedenken.

»Das weiß niemand, ob er in diesen Zeiten hier bleibt oder auswandert.«

Erleichtert setzte sich Hans wieder auf die Bank. »Wir ziehen ja gemeinsam los und fahren auf demselben Schiff. Und drüben bleiben wir auch in Verbindung. Vielleicht findet sich in Amerika schneller eine gute Lösung als gedacht.«

Karolina umarmte Barbara. »Du gehörst zu uns. Das weißt du. Nie könnte ich dich zurücklassen.« Sie wischte sich die Tränen aus den Augen.

Die Reisevorbereitungen überstürzten sich. Auf dem Rathaus beantragte Pfitzer die Entlassung aus dem württembergischen Bürgerrecht und die Pässe für die Ausreise.

Der alte Schmidgall bezeugte auf Treu und Glauben, dass sie außer beim Amt keine Schulden mehr hätten. Er bürgte mit seinem Häuschen dafür. »Ich hab sowieso niemand mehr, dem ich's vererben könnte und ihr seid immer gute Nachbarn gewesen«, meinte er gleichmütig. »Wenn ich noch jung wäre, würde ich auch ab nach Amerika, lieber heut als morgen. Aber für mich ist's zu spät.«

Schließlich hatte Pfitzer alles verkauft, freilich weit unter dem eigentlichen Wert. Und obwohl sie damit alle Verbindungen zu ihrer Heimat gelöst hatten, fühlte sich auch Karolina erleichtert. Sie hatten begonnen, ihr Schicksal selbst in die Hand zu nehmen, und versanken nicht mehr in Elend und Selbstmitleid. Ihre Gedanken waren nach vorne gerichtet. Drüben in Amerika, im Land ihrer Hoffnung, lag ihre Zukunft.

Einen Großteil seiner Werkzeuge verpackte Pfitzer in zwei Holzkisten. Die würde er in den Staaten brauchen, denn er ging fest davon aus, bald wieder eine eigene Werkstatt aufmachen zu können.

In Heilbronn hatte er sich bei einem Notar, der Verbindung zu holländischen Schiffsmaklern pflegte, genau erkundigt und eine lange Liste bekommen, was er für die Überfahrt mit an Bord nehmen sollte.

Bis in die Einzelheiten hatte der Notar ihm erklärt, worauf er achten müsste, damit es bei der Überfahrt keine böse Überraschungen gebe. Für Speis und Trank sei gesorgt, einen Schlafplatz im Zwischendeck gebe es auch, aber man sollte Decken nicht vergessen. Außerdem empfehle es sich, Dörrobst, Wacholder und Kümmel mitzunehmen, denn die ungewohnte Kost an Bord könne einem schon auf den Magen schlagen. In Amsterdam solle er einen Vorrat frischen Schiffszwieback kaufen, denn der an Bord sei oft sehr hart und manchmal ungenießbar. Ein Fuhrmann nahm die Kisten mit nach Heilbronn, wo Pfitzer sie in einem Schuppen am Hafen einlagern konnte.

Endlich war der Tag der Abreise gekommen. Reihum verabschiedeten sie sich bei ihren Nachbarn und versicherten, gleich zu schreiben, wenn sie drüben gelandet wären. Der Pfarrer blickte besorgt, als er seine beiden Suppenfrauen abreisen sah.

Das fürstliche Rentamt machte noch einige Schwierigkeiten. Es war noch nicht geklärt, wie viel Ablösegeld Karolina Pfitzer der Leibherrschaft schuldete. Aber sie konnten nicht mehr länger warten, weil der Käufer ihres Häuschens darauf drängte, dass sie den Räumungstermin einhielten. Hans würde wohl von Heilbronn aus noch einmal nach Löwenstein wandern müssen.

Barbara und Christoph versetzte die Reisevorbereitungen in eine ausgelassene Heiterkeit. Für den Jungen war das alles ein großes Abenteuer und Barbara war zuversichtlich, was ihr weiteres Leben anging, wenn sie auch Angst davor hatte, was in den ersten Jahren drüben in Amerika auf sie zukam. Aber diese Zeit würde vorübergehen.

Ein letztes Mal blickten Karolina und Hans Pfitzer mit ein bisschen Wehmut zu ihrem Häuschen zurück, als sie Bettelmanns Umkehr verließen und in die Hauptstraße einbogen.

Hans hatte ihre restlichen Habseligkeiten auf einen Leiterwagen geladen. Obwohl er einen Bremsklotz vor die Hinterräder gekeilt hatte, mussten Karolina und Barbara bei der steilen Löwensteiner Steige beim Bremsen helfen. Sie hielten sich an der Querstange über der Hinterachse fest und versuchten die Beschleunigung des Wagens auf der abschüssigen Straße aufzuhalten, während sich Hans die Deichsel unter die Achsel klemmte und sich rücklings gegen den Wagen stemmte.

Als sie endlich auf der Höhe des Breitenauer Hofes das Tal erreicht hatten, sprang Christoph voraus und sang lauthals das Lied, das ihm Barbara in den letzten Tagen beigebracht hatte. Sie hatte es in der Löwensteiner Spinnstube oft gesungen. Es war das Kaplied von Schubart, das der Dichter dreißig Jahre zuvor für die württembergischen Soldaten geschrieben hatte, die der Herzog nach Südafrika in den Burenkrieg verkauft hatte.

Inzwischen war das populäre Lied zu einem der verbreitetsten Auswandererlieder geworden. Nur der letzte Vers der ersten Strophe war leicht abgeändert worden. Statt »Ins heiße Afrika« hieß es nun:

»Auf, auf ihr Brüder und seid stark,
Der Abschiedstag ist da!
Schwer liegt er auf der Seele, schwer!
Wir wollen über Land und Meer
Nach Nordamerika.«

3

Seelenverkäufer in Heilbronn

»Wieder nichts.« Heinrich Schmidt setzte sich mutlos an den Tisch in der *Sonne*, wo Georg auf ihn gewartet hatte. Schwendt war zum vereinbarten Termin nicht in Ellhofen erschienen, wie er versprochen hatte, auch nicht am nächsten oder an einem der folgenden Tage.

So blieb den beiden nichts übrig, als Tag für Tag nach Weinsberg zu wandern, um sich nach ihm zu erkundigen. Täglich dieselbe Enttäuschung. Schwendt war nicht mehr gesehen worden, blieb spurlos verschwunden. Der Sonnenwirt stand hinter dem Schanktisch und zuckte mit den Achseln. Seine Rechnung hätte er auch nicht bezahlt.

»Das ist doch ein gutes Zeichen«, versuchte Georg seinen Vater aufzumuntern. »Vielleicht ist er aufgehalten worden? Schließlich reist er ja ständig zwischen Heilbronn und Amsterdam hin und her.«

Heinrich Schmidt schüttelte wie abwesend den Kopf. »Ich hab kein gutes Gefühl.« Er stützte seinen Kopf in beide Hände und brummte missmutig: »Das Geld ist weg. Wir haben Haus und Hof verkauft und jetzt reicht es nicht mehr für die Überfahrt!«

Vom Nebentisch zeigte einer mit dem Finger herüber. »Auch auf den Schwendt-Schwindel hereingefallen? Den Sauters aus Grantschen ist es genauso gegangen. Die warten auch bis zum Sankt Nimmerleinstag auf die Abfahrt ins Gelobte Land. Der Schwendt kommt nimmer, der verjubelt gerade euer Geld in Amsterdam.«

Johlendes Gelächter.

Georg lief rot an und brüllte: »Halt den Mund, das ist noch lange nicht gesagt. Wir haben ordentliche Verträge.«

»Für 120 Gulden geb ich dir auch einen, einen noch viel schöneren, mit Blümchen verziert und einem Herzchen auf jeder Seite«, meckerte der vom Nebentisch und hatte wieder die Lacher auf seiner Seite.

»Wer den Schaden hat, braucht für den Spott nicht zu sorgen«, prustete sein Nebensitzer, »so lange es Dumme auf der Welt gibt, so lange gibt es auch Leute wie Schwendt.«

Das war zu viel. Georg stand auf und packte das Großmaul am Kragen. Da riss sich der Kerl los und schwang drohend seine Faust. Doch Georg war schneller. Mit einem gezielten Haken traf er sein Kinn, sodass der Bursche nach hinten kippte, in sich zusammensackte und kraftlos auf seinen Stuhl zurückfiel.

Während er seinen Unterkiefer rieb, blitzte er Georg böse an. »Georg Schmidt, du arbeitsloser Tagdieb, ich mach dich fertig, verlass dich drauf.«

Heinrich Schmidt rief seinen Sohn zurück und fuhr ihn an, dass er sich doch beherrschen sollte. Der Wirt schob sich zwischen die beiden Streithähne, riss sie mit seinen starken Armen auseinander und redete auf sie ein. Zwar hätte er genau gehört, dass Georg beleidigt worden sei, das gebe ihm aber nicht das Recht, in seiner Wirtschaft eine Schlägerei anzuzetteln. Wenn sie sich unbedingt schlagen wollten, sollten sie doch auf die Straße gehen. Aber sei das denn wirklich nötig?

Schmidt entschuldigte sich beim Wirt für das Aufbrausen seines Sohnes, spendierte dem Nebentisch eine Runde und zog Georg so schnell wie möglich aus der Schankstube. Draußen machte er ihm bittere Vorwürfe.

»Wenn der Kerl uns bei der Polizei anzeigt und wir aufs Amt müssen, geben die unsere Pässe womöglich nicht heraus und ohne Pässe brauchen wir erst gar nicht loszureisen.«

Georg war klar, dass sein Jähzorn sie in eine gefährliche Situation gebracht hatte. Aber dass er es der Spottdrossel ordentlich gegeben hatte, bereute er nicht.

Und obwohl er eigentlich seinem Vater dankbar sein konnte, dass der ihn gebremst hatte, packte er ihn am Arm und entgegnete scharf: »Und was ist, wenn sie recht haben und Schwendt uns reingelegt hat? Vater, wir müssen endlich was unternehmen! Es hat keinen Sinn mehr zu warten, ob Schwendt vielleicht doch noch kommt.«

Heinrich Schmidt nickte betroffen und antwortete grimmig: »Morgen gehen wir nach Heilbronn und erkundigen uns auf dem Rathaus nach dem noblen Herrn Schwendt.«

Durch das Sülmertor betraten sie die Stadt. Vor gut zwölf Jahren war der Torturm abgebrochen und die Straße nach Neckarsulm verbreitert worden. Georg erinnerte sich noch gut an die einstige Befestigung der alten Reichsstadt. Nun wurden die Stadtmauern abgerissen, um breiten Straßen Platz zu machen.

Über die Sülmerstraße mit ihren prächtigen Häuserfassaden, die Lohtorstraße und den Kieselmarkt erreichten sie bald das Rathaus. Auf der anderen Seite des Marktplatzes ragte der über seiner Plattform sonderbar verschnörkelte achteckige Renaissanceturm der Kilianskirche hoch über die vierstöckigen Bauten hinaus. Mit dem »Männle«, der steinernen Skulptur eines städtischen Wachsoldaten auf der Spitze, drückte er den Stolz und das Selbstbewusstsein der wohlhabenden Handelsstadt am Neckar aus.

Vom Marktplatz war es nicht mehr weit bis zum Brückentor. Georg hatte noch den ehrwürdigen Torturm und die alte Holzbrücke vor Augen, die vor Jahren abgerissen worden waren und einer neuen Brücke Platz gemacht hatten. Sie führte hinüber zum Westufer des Neckars. Rechts davon lag die Hefenweilerinsel, links die Floßlände mit dem Zimmerplatz.

Beim *Kranen*, nicht weit von der Brücke entfernt, wurden die Waren, die per Schiff kamen, umgeladen und in der Stadt zum Kauf angeboten. Hier hatte die Reichsstadt auch die Gebühren und Zölle erhoben. Sie war dadurch wohlhabend geworden.

Von Weitem sahen sie schon das Lager der Auswanderer, die beim *Kranen* biwakierten, wo die Schiffe aus Mannheim und Heidelberg anlegten. Schon Tage vor der Abfahrt hatten sich die Auswandererfamilien an der Bootslände versammelt.

Einige von ihnen waren bereits wochenlang zu Fuß unterwegs gewesen, mit kleinen Handkarren, auf denen sie ihre Habe verstaut hatten. Sie kamen aus den Löwensteiner Bergen, dem Mainhardter Wald, den Limpurger Bergen, aus dem Hohenlohischen. Georg hatte sie durch Ellhofen ziehen sehen auf ihrem Weg zum Neckar.

Menschen, Transportkisten, Koffer, Rucksäcke, dazwischen abenteuerliche Zelte – das sah aus wie ein lagernder Flüchtlingstreck im Krieg. Dunkel erinnerte sich Georg an die Bilder aus seiner Kindheit, an den Vormarsch der Franzosen über den Rhein.

Aber so war es ja auch. Diese Leute waren Flüchtlinge, sie flohen aus ihren Dörfern, weil sie den täglichen Kampf ums nackte Leben nicht mehr gewinnen konnten.

Allerdings gab es da doch einen großen Unterschied. Die Menschen hier hielt die Hoffnung auf eine bessere Zukunft zusammen. Bald sollten die breiten Flusskähne die Amerikafahrer zum Rhein nach Mannheim bringen, wo sie mit den Auswanderern aus Baden, dem Elsass und der Schweiz zusammentreffen würden.

Wie eine belagerte Burg wirkte das mächtige Steingebäude des Wirtshauses *Zum Kranen*, von dem die Auswanderer respektvoll Abstand hielten. Hier also sollte die Reise losgehen.

Georg betrachtete mit bitteren Gefühlen die Menge, die ungeduldig darauf brannte, endlich fortzukommen. Dort hätten auch sie jetzt auf den Beginn der Reise warten können, wenn Schwendt sein Wort gehalten und ihnen die Papiere für die Überfahrt gebracht hätte.

Beim Wirt des Gasthauses fragten sie nach Schwendt. Der dicke Mann in der verräucherten Schankstube musterte sie abfällig, während er gleichmütig weiter die Gläser abspülte. Diesen Namen hätte er noch nie gehört.

»Aber Schwendt muss doch hier bekannt sein, er organisiert doch die Fahrten nach Mannheim und weiter nach Amsterdam.«

Der Wirt zuckte nur die Achseln und ließ sie stehen.

Da trat ein junger Mann zu ihnen, in eleganter Kleidung, nur wenig älter als Georg, und bat sie an seinen Tisch. Noch bevor sie Platz genommen hatten, stellte er sich vor: »Franz von Wollenberg, Kommissar des Königreichs der Vereinigten Niederlande. Ich habe den Auftrag, Auswanderer zu beraten und meine Regierung über Zustände in Württemberg und Baden zu informieren, die zu der derzeitigen Auswanderungswelle führen. Kann ich Ihnen irgendwie behilflich sein?«

Zögernd folgten sie seiner Aufforderung und setzten sich zu ihm. Der Kommissar, wie er sich nannte, hatte ein freundliches Gesicht. Die blonden Locken hingen ihm wirr in die Stirn. Die etwas zu weit auseinanderstehenden Augen schillerten lebendig und standen in eigenartigem Kontrast zu dem kleinen Mund, über dem sich eine kurze, breite, leicht nach oben gebogene Nase erhob.

»Die Lage ist auch für die Holländer besorgniserregend«, erklärte er. »Zu Tausenden warten Auswanderer in Amsterdam, Rotterdam und Antwerpen auf die Überfahrt. Viele von ihnen sind völlig verarmt.«

Als sein Vater ihn nach Schwendt fragte, den Auswandereragenten, der hier überall für seine Firma in Amsterdam warb, glaubte Georg, der ihn gespannt ansah, ein nervöses Zucken seiner Augenlider zu beobachten.

Wollenberg spitzte die Lippen, dachte angestrengt nach, zog die Augenbrauen unter der hohen Stirn zusammen und wiederholte murmelnd den eben gehörten Namen. Nein, auch er hätte noch nichts von ihm gehört. Ob sie ihm denn bereits Geld bezahlt hätten? Wieder dieses Zucken in den Augen!

Aber war er nicht viel zu misstrauisch? Witterte er schon in jedem Fremden einen Verdächtigen? Er schob die dunklen Gedanken beiseite und zwang sich zu einem Lächeln. Franz von Wollenberg lächelte freundlich zurück und lud sie auf ein Glas Wein ein.

Teilnahmsvoll hörte er sich ihre Geschichte an. Dann meinte er: »Betrüger gibt es bei den Auswandereragenten eine ganze Menge. Die machen sich gewissenlos an das letzte Geld der ahnungslosen Auswanderer heran. Aber das muss nicht heißen, dass es in eurem Fall genauso ist.«

Er schwieg einen Augenblick, bevor er leise sagte: »Leider sieht es aber verdammt danach aus.« Nach einer betretenen Stille trank er sein Glas aus und stand auf. »Fragt doch bei Notar Strehlin in der Kirchbrunnenstraße nach. Der vermittelt selber Überfahrtsverträge und müsste seine Konkurrenz eigentlich kennen.«

Dann verabschiedete er sich eilig.

Sie sahen sich im Auswandererlager um. Dicht gedrängt hockten die Menschen auf ihren Kisten, warteten. Einige hatten sich in Decken eingewickelt, obwohl es gar nicht so kalt schien. Georg fielen ihre ausdruckslosen Blicke auf. Nur die Kinder tollten umher und brachten etwas Lebensfreude in das gespenstisch trostlose Bild.

Ob sie schon einmal von einem Auswandereragenten namens Schwendt gehört hätten? Immer wieder Achselzucken und diese verbitterte Gleichgültigkeit.

Da rollte Georg ein Ball vor die Füße. Er hob ihn auf und stand einem vielleicht sechsjährigen Bengel gegenüber, der lachend auf ihn zurannte und an ihm hochhüpfte.

»Gib mir den Ball wieder, ich will meinen Ball wieder haben.«

Georg grinste und hielt den Ball hoch über seinen Kopf. Da sah er sie. Sie war dem Jungen hinterhergelaufen, blieb stehen und betrachtete belustigt die Szene, die sich vor ihren Augen abspielte. Georg achtete nicht mehr auf den Kleinen, der sich gerade an seinem linken Bein festgeklammert hatte.

Und plötzlich versank die Welt um ihn herum ins Nichts. Nur ihre Augen nahm er wahr, diese tiefen blauen Augen in ihrem schmalen Gesicht, das von ihrem langen dunklen Haar eingerahmt war und locker über ihre Schultern fiel.

Sie sah ihn neugierig an. Doch er konnte sich nicht von diesen Augen lösen, bis ihr Blick einen fragenden Ausdruck annahm. Da schreckte er aus seinen Gedanken auf und wandte sich dem Jungen zu, der dort unten an seinem Hosenbein quengelte.

»Aufgepasst, eins, zwei, drei!« Er wartete einen Moment, dann ließ er den Ball fallen und der Kleine gab augenblicklich sein Bein frei und warf sich drauf.

Mit einem Satz war er wieder auf den Beinen. Treuherzig schaute er Georg an. »Spielst du mit?« Und ohne eine Antwort abzuwarten warf er ihm den Ball zu: »Da, fang!«

Mit einer schnellen Bewegung pflückte sich Georg das Ding aus der Luft. Es war aus Stofffetzen mit groben Stichen zusammengenäht. Der Ball war wohl mit Stroh gefüllt, denn er ließ sich gut mit einer Hand greifen.

»Spielt deine Schwester auch mit?«, lachte Georg übermütig und warf dem Mädchen ebenfalls den Ball zu, ohne dass er eine Antwort abgewartet hätte. Überrascht versuchte sie ihn mit beiden Händen aufzufangen, aber er entglitt ihr und landete auf dem Boden.

»Verloren, verloren«, jubelte der Junge und schnappte sich seinen Ball, bevor sie ihn aufheben konnte.

Schon wollte sie sich umdrehen und mit dem Kleinen an der Hand losziehen, da rief Georg hastig: »Halt, nicht so schnell, wartet doch noch einen Augenblick!«

Er ging in die Hocke und zog den Jungen zu sich heran. »Wie heißt du denn, kleiner Mann?«

»Bin kein kleiner Mann, bin der Christoph!«, antwortete er trotzig.

Georg schaute zu dem Mädchen hoch und fragte: »Und wie heißt denn deine schöne Schwester?«

»Bärbel«, lachte der Bub. »Aber das ist nicht meine Schwester, das ist mein Bäsle.« Dann fragte er frech: »Willst du sie heiraten?«

Georg ging aus der Hocke hoch. Etwas verlegen streckte er dem Mädchen seine Hand hin und stellte sich vor: »Ich bin Georg, Georg Schmidt aus Ellhofen.«

Das Mädchen blickte etwas zaghaft auf seine kräftige Zimmermannspranke, bevor sie ihm vorsichtig ihre Hand gab. »Ich bin Barbara, Barbara Pfitzer aus Löwenstein.«

Georgs Vater, der das Geschehen, das kaum länger als eine Minute gedauert hatte, amüsiert verfolgt hatte, stutzte und fragte nach: »Ist dein Vater der Flaschnermeister Pfitzer?«

»Nein, das ist mein Onkel«, antwortete das Mädchen und fragte fast erschrocken: »Sie kennen ihn?«

»Nur flüchtig«, beschwichtigte sie Heinrich Schmidt, der ihre Unsicherheit bemerkt hatte. »Seid ihr hier im Lager?«

»Wir warten auf unser Schiff nach Amsterdam«, antwortete Barbara, »aber jetzt muss ich los und Onkel und Tante den Ausreißer zurückbringen.«

»Dürfen wir mitkommen? Ich hätte ein paar Fragen an deinen Onkel. Wir beide sind nämlich auch auf dem Weg nach Amerika.«

Statt einer Antwort flog ein Lächeln über ihre Lippen. Flüchtig winkte sie den beiden, ihr zu folgen und kurz darauf standen sie vor einem abenteuerlich wirkenden Zelt. Zwei grobe Pferdedecken waren über aufeinandergestapelte Kisten geschlagen, seitlich mit prall gefüllten Packsäcken beschwert. Ein Mann im schwarzen Sonntagsanzug machte sich gerade an der oberen Kiste zu schaffen.

Heinrich klopfte ihm kurzerhand kräftig auf die Schulter. »Grüß dich, Hans.«

Der Angesprochene fuhr herum und stierte ihn mit aufgerissenen Augen an. Dann lachte er fröhlich und schlug in Heinrichs dargebotene Hand ein.

»Ja jetzt!... Das ist doch der Heinrich Schmidt aus Ellhofen. Wie lange haben wir uns nicht mehr gesehen! Was führt dich denn zu uns abgemeldeten, heimatlosen Flüchtlingen?«

Hans Pfitzer hörte seine Geschichte betroffen an. Als Schmidt auf Schwendt zu sprechen kam, unterbrach ihn Pfitzer aufgeregt. »Ferdinand Schwendt, dieser Aasgeier, hat er dich auch reingelegt? Da bist du nicht der einzige! Ich hab von einigen Familien hier im Lager gehört, dass sie ihr Geld an ihn verloren haben. Das scheint ein ganz gerissener Seelenverkäufer zu sein, aber es gibt ja eine ganze Bande von diesen Lumpen. – Und was wollt ihr jetzt machen?«

Heinrich und Georg erstarrten. Was sie bisher nur befürchtet hatten, war in diesem Augenblick schreckliche Gewissheit geworden. Dieser Schuft war also tatsächlich mit ihrem Geld auf und davon!

Plötzlich hatte Georg wieder das Bild vor Augen: nach der Rede des Agenten in Weinsberg sein Onkel im Gespräch mit dem Kerl im schwarzen Mantel vor dem Haus seines Großvaters. Und wenn es damals doch Schwendt gewesen war? Was hatte sein Onkel Friedrich dann mit ihm zu schaffen gehabt? Steckten die beiden unter einer Decke? War das alles ein abgekartetes Spiel, um an ihren Hof zu kommen?

Hans Pfitzer bemerkte die lähmende Wirkung seiner Worte und versuchte sie zu beruhigen: »Vielleicht kommt ihr auf Pump hinüber. Die Bärbel will's so versuchen. Das Fahrgeld reicht nur für mich, meine Frau und meinen kleinen Christoph. Der zahlt ja nur die Hälfte.« Dann musterte er Georg. »Dein Sohn? Was ist er denn von Beruf?«

Georg antwortete knapp anstelle seines Vaters: »Ein seit Wochen arbeitsloser Zimmermann!«

»So, so, Zimmermann. Die braucht man überall und die werden auch von den Kapitänen gerne mitgenommen. Drüben suchen sie dringend Handwerker und du bist noch jung, in ein paar Jahren hast du dein Fahrgeld abverdient.«

Wie abwesend hatten ihm die beiden zugehört, denn der Schreck saß tief in ihren Gliedern. Dann verabschiedeten sie sich rasch. Doch bevor sie loszogen, warf Georg Barbara einen schnellen Blick zu. »Wir sehen uns wieder!«

Bei diesen Worten blickte Hans Pfitzer überrascht auf, aber Georg und Heinrich eilten bereits der Stadt zu.

»Wir müssen endlich rausfinden, was hier gespielt wird. Das lass ich nicht auf mir sitzen«, schnaufte Heinrich Schmidt.

»Der Notar ist nicht zu sprechen.« Mit diesen Worten warf der griesgrämige, weißhaarige Hausdiener ihnen die Tür vor der Nase zu. Fassungslos hieb Schmidt mit beiden Fäusten an das mit Ornamenten verzierte, geschnitzte Tor. Nichts rührte sich.

Georg schaute nach oben. Über dem aus gelbbraunem Sandstein gemauerten Erdgeschoss ragten drei Fachwerkgeschosse immer weiter in die Straße hinein. Den spitzen Giebel zierte eine Wetterfahne. Auch die Nebenhäuser und die Häuser gegenüber waren ähnlich gebaut, sodass nur ein schmales Stück Himmel der Straße Licht spendete.

»Ich muss rauskriegen, wo ich diese Verbrecher auftreiben kann«, brummte Heinrich grimmig.

Georg sah ihn voller Zweifel an. »Glaubst du wirklich, dass ein ehrenwerter Notar sich mit solchen Halunken abgibt?«

»Wenn wir einen Hinweis auf sie bekommen können, dann bei ihm, du hast doch gehört, was der Holländer gesagt hat«, antwortete sein Vater trotzig und hämmerte noch einmal kräftig auf die Tür ein.

Wenn sie weiterhin einen solchen Radau machten, ließe er die Stadtwache kommen, giftete der Hausdiener hinter der verschlossenen Tür.

Dann wurde es einen Augenblick ruhig, Georg und Heinrich hörten gedämpfte Stimmen, der Riegel wurde zurückgeschoben und ein Herr mittleren Alters erschien im Türrahmen. Er trug einen dunkelblauen Frack und eine seidene Weste. Die ergrauten Haare und die buschigen Augenbrauen verliehen seinem Aussehen Würde und eine gewisse Unnahbarkeit.

Der Notar betrachtete sie mit einer Mischung aus offener Neugier und Missbilligung. Die beiden Besucher überragten ihn um Haupteslänge. Der eine von ihnen, der ältere, machte einen wütenden Eindruck, der jüngere wirkte gelassener.

»Warum denn so erregt? Wenn Sie auswandern wollen, dann kommen Sie doch bitte morgen wieder. Ich habe mein Büro für heute geschlossen.«

Aber Heinrich Schmidt wollte sich damit nicht abspeisen lassen. Er packte die Gelegenheit beim Schopf. Ohne auf seine Worte einzugehen, fragte er den Notar: »Ist Ihnen ein gewisser Ferdinand Schwendt bekannt?«

Erstaunt blickte dieser nun von Heinrich zu Georg, dann links und rechts an ihnen vorbei in die Gasse, als ob er sich vergewissern wollte, dass niemand ihr Gespräch mithörte. Er schwieg einen Moment, fuhr sich mit der Hand übers Gesicht und bat sie endlich, einzutreten.

Mit schnellen Schritten ging er ihnen voraus durch den langen dunklen Flur und öffnete eine breite Tür, die in einen düsteren Raum führte. Erst als der Notar das Fenster geöffnet und die Läden zurückgeschlagen hatte, drang spärliches Licht von der Gasse herein.

Mit einem unwilligen Ächzen ließ er sich in einen Sessel hinter einem ausladenden Schreibtisch fallen und bedeutete ihnen mit einer fahrigen Handbewegung, gegenüber in zwei hohen Lehnstühlen Platz zu nehmen. Dann stützte er seinen Kopf in beide Hände und schaute sie eine zeitlang schweigend an.

»Dieser Ferdinand Schwendt«, begann er dann zögernd das Gespräch, »das ist doch der, der vor zwei, drei Wochen in Weinsberg aufgetreten ist und verbilligte Verträge für die Überfahrt nach Philadelphia angeboten hat?«

»Ja, genau der. Er hat uns betrogen«, rief Georg heftig.

Heinrich hatte inzwischen seinen Hut abgenommen und drehte ihn verlegen zwischen den Fingern und begann unsicher seine Worte zurecht zu legen.

»Entschuldigen Sie unseren heftigen Auftritt. Ich bin Heinrich Schmidt, Weingärtner aus Ellhofen. Der junge Mann neben mir ist mein Sohn Georg, von Beruf Zimmermann, ebenfalls aus Ellhofen. Die Sache ist die...«

Notar Strehlin unterbrach ihn mit einer ungeduldigen Geste. Er saß nun kerzengerade hinter seinem Schreibtisch. »Sparen Sie sich Ihre Geschichte. Ich kann mir lebhaft ausmalen, was passiert ist. Schwendt ist ein ganz gerissener Betrüger. Wenn die Bezeichnung Seelenverkäufer auf jemanden zutrifft, dann auf ihn. Aber er handelt ja nicht allein. Eine ganze Bande ist an dem Geschäft beteiligt.«

Er stand auf und trat ans Fenster. »Schwendt spielt hier nur die Rolle des Werbeagenten. Mit falschen Versprechungen und gefälschten Papieren will die Bande rasch an das Vermögen der Leute kommen. Lumpen wie er tauchen in letzter Zeit überall auf, wo immer mehr sich gezwungen sehen, auszuwandern. Auch in Mannheim, Mainz, Köln, Rotterdam und Amsterdam sind sie unterwegs, um den Auswanderern das letzte Geld aus der Tasche zu ziehen. Und überall haben sie ihre Leute sitzen, die bei diesem Riesenschwindel kräftig mitverdienen.«

Strehlin drehte sich wieder ihnen zu und fuhr sie ärgerlich an: »Warum habt ihr euch nicht an ein seriöses Maklerbüro gewandt? Ah, ich verstehe, er hat euch auch eine billige Überfahrt zum Sonderpreis versprochen, habe ich recht? Was habt ihr ihm denn gegeben?«

Stockend berichtete Heinrich Schmidt nun doch, was ihnen widerfahren war. Mit einer kläglichen Frage, was sie denn jetzt tun könnten, beendete er seine Schilderung.

Der Notar lachte bitter: »Eure quittierten sogenannten Vorverträge sind keinen Pfifferling wert und zur Polizei gehen, hat selbst dann wenig Aussicht auf Erfolg, wenn ihr konkrete Hinweise hättet, wo Schwendt sich gegenwärtig aufhält. Ich kann euch genau sagen, wie's dann weitergeht: Die Polizei nimmt den Schaden auf, behält eure Vorverträge als Beweisstücke, heftet sie fein säuberlich ab und archiviert sie, dann leiten sie vielleicht sogar ein Verfahren gegen Schwendt ein. Der ist aber längst woanders unterwegs. Vielleicht hält er sich heute in Mannheim, Amsterdam, Rotterdam oder in Antwerpen auf, vielleicht treibt er sich in Hessen oder irgendwo im Badischen rum, vielleicht ist er auch auf dem Weg nach Amerika, denn selbst dort hat die Bande ihre Verbindungsleute.«

Georg staunte, wie gut der Notar Bescheid wusste.

Dieser fuhr fort: »Sie haben nämlich rausgekriegt, dass es ein gutes Geschäft ist, die Versteigerung der abgebrannten Auswanderer in den Häfen der Vereinigten Staaten zu organisieren und noch mehr Geld wird dabei verdient, wenn man die Schuldknechte erst mal auslöst, aber dann an Interessenten aus den Südstaaten oder dem Westen weiterverkauft.«

Strehlin setzte sich wieder in seinen Sessel, betrachtete einen Augenblick die schwere Eichendecke des Raumes, bevor er weiter erklärte: »Viele Kapitäne sind ebenfalls an diesen

Betrügereien beteiligt. Sie nehmen Auswanderer ohne eigenes Vermögen mit und erhalten drüben von den Ersteigerern einen viel höheren Betrag als den eigentlichen Fahrpreis. Dafür muss der Auswanderer dann jahrelang schuften und durch seine Arbeit oft ein Mehrfaches von dem ableisten, was die Überfahrt ihn gekostet hätte – wenn er das Geld dazu gehabt hätte. Und stellt euch die Folgen dieser menschenunwürdigen Veranstaltung vor: Familien werden auseinandergerissen, Eltern verlieren ihre Kinder aus den Augen. Es ist ein Elend.«

Georg schaltete sich in das Gespräch ein. »Aber wenn das alles bekannt ist, warum legt man dieser Bande nicht endlich das Handwerk?«

Strehlin lachte gallig: »Bis die Polizei eingreifen kann, sind Leute wie Schwendt längst weg. Wissen Sie, wie lange es dauert, bis man von Heilbronn aus bei Schluchtern, bei Gundelsheim oder bei Neuenstadt am Kocher die Grenze des Königreichs Württemberg erreicht hat?«

Er gab Georg keine Chance, auf die Frage zu antworten. »Keinen halben Tag ist das zu Fuß! Dann sind sie im Großherzogtum Baden und die württembergische Polizei ist machtlos. Und von Mannheim aus sind sie gleich in Hessen und dem Zugriff der badischen Polizei entzogen. Wenn sie dann wieder zurückkommen, haben sie sich andere Papiere und einen anderen Namen zugelegt. Nein, man müsste an die Hinterleute der Bande herankommen, aber die halten sich bedeckt und agieren äußerst vorsichtig. Einige mehr oder weniger angesehene Heilbronner Bürger sind wohl auch dabei.«

»Und warum macht man das nicht überall bekannt? Man müsste doch vor solchen Betrügern warnen.«

Strehlin sah Georg mitleidig an. »Das geschieht doch! Regelmäßig warnen die Behörden vor solchen Seelenverkäufern. Erst vor wenigen Wochen wurde in den Zeitungen wieder darüber berichtet. Aber die Leute vergessen so rasch oder sie lesen eben keine Zeitung.«

Der Notar hatte sich wieder erhoben, sah aus dem Fenster und wandte ihnen den Rücken zu. In Gedanken ging er die Lage rasch durch. Sollte er – ja musste er sie nicht davon abhalten, gegen die Heilbronner Bande vorzugehen?

Abgesehen davon, dass diese kriminellen Machenschaften endlich ein Ende haben mussten, verdarben die Seelenverkäufer ihm immer häufiger das Geschäft, zogen mögliche Kunden ab. Aber riskierten die beiden nicht Leib und Leben, wenn sie sich mit diesen Verbrechern einließen?

Andererseits bestand die Möglichkeit, dass durch das Handeln dieser beiden Betrogenen etwas in Gang gebracht würde, was vielleicht endlich auch die Behörden zum Eingreifen brächte. Und zwei gestandene Mannsleute wie dieser junge, kräftige Zimmermann mit seinem Vater, dem zähen Weingärtner, die würden sich schon zu helfen wissen.

Entschlossen drehte er sich um. »Was ich euch jetzt sage, behandelt ihr bitte vertraulich. Beim Falkenwirt verkehren einige Herren, die sich einmal in der Woche zu verbotenen Glücksspielen treffen. Die könnten vielleicht mehr wissen.«

Er trat auf sie zu, lächelte freundlich und reichte ihnen die Hand zum Abschied. Seine anfangs eher abweisende Haltung hatte er inzwischen ganz abgelegt.

»Viel Glück, aber seid vorsichtig. Und wenn ihr etwas herausgefunden habt, lasst es mich wissen.«

4

Eine erste heiße Spur

Seine Gedanken drehten sich im Kreis. Auf ihr Bürgerrecht hatten sie verzichtet, das Haus war verkauft, die Hälfte des Geldes dafür war verloren. Wenn er versuchen würde, auf

Pump von einem Kapitän mitgenommen zu werden, würde das restliche Geld für seinen Vater noch reichen.

Aber Anna und Mutter? Die müssten hierbleiben. Es war zum Verzweifeln. Bis er sein Fahrgeld drüben abverdient hätte, würden Jahre vergehen und sein Vater könnte in Amerika wegen seines Alters höchstens als Tagelöhner Arbeit finden.

Die Familie bliebe zerrissen, so wie sie es jetzt schon war: Anna und seine Mutter in Weinsberg, er und sein Vater wohnsitzlos mit ihren paar Habseligkeiten im Auswandererlager. Brenneisen würde sie nie und nimmer wieder in ihr Haus zurücklassen. Wie er seinen Onkel kannte, hatte der längst einen zahlungskräftigen Interessenten, dem er den Hof weiterverkaufen konnte.

Niedergeschlagen machten sie sich auf den Heimweg. Schmidt starrte auf die Straße, war kaum ansprechbar, antwortete einsilbig. Wie sollte er seiner Frau Marie ihre Lage erklären? Er schämte sich und fühlte gleichzeitig eine ungeheure Wut in sich aufsteigen. Warum musste es immer ihn so hart treffen?

Ob es noch für eine Auswanderung nach Preußisch Polen reichte? Die Reise in die vor einigen Jahrzehnten preußisch gewordenen polnischen Gebiete dauerte insgesamt nur etwa drei Wochen auf dem Landweg. Pferd und Wagen müsste er sich kaufen. Sie würden preußische Staatsbürger werden und irgendwo in der Gegend von Warschau angesiedelt werden.

Aus dem Weinsberger Tal waren vor Jahren einige Familien dorthin ausgewandert. Er hatte von Briefen in die Heimat gehört, die davor warnten, in diese Wildnis zu ziehen. Zwar erhielte man in den ersten Monaten Unterstützung für den Bau von Hütten, auch Nahrungsmittel, zwar bliebe man lange frei von Steuern und Abgaben, aber schon im ersten Winter damals seien viele krank geworden und gestorben.

»Der Erste hat den Tod, der Zweite die Not, der Dritte das Brot«. Er kannte den Spruch. Der traf auch ganz besonders auf

Russland zu, wohin in den letzten Jahren die meisten Auswanderer aus Württemberg gezogen waren, als die Kriege der jungen Vereinigten Staaten gegen die Kolonialmacht England eine Auswanderung nach Amerika fast unmöglich gemacht hatten.

Der russische Zar suchte nach wie vor deutsche Bauern. Die Fahrt ging quer durch ganz Deutschland nach Lübeck, dann über die Ostsee nach St. Petersburg und über Flüsse und Kanäle zu den Siedlungsgebieten an der Wolga – oder die Donau abwärts von Ulm nach Wien, durch Ungarn und über das Schwarze Meer nach Odessa.

Viele Auswanderer kamen todkrank nach der langen Reise zu Wasser und zu Land dort an. Man hörte von Überfällen wilder Steppenvölker, die ganze Dörfer niedergebrannt und die Bewohner in die Sklaverei verschleppt hatten.

Ganz anders klangen dagegen die Nachrichten aus Amerika. Dort schien alles im Aufschwung. Es gab keinen König, keine adeligen Blutsauger, man war freier Bürger eines freien Landes. Zugegeben, die Überfahrt über den Atlantik konnte Monate dauern, wenn man Pech mit dem Wetter hatte, und viele Auswanderer starben bereits an Bord.

Brenneisen hatte wieder einmal getobt. Immerhin hatte er sein Angebot wiederholt, Marie und Anna in seinem Hause aufzunehmen. Georg und Heinrich dagegen sollten sehen, wo sie unterkämen. Das hatte er ihnen unmissverständlich klar gemacht. Ihren Hof hatte er tatsächlich schon verkauft. Jetzt müssten sie schnellstens raus.

Die wenigen Sachen, die sie mitnehmen konnten, waren schnell gepackt. Als Heinrich und Marie vor dem leergeräumten Haus standen, in dem sie zwanzig Jahre gemeinsam verbracht hatten, fühlten sie, dass etwas in ihrem Innern endgültig zerbrochen war. Es war ein Abschied nicht nur von ihrem Haus, sondern von einem halben Leben, das sie hier gemeinsam mit den Kindern verbracht hatten.

»Wir werden schon zurechtkommen«, versuchte Marie ihren Mann zu trösten, »versucht ihr beide nach Amerika zu fahren. Anna und ich kommen nach, sobald es geht.«

Heinrich ging nicht darauf ein. Starr blickte er die Straße hinunter und presste trotzig zwischen den Lippen hervor: »Ich werde die Lumpen finden. Und wenn wir unser Geld wieder haben, dann fahren wir gemeinsam los.«

Marie sah ihn befremdet an. Hatte er noch nicht begriffen, wie es um sie stand oder wollte er nicht einsehen, dass er bereits verloren hatte? Was sollte er allein gegen die gerissenen Betrüger ausrichten?

Sie nahm seine Hand: »Heinrich, sei doch vernünftig. Du weißt selbst, dass du das nicht schaffst – und außerdem – du setzt dein Leben aufs Spiel!«

Heinrich drehte sich wortlos um, lud die Gepäckstücke auf den Leiterwagen, den ihnen Brenneisen gnädig zur Verfügung gestellt hatte, und half seiner Frau beim Aufsteigen. Mit Pferd und Wagen zogen sie aus ihrem Heimatdorf hinaus. Er sah sich nicht mehr um, schaute nicht nach links und rechts, blickte mit versteinertem Gesicht auf die Straße. Ihn fröstelte. Nur weg, weit weg vom Getuschel der Nachbarn, weg vom Spott der Besserwisser, weg von Brenneisen mit seinen ewigen Vorwürfen.

Georg und Anna waren abseits der Chaussee durch die Felder an der Sulm entlang nach Weinsberg vorausgegangen. Was würde sie in den nächsten Tagen erwarteten? Wie sollte es bloß weitergehen? Anna fürchtete sich vor einem Leben als verarmte Verwandtschaft im Haus ihres Onkels, dem sie sich trotz seiner Unnachgiebigkeit ihrem Vater gegenüber dankbar zeigen sollte. Sie würde das nicht lange aushalten.

Georg bat sie dringend, bei der Mutter zu bleiben. Ihm war bei dem Gedanken nicht wohl, dass Anna nicht bei Brenneisen in Weinsberg bleiben wollte. Für seine Mutter würde es schwer genug werden. Und wenn Vaters Wut endlich verraucht wäre, würde man weitersehen. Vielleicht gab es doch noch einen Weg, dass sie zusammenbleiben konnten?

Der Abschied vor Brenneisens Haus war kurz. Georg lud Mutters und Annas Gepäck ab, half seiner Mutter beim Absteigen und stieg zu seinem Vater auf den Wagen. Sein Onkel ließ sich nicht sehen.

Ihre unterschwellige Angst, als sie sich trennten, versuchten sie zu verdrängen. Morgen kämen Georg und der Vater ja wieder vorbei, um dem Onkel das Fuhrwerk zurückzubringen. Heute zogen beide damit weiter nach Heilbronn zum Auswandererlager.

Sie suchten sich einen freien Platz zwischen den Biwaks, luden ihre paar Habseligkeiten ab und richteten sich notdürftig für die Nacht ein. Unter all den Auswanderern, die hier auf ihre Abfahrt warteten, verspürten sie eine leise Hoffnung, irgendwann doch noch auf einem der Neckarschiffe losfahren zu können. Aber morgen wollte Heinrich Schmidt zunächst dem Hinweis von Notar Strehlin nachgehen und beim Falkenwirt nachfragen.

Die Nacht war lau. Zwischen den Biwaks loderten kleine Lagerfeuer, um die sich die Familien scharten. Hans Pfitzer kam zu ihnen herüber und lud sie ein, sich zu ihnen zu setzen. Bedenken, sie könnten ihre Sachen doch nicht unbeaufsichtigt lassen, tat er ab.

»Wir Auswanderer sind zwar arm und staatenlos, aber keine Spitzbuben. Eure Nachbarn passen schon auf, dass sich kein Fremder an euer Gepäck heranmacht. Anstand und Ehre werden wir nicht in der Heimat zurücklassen.«

Barbara rückte zur Seite und nickte Georg freundlich zu, der die Gelegenheit gleich nutzte und sich neben das Mädchen setzte. Heinrich Schmidt nahm neben Pfitzer Platz und bot ihm seinen Tabaksbeutel an. Beide stopften sich ihre Pfeifen. Schmidt berichtete von seinem Schwager.

Pfitzer nickte, er kenne ihn seit vielen Jahren und er legte auch gleich los: »Der Brenneisen geht über Leichen. Wenn der ein gutes Geschäft wittert, nimmt er keine Rücksichten. Wenn der im Oktober in Löwenstein als Weinaufkäufer auftritt, macht er vor den anderen Weinhändlern die Ware schlecht, bringt sie dazu, den Preis für den gekelterten Traubenmost herunterzuhandeln und macht dann kurz vor Schluss des Schacherns noch ein gnädiges Angebot, damit er den Zuschlag bekommt. So drückt er den Preis, um seinen Profit zu steigern. Manchmal schanzt er einem seiner Konkurrenten auch einen günstigen Kauf zu, weil er weiß, dass er auf deren Mitspielen bei diesem Handel angewiesen ist. Ehrlichen Handwerkern gegenüber ist er so pingelig, dass er seine Rechnung erst bezahlt, wenn der letzte angebliche Mangel behoben ist. Das kann Monate dauern, manchmal sogar Jahre. Aber bei der gegenwärtig miesen Auftragslage findet er immer wieder einen Dummen, der für ihn schafft.«

Heinrich wollte das Gespräch über seinen Schwager nicht weiter fortsetzen. Es war ihm peinlich. Und außerdem: Was sollte er ihn weiter schlecht machen? Es nützte ja eh nichts mehr. So wechselte er das Thema und fragte Pfitzer, bei wem er denn seinen Vertrag für die Überfahrt abgeschlossen hätte.

»Notar Strehlin hat mich an die Amsterdamer Firma Zwißler vermittelt. In Amsterdam soll ich mich an einen ihrer Agenten wenden, der uns auf der Fahrt nach Philadelphia begleitet.«

»Vom Zwißler hat der Schwendt auch geredet«, murmelte Schmidt in Gedanken versunken.

Pfitzer zog einen zerknitterten Zettel aus der Tasche. »Hier habe ich mir das Wichtigste notiert, damit ich nicht immer in den Verträgen nachsehen muss. Das Schiff heißt *Hope*, das heißt auf Deutsch Hoffnung. Und wir haben einen deutschen Kapitän, der heißt Klein.«

Er steckte den Zettel wieder in seine Jackentasche und sagte: »Ich will so wenig wie möglich dem Zufall überlassen. Es kostet mich fast mein gesamtes Vermögen, aber ich hoffe, dass ich drüben bald Arbeit finde. In Philadelphia gibt es eine Anlaufstelle für Einwanderer aus Deutschland, die Deutsche Gesellschaft von Pennsylvanien. Die müssen uns weiterhelfen. Ich hab die Adresse von Strehlin bekommen.«

Heinrich seufzte. »Du hast deine Auswanderung gut vorbereitet, hast an alles gedacht.«

»Dafür gibt's Probleme mit den Papieren. Du bist Ellhofener, also Württemberger und hast das Recht auf freien Zug. Löwenstein gehört zwar auch zum Königreich Württemberg, aber als Leibherr seiner Untertanen will der Fürst von Löwenstein auch noch ein Wörtchen mitreden, wenn's ums Auswandern geht. Deshalb kommen wir hier nicht los. Wir wollten eigentlich mit dem letzten Schiff schon reisen. Jetzt muss ich morgen noch mal aufs Amt nach Löwenstein.«

Von einem der Lagerfeuer klang ein Lied herüber.

»Das kenn ich.« Barbara hob den Kopf und lauschte, dann summte sie die Melodie mit.

Georg legte seinen Arm um ihre Schulter. Sie ließ es geschehen. Er dachte kurz nach. »Kennst du auch die vierte Strophe?«

Barbara überlegte einen Augenblick, lachte kurz auf und sagte: »Das meinst du jetzt nicht im Ernst!«

Georg ließ sich nicht aus dem Konzept bringen, wartete, bis die Melodie aus der Ferne an der richtigen Stelle angekommen war und sang leise:

»Würdest du gleich einmal von mir getrennt,
lebtest da, wo man die Sonne kaum kennt,
ich will dir folgen durch Länder, durch Meer,
Eisen und Kerker und feindliche Heer...«

Er drückte sie leicht an sich, sie lehnte ihren Kopf an seine Schulter.

»Ach, Georg, es ist so schön, zu träumen, aber die Wirklichkeit sieht anders aus als in dem alten Volkslied vom Ännchen von Tharau. Ich hab doch nichts. Drüben in Amerika muss ich jahrelang mein Reisegeld abverdienen. Du wirst als Zimmermann bald Arbeit finden und mich schnell vergessen haben.«

Georg tat ihre Nähe unendlich wohl. Ihre Worte machten ihn traurig und glücklich zugleich. Sie waren sich gerade erst begegnet, aber für ihn war etwas geschehen, was er bisher nicht gekannt hatte. Sie schien ihm so vertraut, als wären sie bereits eine Ewigkeit zusammen. Seit er sie gesehen hatte, hatte sich sein Leben verändert, und er wünschte sich, dass diese Vertrautheit nie enden würde.

Es war schon seltsam: Schier unüberwindliche Hindernisse türmten sich wie hohe Meereswellen vor ihm auf und doch sah er mit einem Mal deutlich ein Ziel in der Ferne, das allmählich immer deutlicher sichtbar wurde. Sollte es nur ein Traum bleiben oder könnte er diesen in die Tat umsetzen, ein Neuanfang mit Barbara, drüben in Amerika?

Hier und jetzt war sein Leben völlig aus der Bahn gelaufen, so wie er dastand, – ohne Arbeit, ohne Wohnung, ohne jede Sicherheit. Aber um so deutlicher sah er, dass er sein Schicksal selbst in die Hand nehmen und sein Leben selbst neu ausrichten musste, und er war fest davon überzeugt, dass diese Begegnung mit Barbara etwas damit zu tun hatte und nicht nur eine flüchtige Episode in seinem Leben bleiben sollte.

»Träume sind wie Leuchttürme«, sagte er leise. »Es ist schön zu träumen, um den traurigen Alltag zu vergessen. Aber Träume können einem auch Hoffnung, sogar Kraft geben, etwas zu erreichen, was bisher unerreichbar schien. Eigentlich bin ich nur ein arbeitsloser Zimmermannsgeselle ohne festen Wohnsitz und auf der Wanderschaft. Aber ich will etwas mit meinem Leben anfangen. Ich will Baumeister werden, Häuser planen und sehen, wie sie in die Höhe wachsen. Ich habe kein Geld, aber einen Kopf voller Ideen und die Hoffnung, drüben in Amerika damit beginnen zu können – und irgendwas in meinem Herzen sagt mir, dass du dazugehören sollst.«

Barbara streichelte seine Hand. »Wenn ich könnte, würde ich mich in deinen Traum schleichen und dafür sorgen, dass er sich erfüllt.«

Sie hatten das Fuhrwerk nach Weinsberg zurückgebracht. Marie und Anna zeigten ihnen das Zimmer, das Brenneisen ihnen überlassen hatte. Es lag im Dachgeschoss, war groß, hell, und einfach, aber gediegen eingerichtet. In der Ecke stand ein gusseiserner Ofen. Es war das Zimmer, das Marie vor ihrer Heirat bewohnt hatte.

Heinrich spürte einen Stich in seiner Brust. Sein Schwager machte ihnen damit klar, dass seine Schwester nach der missglückten Ehe mit ihm in ihr Elternhaus zurückgekehrt war. Er konnte sich vorstellen, wie Brenneisen diesen Triumph auskostete, wie er darauf wartete, dass er endlich fortging nach Amerika und seine Frau und seine Tochter zurückließ.

Marie spürte, was in Heinrich vorging. Wenn er doch endlich Vernunft annähme! Wenn er sich nicht gegen sein Schicksal stemmen würde! Sie könnte dann energischer ihrem Bruder gegenüber auftreten, ihn vielleicht sogar dazu bewegen, Heinrich eine Arbeit zu geben, Georg vielleicht auch, oder beiden wenigstens helfen, irgendwo eine Arbeit zu finden.

Aber mit seinem Eigensinn nahm ihr Heinrich alle Argumente aus der Hand. Sie hörte Friedrich schon sagen, dass Heinrich das ja gar nicht wolle, und was das Schlimmste dabei war, er hätte damit sogar recht. Immer wieder hatte sie es im Guten versucht, geduldig auf ihn eingeredet, aber Heinrich hatte ihre behutsam vorgebrachten Vorschläge schroff zurückgewiesen. Dieser verfluchte Stolz!

Für Anna war ein zweites Bett in Maries Zimmer gestellt worden. Sie saß niedergeschlagen da und hörte dem Gespräch ihrer Eltern zu, ohne sich daran zu beteiligen. Georg drängte zum Aufbruch. Er hielt diese Gespanntheit, welche die Luft zum Brennen brachte, nicht mehr aus.

Marie wollten sie nicht gehen lassen, bat sie inständig, sie sollten sich eine anständige Wohnung suchen, sich irgendwo einmieten. Heinrich wehrte ab. Er hatte die Hoffnung noch nicht aufgegeben, doch noch die Anzahlung, die er Schwendt gegeben hatte, zurückzubekommen.

»Wenn Strehlin recht hat, und Heilbronner Kaufleute bei dieser Schweinerei mitmachen, dann muss denen das Handwerk gelegt werden. Das werden die Herren Beamten auf dem Rathaus einsehen müssen. Und ich kann beweisen, welche Summe ich Schwendt bezahlt habe.«

Marie blitzte ihn an. »Diese Heilbronner Herren, von denen Strehlin geredet hat – wenn es sie überhaupt gibt – die lachen doch über deine Behauptungen und ihnen wird bestimmt mehr geglaubt als dir. Sei doch nicht so stur. Du machst damit doch alles nur noch schlimmer!«

Schließlich hatte sie aufgegeben, Georg weinend umarmt, ihren Mann kurz an sich gedrückt und sie hinausbegleitet. Anna war im Zimmer geblieben.

Auf dem Rückweg von Weinsberg kehrten sie im *Falken* in Heilbronn ein. Schmidt sprach den Wirt ohne Umschweife an, als sie ihr Bier bestellten.

»Ab und zu soll es hier Gelegenheit zu einem kleinen Spielchen geben?«

Als dieser nicht reagierte, sondern sie nur skeptisch musterte, griff Schmidt in die Tasche seines Jacketts und warf eine Handvoll Gulden auf den Tisch, die er mit einer großspurigen Geste gleich wieder einstrich und in seiner Tasche verschwinden ließ. »Wer möchte denn nicht von Zeit zu Zeit das Glück auf die Probe stellen? Es muss ja nicht gleich an die große Glocke gehängt werden.«

Georg staunte, wie sich sein Vater verstellen konnte! Fast hatte er den Eindruck, er hätte Spaß an diesem Theater. Hatte er den Streit im Haus seines Onkels vor wenigen Stunden in Weinsberg so schnell weggesteckt?

Der Wirt schaute sich unsicher um, dann sagte er leise: »Kommen Sie bitte mit.«

Mit einem kurzen Wink forderte er sie auf, ihm zu folgen. Durch eine Tür hinter dem Schanktisch führte er sie in ein geräumiges Zimmer. Georg hätte hier keinen derart vornehmen Salon erwartet. Die Wände waren nach französischer Mode mit Stoff tapeziert, von der eingezogenen, reich verzierten Stuckdecke hing ein Leuchter mit Glaskristallen und Kerzen. Um einen ovalen, schweren Eichentisch gruppierten sich einige mit gelbem Leder bezogene Lehnstühle.

»Hier treffen sich jeden Mittwoch einige ehrenwerte Bürger der Stadt zum Kartenspielen. Von irgendwelchen Glücksspielen weiß ich nichts.«

Er grinste Schmidt vielsagend an. »In meinem Haus geht alles mit rechten Dingen zu. Was die Herren sonst noch unter sich abmachen, keine Ahnung. Heute Abend trifft sich die Mittwochsrunde wieder. Ihr könnt ja um sieben noch mal bei mir hereinschauen. Ich will dann sehen, ob sich was machen lässt.«

Georg ließ inzwischen seine Blicke schweifen. Er wusste, sie würden pünktlich da sein und er wollte sich die Lage des Zimmers im Haus und andere Einzelheiten einprägen. Die Fenster auf der anderen Seite des Tisches gingen wohl zur Rückseite des Hauses. Genau konnte er das nicht erkennen, denn die schweren taubenblauen Vorhänge vor den dichten Gardinen waren zur Hälfte zugezogen und ließen nur wenig Licht in den Raum. Den Gedanken, hinüberzugehen, sie aufzuziehen um hinauszuspähen, gab er gleich wieder auf. Das konnte er jetzt nicht wagen. Aber an der rechten Seitenwand entdeckte Georg eine zweite kleine Tür. Wohin die wohl führen mochte?

Sie hatten sich bereits wieder an ihren Tisch gesetzt, der Wirt brachte ihnen zwei Krüge Bier und verschwand wieder hinter seinem Schanktisch. Georg erschien ihr Vorhaben immer gewagter.

»Kann schon sein, dass wir heute Abend mehr erfahren könnten, mir ist aber trotzdem nicht wohl dabei. Die Sache scheint mir viel zu gefährlich. Willst du tatsächlich mit denen um Geld spielen? Du weißt ja gar nicht, um welche Einsätze es geht! Und wie willst du sie denn zum Reden bringen?«

»Wir müssen an die Leute rankommen«, antwortete sein Vater mit scheinbarer Gelassenheit. »Ich mach das allein und du wartest hier. Ich hab mir schon was überlegt. Lang werde ich sicher nicht in dieser Runde bleiben.«

Georg staunte über die Entschlossenheit und die Selbstsicherheit, die sein Vater plötzlich zeigte. War es der Mut der Verzweiflung, der ihn antrieb? Und doch wurde er immer unsicherer, ob das richtig war und ob seine Mutter nicht doch recht hatte. Trotzdem – die Entscheidung war gefallen. Sein Vater würde sich nicht mehr umstimmen lassen und jetzt war es seine Pflicht, ihn zu unterstützen.

Er trommelte nervös mit den Fingerspitzen auf den Tisch, wartete eine Zeit lang, um beim Wirt keinen Verdacht zu erregen, und stand dann wortlos auf. Sein Vater blickte ihn fragend an, aber Georg konnte jetzt nicht erklären, was er vorhatte, sagte nur, dass er sich ein bisschen umschauen wolle, und machte sich auf den Weg quer durch den Saal.

Ein dunkler Gang neben dem Ausschank führte zu den Toiletten im Hinterhof. Tatsächlich kam er, wie er erwartet hatte, an einer schmalen Tür vorbei. Das musste der zweite Eingang zum Hinterzimmer sein!

Er ließ seine Erinnerung an seine Beobachtungen am Nachmittag in Gedanken vorbeiziehen, sah das Zimmer hinter dem Tresen vor sich und nickte. Vorsichtig drückte er die Klinke. Die Tür war abgeschlossen. Das war zu vermuten gewesen. Er schaute sich noch im Hof um und kehrte dann zufrieden in die Gaststube zu ihrem Tisch zurück.

»Das Zimmer hat einen zweiten Ausgang, hast du ihn vorhin bemerkt?« Ohne eine Antwort abzuwarten, erklärte er seinem Vater, was er soeben entdeckt hatte.

»Diese kleine Seitentür führt in den Flur. Sie ist jetzt verschlossen, aber ich wette, heute Abend nicht. Links geht es zum Hinterhof und zu den Toiletten, ob es da auch raus auf die Straße geht, weiß ich nicht. Es gibt da zwar ein Tor, aber das war zu und wird wohl auch heute Abend verschlossen sein. Rechts kommst du über den Flur gleich in die Gaststube. Setz dich möglichst nahe an diese kleine Tür, falls du dich auf und davon machen willst – oder musst. In wenigen Augenblicken bist du dann hier bei mir und unter all den Gästen, die heute Abend da sein werden, in Sicherheit. Der Wirt wird nicht wollen, dass seine Mittwochsrunde auffliegt. Zur Not kannst du dich ja lauthals vor all den Gästen beklagen, dass hier falsch gespielt wird.«

Als die Rathausuhr sieben Mal schlug, betraten sie den *Falken*. Der Wirt schien sie zunächst nicht zur Kenntnis zu nehmen. Erst als Heinrich die Bedienung aufforderte, ihn an ihren Tisch zu bitten, schaute er zu ihnen hinüber, nickte kurz und verschwand im Hinterzimmer.

Jetzt war es Zeit für Georg. Seinen Vater hatte er auch diesmal nicht eingeweiht, das schien ihm besser so. Vermutlich hätte er versucht, ihn von seinem Plan abzubringen. Aber er würde möglicherweise mehr erfahren als sein Vater, wenn der sich direkt mit den Herren von der Mittwochsrunde einließ.

Er stand auf, achtete nicht weiter auf seinen Vater, steuerte den Gang zu den Toiletten an und postierte sich hinter der zweiten Tür des Salons. Ein schwacher Lichtschein drang durch die Türritzen und obwohl im Zimmer mit gedämpften Stimmen gesprochen wurde, verstand er jedes Wort.

»Was denken Sie sich? Wir haben um größte Diskretion gebeten. Wir sind eine geschlossene Gesellschaft. Sie können doch nicht jeden beliebigen Fremden zu uns einladen!«

Kleinlaut rechtfertigte sich der Wirt. Er habe es ja nur gut gemeint und die Herren seien betucht. Das Geld sitze ihnen locker in der Tasche.

»Ein für allemal. Wir haben Ihren Salon zu einem guten Preis gemietet, damit wir uns hier ungestört über unsere Geschäfte unterhalten können. Aber wir können uns künftig auch in einem anderen Gasthaus treffen.«

Der Wirt entschuldigte sich wortreich, dann zog er sich zurück. Georg entschied sich, noch einen Augenblick auszuharren. Die Stimmen wurden leiser, aber einzelne Wortfetzen konnte er noch aufschnappen.

Die Sache dürfe nicht auffliegen. Der Schwendt hätte es zu toll getrieben. Er sei ein guter Mann, aber in Heilbronn dürfe er sich nicht mehr sehen lassen. Er müsse zunächst in Mannheim bleiben. Am besten sei es, die Runde heute ausfallen zu lassen, ob diese Fremde Spitzel der Polizei wären?

Inzwischen teilte der Wirt Schmidt die Absage der Mittwochsrunde mit. Wo denn sein Sohn sei, fragte er ihn dann misstrauisch.

Der sei kurz austreten gegangen.

Der Wirt zog die Augenbrauen hoch, drehte auf dem Absatz um und machte sich auf den Weg zu den hinteren Räumen. Schmidt wurde es heiß und kalt. Er wusste zwar nicht genau, was Georg vorhatte, aber er konnte sich denken, dass er nicht nur zur Toilette hatte gehen wollen. Lautstark rief er den Wirt zurück. Der aber ließ sich nicht aufhalten, ahnte vermutlich ebenfalls, wo Georg steckte, und stürzte davon.

Georg hatte seinen Vater rufen hören. Blitzartig wurde er sich der Gefahr bewusst, als Lauscher entdeckt zu werden. Die zwanzig Schritte zum Abtritt im Hinterhof würde er nicht mehr schaffen. Sollte er so tun, als ob er gerade von dort zurückkäme? Doch darüber nachzugrübeln hatte er keine Zeit. Da entdeckte er einen offenen Verschlag unter der Treppe und drückte sich hinein – gerade noch rechtzeitig, bevor der Wirt die Türe ganz geöffnet hatte, kurz an der kleinen Seitentüre zum Hinterzimmer unschlüssig stehen blieb und dann entschlossen zum Hinterhof losstürmte. Als seine Schritte sich in der Ferne verloren hatten, lief Georg in die Gaststube zurück.

Kaum hatte er sich zu seinem Vater gesetzt, wurde ihm bewusst, dass er einen schweren Fehler begangen hatte. Er hätte der Begegnung mit dem Wirt nicht ausweichen dürfen, einfach so tun müssen, als käme er von den Toiletten.

Wenn dieser klug kombinierte, musste ihm der Verdacht kommen, dass Georg sich vor ihm versteckt hatte. Trotzdem war es zunächst das Beste, wenn sie einfach ganz ruhig an ihrem Tisch sitzen blieben. Wenn sie jetzt fluchtartig den *Falken* verließen, würden sie sich gleich verdächtig machen.

Noch ganz außer Atem berichtete Georg, was er gerade gehört hatte, während er die Tür, durch die der Wirt jeden Moment kommen musste, im Auge behielt.

Das war tatsächlich mehr als eine erste Spur. Strehlins Verdacht schien bestätigt. Schwendt gehörte einer Bande an, die in Heilbronn am Werk war. Aber wie sollte es jetzt weitergehen? Sollten sie mit dieser Information gleich morgen zum Notar gehen oder direkt zur Polizei?

Während sie darüber mit verhaltener Stimme diskutierten, öffnete sich die Tür hinter dem Schanktisch und die Herren der Mittwochsrunde erschienen zusammen mit dem Wirt in der Gaststube. Alle vier waren auffallend gut gekleidet. Heinrich und Georg beendeten sofort ihr Gespräch und starrten zu ihnen hinüber. Einer der Herren wechselte ein paar Worte mit dem Wirt, dann trafen sich ihre Blicke. Der kräftige Mitvierziger steuerte rasch auf ihren Tisch zu.

»Die Herren sind fremd hier? Sind – wie man mir sagte – in Geschäften unterwegs?«

Überrascht blickten Heinrich und Georg auf. Was sollten sie antworten? Ohne zu fragen schnappte sich der Mann einen Stuhl, setzte sich neben Georg und rückte dicht an ihn heran. »Hier in der alten Reichsstadt Heilbronn gibt es einiges zu entdecken und es lässt sich hier gut leben, wenn man seine Nase nicht überall hineinsteckt.«

Er klopfte mit der flachen Hand kurz auf den Tisch, lachte laut auf, als ob er einen Scherz gemacht hätte, erhob sich und schloss sich den anderen an, die ihnen höflich zulächelten und gerade dabei waren, den *Falken* zu verlassen. Finster blickte der Falkenwirt zu ihnen hinüber. Es war wohl höchste Zeit, nun ebenfalls aufzubrechen.

Am Abend fand Georg in seiner Jackentasche einen Zettel. Als er ihn las, überlief ihn ein kalter Schauer: »Mischt euch nicht in fremde Angelegenheiten, wenn euch euer Leben lieb ist.«

5

Letzte Warnung

Sie schoben sich durch die Menschenmenge an Gemüseständen auf dem Marktplatz vorbei zu der mächtigen Rathaustreppe. Die kunstvolle Uhr in der Mitte der prachtvollen Vorderfront schlug gerade Zehn, als sie das Gebäude betraten.

Dafür sei Assessor Trefz zuständig, entschied der diensteifrige Türwächter, nachdem er Heinrich Schmidt kurz angehört hatte, und begleitete sie eine Etage höher. Er wies auf eine der dunklen Holzbänke im langen Flur vor den hohen Türen der Dienstzimmer, bat sie Platz zu nehmen und verschwand in einem der angrenzenden Räume, um sie anzumelden. Hier sollten sie warten, bis man sie aufriefe.

»Wir schildern einfach unsere Lage. Die müssen einschreiten, wenn sie nicht wollen, dass in ihrer Stadt vor ihren Augen Betrüger am helllichten Tag Verbrechen begehen.«

Heinrich Schmidt sprach laut und bestimmt auf seinen Sohn ein und gab sich Mühe zuversichtlich zu wirken. »Wenn wir auch aus Ellhofen kommen und keine Heilbronner Bürger sind, der Schwindel findet hier im Heilbronner Hafen statt. Hier steckt der Butzen, hier müssen die Beamten hellhörig werden und endlich handeln.«

Georg blieb skeptisch. »Strehlin hat schon recht, wenn er sagt, Beweise müssten her. Außer den vermutlich falschen Vorverträgen und einem schwachen Hinweis auf die Betrügereien von Schwendt haben wir nichts in der Hand.«

»Er hat uns um unser halbes Vermögen gebracht, ist das nichts? Dein Onkel hat in diesen Tagen unseren Hof verkauft und wir stehen auf der Straße«, donnerte sein Vater.

Georg legte seine Hand auf die geballte Faust, die Heinrich Schmidt auf sein Knie hatte niedersausen lassen, und versuchte seinen Vater zu beruhigen. Er blickte zu dem Fremden hinüber, der auf der Bank gegenüber saß und sie interessiert musterte. Er mochte etwa im selben Alter wie sein Vater sein, wache Augen dominierten sein knochiges Gesicht. Über den buschigen Brauen wölbte sich eine hohe Stirn, die eine senkrechte Falte über der Nasenwurzel teilte.

Jetzt räusperte sich der Grauhaarige und zeigte damit an, dass er sich in ihr Gespräch einschalten wollte. »Verzeihen Sie meine Neugier. Es geht mich sicher nichts an, aber ich höre aus Ihren Worten, dass Sie wohl einem dieser Seelenverkäufer ins Netz gegangen sind. Man hört in diesen Tagen viel davon. Schrecklich, wie gewissenlose Zeitgenossen die Not ihrer Mitmenschen ausnützen und sie um ihr Hab und Gut bringen. Da muss endlich was passieren.«

Heinrich Schmidt blickte erschrocken auf. Sein Gegenüber in blauem Frack und hellgrauer Hose schien seine Verwirrung zu bemerken. Er beugte sich leicht vor und lächelte ihnen zu. »Entschuldigen Sie, ich habe mich Ihnen noch gar nicht vorgestellt. Mein Name ist Manz, Georg Manz, Kaufmann in Heilbronn.« Er zögerte einen Moment, dann fragte er nach: »Sie kommen aus Ellhofen?«

Schmidt ließ mit seiner Antwort auf sich warten. Ob er dem Fremden trauen konnte? Weshalb interessierte sich dieser elegant gekleidete Heilbronner Kaufmann überhaupt für ihre Geschichte? Doch dass er so entschieden diese Bande von Betrügern verurteilt hatte, ermutigte ihn. Offenbar nahm man in Heilbronn derartige Vorfälle doch nicht auf die leichte Schulter, und da er zuvor schon so offen vor den Ohren des Fremden mit Georg geredet hatte, entschloss er sich, sich ebenfalls vorzustellen und dem Fremden ihre Lage zu schildern.

Als Schmidt erzählte, seine Frau sei bei ihrem Bruder, dem Weinhändler Friedrich Brenneisen, in Weinsberg untergekommen, zog Manz kurz die rechte Augenbraue hoch und wirkte gleich danach wie abwesend. Sein Blick schwenkte an ihnen vorbei, als fixiere er einen bestimmten Punkt an der gegenüberliegenden Wand.

Georg überlegte: Kannte der Fremde Brenneisen? Hatte er vielleicht geschäftlich mit ihm zu tun gehabt? Das alles dauerte nur wenige Augenblicke. Georg sah, wie er sich bemühte, seine Fassung wieder zu gewinnen. Bald kam wieder Leben in seine Züge und gleich darauf verzog er sein Gesicht zu einer grimmigen Miene.

»Was sind das für Zeiten, wenn fleißige Bauern und Handwerker zur Auswanderung getrieben und dann auch noch von gewissenlosen Geschäftemachern und Menschenhändlern übers Ohr gehauen werden. Das hätte es zu Reichsstadtzeiten nicht gegeben, da war so etwas bei uns strikt verboten. Wie man heute sieht aus gutem Grund.«

Da öffnete sich die Tür und sein Name wurde aufgerufen. Manz griff hastig in die Brusttasche seines Jacketts und zog, während er sich erhob, eine Visitenkarte hervor. »Wenn Sie Hilfe brauchen, sprechen Sie bei mir vor.«

Er gab Schmidt zum Abschied die Hand, nickte Georg freundlich zu und verschwand hinter der Tür der Amtsstube.

Schmidt starrte auf die Karte. »Was soll ich damit? Ist der auch Rechtsanwalt? Meinst du, er würde sonst zwei wildfremden Menschen wie uns seine Hilfe anbieten?«

Georg stand immer noch unter dem Eindruck dieser unerwarteten Begegnung mit dem vornehmen Herrn, dessen Auftreten ihn auf merkwürdige Weise berührt hatte. Wie der mit seinem Vater gesprochen hatte! Als ob er mit Seinesgleichen redete und nicht mit einem armen Weingärtner vom Lande, der drauf und dran war auszuwandern. Kein Standesdünkel, keine Distanz war in seinen Worten, in seinem ganzen Verhalten ihnen gegenüber zu spüren gewesen.

Nachdenklich antwortete er seinem Vater: »Dieser Heilbronner Kaufmann war wirklich wütend über das, was uns passiert ist. Das war nicht gespielt. Vielleicht hat er Verbindungen zu hohen Beamten in der Stadtverwaltung und kann uns tatsächlich weiterhelfen. Steck die Karte ein. Wir sollten auf jeden Fall nichts unversucht lassen.«

Nach einer halben Stunde wurden sie endlich vorgelassen. Der Beamte mit dem blassen Kindergesicht nahm zunächst umständlich ihre Personalien auf. Dann wartete er ungeduldig, bis Schmidt seinen Fall geschildert hatte, und fragte ihn, ohne weiter auf die Aussage Bezug zu nehmen, nach den Verträgen, die er mit Schwendt abgeschlossen hätte.

Schmidt reichte sie ihm über den Schreibtisch, der Assessor warf einen kurzen Blick hinein, der kaum genügen konnte, ihre Namen zu finden. Dann lehnte er sich in seinem Stuhl zurück und musterte die beiden eine Weile wortlos und missmutig. »Was für eine üble Mischung von Überheblichkeit und Beschränktheit!«, dachte Georg.

Der Mann, kaum dreißig, mit schütterem hellbraunen Haar, das er kurz geschnitten trug, mit schmaler Nickelbrille auf seiner auffällig kurzen, platten Nase, spielte offenbar genüsslich seine Autorität aus. Georg glaubte gar einen spöttischen Zug um seine Mundwinkel erkennen zu können.

Jetzt räusperte sich der Assessor, klappte die eben angelegte Akte wieder zu, schob sie beiseite und sagte mit leicht schnarrender Stimme herablassend: »Ein Betrüger namens Schwendt ist bei uns nicht aktenkundig. Ihre Schiffsverträge lassen ebenfalls nicht auf Betrug schließen. Vielleicht ist der Reiseagent aufgehalten worden? Er ist – wie Sie selber sagten – ständig unterwegs von Heilbronn nach Mannheim, von Mannheim nach Amsterdam oder Antwerpen. Nun sehen Sie, es ist gerade mal einen Monat her, seit Sie bei ihm die Papiere unterschrieben haben. Haben Sie doch etwas Geduld.«

»Aber Notar Strehlin hat doch klar gesagt...«

Trefz unterbrach Schmidts Einwurf, ließ ihn nicht mal ausreden. Sein Ton verschärfte sich, seine Stimme wurde lauter. »Der Strehlin ist doch selbst so ein Menschenfänger, der gut an der Auswanderung verdient. Dass die verdammten Agenten sich untereinander schlecht machen, um an die Kunden zu kommen, liegt doch auf der Hand. Dieses ganze Auswanderungsfieber, das da wie eine Krankheit ausgebrochen ist, ruft doch erst die schlimmen Zustände hervor. Hunderte, ja Tausende fallen auf die falschen Versprechungen der Werber herein, verkaufen Hals über Kopf Haus und Hof und glauben, drüben in Amerika reich werden zu können.«

Schmidt versuchte seine aufkommende Wut zu unterdrücken. »Wissen Sie, wie es einem wie uns nach zwei ausgefallenen Ernten geht? Zwei Jahre kein Einkommen! Für das Nötigste zum Weiterleben Äcker, Wiesen und Weinberge zu einem Spottpreis verkaufen! Können Sie sich vorstellen, wie das ist, wenn nach und nach alles, was man sich aufgebaut hat, den Bach runtergeht, mit der Aussicht, dass einem schließlich auch noch der Hof gepfändet wird? Wir wandern sicher nicht aus Leichtsinn und Abenteuerlust aus, auch nicht, weil wir glauben, drüben reich zu werden, nein, wir haben keine andere Wahl!«

Der Assessor verschränkte die Arme hinter seinem Kopf. Er schien nicht besonders beeindruckt von Schmidts Schilderung. In belehrendem Ton antwortete er: »Es ist doch nicht so, dass der Staat in Notzeiten nichts täte. Das Königreich Württemberg hat Unmengen Korn aufgekauft, um die Preise stabil zu halten und Wucher vorzubeugen. Außerdem gibt es in jeder Gemeinde kostenlose Suppenverteilungen, damit die Menschen nicht Hunger leiden müssen. Und da reden Sie davon, dass Sie gezwungen wären, davonzulaufen. Da muss man eben mal für eine gewisse Zeit den Gürtel enger schnallen und auf Gott und den König vertrauen.«

Er schüttelte den Kopf, winkte mit seiner Rechten unwillig ab und machte ihnen damit deutlich, dass er das Gespräch beenden wollte.

In kühlem zurechtweisendem Ton fasste er zusammen: »Zurück zu Ihrer Klage. Ich stelle fest: Es gibt keinerlei Beweise für die Existenz einer Seelenverkäuferbande in Heilbronn, wie Notar Strehlin angeblich behauptet hat. Ihr persönlicher Fall mag manchem bedauerlich erscheinen und dass Sie sich Sorgen machen, kann ich nachvollziehen, vielleicht klärt sich aber alles doch noch zu aller Zufriedenheit auf. Das Einzige, was mir wert erscheint, weiter verfolgt zu werden, ist der Verdacht, dass im Gasthaus zum *Falken* unerlaubte Glücksspiele veranstaltet werden. Wir werden denen mal auf die Finger sehen. Mehr kann ich heute für Sie nicht tun.«

Er stand auf, ging zur Tür und entließ sie.

»Das war's dann«, meinte Heinrich Schmidt fassungslos, als sie die Rathaustreppe zum Marktplatz hinunterstiegen.

»So ein blasierter Idiot«, schimpfte Georg, »komm, wir gehen zu Manz.«

»Zuerst zu Strehlin!«, brauste Schmidt auf. »Dieser Assessor Trefz hat doch keine Ahnung! Der will seine Ruhe haben. ›Schwendt ist auf dem Heilbronner Rathaus nicht aktenkundig!‹, hat er gesagt. Das reicht ihm, um die Klage abzuweisen! Dabei hat er sich nicht einmal die Mühe gemacht, sich weiter nach dem Betrüger zu erkundigen. Und die Drohung, die du in deiner Jackentasche gefunden hast, die hat der doch gar nicht ernst genommen. Der ist doch der festen Überzeugung, wir seien selbst schuld an unserem Unglück, weil wir auf den verwegenen Gedanken gekommen sind, auswandern zu wollen. Aber aufgeben kommt nicht in Frage. Diese Lumpen verjubeln gerade unser Geld und wir stehen da wie zwei begossene Pudel.«

»Vater, wir haben nichts in der Hand, was die Bande überführen könnte!«

»Dem Strehlin werd ich Bescheid sagen, was man auf dem Heilbronner Rathaus über ihn denkt. Vielleicht bringt ihn das dazu, selbst etwas gegen diese Burschen zu unternehmen. Ich hör mich weiter um. Pfitzer hat von anderen Opfern der Seelenverkäufer gesprochen. Mit denen will ich reden und der Falkenwirt weiß auch mehr, als er zugibt. Außerdem gibt es noch den Holländer, den Wollenberg. Vielleicht taucht der noch mal im *Kranen* auf.«

Er lief los, mit großen Schritten, über den Marktplatz Richtung Kirchbrunnenstraße. Georg konnte ihm kaum folgen.

Der Besuch bei Strehlin brachte wenig. Das sei ja die Crux, hatte der geseufzt, als Schmidt ihm von seinem Gespräch mit Trefz erzählt hatte. Erst wenn handfeste Beweise vorlägen, würden die Behörden etwas unternehmen. Aber was sie im *Falken* erfahren hätten, bestätige seine Befürchtungen.

Dann hatte er ihnen Mut gemacht, nicht aufzugeben und sie freundlich verabschiedet.

Am Nachmittag wanderte Georg nach Weinsberg hinüber, während sich sein Vater im Auswandererlager umhören wollte. Kaum hatte er das Haus seines Onkels betreten, kam ihm seine Mutter mit Kopftuch, Eimer und Besen entgegen.

»Ich mach mich etwas nützlich hier im Haus. Die Arbeit lenkt mich auch ab«, meinte sie etwas verlegen, ließ Besen und Eimer stehen, nahm das Kopftuch ab und ging voraus, die Treppe nach oben zu ihrem Zimmer unterm Dach. Ja, es gehe ihnen hier gut, Friedrich habe sie freundlich aufgenommen und ihnen keine Vorwürfe gemacht, sagte sie auf seine Nachfragen.

Doch Georg spürte ihre bedrückte Stimmung. Sie machte ihm deutlich, was sie von Vaters Plänen hielt, wollte gar nicht wissen, was sie inzwischen herausgefunden hatten, und bat ihn beim Abschied inständig, auf Vater einzuwirken, doch endlich seinen Eigensinn und seine Rachegedanken, die ihn nur weiter in sein Unglück rennen ließen, aufzugeben.

Er war froh, als er sich endlich wieder verabschieden konnte. Seine Schwester, die inzwischen dazugekommen war, erklärte, dass sie noch ein paar Schritte mitkommen wollte und Mutter hatte zustimmend genickt.

Anna und Georg hatten sich auf eine Bank vor der Weinsberger Stadtmauer am Grasigen Hag gesetzt und blickten in die Ferne zum blauen Horizont der Bergzüge jenseits des Sulmtals.

»Der Onkel ist unausstehlich. Er behandelt Mutter und mich wie Hausangestellte, Mutter tut so, als ob ihr das nichts ausmacht, aber ich sehe doch, wie sie leidet, und das halte ich nicht länger aus. Was soll bloß werden! Der Vater verrennt sich in eine aussichtslose Verbrecherjagd, unser Hof ist weg und auswandern können wir nicht mehr. Georg, kannst du nicht Vater dazu bringen, mit dem Irrsinn aufzuhören?«

»Der lässt sich eben nicht einfach alles gefallen, dazu ist er zu stolz, und vielleicht kann er ja doch was erreichen«, wich

Georg aus. »Notar Strehlin hat sich an unserem Fall interessiert gezeigt und dieser Kaufmann Manz hat uns sogar versprochen zu helfen. Vater sträubt sich zwar noch, die Hilfe anzunehmen, aber vielleicht kann ich ihn umstimmen. Manz scheint reich zu sein, er hat auch Verbindungen nach Amerika, das hat Pfitzer aus Löwenstein angedeutet, als ich ihm von unserem Gespräch im Rathaus erzählt habe.«

Anna drückte die Hand ihres Bruders. »Wenn wir nur zusammenbleiben könnten, ganz gleich ob hier oder in Amerika.«

Auf dem Weg zurück ins Städtchen versuchten sie vergeblich die trüben Gedanken zu verdrängen und Georg erzählte vom Auswandererlager, von Pfitzers, die sie eingeladen hatten, von Christoph und seinem Ball – Barbara erwähnte er nicht. Dafür schilderte er das bunte Treiben, die Lagerfeuer am Abend und kam schließlich auf die Leute zu sprechen, die dort auf ihr Schiff warteten und zwischen ihrem Gepäck saßen.

»Alle wollen sie so schnell wie möglich weg aus Deutschland und schimpfen auf die Steuereinzieher, die Gemeindebeamten, die ihnen nicht helfen und sogar noch Prügel in den Weg legen. Sie kommen mir vor wie Schiffbrüchige auf den Resten ihres gesunkenen Schiffs auf hoher See, angetrieben von einer verzweifelten, letzten Hoffnung, dem sicheren Tod zu entkommen, wenn sie ein Rettungsboot aufnimmt.«

Georg erzählte ihr von jungen Burschen und Mädchen, die darauf hofften, ihr Fahrgeld in Amerika abverdienen zu können. Anna wurde sofort hellhörig und fragte nach Einzelheiten. Georg blieb stehen und redete eindringlich auf sie ein: »Du musst bei Mutter bleiben. Sie braucht dich jetzt. Und sobald es geht, holen wir euch nach.«

»Das sagst du jetzt so«, antwortete Anna traurig, »aber daran glaube ich nicht mehr und du weißt auch, dass es ein Abschied für immer sein wird.«

Georg drückte sie an sich und sagte kein Wort. Anna blickte ihm lange nach, als er sich vor dem Haus ihres Onkels verabschiedet hatte.

Es war schon Abend, als Georg den Weinsberger Sattel erreichte und Heilbronn vor sich liegen sah. Kurz vor dem Sülmertor traf er auf Pfitzer, der gerade aus Löwenstein zurückkam. Gemeinsam setzten sie ihren Weg fort.

»Ich war noch einmal auf dem Fürstlichen Rentamt. Es kann nur noch wenige Tage dauern, dann sollen die Nachsteuern und Ablösungszahlungen im gesamten Königreich Württemberg abgeschafft werden, also heißt's weiter warten. Dort oben ist die Not noch schlimmer geworden. Der Wohltätigkeitsverein mit seiner Suppenküche tut, was er kann. Der Fürst hat 200 Gulden zur Verfügung gestellt, um warme Speisen unter die Ärmsten zu verteilen. Immer mehr Leute leiden Hunger, manche haben seit Tagen nichts zu essen außer der Armensuppe. Da geht's uns vergleichsweise noch gut. Aber wenn sich unsere Abfahrt noch lange hinauszögert, haben wir unser Fahrtgeld verfuttert, bevor wir losgefahren sind.«

Er zog seinen Schiffsplan aus der Tasche. »Was wir an Bord der *Hope* kriegen sollen, klingt phantastisch. Hör mal: Sonntags ein Pfund Rindfleisch mit Gersten, zwei Suppen; Montags ein Pfund Mehl und ein Pfund Butter für die ganze Woche, Dienstags ein halbes Pfund Speck mit Erbsen gekocht, drei Suppen, Mittwochs ein Pfund Mehl, Donnerstags ein Pfund Rindfleisch mit Kartoffeln, Freitags ein halbes Pfund Reis, samstags ein halbes Pfund Speck mit Erbsen, drei Suppen, ein Pfund Käse und sechs Pfund Brot für die ganze Woche.«

»Uns das soll einer ganz allein essen?«

Pfitzer sah Georg mitleidig an. »Als ich das in Löwenstein vorlas, bekamen die ganz glasige Augen und beglückwünschten mich zu meinem Entschluss.«

Georg erzählte von seinem Besuch in Weinsberg, Pfitzer sprach ihm Mut zu. »Deine Mutter und deine Schwester müssen bei deinem Onkel wenigstens keinen Hunger leiden und für euch gibt's sicher auch einen Weg.« Er rechnete ihm vor: »Schau her, 240 Gulden habt ihr verloren, die sind endgültig weg. Das wird dein Vater auch noch begreifen. 170 Gulden kostet eine Überfahrt nach Amerika. Ihr habt noch etwa 300 Gulden. Da fehlen doch nur 40 Gulden für euch zwei und noch etwas Reisegeld dazu. Hast du nicht von dem Heilbronner Kaufmann Manz erzählt, der euch Hilfe angeboten hat? Wenn du mich fragst, lasst die Suche nach den Betrügern sein und kommt mit uns. In wenigen Tagen geht die Fahrt los. Bärbel wird sich freuen.«

Georg schmunzelte, trotz seiner trüben Gedanken. Hatte der Alte etwas von ihrem Gespräch am Lagerfeuer vor einigen Tagen mitbekommen oder hatte Barbara gar selbst mit ihm darüber gesprochen?

Heinrich Schmidt erwartete Georg bereits im Auswandererlager. Er war außer sich. »Der Falkenwirt ist ein ganz übler Bursche. Als ich ihn ganz höflich noch einmal auf die Mittwochsrunde angesprochen habe, ist er handgreiflich, fast gewalttätig geworden. Ich sei ein Spitzel, der ihn bei der Stadt angeschwärzt hat! Er veranstalte keine Glücksspiele in Hinterzimmern und ich soll machen, dass ich davonkomme. Vom Stuhl hat er mich hochgerissen und hin und her geschüttelt. Wenn im letzten Augenblick nicht Wollenberg dazwischengegangen wäre, hätte es böse ausgehen können.«

»Wollenberg?«

»Ja Wollenberg, der Holländer, war auch im *Falken*. Er hat sich zu mir an den Tisch gesetzt, mir ein Glas Wein spendiert und sich nach unseren Nachforschungen erkundigt. Ich soll dir auch einen schönen Gruß ausrichten.«

Pfitzer hatte kopfschüttelnd zugehört. »Da hast du's. Heinrich, hör auf, deinem verlorenen Geld nachzulaufen. Das hat doch keinen Sinn. Schau nach vorne. Komm mit uns nach Amerika und in ein, zwei Jahren hast du das Fahrgeld für deine Frau und deine Tochter zusammen und lässt sie nachkommen.«

Schmidt zuckte die Achseln, brummte Unverständliches vor sich hin und setzte sich auf eine Kiste. Pfitzer bot ihm seinen offenen Tabakbeutel an, doch Schmidt winkte ab und versank in dumpfes Brüten.

Georg machte sich auf zu Barbara, die alleine zwischen den Kisten hantierte. »Hast du Lust zu einem kleinen Bummel am Neckar?«

Barbara strahlte ihn an und nickte. Georg nahm ihre Hand, die sich warm in seine schmiegte. Eine Weile gingen sie wortlos nebeneinander her, dann brach Barbara endlich das Schweigen. »Ihr könntet es doch auch so machen wie ich. Du wirst als Zimmermann in jedem Fall ohne Geld mitgenommen, deine Schwester wahrscheinlich auch. Dann könnte euer Geld für deinen Vater und deine Mutter vielleicht sogar reichen. Womöglich legt dein Onkel noch etwas drauf, wenn es um seine eigene Schwester geht, oder dieser Manz.«

Georg schüttelte den Kopf. »Wenn es so einfach wäre. Mein Vater hat sich in den Kopf gesetzt, das Unrecht notfalls allein aus der Welt zu schaffen, der Sturkopf! Aber es sieht so aus, als käme er tatsächlich weiter. Das macht es umso schwerer, ihn aufzuhalten. Ein holländischer Gesandter, ein Notar und ein einflussreicher Heilbronner Kaufmann interessieren sich schon für unseren Fall. Wir wissen jetzt auch, dass die Bande in Heilbronn zu fassen ist. Es ist kaum zu glauben! Der Betrug geschieht vor aller Augen und die Beamten auf dem Rathaus sagen uns, wir sollen weiter geduldig auf diesen Schwendt warten! Vater will einfach nicht einsehen, dass es trotz allem besser wäre, diese unselige Verbrecherjagd aufzugeben, weil wir am Ende doch zu schwach sind, gegen diese betrügerischen Geschäftemacher was auszurichten.«

Er schwieg, warf mit kräftigem Schwung einen Kiesel ins Wasser. Dann wechselte er das Thema. »Ich war noch einmal drüben in Weinsberg. Wenn ich sehe, wie unglücklich meine Schwester im Haus meines Onkels ist, bricht es mir fast das Herz und ich fühle mich mitschuldig.«

Barbara drückte seine Hand. »Du musst dir keine Vorwürfe machen. Sie ist mit deiner Mutter zusammen und irgendwann auch wieder mit dir und deinem Vater. Wenn wir erst mal drüben in Amerika sind, sieht alles wieder anders aus. Du fährst doch mit uns?« Sie sah ihn an, als ob sie über ihre eigene Frage erschrocken wäre.

Georg nahm sie in die Arme. »Ach, Barbara. Nichts lieber als das. Heute Abend rede ich noch einmal mit ihm, versprochen! Vielleicht kann ich ihn doch noch davon überzeugen, dass es viel besser wäre, zu überlegen, wie wir das restliche Fahrgeld auftreiben könnten.«

Barbara stellte sich auf die Zehenspitzen und küsste ihn flüchtig auf die Stirn, dann riss sie sich los und lief ins Lager zurück. Georg schaute ihr überrascht nach und trotz aller Sorgen fühlte er sich mit einem Mal leicht und frei.

Als er zurück zu seinem Vater kam, saß dieser immer noch in Gedanken versunken auf seiner Kiste, brütete vor sich hin. Georg versuchte behutsam, das Gespräch auf das Angebot von Manz zu bringen.

»Es geht ja nicht darum, dass er uns das Geld schenken soll. Wir würden ihm alles wieder zurückzahlen und sogar noch was drauflegen.«

»Bist du dir so sicher, dass wir drüben gleich einen Haufen Geld verdienen werden? Wenn wir tatsächlich Arbeit finden und was zurücklegen könnten, dann würde es lange dauern, bis wir die Fahrtkosten für Mutter und Anna beisammen hätten! Nein, ich will nicht bei Manz Schulden aufnehmen und ich kann das auch nicht einfach abhaken, als ob nichts gewesen wäre. Wie würde das denn aussehen? Ich könnte nicht mehr in den eigenen Spiegel sehen! Außerdem kann ich mir schon das Gesicht von deinem Onkel vorstellen – nein! Morgen gehe ich noch einmal zu Strehlin und mit Wollenberg habe ich mich auch verabredet.« Beschwörend setzte er hinzu: »Gib mir noch ein paar Tage, damit ich mir wenigstens sagen kann, ich hätte alles versucht, was möglich war und dann – meinetwegen – dann fahren wir zwei eben los.«

Georg nahm überrascht zur Kenntnis, dass sein Vater zum ersten Mal davon gesprochen hatte, die Auswanderung notfalls mit ihm alleine zu beginnen. »Wenn wir zusammen mit den Pfisters fahren könnten, könnten wir's schaffen«, hakte er nach. Doch dann spürte er wieder die erbitterte Wut seines Vaters.

»Jetzt wart doch erst einmal ab, was ich morgen bei den beiden erreiche.«

Georgs weitere Versuche, ihn zur Einsicht zu bringen, prallten an ihm ab, ja, sie verstärkten noch seinen Trotz. Es war, als ob er durch seine Unerbittlichkeit gegenüber Georgs Argumenten seine tiefe Verzweiflung verdrängen wollte.

Am nächsten Morgen fand Georg an einer ihrer Kisten einen blutgetränkten Fetzen mit schwarzer Aufschrift: »Letzte Warnung!« Er reichte ihn wortlos seinem Vater. Dem schoss das Blut in den Kopf. Er riss den Zettel an sich und donnerte: »Ich geh zu Manz, aber diesen Wisch bring ich davor dem Trefz im Rathaus vorbei. Den knall ich ihm auf seinen Schreibtisch. Muss man sich denn alles gefallen lassen?«

Heinrich Schmidt war am Abend nicht zurückgekommen. Georg machte die ganze Nacht kein Auge zu, wartete auf ihn, horchte in die Dunkelheit hinein nach den Schritten seines Vaters, nach seiner Stimme.

Auf dem Rathaus und anschließend bei Manz – das konnte doch nicht so lange dauern! Wenn er bei Manz noch zum Abendessen geblieben wäre und dieser ihn überredet hätte, so spät nicht mehr ins Lager zu gehen? Vergeblich versuchte er seine Sorgen beiseite zu schieben.

Gegen Morgen schlief er endlich ein.

Es war bereits später Vormittag, als Barbara nach ihm schaute. »Aufstehen, du Langschläfer!« Sie schlug die Decke zur Seite, die den Eingang zu seinem Verschlag darstellte.

Georg schreckte hoch, sah sich um. »Hast du meinen Vater gesehen?«

Barbara blickte ihn verwundert an. Georg war mit einem Satz auf den Füßen, schnappte seine Jacke. »Ich muss ihn suchen gehen, er ist seit gestern spurlos verschwunden.«

»Vielleicht ist er nach Weinsberg zu deiner Mutter und deiner Schwester«, versuchte ihn Barbara zu beruhigen.

»Das hätte er mir gesagt. Nein, da ist was faul. Ich muss zu Manz.«

Er stürzte an Barbara vorbei, die ihm verwundert nachsah, und lief auf die Stadt zu. Fieberhaft versuchte er sich an die Adresse zu erinnern, die Manz seinem Vater gegeben hatte. Hätte er doch die Visitenkarte genauer angesehen! Sülmerstraße! Da musste es sein! Manz wohnte in einem der neuen Geschäftshäuser beim Sülmertor.

Inzwischen hatte er die Neckarbrücke erreicht, hastete zum Marktplatz, achtete nicht auf die Marktbesucher, die ihm kopfschüttelnd nachschauten, bog bei der Kilianskirche links zum Kieselmarkt ab und erreichte über die Lothorstraße die Sülmerstraße. Nach wenigen Minuten stand er am Sülmer Tor. Er schaute sich um. Wohin jetzt? Ein Bauarbeiter zeigte ihm schließlich das Haus des Kaufmanns.

Ein alter Hausdiener mit weißen Haaren und bärbeißiger Miene öffnete ihm, musterte ihn geringschätzig. Wenn er um

Arbeit nachfragen wolle, solle er sich schnell wieder davonmachen. Georg schüttelte den Kopf.

»Mein Vater hat gestern Herrn Manz besucht«, begann er atemlos. »Ich suche ihn seit heute Morgen. Ich möchte bitte Herrn Manz sprechen.«

Der Hausdiener schaute ihn missmutig an. Er solle sich zum Teufel scheren. Immer wieder ließen sich die Bittsteller was Neues einfallen.

Da erschien Manz in Frack und Zylinder, er war offensichtlich gerade dabei das Haus zu verlassen. Der Alte machte einen letzten verzweifelten Versuch, den ungebetenen Gast loszuwerden und entschuldigte sich wortreich und mit vielen Verbeugungen bei seinem Herrn, der sich aber gar nicht weiter um ihn kümmerte, sondern Georg freundlich begrüßte.

»Ich bin etwas in Eile, aber wenn du mit mir reden willst, kannst du mich ein Stück in die Stadt begleiten.«

Überrascht und mit leichtem Unwillen blickte der Weißhaarige seinem Herrn nach und schloss geräuschvoll die Tür.

Georg kam gleich zur Sache.

»Mein Vater ist seit gestern nicht mehr aufgetaucht. War er bei Ihnen?«

Manz dachte während seiner ersten Schritte Richtung Marktplatz kurz nach. Georg hatte Mühe, sich dem eher gemächlichen Tempo seines Begleiters anzupassen.

Schließlich erinnerte sich Manz: »Ich glaube, es war kurz vor Mittag, als er mich besucht hat. Er war ganz aufgebracht von seinem Gespräch mit Assessor Trefz auf dem Rathaus und hat von einem merkwürdigen Zettel mit einer Drohung geredet. Trefz habe ihn einfach abblitzen lassen, nicht ernst genommen, auf die Zustände im Lager der Auswanderer verwiesen, wo so was eben vorkomme. Ich habe ihn eindringlich gebeten, vorsichtig zu sein...«

»Hat er Ihnen gesagt, wohin er dann wollte?«, unterbrach ihn Georg ungeduldig. Manz blieb stehen, dachte nach.

»Ja, ich erinnere mich an eine kurze Bemerkung deines Vaters. ›Jetzt muss der Holländer ran‹, hat er gesagt. Ich hab nicht verstanden, was er damit meinte, ihn aber auch nicht weiter danach gefragt. Er solle sich doch beruhigen, habe ich ihn immer wieder gebeten. Dann habe ich ihm angeboten, ihm einen Kredit für das verlorene Geld zu vermitteln. Dazu stehe ich auch jetzt noch, das kannst du ihm gerne ausrichten. Aber davon wollte er nichts wissen.«

Georg kombinierte: Vermutlich war sein Vater gleich zum *Kranen* gegangen, um sich mit Wollenberg zu treffen, war also spätestens am Nachmittag oder am frühen Abend ganz in der Nähe des Lagers gewesen. Er überlegte fieberhaft, was dann geschehen sein konnte. War er noch einmal – wie ursprünglich vorgehabt – zu Strehlin gegangen oder gleich mit Wollenberg zum Wirt in den *Falken*?

Sie hatten das Rathaus erreicht. Manz zog seine Taschenuhr hervor, blickte kurz darauf. »Nimm's mir nicht übel, aber ich muss mich jetzt von dir verabschieden. Du kannst mich aber jederzeit wieder besuchen, am besten abends nach sechs. Dem Hausdiener werd ich Bescheid sagen.«

Er gab ihm zum Abschied die Hand. »Grüß deine Mutter von mir.« Nach kurzem Zögern fügte er hinzu: »Und deine Schwester natürlich auch und richte deinem Vater aus, er soll die Finger von der Sache lassen. Die Seelenverkäufer lassen nicht mit sich scherzen.«

6

Tödliche Gewissheit

Georg machte sich auf den Weg zum *Kranen*. Vielleicht war inzwischen sein Vater schon längst zurück? Ein banges Gefühl in der Magengrube verriet ihm, dass er sich vergebliche Hoffnungen machte. Von der Neckarbrücke blickte er zum Lager hinüber. Dicht gedrängt standen die Menschen am Ufer, aber sie schauten nicht auf den Fluss, nicht auf die anlegenden Schiffe.

Eine Menschentraube hatte sich etwa hundert Meter flussaufwärts vom *Kranen* gebildet. Er drängte sich durch die Menge. Pfitzer erkannte ihn, griff nach seinem Arm.

»Georg, warte.«

Barbara lief ihm weinend entgegen. Georg schob sie einfach beiseite. Die Leute machten ihm mit betretenen Gesichtern Platz. Da sah er ihn. Er lag etwas seitlich vom Treidelpfad, halb verdeckt vom Ufergebüsch.

»Vater!« Georg stürzte auf die Knie und ergriff mit beiden Händen die Schultern des leblosen Körpers.

»Er ist tot, ertrunken, wahrscheinlich unglücklich gestürzt, vermutlich heute Nacht, als er zurück ins Lager wollte.«

Pfitzer versuchte Georg aufzurichten, aber dieser hielt weiter den Oberkörper des Toten in seinen Armen. Er schluchzte laut auf, nahm die Menschenmenge nicht mehr wahr, verharrte stumm über seinen Vater gebeugt, dann erhob er sich und blickte Pfitzer trotzig an. »Das war kein Unfall!«

Georg blieb bei seiner Überzeugung, auch nachdem der kurz darauf eintreffende Arzt ihm nach einer flüchtigen Untersuchung beteuerte, dass er keinerlei Spuren von Gewaltanwendung feststellen konnte.

Da schob sich Franz von Wollenberg durch die Auswanderer, die noch immer an der Stelle, wo man den Toten gefunden hatte, dicht gedrängt standen und lebhaft darüber diskutierten, was sie gesehen und gehört haben wollten, gestern Nacht.

Wollenberg legte seinen Arm um Georgs Schultern. Er hatte Georgs Worte gehört, sprach ruhig auf ihn ein und sagte am Ende: »Wenn Sie wollen, gehe ich mit Ihnen aufs Revier. Die Polizei wird Ihnen vermutlich ein paar Fragen stellen, ein Protokoll anfertigen und dort können Sie dann auch Ihren Verdacht vorbringen.«

Während sein Vater, in Decken gehüllt, auf einen Leiterwagen gehoben wurde, drängte sich Barbara neben ihn. Als würde er sie jetzt erst wahrnehmen, wandte er sich zu ihr und drückte sie fest an sich. Es war ihm, als müsse er von einem bösen Traum erwachen.

Es dauerte einige Zeit, bis er im Stande war, Wollenberg zu antworten. Dann löste er sich sanft von Barbara und sagte: »Es wäre mir tatsächlich eine große Hilfe, wenn Sie mich nachher zur Polizei begleiten. Haben Sie gestern noch mit meinem Vater gesprochen?«

Wollenberg schüttelte den Kopf, streckte ihm seine rechte Hand hin. »Du kannst Franz zu mir sagen, wenn es dir recht ist. So viele Jahre trennen uns ja nicht voneinander. Es ist schrecklich, was geschehen ist. Von ganzem Herzen drücke ich dir mein Beileid aus.«

Auf dem Polizeirevier händigte man ihm die Gegenstände aus, die bei seinem Vater gefunden worden waren. Die silberne Taschenuhr war um halb elf stehen geblieben. Die Vorverträge steckten in seiner Brieftasche, ebenfalls die Ausweise. Sie waren durchnässt, aber noch zu entziffern. Geld hatte man keines bei ihm gefunden.

»Er hatte doch mindestens dreihundert Gulden bei sich«, sagte Georg leise. »Fast unser gesamtes Vermögen. Man hat ihn beraubt und getötet.«

Der Beamte zuckte die Schultern. »Das Amtsgericht wird sich mit der Angelegenheit befassen. Sie werden noch Bescheid bekommen.« Dann las er Georg das Protokoll vor. Kein Wort von einer möglichen Gewalttat.

Franz stand auf, lehnte sich über den Schreibtisch, sodass er dem Beamten direkt ins Gesicht sah, und erklärte in schroffem Ton: »Ich erstatte Anzeige gegen Unbekannt wegen Raubmords, im Namen meines Freundes. Nehmen Sie das bitte auch zu Protokoll. So einfach lassen wir uns nicht abspeisen. Das war kein Unfall, das liegt auf der Hand. Dafür spricht eindeutig der blutgetränkte Fetzen Papier, mit dem die Täter ihre Tat angekündigt hatten.«

»Können Sie ihn denn vorweisen?« Der Beamte lächelte mit gespielter Freundlichkeit. »Man hat jedenfalls nichts dergleichen bei dem Toten gefunden.«

»Dafür werden die Mörder schon gesorgt haben«, erwiderte ihm Franz ruppig.

Ohne darauf einzugehen, schloss der Beamte die Akte, stand auf, reichte Georg die Hand, drückte ihm noch einmal seine Anteilnahme aus und entließ sie. Franz von Wollenberg würdigte er keines Blickes mehr.

»Das lass ich mir nicht gefallen«, wetterte Franz, als sie auf die Straße traten. »Ich werde denen keine Ruhe lassen, ich kenne den Oberamtsrichter persönlich. Die machen sich die Sache zu einfach.«

Georg antwortete nicht. Seine Gedanken überstürzten sich. Eigentlich musste er jetzt schnellstens nach Weinsberg, seine Mutter und seine Schwester benachrichtigen. Aber zunächst trieb es ihn noch einmal zurück zu der Stelle, wo man seinen Vater gefunden hatte.

Mit knappen Worten verabschiedete er sich von Franz und floh aus der Stadt zur Unglücksstelle. Jeden Zentimeter zwischen dem Treidelpfad und der Uferböschung suchte er ab, ohne genau zu wissen, wonach er eigentlich suchte. Glaubte er, dadurch das Geschehen besser begreifen zu können? Die Frage, was hier letzte Nacht geschehen war, ließ ihm keine Ruhe.

Da entdeckte er ganz in der Nähe der Fundstelle unter einem Holunderbusch ein Taschentuch. Es war sauber zusammengefaltet. Er hob es auf und bemerkte einen leichten Geruch von Äther. Als er es auffaltete, fiel ihm das Monogramm in die Augen, ein großes F.

Als ob er gefunden hätte, wonach er gesucht hatte, machte er sich auf ins Lager. Ihre wenigen Habseligkeiten, notdürftig durch einige Planen und Decken geschützt, kamen ihm eigenartig lächerlich vor. Damit hätte der Start in ein neues Leben beginnen sollen? Wohin sollte er mit dem armseligen Kram?

Er beschloss, den größten Teil des Gepäcks nach Weinsberg zu Mutter mitzunehmen. Irgendwo würde er sich einen Leiterwagen beschaffen müssen. Die wenigen Sachen, die er für sich selbst benötigte, stellte er vorläufig bei Pfitzer ab.

»Vielleicht war Heinrich auch nur besoffen gewesen«, quittierte Friedrich Brenneisen die Nachricht vom Tod seines Schwagers lapidar.

Während Georg stockend berichtete, war seine Mutter bleich geworden und schließlich zusammengebrochen. Verzweifelt ließ sie sich auf einen Stuhl fallen und versank in Schweigen. Als Georg sich um sie bemühte, blickte sie kurz auf.

»Ich hab es gewusst«, murmelte sie, nachdem sie sich aus ihrer Erstarrung gelöst hatte.

Anna schmiegte sich mit geschlossenen Augen an sie. Sie sagte kein Wort. Ab und zu durchzuckte sie ein verhaltenes Schluchzen. Georg ging auf die hartherzigen Worte seines Onkels nicht ein, bemühte sich um einen sachlichen Ton.

Brenneisen antwortete ihm fast unwillig. Ja, er könne die Sachen hier lassen. Die Beerdigung würde in Ellhofen stattfinden, dafür würde er schon sorgen, auch wenn Heinrich auf sein Bürgerrecht verzichtet hätte. Kein Wort des Trostes oder Mitleids kam über seine Lippen, im Gegenteil.

»Jetzt hat er auch noch den Rest des Geldes durchgebracht«, bemerkte er grimmig und ließ sie allein. Die Tür ließ er krachend ins Schloss fallen. Anna hob ihren Kopf. Ihre Augen glühten vor Hass. Dann fasste sie sich.

»Vielleicht kann dir Friedrich eine Arbeit verschaffen, ich werde mit ihm reden«, sagte die Mutter leise.

Georg schüttelte den Kopf. »Lass nur, das möchte ich nicht.«

Er verzichtete lieber darauf, von seinem Verdacht zu sprechen, dass der Vater ermordet worden war. Auch Anna gegenüber blieb er bei der Version der Polizei, dass es sich um einen Unfall gehandelt hätte. Ihren Fragen, wo denn das Geld geblieben sei, wich er achselzuckend aus.

In Tränen aufgelöst ergriff Anna die Hand ihrer Mutter. »Jetzt sind wir Onkel Friedrich ganz ausgeliefert.« Ihre Stimme bebte. »Ich kann hier nicht bleiben, hörst du?«

Georg fühlte sich plötzlich zu Tode erschöpft. Was gestern und heute über ihm zusammengestürzt war, schien ihm nun den Boden unter den Füßen wegzuziehen. Obwohl er sich bemühte, einen klaren Kopf zu behalten, kreisten in ihm hilflose Wut, Niedergeschlagenheit und tiefe Ratlosigkeit.

Gestern noch hatte er an eine Zukunft mit Barbara geglaubt, wenn sie erst mal drüben wären. Die Jahre der Dienstverpflichtung würden vergehen, hatte er sich gesagt. Vaters Tod hatte alles verändert. Er konnte doch seine Mutter und seine Schwester hier nicht einfach zurücklassen und sich nach Amerika davonmachen! War er jetzt nicht verpflichtet, weiter nach den Mördern seines Vaters zu suchen?

Und Barbara? Würde er sie nicht tief enttäuschen, wenn er sie einfach allein nach Amerika wegziehen ließ? Er liebte sie doch, das empfand er jetzt stärker als zuvor.

Brenneisens Zorn war bald verraucht. Vielleicht plagte ihn auch sein schlechtes Gewissen wegen seiner bösen Worte. Als er zurückkam, wirkte er versöhnlicher. Er lud Georg zum Abendessen ein, sprach ihm Mut zu. Er sei noch jung, bald gäbe es auch wieder Aufträge für Zimmerleute und wenn er wolle, könne er auch zunächst hier wohnen. Sein schroffes Auftreten schien ihm wirklich leid zu tun.

Georg bedankte sich zurückhaltend und antwortete ausweichend. Morgen müsse er nach seinen Sachen im Lager sehen. Aber er sei froh, wenn er die Nacht über in Weinsberg bleiben könne.

Er hatte höchstens mit ein paar ehemaligen Nachbarn gerechnet, nun war fast das ganze Dorf zur Beerdigung gekommen, außerdem Franz von Wollenberg und Manz. Was wollten die beiden hier?

Manz blieb nach der Begrüßung bei Georgs Mutter stehen, die ihn zunächst beinahe erschrocken angesehen hatte. Aber ihre anfängliche Distanz wich bald einer auffälligen Vertrautheit. Manz schien Georgs Befremden darüber zu bemerken, nahm ihn etwas beiseite.

»Wir kennen uns gut von früher, aus der Zeit vor der Hochzeit deiner Mutter. Ich habe damals immer wieder in Weinsberg im Haus deines Großvaters geschäftlich zu tun gehabt.«

Georg wusste nicht, was er mit dieser Nachricht anfangen sollte. Wenn die beiden sich in ihrer Jugend öfter begegnet, vielleicht sogar befreundet gewesen waren, hätte das zwar erklären können, weshalb Manz sich für ihre Lage interessierte. Aber weshalb hatte ihn Manz bei ihrer ersten Begegnung nicht darauf angesprochen? Seinen Vater hatte er vor wenigen Tagen bei Assessor Trefz im Heilbronner Rathaus wie einen Fremden begrüßt und Vater hatte mit keinem Wort angedeutet, dass ihm Manz aus früheren Zeiten bekannt gewesen sei.

Pfitzer war mit seiner ganzen Familie gekommen. Bei der Begrüßung sah Barbara Georg fast ängstlich an. Plötzlich hatte er wieder das Bild vor Augen, wie er sie grob von sich geschoben hatte, als er seinen Vater tot vor sich liegen sah.

»Ich war so schroff zu dir«, sagte er leise und lächelte. »Kannst du mir verzeihen?« Erleichtert atmete Barbara auf. »Sehen wir uns nachher?«, fragte sie und Georg nickte ihr zu. Anna verfolgte die Szene sehr aufmerksam.

Da kam Franz von Wollenberg auf sie zu. Als er seiner Mutter und ihm kondoliert hatte, trafen sich für einen kurzen Augenblick die Blicke von Wollenberg und Manz, der neben seiner Mutter stand. Warum musterte Manz seinen Freund so misstrauisch, beinahe verächtlich? Georg glaubte eine tiefe Abneigung zwischen beiden zu spüren. Als Manz sich im Gespräch wieder seiner Mutter zuwandte, zog ihn Franz am Ärmel und ging mit ihm ein Stück zur Seite.

»Ich war noch einmal beim Oberamtsgericht. Unsere Klage wurde zwar nicht zurückgewiesen, aber der Richter hat betont, dass es nun mal keinerlei Hinweise auf ein Verbrechen gäbe. Um die illegale Auswandererwerbung würde man sich kümmern. Aber die Sache stinkt, wenn du mich fragst. Der Oberamtsrichter will keine Anklage, weil er keine Untersuchung möchte. Da bin ich mir ziemlich sicher. Ich weiß nur noch nicht warum. Ich war auch bei Strehlin. Für den ist die Sache klar. Dein Vater war den Betrügern auf der Spur und musste aus dem Weg geräumt werden. Die Seelenverkäufer haben ihre Leute hier in Heilbronn, das ist jetzt sonnenklar. Übermorgen fahre ich über Mannheim nach Amsterdam zurück. Ich will mich dort weiter umhören. Willst du mitkommen?«

»Ich kann meine Mutter jetzt nicht allein lassen.«

»Ich denke, da musst du dir keine Gedanken machen«, antwortete Franz mit leicht spöttischem Unterton und blickte vielsagend zu Manz hinüber.

»Du findest mich im *Kranen*.« Mit diesen Worten verabschiedete er sich und verließ den Friedhof.

Manz blieb auch zum Leichenschmaus, den Brenneisen großzügig ausrichtete. Sein Onkel trat nach außen als der wohltätige Verwandte auf, begrüßte diesen und jenen, dachte an seine Geschäftsbeziehungen. Auffallend freundlich verhielt er sich auch Manz gegenüber, bezeichnete ihn als alten Freund der Familie, verschaffte ihm einen Platz bei der engeren Verwandtschaft neben seiner Mutter.

Als sich die ersten Gäste verabschiedeten, setzte sich Manz neben Georg. »Der tragische Unfall deines Vaters schmerzt mich tief«, begann er etwas förmlich. »Auch wenn ich ihn nie persönlich kennengelernt hatte – außer bei dem kurzen Zusammentreffen vor ein paar Tagen im Rathaus –, wegen der Verbundenheit mit der Familie deiner Mutter hat mich sein Tod sehr getroffen. Ihr könnt auf meine Hilfe zählen. Mit deiner Mutter habe ich vorhin lange gesprochen. Deine Schwester verträgt sich nicht mit ihrem Onkel. Das wirst du selbst wissen. Jedenfalls habe ich ihr angeboten, sie als Dienstmagd in meinem Haushalt einzustellen. Seit dem Tod meiner Frau lebe ich mit meinem alten Hausdiener allein zusammen und die Arbeit wird ihm allmählich zu viel. Mit Anna will ich später noch reden. Weißt du schon, was du jetzt anfangen willst?«

Georg glaubte, ehrliches Mitgefühl bei ihm zu spüren. Tief im Innern aber riet ihm eine Stimme, vorsichtig zu sein. Er konnte Manz' Rolle in diesem Geschehen noch nicht richtig einschätzen. Auch die vielsagende Bemerkung von Franz bei seinem Abschied hatte ihn verunsichert und außerdem – die Anteilnahme des Heilbronner Geschäftsmannes erschien ihm fast etwas zu aufdringlich.

Was sollte Georg ihm nun auf seine Frage nach seinen Zukunftsplänen antworten? Er hatte sich ja selbst noch gar nicht entschieden!

»Ich bin mir nicht so sicher, dass es ein Unfall war«, wich er aus. Kaum hatte er diese Worte ausgesprochen, glaubte er eine plötzliche Bestürzung in Manz' Augen zu bemerken. »Auch wenn es Polizei und Amtsgericht so darstellen wollen, es ist davor zu viel geschehen,« fuhr er unbeirrt fort, »mein Vater hat Ihnen ja davon berichtet.«

»Da ging es aber um die Betrüger, die euch um euer Geld für die Überfahrt geprellt hatten«, unterbrach ihn Manz.

»Und die Warnungen, die sie uns zugespielt haben? Die verschwundenen dreihundert Gulden? Sollte man nicht wenigstens den Versuch machen dürfen, diesen Verbrechern auf die Spur zu kommen?«

»Du ziehst deine Schlüsse etwas voreilig«, entgegnete Manz scharf. »Erstens: Dein Vater könnte auch nach seinem Unfall von einem der Leute im Lager oder von sonst jemandem beraubt worden sein, bevor er offiziell entdeckt wurde.

Zweitens: Die Seelenverkäufer sind keine Raubmörder. Mit ihrem geschickten Vorgehen am Rande der Legalität und jenseits davon kommen sie schneller und mit weniger Risiko an ihr Geld. Sie würden ihre dunklen Geschäfte durch solche Aktionen nur gefährden.

Und drittens: Dein Vater könnte das Geld auch an einem sicheren Ort versteckt haben, wo es jetzt immer noch liegt. Du verrennst dich da in was. Lass die Finger davon, auf eigene Faust zu ermitteln. Du hast ja bei deinem Vater gesehen, was dabei herauskommt.«

»Dann glauben Sie also auch nicht an einen Unfall?«, triumphierte Georg trotzig.

Manz schien für einen Augenblick betroffen. Dann sagte er ruhig: »Das spielt doch jetzt keine Rolle mehr. Was geschehen ist, ist geschehen. Du solltest an deine Zukunft denken. Wenn du willst, schieße ich dir das Geld für die Überfahrt vor. Wenn du drüben gut verdient hast, kannst du es mir ja mit Zins und Zinseszins zurückzahlen.«

»Ich weiß noch gar nicht, ob ich fahre«, antwortete Georg ausweichend und fügte mit höflicher Zurückhaltung hinzu. »Danke für das Angebot. Und vielen Dank auch, dass Sie Anna eine Stelle geben wollen.«

Manz stand auf, klopfte ihm aufmunternd auf die Schulter und ging zu seinem Platz hinüber. Als die letzten Gäste gegangen waren, verabschiedete sich Georg von seiner Mutter.

»Bleib doch hier, was willst du denn jetzt noch bei den Auswanderern? In ein paar Wochen kann die Not schon wieder vorbei sein. Es wird eine gute Ernte geben und dann gibt es auch wieder Arbeit beim Bau.«

»Ich habe mich noch nicht entschieden«, antwortete Georg zögernd.

»Wie heißt sie denn?«, fragte Anna schnippisch.

Er ging darauf nicht ein und sagte, zu seiner Mutter gewandt: »Für dich und Anna scheint ja jetzt gesorgt zu sein. Ich muss mir erst über manches Klarheit verschaffen.«

Die Mutter sah ihn erschrocken an, als ob sie ahnte, dass sie jetzt auch ihren Sohn verloren hätte. Er nickte ihr mit einem verlegenen Lächeln zum Abschied zu und machte sich auf den Weg nach Heilbronn.

Als er Weinsberg hinter sich gelassen hatte, fühlte er sich plötzlich trotz seiner Trauer um seinen Vater unglaublich erleichtert. Merkwürdig, dachte er, noch nie in meinem Leben habe ich mich so frei gefühlt, trotz allem, was in den letzten Tagen passiert ist. Am liebsten wäre er gleich morgen mit Barbara nach Amerika aufgebrochen. Sollte er das Angebot von Manz annehmen? Für Barbara gab es nur die Möglichkeit, ihre Überfahrt drüben abzuverdienen. Sollte er es ebenso machen? Oder sollte er selbst sich drüben verdingen und Barbaras Überfahrt mit dem von Manz vorgestreckten Geld bezahlen?

Er verstrickte sich in seinen Gedanken, malte sich alle möglichen Szenarien aus und spürte dabei immer deutlicher, dass er noch lange nicht so weit war. Vaters Tod würde ihn immer begleiten, wenn er jetzt einfach so davonzöge.

War er ihm nicht schuldig, nach seinen Mördern zu suchen? Sollte er nicht wenigstens den Versuch machen, an die Hinterleute der Seelenverkäuferbande zu kommen? Aber was konnte er allein schon erreichen! Franz von Wollenberg kannte sich offensichtlich aus, als Kommissar der niederländischen Regierung. Er schien entschlossen, den Fall weiter zu verfolgen.

Sollte er mit ihm zusammen nach Mannheim reisen? Oder wollte Franz ihn nur benutzen, sozusagen als Strohmann, um die Bande aus der Reserve zu locken? Hatte er vielleicht ebenso seinen Vater benutzt, gelenkt und schließlich in den Tod getrieben, nur um seinen Auftraggebern in Amsterdam oder sonst wo Erfolge vorweisen zu können?

Er sah drei Möglichkeiten: dem Rat seiner Mutter folgen, in der Heimat bleiben und auf bessere Zeiten warten. Vielleicht würde sich auch für Barbara was finden und er könnte sie überreden, mit ihm hier zu bleiben – aber dann blieb er abhängig vom Wohlwollen seines Onkels oder dieses seltsamen Freundes der Familie aus früheren Zeiten.

Oder er könnte jetzt, nachdem sein Vater beerdigt war, einen endgültigen Schlussstrich unter sein bisheriges Leben ziehen, seine Mutter und seine Schwester zurücklassen und mit Barbara nach Amerika auswandern – in eine ungewisse Zukunft, begleitet vom schlechten Gewissen, den Mord an seinem Vater eben mal so hingenommen zu haben.

Schließlich könnte er versuchen, mit Franz' Hilfe den Tod seines Vaters aufzuklären – und wäre dann frei für neue Entscheidungen.

Während er diesen Überlegungen nachhing, hatte er den Weinsberger Sattel erreicht und blickte auf die alte Reichsstadt hinunter, die vor ihm in der Abendsonne lag. Das silberne Band des Neckars zog sich durch das Tal und das friedliche Bild verscheuchte seine trüben Gedanken.

Da sah er, vielleicht dreihundert Meter vor sich, eine kleine Gruppe der Stadt zustreben. Waren das nicht Pfitzer, seine Frau, ihr kleiner Sohn Christoph und Barbara? Er rief und winkte, sie drehten sich um und richtig, sie winkten zurück und warteten auf ihn.

»Du kommst mit uns ins Lager?«, fragte Barbara und strahlte ihn mit ihren hellen blauen Augen an, dass ihm ganz warm ums Herz wurde.

»Ich muss doch auf meine Sachen aufpassen, damit sie mir keiner stibitzt«, scherzte er und boxte Christoph vor die Brust, was dieser mit einem glucksenden Lachen quittierte.

»Übermorgen geht's los«, sagte Pfitzer. »Ich habe alle Papiere zusammen, gerade noch rechtzeitig für den nächsten Abfahrtstermin.«

Georg erschrak, ließ sich aber nichts anmerken und verdrängte seine Angst vor der Entscheidung, die er jetzt wohl bald fällen musste.

»Auf nach Amerika!«, rief er übermütig, hängte sich bei Barbara ein und rannte los. Begeistert rannte ihnen der kleine Christoph hinterher. Kopfschüttelnd, aber ebenfalls lachend folgten ihnen Pfitzer und seine Frau.

Im Lager summte es wie in einem Bienenschwarm. Schon von der Neckarbrücke aus bemerkten sie die Unruhe.

»Endlich ist einmal jemand von der Regierung da!«

»Denen wird's angst und bang, wenn ihnen die Leute weglaufen.«

»Ich hab ihm gründlich die Meinung gesagt, wie's wirklich zugeht bei uns.«

Es dauerte nur kurze Zeit, bis sie den Grund für die Aufregung erfahren hatten. Innenminister Karl von Kerner hatte im Auftrag des neuen Königs den württembergischen Rechnungsrat Friedrich List nach Heilbronn geschickt. König Wilhelm wollte die Motive der Auswanderer durch eine Befragung ungeschminkt in Erfahrung bringen lassen.

Der junge König, noch nicht einmal ein Jahr im Amt, hatte bereits weitreichende Reformen angekündigt. Noch dieses Jahr sollte in Württemberg die Leibeigenschaft aufgehoben werden, allerdings nicht in den dem Königreich angeschlossenen Gebieten der Standesherren, wie z.B. denen des Fürsten von Löwenstein.

List hatte sich im *Kranen* niedergelassen, hörte den Berichten der Auswanderer zu und ließ ihre Aussagen von seinem Schreiber mitprotokollieren. Georg drängte sich ungeduldig in die Wirtsstube, die aus allen Nähten zu platzen schien. Da drüben stand Franz von Wollenberg und beobachtete aufmerksam das Geschehen.

Soeben hatte List die Vernehmung des Weingärtners Jakob Hampf aus Eglosheim bei Ludwigsburg begonnen.

»Ich bin 32 Jahre alt«, gab dieser zu Protokoll, »bin seit vier Jahren verheiratet und habe zwei Kinder. Vier Jahre lang habe ich im württembergischen Heer gedient, zuletzt in der großen Armee Napoleons, im württembergischen Regiment. Als einer der wenigen bin ich aus Russland zurückgekommen, wo ich mir den Fuß erfroren habe. Mein Schultheiß hat mich zweimal einsperren lassen, weil ich nicht zur Jagdfron erschienen bin. Ich konnte aber nicht, wegen meines Fußes. Das hat er gewusst, sich aber nicht darum gekümmert. Wir werden schikaniert und das halte ich nicht mehr aus. Wir haben 350 Gulden, das reicht gerade für die Überfahrt, weil unsere Kleinen unter vier Jahre sind und kostenlos mitgenommen werden.«

Nach ihm erschien Matthes Bauer aus Hirrweiler bei Löwenstein.

»Ich habe fünf Kinder und kein Vermögen. Die Armut treibt mich fort. Wir bekommen keine Unterstützung. Wir essen erfrorene Kartoffeln, die noch von der letzten Ernte auf den Äckern liegen geblieben sind, außerdem sammeln wir Kräuter und Schnecken. Ich hoffe, dass man uns mit den Kindern so mitnimmt. Bezahlen können wir die Überfahrt nicht.«

Johann Adam Wieland aus Unterheimbach sprach für zwanzig Familien seines Ortes, die zur Auswanderung bereit waren: »Wir leiden alle Hunger. Wir müssen drei Herren Steuern zahlen und Frondienste leisten: dem König, den Herren von Gemmingen und den Herren von Hohenlohe-Schillingsfürst. Dem König wollen wir gerne dienen, aber was die Herren verlangen, ist zu viel. Nicht einmal Streu können wir aus dem Wald holen, von Brennholz gar nicht zu reden. Gegen die Wildsäue, die unsere Äcker umwühlen, dürfen wir auch nichts machen, denn sie gehören zur herrschaftlichen

Jagd. Wir haben keine Saatfrucht mehr. Wir müssen fort, weil wir nächstes Jahr einfach nichts mehr zu essen haben.«

Atemlos hörte Georg dem Bericht der Auswanderer zu. Er wusste, wovon die Leute redeten, spürte ihre Verzweiflung. Endlich schienen sich die da oben dafür zu interessieren, was ihre Untertanen zu Tausenden aus dem Land trieb.

Aber würde sich dadurch etwas an ihrem Los ändern? Hier wurden die Sorgen und Klagen der Menschen fein säuberlich aufgeschrieben – anstatt zu handeln, zu helfen. Die korrupten und geldgierigen Steuereintreiber, Leib- und Grundherren müssten endlich daran gehindert werden, die Menschen weiterhin gnadenlos auszubeuten!

Schließlich bemerkte ihn Franz und winkte ihn zu sich. Georg versuchte sich zu ihm durchzudrängen. Als er nach einigen Remplern neben ihm stand, ergriff Franz seinen Arm, unterbrach mit lautstarker Stimme die Vernehmung und schob Georg weiter nach vorne, wo List eben einen Auswanderer aus dem Verhör entließ. List schaute die beiden zunächst verärgert an, klopfte energisch mit dem Ende seines Stiftes auf den Tisch, hörte dann aber mit steigendem Interesse zu, was Franz vorbrachte.

»Ich bin Untersuchungskommissar der niederländischen Krone. Wir sind sozusagen Kollegen, was die Untersuchung des Auswandererelends hier angeht. Aber ein wesentlicher Punkt ist noch gar nicht angesprochen worden: die Auswandererwerbung, das Schleuserunwesen, die Seelenverkäufer, die so manchen Auswanderer um ihr letztes Geld bringen.«

Unruhe machte sich breit. Franz von Wollenberg erhielt von allen Seiten Zustimmung. Er hob die Hand und bat um Ruhe. »Hier steht ein Betroffener. Seinen Vater hat die Bande gestern umgebracht, und warum? Weil er ihnen auf die Schliche gekommen ist.«

Franz drängte Georg zum Tisch, an dem List und sein Protokollant saßen. List machte eine auffordernde Handbewegung, dass er seine Klage vorbringen solle.

»Ich bin Georg Schmidt aus Ellhofen«, begann er zögernd.
»Ein Agent namens Schwendt hat uns falsche Überfahrtspapiere verkauft, zum herabgesetzten Fahrpreis. Seit Wochen
ist er verschwunden. Auf und davon mit unserer Anzahlung.
Kurz nachdem mein Vater Schwendts Komplizen aufgespürt
hatte, fand ich ihn tot am Neckarufer.«

Wieder entstand Unruhe im Saal, immer häufiger wurde
der Name Schwendt gerufen.

Friedrich List forderte energisch Ruhe ein. »Haben Sie für
Ihre Behauptungen Beweise?«

Georg legte die Vertragspapiere vor, die List kurz durch-
blätterte. »Waren Sie bei der Polizei?«

Georg zuckte die Schultern. »Die geht von einem Unfall
aus und hat den Verträgen keine Beachtung geschenkt.«

Franz von Wollenberg schaltete sich ein. »Schwendt ist
ein Betrüger, das können viele im Lager bestätigen, und die
Polizei in Heilbronn tut, als ob nichts geschehen wäre, sagt,
man muss eben abwarten, vielleicht sei alles ja korrekt und
er hat sich nur bei der Rückfahrt von Amsterdam etwas verspätet.«

Johlendes Gelächter im Saal.

List tuschelte mit seinem Schreiber und verkündete: »Wir
werden Ihre Aussage in einem besonderen Protokoll aufnehmen und an die Regierung weiterleiten.«

»Das dauert doch viel zu lang«, schrie Franz.

List antwortete kurz angebunden: »Ich habe meine In-
struktionen und kann jetzt nicht einzelnen Fällen nachgehen.«

Franz schüttelte den Kopf und verließ zusammen mit Georg das Gasthaus.

»Und jetzt?«, fragte Georg.

»Wir suchen auf eigene Faust weiter. In Mannheim fangen
wir an.«

»Warum bist du dir so sicher, dass sich Schwendt in Mannheim aufhält?«

»Das hast du doch selber im *Falken* gehört, als du die Mittwochsrunde belauscht hast. Außerdem ist Mannheim die nächste Etappe auf dem Weg nach Amsterdam. Dort treffen sich die Auswanderer vom Oberrhein mit denen vom Neckartal. Am besten du fährst mit Pfitzer auf einem der Schiffe nach Mannheim, die übermorgen ablegen.«

»Kommst du nicht mit?«

Franz zögerte einen Moment, dann antwortete er lächelnd: »Als Kommissar der niederländischen Krone sollte ich etwas Distanz wahren. Ich nehme die Kutsche, aber wir sehen uns in wenigen Tagen in Mannheim. Ich werde dich finden.«

Er verabschiedete sich mit einem kurzen, kräftigen Händedruck und strebte mit schnellen Schritten der Stadt zu. Georg ging zum *Kranen* zurück. Die Vernehmung der Auswanderer zog ihn magisch an. Begierig folgte er den Aussagen der Leute, deren Schicksal ihm so vertraut war. Noch am Abend machte er sich nach Weinsberg auf, um mit seiner Mutter zu reden. Sein Entschluss stand fest.

»Du kommst also doch mit uns?« Barbara fiel ihm um den Hals und ihr Onkel sah froh zu ihnen hinüber.

Georg zögerte etwas, lächelte verlegen.

»Ich war gestern Abend noch einmal in Weinsberg und anschließend bei Manz in Heilbronn. Von meiner Familie habe ich mich verabschiedet, auch von Manz, der mir 50 Gulden für die Fahrt nach Amsterdam gegeben hat. Vorhin habe ich mit dem Kapitän gesprochen, mit dem ihr losfahrt und er nimmt mich mit, auf jeden Fall bis Mannheim.«

Pfitzer reichte ihm die Hand. »Ich bin froh, dass du dich so entschieden hast. Zusammen werden wir es schaffen.«

Seine Frau Karolina umarmte ihn mit glänzenden Augen. »Du wirst den Schritt nicht bereuen«, sagte sie leise.

Nach dem Abendessen spazierten Barbara und Georg am Neckar entlang. Bald hatten sie die Unglücksstelle erreicht.

Georg blieb stehen, schaute zu dem Holunderbusch am Ufer, an dem sich kleine Wellen kräuselten.

»Barbara, ich will dir die volle Wahrheit sagen, ich möchte ganz offen zu dir sein, denn ich habe Vertrauen zu dir und will, dass auch du mir vertraust, weil du mir sehr wichtig geworden bist. Nichts wünsche ich mir mehr, als mit dir drüben in Amerika glücklich zu werden, aber ich werde fürs Erste nur bis Mannheim mitkommen.«

Barbara sah erschrocken auf.

Georg bemerkte ihre Bestürzung und schwieg. Es fiel ihm schwer, die richtigen Worte zu finden. Er rupfte einen Grashalm aus, zerdrehte ihn zwischen Daumen und Zeigefinger, dann sagte er schließlich: »Versteh mich doch. Ich kann jetzt nicht einfach davonlaufen. Hier an dieser Stelle wurde mein Vater umgebracht.«

Aus der Innentasche seiner Jacke holte er das Tüchlein hervor, das er hier gefunden hatte. Er hielt es sich unter die Nase. »Es riecht immer noch nach Äther.«

Er reichte es ihr. »Weißt du, was das bedeutet? Sie haben meinen Vater brutal überfallen, betäubt, ausgeraubt und dann heimtückisch so ins Wasser gelegt oder hineingedrückt, dass er ertrinken musste. Deshalb keine Spuren von Gewalt. Es sollte nach einem Unfall aussehen.«

Er nahm das Taschentuch wieder zu sich, steckte es zurück in seine Jackentasche. Dann hob er eine Hand voll Kieselsteine auf und schleuderte sie in den Fluss, dass das Wasser hoch aufspritzte.

»Ich muss die Mörder finden. Franz hilft mir dabei. Wenn sie ihre gerechte Strafe bekommen haben, dann kann ich mit gutem Gewissen nach Amerika.«

»Wie sollen wir uns drüben jemals wieder begegnen?«, schluchzte Barbara. Dann wischte sie sich die Tränen aus den Augen und rief: »Wenn sie deinen Vater wirklich umgebracht haben, dann bist du der Nächste, auf den sie es abgesehen haben. Sie wissen doch, dass du genauso Bescheid weißt und ihnen genauso gefährlich werden kannst. Sei doch vernünftig. Deinen Vater kannst du nicht wieder lebendig machen. Bestimmt wäre ihm lieber, wenn du jetzt nicht auch noch dein Leben aufs Spiel setzt. Denk doch auch einmal an deine Mutter und deine Schwester, denk an dich und an uns.«

Sie schlang ihre Arme um ihn, als wollte sie ihn nie mehr loslassen.

»Ich habe hin und her überlegt«, antwortete Georg leise. »Aber es würde mir keine Ruhe lassen. Gib mir, gib uns die Chance, dass ich in Frieden auswandern kann. Und ich werde dich drüben finden, denk an das Lied, das wir hörten, als wir uns kennenlernten.«

Er kramte in seiner Jackentasche und zog einen vorbereiteten Zettel heraus. »Über die Adresse meines Onkels kannst du mich erreichen. Schreib mir gleich, wenn du drüben angekommen bist. Wir werden uns wiedersehen, vielleicht schon bald, wenn ihr in Amsterdam auf eure Abfahrt zwei, drei Wochen warten müsst. Vielleicht kann ich dann schon auf demselben Schiff mit euch hinüberfahren.«

Barbara fasste sich, nahm den Zettel an sich, atmete tief durch und sagte: »Du verrennst dich in eine üble Sache. Mir ist nicht wohl dabei, aber es ist deine Entscheidung.«

Dann lief sie, ohne sich noch einmal umzublicken, ins Lager zurück. Georg blieb noch eine Weile in Gedanken versunken und starrte in den vorbeiströmenden Fluss.

Bereits in den frühen Morgenstunden herrschte reger Betrieb am Hafen. Gruppenweise wurden die Auswanderer aufgerufen. Das schwere Gepäck war schon am Vorabend auf eines der Schiffe verladen worden. Bis gegen Mittag hatte sich das Lager zum Großteil geleert.

Unbeschreiblicher Lärm wogte durch den frischen Morgen, Lachen, da und dort wurde ein Lied gesungen, Flüche, weinende Kinder, Kommandorufe. An die siebenhundert Menschen drängten auf eines der acht Schiffe, die seit gestern hintereinander am Neckarufer angelegt hatten.

Freunde, Verwandte und Bekannte der Auswanderer waren nach Heilbronn gekommen, um sich zu verabschieden. Kinder wurden hochgehoben. Herzzerreißende Szenen spielten sich ab, wenn nur ein Teil der Familie auswandern konnte und die anderen zurückblieben.

Georg hatte sich Christoph auf die Schultern gesetzt, um ihn dem Gedränge zu entziehen. Gleichzeitig achtete er auf Barbara neben sich. Vor ihnen bestiegen Pfitzer und seine Frau das Schiff, das bereits brechend voll war.

Die meisten Fahrgäste drängten sich an die Reling zum Neckarufer, was der Kapitän mit laut gebrüllten Befehlen vergeblich zu verhindern versuchte. Die Leute kümmerten sich nicht darum. Sie führten ihre Gespräche mit den am Ufer in dichten Reihen stehenden Freunden und Verwandten fort. Erst als das Schiff bedrohlich zu schwanken begann, löste sich die Menschentraube auf.

Christoph verfolgte wie gebannt das Treiben, jauchzte und lachte, wenn das Schiff schwankte. Er genoss seinen Aussichtsplatz auf Georgs Schultern.

Barbara hatte Georgs Arm ergriffen. »All die Leute wollen fort, fort von ihrer Heimat. Es kommt mir vor wie im Krieg, wenn die Leute vor den feindlichen Soldaten fliehen.«

»Sie fliehen ja auch«, antwortete Georg nachdenklich. »Sie fliehen vor ihrem eigenen Leben hier, vor Hunger und Not ohne Aussicht auf Besserung. Sie fliehen vor ihrer eigenen Obrigkeit, die nicht im Stande ist, Gerechtigkeit und Broterwerb in einem eigentlich reichen Land zu sichern.«

Sie standen an der gegenüberliegenden Schiffseite, vom Ufer abgewandt, aber mit Blick auf die alte Reichsstadt Heilbronn. Georg sinnierte weiter, sprach mehr zu sich als zu Barbara: »Fast fünfzehn Jahre ist es jetzt her, dass Heilbronn

seine Unabhängigkeit verloren hat und zu Württemberg gekommen ist. Seit zwei Jahren ist der lange Krieg gegen Napo-
leon endlich vorbei. Was haben wir gehofft, dass nach seiner
Niederlage ein freies und geeintes Deutschland entsteht, dass
die Notjahre endgültig vorüber wären. Aber nichts hat sich
geändert.«

»Georg!«, rief Pfitzer, der wenige Meter von ihnen entfernt
in der Schiffsmitte stand. »Da will dich jemand sprechen!«

Georg setzte Christoph ab, ließ ihn bei Barbara zurück und
bugsierte sich zur Uferseite. Manz stand dort in der Menschenmenge und winkte.

»Ich hab was für dich«, rief er. An seinem langen Regen-
schirm baumelte ein zu einem Bündel geknüpftes Tuch.

»Nimm, ein kleiner Abschiedsgruß von deiner Mutter und
deiner Schwester!«, rief er und lachte Georg freundlich zu.
»Es ist auch ein Brief von mir drin. Lies ihn dir aufmerksam
durch, wenn ihr abgefahren seid und du ein ruhiges Plätzchen
auf dem Schiff gefunden hast!«

Georg streckte seinen Arm aus und konnte gerade einen
Zipfel fassen. Er wusste nicht recht, was er sagen sollte, murmelte ein Dankeschön, winkte. Vorgestern hatte er sich von
seiner Mutter und seiner Schwester in Weinsberg verabschiedet und damit geglaubt, mit seiner Vergangenheit endgültig
abgeschlossen zu haben. Nun wurde ihm bewusst, dass das
nicht so einfach sein würde. Er würde immer mit seinem
früheren Leben verbunden bleiben, auch wenn er vielleicht
einmal mit Barbara drüben in den Staaten einen Neuanfang
gefunden hätte.

»Viel Glück, Georg, und vergiss uns nicht!«, rief Manz. Er
wartete Georgs Antwort nicht ab, drängte sich durch die Menge und war in wenigen Augenblicken verschwunden.

Georg stand da mit seinem Bündel. Er hatte Manz noch
nicht mal richtig danken können. Seltsam kam ihm diese Begegnung vor. Noch vor wenigen Tagen hatte er diesen Mann

nicht gekannt. Jetzt würde Manz sich um seine Mutter und seine Schwester kümmern. Einerseits befreite ihn das von seinen Schuldgefühlen, andererseits tat er sich noch schwer mit dieser neuen Situation. Zu tief saß ihm der Schmerz in der Seele, wenn er an seinen Vater dachte.

Endlich wurden die Taue gelöst, die Schiffsglocken erklangen und das erste Schiff steuerte der Strömung in der Flussmitte zu. Ein vielstimmiger Aufschrei ertönte. In den aufkommenden Jubel mischten sich auch Flüche und Verwünschungen auf die Obrigkeit.

Manche ballten die Fäuste und schüttelten sie in Richtung Stadt. Die meisten Reisenden aber winkten ihren Angehörigen am Ufer heftig zu, riefen letzte Abschiedsworte, schluchzten und lachten in einem fort, umarmten sich.

Andere sanken in sich zusammen, hockten sich aufs Deck und schauten teilnahmslos vor sich hin. Einige rissen die Arme hoch und riefen: »Auf nach Amerika« oder stimmten das Lied von Schubart an. Erst als die Mauern der alten Reichsstadt außer Sicht kamen, legte sich der aufgeregte Lärm und wich einer eher bedrückten Stimmung.

Die Fahrgäste setzten sich auf die Bänke, die sich an der Reling hinzogen oder nahmen auf Kisten Platz. Georg saß neben Barbara. Obwohl er ihre Nähe spürte, fühlte er, dass sie innerlich von ihm abgerückt war. Sie schaute von ihm weg zu Boden, während er vorsichtig ihre Hand ergriff. Sie ließ es geschehen, erwiderte aber nicht seinen Händedruck.

Pfitzer schaute verwundert herüber, Barbara hatte ihm wohl noch nichts von seinem Entschluss gesagt. Christoph hielt sich ängstlich an seine Mutter geschmiegt. Spürte er die Spannung zwischen den beiden? Schließlich stand Georg auf und strich Barbara leicht übers Haar.

»Ich schau mal, was in dem Bündel ist.«

Er schlenderte zu einem freien Platz hinter der Kajüte und einem Berg von Kisten, wo er etwas für sich war. Seine Mutter hatte ihm ein Stück geräucherte Wurst und ein Stück Schinken eingepackt. Georg fand aber auch zwei Briefe in dem Päckchen, einer unversiegelt, nur zweimal zusammengefaltet, ein zweiter in einem versiegelten Umschlag. Er las zuerst den Brief seiner Mutter.

Lieber Georg,

wenn Du diesen Brief liest, bist Du wahrscheinlich schon auf Fahrt. Wer weiß, ob wir uns noch einmal im Leben wiedersehen werden. Bitte sei vorsichtig und lass ab von Deinem Plan, nach den Betrügern zu suchen. Es ist eben so gekommen und wir können daran nichts ändern.

Für Anna hat sich eine Lösung gefunden. Sie ist ganz begeistert von ihrer neuen Aufgabe als Haushälterin im Hause Manz. Mit dem alten Hausdiener versteht sie sich gut. Ich bin wieder in meinem Elternhaus und werde auch ein Auskommen haben.

Du bist jung, Du hast ein liebes Mädchen gefunden und ein Leben in einem freien Land vor dir. Setz nicht alles leichtfertig aufs Spiel. Ich bin sicher, Vater hätte das auch nicht gewollt. Ich werde Dich nicht vergessen und für Dich beten. Und vergiss auch Du Deine Mutter und Deine Schwester nicht. Schreib uns, wenn Du drüben angekommen bist.

In Liebe, Deine Mutter

Georg ließ das Blatt auf seine Knie sinken und schaute in die Ferne. Alles schien so einfach, so wie Mutter es schrieb. Für einen Augenblick spielte er mit dem Gedanken, jetzt tatsächlich einen Schlussstrich zu ziehen und mit Barbara und ihrer Familie weiterzufahren.

Da sah er die Bilder wieder vor sich, die sich tief in sein Herz eingeprägt hatten: der tote Vater am Neckarufer, die blutigen Fetzen mit den Warnungen, und er schüttelte den Kopf. Er käme sich wie ein Verräter vor, wenn er so täte, als sei das alles nicht geschehen.

Eine dunkle Wut stieg in ihm auf. Diese Seelenverkäufer machten ihre Geschäfte und scheuten kein Menschenleben, sie hatten seinen Vater aus dem Weg geräumt, weil er ihnen zu gefährlich geworden war. Nein, er musste in Mannheim mit Franz nach Schwendt und seinen Komplizen suchen. Franz hatte Kontakte zu Amtspersonen. Er stand nicht allein da. Erst wenn sich herausstellen würde, dass die Suche nach den Mördern seines Vaters wirklich aussichtslos war, würde er Barbara hinterherreisen können und sie vielleicht noch in Amsterdam antreffen.

Noch ganz in Gedanken versunken nahm er den Umschlag des zweiten Briefes. Georg stand da, geschrieben in einer feinen, aber ihm unbekannten Handschrift. Er brach das Siegel und fand einen Brief und einen Wechsel auf 250 Dollar, ausgestellt auf seinen Namen. Zögernd entfaltete er den Bogen und las:

Lieber Georg,

wir kennen uns erst seit kurzer Zeit und doch nehme ich großen Anteil am Schicksal Deiner Familie und auch an Deinem besonderen, der Du jetzt einen gewagten Schritt unternimmst, von dem wir Dir eigentlich abraten wollten. Aber Du musst selbst wissen, was für Dich richtig ist und Du kannst Dich auf meine Unterstützung in jedem Fall verlassen.

Wenn Du – was wir alle sehr hoffen – die Toten ruhen lässt und Dich für die Auswanderung entschließt, sollst Du für den Neuanfang in den Staaten gerüstet sein. Deshalb lege ich Dir einen Wechsel bei, den Du bei der angegebenen Bank in Philadelphia einlösen kannst. Dort wird man Dir auch weiterhelfen, wenn Du Hilfe benötigst. Ich habe meinen Geschäftsfreunden geschrieben und sie darum gebeten und ich bin sicher, sie werden Dich gerne bei den ersten Schritten in der neuen Heimat unterstützen.

Lass wieder von Dir hören!

Es grüßt Dich vielmals

Georg Manz

Georg war wie vor den Kopf gestoßen. Zweihundertfünfzig Dollar! Er wusste zwar nicht genau, was der Betrag in Gulden ausmachte, aber es war bestimmt eine hohe Summe, die Manz ihm einfach so überließ. Warum? Wollte er ihn damit bestechen, von seinem Vorhaben abzulassen? Er schüttelte den Kopf und steckte die Briefe in die Innentasche seiner Jacke. Nein, jetzt erst recht! Er wusste, was er zu tun hatte. Er stand auf, ging zu Barbara hinüber.

»Ein Abschiedsbrief von meiner Mutter«, sagte er leise. Den zweiten Brief und den Wechsel erwähnte er nicht.

Zögernd legte sie ihre Hand auf die seine. »Ich habe nachgedacht, Georg«, sagte sie ruhig. »Ich wünsche mir nichts so sehr, als dass du mit uns zusammen nach Amerika fährst, aber es war nicht richtig von mir, dir Vorwürfe zu machen. Ich verstehe, du musst nach deinem Gewissen handeln, aber du musst auch verstehen, dass ich große Angst um dich habe. Wenn ich bei dir bin, fühle ich mich so glücklich, so geborgen. Ich will nicht, dass dir etwas passiert. Pass auf dich auf. Versprich mir das.«

Sie hatte Tränen in den Augen. Georg drückte sie an sich, strich ihr übers Haar.

»Das verspreche ich dir. Wir werden uns drüben wiederfinden und vielleicht schaff ich es ja doch noch, rechtzeitig bis zu eurer Abfahrt in Amsterdam zu sein.«

Am Abend fasste er sich ein Herz und sprach mit Pfitzer. Der zeigte erst wenig Verständnis und machte ihm Vorhaltungen wegen Barbara. Er habe dem Mädchen Hoffnungen gemacht und ließe sie jetzt in einer so schweren Lage sitzen. Erst nach langen Erklärungen und Versicherungen zeigte sich Pfitzer versöhnlicher.

»Wir hatten so auf deine Unterstützung gehofft. Christoph wird bitter enttäuscht sein. Er sieht in dir einen großen Bruder und liebt dich. Meine Frau hat dich auch ins Herz geschlossen und ich ...« Die folgenden Worte gingen in einem unverständlichen Brummeln unter. Dann nahm er Georgs Hand, ließ sie nach einem kräftigen Händedruck gleich wieder los, nahm seine Schultern, zog ihn nach kurzem Zögern für einen Augenblick an sich und sagte:»Mach keine Dummheiten, Bub. Dein Vater kann stolz auf dich sein. Aber ob er gewollt hätte, dass du dich für ihn in Gefahr begibst, das weiß ich nicht.«

7

Abschied von Barbara

Pfitzer machte einen letzten Versuch. »Willst du dir es nicht doch noch einmal überlegen?«

Georg setzte gerade eine schwere Kiste mit Werkzeug ab, sah ihn nicht an, schüttelte nur sacht den Kopf.

Er hatte Pfitzer zur Anlegestelle der Schiffe nach Amsterdam begleitet, wo sich bereits Hunderte von Auswanderern eingefunden hatten. Nicht alle waren mit Flussbooten auf dem Neckar oder dem Oberrhein angereist. Georg hatte auch viele Wagen gesehen, von mageren Pferden gezogen, vollgeladen mit Kisten und Ballen, auf denen Frauen und Kindern saßen. Die Männer führten die Tiere – verzweifelte Gestalten mit ausdruckslosem Gesicht.

Ähnlich wie beim Heilbronner *Kranen* hatte sich hier an der Anlegestelle in Mannheim ein Lager gebildet, dem die Auswanderer aus Baden, der Schweiz, dem Elsass, der Pfalz und aus Württemberg zuströmten.

Das Schiff, mit dem sie gefahren waren, blieb in Mannheim, um Fracht nach Heilbronn aufzunehmen. Pfitzer war zusammen mit den anderen Fahrgästen vom Schiffsmeister gleich an einen Rheinschiffer weitervermittelt worden, der früh am nächsten Morgen nach Amsterdam abfahren wollte.

Mit Barbara saß Georg bis tief in die Nacht am Flussufer. Sie schauten in die schwarze Strömung, die unerbittlich weiterzog. Sie redeten und redeten, als ob sie damit die Zeit aufhalten könnten, die ihnen noch bis zum endgültigen Abschied verblieb, versicherten sich wieder und wieder ihrer Liebe, erinnerten sich daran, wie sie sich zum ersten Mal begegnet waren und tauschten sich darüber aus, was sie dabei empfunden hatten.

»Ich dachte, du machst dich lustig über mich, damals, als du mir das Lied vorgesungen hattest und vielleicht hatte ich ja auch ein bisschen recht, denn jetzt lässt du mich allein«, schmollte Barbara.

Er drückte sie fest an sich, dann suchte er in seiner Jackentasche nach einem weiteren Zettel, auf dem er für Barbara die Adressen von Manz und dessen Geschäftsfreund in Philadelphia notiert hatte.

»Die Adresse von meinem Onkel habe ich dir ja schon gegeben. Aber zur Sicherheit gebe ich dir noch diese. Falls ich dich nicht mehr in Amsterdam antreffe, schreib mir gleich, wenn ihr drüben angekommen seid, am besten zwei Briefe, einen an Manz und einen an Brenneisen, falls einer verloren geht. Und wenn ich früher nach Amsterdam nachkommen kann, hab ich ja euren Schiffsnamen und frage mich durch.«

Barbara nahm den Zettel und überflog ihn. »Und was soll die zweite Adresse?«, fragte sie befremdet.

»Manz hat sie mir aufgeschrieben. Er hat in Philadelphia einen Geschäftspartner, an den ich mich wenden kann, wenn ich Hilfe brauche. Gleich wenn ich drüben bin, werde ich dorthin gehen, meine Adresse hinterlegen und den Leuten einschärfen, mich zu benachrichtigen, wenn eine gewisse Barbara Pfitzer nach mir gefragt hat«, erklärte er lächelnd. »Du siehst, ich hab an alles gedacht. Erinnerst du dich an die Zeilen des Liedes? ›Ich will dir folgen, durch Länder, durch Meer‹. Ich habe es damals sehr ernst gemeint und meine es jetzt noch ernster als je zuvor.« Er legte seinen Arm um ihre Schultern und zog sie an sich. »Ich bin so froh, dass du mich verstehst und trotzdem zu mir hältst.«

Sie lenkte ab. Einverstanden war sie immer noch nicht mit seiner Entscheidung. »Was willst du denn jetzt anfangen, hast du denn irgendeinen sicheren Hinweis, irgendeine Spur?«

»Ich treffe mich morgen mit Franz von Wollenberg beim Speisemarkt. Schwendt hält sich mit großer Wahrscheinlichkeit hier in Mannheim auf. Ich werde mich bei den Auswanderern umhören, Franz hat seine Kontakte in der Stadt. Wenn es uns gelingt, den Kerl ausfindig zu machen, wären wir einen großen Schritt weiter.«

»Und wenn nicht?«

»Dann bin ich um so schneller in Amsterdam.«

»Dann weißt du, worum ich beten werde«, seufzte Barbara und küsste ihn.

Am nächsten Morgen, gleich nach Sonnenaufgang, verabschiedete sich Georg auch von Pfitzer und dessen Frau. Christoph boxte er scherzhaft vor die Brust. »Pass auf die beiden gut auf und besonders auf Barbara.«

»Komm doch mit uns. Ich will nicht, dass du allein zurückbleibst.«

Georg strich ihm übers Haar. »Ich komm ja nach, sobald ich kann. Vielleicht bin ich schon vor euch in Amsterdam.«

»Versprochen?« Christoph wollte seine Hand nicht loslassen.

Hans Pfitzer und Karolina umarmten ihn. »Frag in der Deutschen Gesellschaft nach uns, wenn du in Philadelphia angekommen bist«, schärfte ihm Pfitzer ein. »Und lass uns nicht so lange warten«, fügte Karolina hinzu. »Wir gehen schon mal aufs Schiff, komm, Christoph!«

Nur noch wenige Augenblicke blieben ihnen. Sie wollten sich noch so viel sagen und brachten kein Wort heraus. Georg nahm Barbara in den Arm und nach einem letzten Kuss riss sie sich los und stürmte ihren Verwandten hinterher.

Noch lange schaute Georg dem Schiff nach, mit dem Barbara von ihm weggebracht wurde und ein tiefer Schmerz bohrte sich in seine Brust. Er war sich nicht mehr so sicher, ob seine Entscheidung richtig war. Es war ihm, als ob sein eigentliches Leben mit Barbara davonfuhr, während er hier mit der schrecklichen Vergangenheit ringen sollte, die ihn eisern im Griff hielt.

Dabei hätte alles so gut zusammengepasst. Mit der Unterstützung von Manz wäre die Überfahrt und der Neuanfang in Amerika zu schaffen gewesen. Stattdessen wollte er hier mutterseelenallein auf Verbrecherjagd gehen.

Er gab sich fünf Tage Zeit. Sollte er bis dahin nicht weitergekommen sein, dann ging's so schnell wie möglich nach Amsterdam. Dieser Gedanke gab ihm seine Ruhe zurück. Und als das Schiff endgültig außer Sicht gekommen war, machte er sich auf zu den Auswanderern, die auf eines der nächsten Schiffe warteten.

Niemand kannte einen Reiseagenten namens Schwendt.

»Hör mir bloß auf mit Reiseagenten. Diese Seelenverkäufer haben uns ruiniert!« Martin Häberle sei sein Name, aus Schwaigern bei Heilbronn.

Dann seien sie ja Landsleute, begrüßte ihn Georg. Häberle stellte ihm seine Familie vor, seine Frau Johanna, seine siebzehnjährige Tochter Kathrin und seine vierjährige Tochter Suse. »Wenn wir nur schon wieder daheim wären«, seufzte er.

»Daheim? Ja, reist ihr denn nicht nach Amsterdam?«

»Drei Monate haben wir in Amsterdam gewartet. Wir hatten es wieder und wieder versucht. Kein Kapitän hat uns mitgenommen. Mindestens den halben Reisepreis sollten wir zahlen. Dabei hat uns der Schiffsmeister in Heilbronn versichert, wir könnten in den Staaten unser Fahrgeld abarbeiten.«

»Ist das denn nicht so? Ich dachte, das sei allgemein so üblich.«

»Ach woher«, winkte Häberle ab. »Die Kapitäne schauen jetzt genau hin und sind sehr wählerisch geworden. Wen sie drüben verkaufen können, nehmen sie. Junge kräftige Leute. Kathrin hätten sie gleich mitgenommen, aber mich und Johanna nur gegen halben Reisepreis.«

»Und was jetzt?«

»Unser Geld haben wir in Amsterdam fast aufgebraucht. Ein Rheinschiffer hat Mitleid mit uns gehabt und uns bis Mannheim kostenlos mitgenommen, weil sein Gehilfe krank geworden ist. Dafür mussten wir ihm etwas zur Hand gehen. Jetzt suchen wir eine günstige Fahrgelegenheit zurück nach Heilbronn oder wenigstens bis Wimpfen.«

»Und dann? Ihr habt doch sicher in Schwaigern alles verkauft?«

»Nicht nur das«, jammerte Häberle. »Wir haben auf unser Bürgerrecht verzichtet und Schwaigern muss uns als Gemeindebürger gar nicht mehr aufnehmen. Was wir dann machen sollen, weiß ich nicht.«

»Habt ihr denn keine Verwandten mehr in Schwaigern?«

»Schon, aber die haben selber nichts. O Gott, die Schand, wenn wir als Bettler wieder zurückkommen und um Aufnahme bitten müssen.«

Häberles Frau begann zu schluchzen, ihre Tochter Kathrin nahm sich ihrer an, während die kleine Suse ängstlich von ihrer Mutter zu ihrem Vater blickte.

»Wir sind nicht die Einzigen, denen es so geht. Gestern ist ein ganzer Zug Württemberger zu Fuß hier durchgekommen. Sie wandern am Rhein- und Neckarufer zurück und hoffen, daheim wieder aufgenommen zu werden.«

Georg schwieg bestürzt. Bisher hatte er die Auswanderung immer nur als rettenden Weg aus der Not gesehen. Wer das Wagnis, die Heimat hinter sich zu lassen, eingegangen war, hätte bereits die größten Schwierigkeiten gemeistert, hatte er gedacht. Dass die Auswanderung aber auch so jämmerlich scheitern konnte, hatte er nicht geahnt.

Wie würde es Pfitzer und seiner Familie gehen, wenn sie monatelang in Amsterdam auf ein Schiff warten müssten? Zwar hatte er seine Auswanderung genau geplant und wusste schon, welches Schiff sie nach Amerika bringen sollte, aber ob dieses dann auch fristgerecht auslaufen konnte?

Und Barbara! Sie war auf gut Glück mitgefahren und vertraute wie die Häberles auf die Möglichkeit, ihr Fahrgeld in Amerika abverdienen zu können.

Häberle schreckte ihn aus seinen Gedanken auf. »Du bist auf dem Weg nach Amsterdam? Da will ich dir einen guten Rat geben. Fall nicht auf Betrüger rein, die dir günstig Schiffskarten vermitteln wollen. Verhandle nur mit dem Kapitän eines Schiffes. Viele Auswanderer haben schon ihr Geld verloren, bevor sie abgefahren sind.«

Georg versprach, daran zu denken. Aber von seinem eigenen Schicksal wollte er jetzt nicht erzählen. Er versprach, am Abend wieder vorbeizuschauen und machte sich auf den Weg, um Franz zu treffen.

Durch die weitläufigen Kleingartenanlagen im ehemaligen Festungsbereich erreichte er die in Quadrate eingeteilte Innenstadt. Wie in Heilbronn waren hier schon vor etlichen Jahren die Befestigungsmauern geschleift worden. Vom Mittelpunkt der Fassade des Schlosses, einst das Zentrum der Kurpfalz, jetzt Großherzoglich Badisches Schloss, führte eine Hauptachse genau auf den Speisemarkt zu, den er so, wie es ihm Franz beschrieben hatte, gar nicht verfehlen konnte. Kaum hatte er den Platz erreicht, lief er ihm auch schon in die Arme.

»Wo bleibst du denn, ich warte hier schon seit Stunden auf dich.«

Georg berichtete von Pfitzers Abfahrt, von seinen Versuchen, bei den Auswanderern etwas über Schwendt zu erfahren und erwähnte auch kurz sein Gespräch mit Häberle.

»Hast du gewusst, dass es viele Rückwanderer gibt, die in Amsterdam nicht mitgenommen wurden?«

»Deshalb bin ich ja hier. Für die holländischen Behörden ist das bereits zu einem Riesenproblem geworden. Die verarmten Leute versuchen sich in Amsterdam und Rotterdam mit Betteln durchzuschlagen. Jetzt ist die Bettelei zwar verboten und sie singen in kleinen Gruppen als Straßenmusikanten vor den Häusern und in den Höfen. Damit umgehen sie das Bettelverbot, aber im Grunde hat sich nichts geändert. Manche Auswanderer werden deshalb am niederländischen Zoll inzwischen gar nicht mehr über die Grenze gelassen, wenn klar ist, dass sie kein Geld und keine Überfahrtspapiere haben. Hier in Mannheim werden Rückwanderer auch beim Deichbau, draußen am Rhein, beschäftigt. Da können sie sich wenigstens im Taglohn etwas für die Weiterreise nach Hause dazuverdienen.«

Er nahm Georg zu einem Wirtshaus in der Nähe des Speisemarktes mit. Es trug den merkwürdigen Namen *Zur Stadt Lück*. Franz bestellte zwei Schoppen Wein und fragte Georg, ob er Hunger hätte. Hier esse man ausgezeichneten Pfälzer Saumagen und der schmecke zum Wein gerade recht. Georg ließ sich gerne einladen.

Franz brachte das Gespräch wieder auf das Elend der verarmten Auswanderer.

»Die pure Verzweiflung treibt sie fort. Wir haben es ja in Heilbronn bei der Auswandererbefragung von List gehört.« Er zog ein Zeitungsblatt aus der Tasche, entfaltete es und erklärte: »Hier im *Schwäbischen Merkur* vom 3. Mai schreibt ein Korrespondent aus Mainz – ich les dir das mal vor:

In diesem Frühjahr übersteigt die Anzahl der Auswanderer, die zu Wasser passieren, 10 000 – ohne die nicht unbeträchtliche

Zahl derer zu zählen, die mit ausgehungerten Pferden einen Wagen voller Kinder langsam forttreiben. Wir wollen nur das Verzeichnis der Auswanderer auf dem Rhein von der letzten Hälfte April geben – jetzt wird im Einzelnen tageweise aufgezählt, das lass ich weg. Am Schluss heißt es: *Also 839 Familien aus 3 312 Personen bestehend.* Alles Badener, Württemberger, Schweizer und Elsässer. Die Behörden in Baden sind ebenso wachgerüttelt wie die württembergische Regierung.«

»Über 3 000 Menschen in gerade mal 14 Tagen!« Georg griff sich an den Kopf. »Wie sollen die alle in Amsterdam ein Schiff finden?«

»Manche fahren auch nach Rotterdam oder Antwerpen«, sagte Franz. »Aber du hast natürlich recht. Du kannst dir vorstellen, was für ein Gedränge in den Häfen ist.«

Georg schwieg, dachte wieder daran, was Barbara in den nächsten Wochen bevorstehen würde, dann fragte er Franz, ob er inzwischen schon etwas von Schwendt gehört hätte.

Franz schüttelte den Kopf.

»Keiner kennt ihn hier, was aber nichts heißen will. Wahrscheinlich ist er mit anderem Namen unterwegs. Möglicherweise treibt er sich auch in Amsterdam herum. Ob er wirklich Schwendt heißt, kannst du getrost bezweifeln.«

Er machte eine Pause, kratzte sich hinter dem Ohr. Dann sagte er mit einem entschuldigenden Lächeln: »Ich reise morgen zurück nach Amsterdam. Tut mir leid, ich habe die Order bekommen, früher zurückzufahren. Vermutlich wollen sie Spesengelder sparen. Ich kann dir also hier in Mannheim leider nicht mehr weiterhelfen, aber du könntest doch mit mir fahren. Vielleicht kommen wir in Amsterdam ja weiter.«

Georg war bitter enttäuscht und schon meldeten sich wieder seine Zweifel. All seine Hoffnungen hatte er auf Franz gesetzt. Was sollte er hier in Mannheim alleine ausrichten? Andererseits – wenn er morgen mit Franz weiterreiste, käme er vermutlich noch rechtzeitig nach Amsterdam und könnte sich mit Barbara zusammen einschiffen.

Aber hatte er sich nicht eine Frist von fünf Tagen gesetzt? Wollte er so schnell aufgeben? Einen triftigen Grund hätte er ja jetzt. Er kämpfte mit sich und ärgerte sich gleichzeitig über die leichte Art, wie Franz mit der Angelegenheit umging. Nein, er wollte jetzt nicht kneifen, dann eben ohne Franz!

»Ich werde noch ein paar Tage in Mannheim bleiben und weiter nach Schwendt suchen«, antwortete er entschlossen und versuchte, sich seine Unzufriedenheit nicht anmerken zu lassen. »Aber vielleicht kannst du mir einen Rat geben, wie ich am besten vorgehen könnte.«

Franz runzelte die Stirn, zog die Augenbrauen zusammen und antwortete ärgerlich: »Ich hab bereits alles versucht, bin von Pontius zu Pilatus gelaufen, das kannst du mir glauben, du wirst auch nichts weiter ausrichten.« Dann hieb er mit der Faust auf den Tisch und rief zornig: »Jetzt lass doch endlich die Sache ruhen und denk einmal an dich.«

Georg verschränkte seine Arme vor der Brust und lehnte sich zurück. Mühsam versuchte er sich zu beherrschen. Hatte Franz in Heilbronn sich nicht lautstark dafür eingesetzt, alles, was möglich war, gegen die Seelenverkäufer und die Mörder seines Vaters zu unternehmen? Stammte von ihm selbst nicht der Vorschlag, in Mannheim nach Schwendt zu suchen? Hatte er eben nicht sogar vorgeschlagen, in Amsterdam die Suche fortzusetzen?

Die freundschaftliche Stimmung, mit der ihr Gespräch begonnen hatte, war dahin. Sie redeten von nun an nur noch über Belangloses und es dauerte, bis beide wieder ihre Ruhe gefunden hatten.

Bald stand Georg auf. Er wolle zurück zu den Auswanderern, zum Anlegeplatz der Schiffe. Franz bot ihm an, für ihn ein Zimmer in einem Mannheimer Gasthaus zu besorgen,

125

aber Georg lehnte ab. »Ich habe Häberle versprochen, heute Abend wieder vorbeizuschauen.«

»Pass gut auf dich auf«, sagte Franz zum Schluss. »Wir sehen uns bestimmt noch einmal in Mannheim oder in Heilbronn. Und wenn ich in Amsterdam etwas über die Betrüger erfahre, lasse ich es dich wissen oder ich bring gleich meine Behörde dazu, ein Verfahren gegen sie einzuleiten.«

Sie verabschiedeten sich. Georg zeigte sich wieder versöhnt. Vermutlich hatte er einfach zu viel von Franz erwartet. Sein Freund ließ ihn ja nicht aus freien Stücken hier in Mannheim zurück.

Wenn er sich noch einige Tage in Mannheim aufhalten sollte, musste er sich nach einer Unterkunft umsehen. Ziellos ließ er sich kreuz und quer durch die symmetrisch angelegten Straßenquadrate der ihm unbekannten Stadt treiben.

Gleich hinter dem Neckartor führte eine schöne Pappelallee zwischen Gärten hindurch bis an die massive Brücke des Stadtgrabens. Ein geschäftiger Trubel, Wagenrumpeln, dazwischen fremdartig klingende Stimmen niederländischer Matrosen zwischen dem gemütlich pfälzischen Dialekt, kündigten den Hafen an. Überall Lagerhäuser, der ruhelos knarrende *Kranen* und am Ufer aufgeschichtete Waren.

Beim Neckartor fand er auch den Holzhof und erkundigte sich, ob nicht ein gelernter Zimmermann zur Aushilfe gebraucht würde. Sie wiesen ihn ab, er bekam aber den Rat, weiter unten bei den Flößern nachzufragen.

An einem großen Platz am rechten Neckarufer kamen die zu Flößen gebundenen Stämme aus dem Schwarzwald an. Sie trieben über die Enz und ab Besigheim über den Neckar. In Mannheim wurden die kleineren Flöße, die vom Neckar, aber auch vom Oberrhein angefahren waren, zu großen Flößen zusammengefügt und weiter nach Holland gebracht.

Er hatte Glück. Für einige Stunden am Tag konnte er aushelfen und bekam einen Schlafplatz in einer der Flößerhütten.

Am Abend machte er sich zum Lager der Auswanderer auf. Häberle wartete noch immer auf eine Rückfahrmöglichkeit.

»Wenn wir in den nächsten drei Tagen nichts bekommen, müssen wir uns zu Fuß auf den Weg machen.«

Georg hatte Brot, Wurst und Käse mitgebracht und lud Häberle und seine Familie zum Essen ein.

Kathrin setzte sich neben ihn. »Wenn du drüben in Amerika bist, was willst du dann anfangen?«

»Ich hoffe, dass sie mich dort als Zimmermann brauchen können. Vorhin habe ich bei den Neckarflößern nach Arbeit gefragt und ich kann dort aushelfen. Einer hat mir das mit der Flößerei ganz genau erklärt. Weiter oben am Rhein werden die Holzstämme neu zusammengefügt zu riesigen Flößen. Die sind manchmal dreihundert Meter lang und fünfzig Meter breit. Zwei- bis dreitausend Stämme haben solche Flöße. Auf ihnen gibt es Hütten, Küchen, eine Bäckerei, eine Wäscherei und sogar Viehställe. Bis zu 400 Flößerknechte braucht man für so ein Riesenfloß. Er meint, wenn ich Glück hätte, könnte ich auch als Flößerknecht nach Holland fahren und dabei noch was verdienen.«

Kathrin himmelte ihn an, rückte näher heran. Aber Georg wandte sich an Häberles kleine Tochter Suse. »Hast du auf dem Neckar auch schon mal ein Floß gesehen?«

Suse betrachtete den langen Zimmermannsgesellen nur mit großen Augen und drängte sich ängstlich an ihre Mutter.

»Die vielen Baumstämme aus dem Schwarzwald, die hast du doch gesehen«, sagte Johanna und strich ihrer Tochter beruhigend übers Haar. Suse nickte stumm und ließ Georg nicht aus den Augen.

»Die Schwarzwälder Tannen sind schneller in Holland als die meisten Auswanderer«, bemerkte Häberle trocken. »Vielleicht sollte ich es auch bei den Flößern versuchen, aber was wird dann aus meiner Frau und den Kindern?«

»Untersteh dich, uns allein zu lassen«, schimpfte Johanna.

»Das könnte ich gar nicht«, antwortete er ihr mit sanfter Stimme. »Wir werden zusammenbleiben und in Schwaigern um Aufnahme bitten. Die werden uns doch nicht vor der Stadt verhungern lassen! Ein bisschen Geld haben wir ja auch noch. Wenn's auch nicht zum Auswandern gereicht hat. Bei meinem Bruder werden wir fürs Erste unterkommen.«

Georg spürte, dass Häberle versuchte, sich und seiner Familie Mut zu machen. In seiner Haut wollte er nicht stecken. Häberle war sich ihrer aussichtslosen Lage wohl bewusst! Als die Dämmerung einsetzte, machte er sich auf den Heimweg.

»Kommst du wieder?«, fragte Kathrin.

»Bestimmt sehen wir uns noch einmal, bevor ihr abreist«, antwortete Georg ausweichend und drückte ihr zum Abschied die Hand.

Mit ein paar staubigen Pferdedecken in einer Ecke der Flößerhütte als Nachtlager musste er vorliebnehmen, aber er hatte wenigstens ein Dach über dem Kopf und einen trockenen Fußboden unter sich.

Am nächsten Morgen ging's früh raus. Tags zuvor waren Flöße angekommen, die nun aufgebunden werden mussten. Die Stämme wurden ans Ufer gezogen und dort gestapelt. Ein anderer Teil ging direkt weiter zur Neckarmündung.

Auf der Rheinseite fügten Flößer die Baumriesen vom Enz- und Nagoldtal mit denen vom Oberrhein zum Weitertransport nach Holland zusammen.

Viele Männer waren nötig, um das Floßholz an Land zu bringen und dort aufzuschichten. Georg arbeitete schwer, stand in langen Stiefeln bis über die Knie im Wasser und hielt die Stämme in der Strömung fest, bevor die langen Haken in sie einschlugen, die sie ans Ufer bugsierten.

In der Mittagspause kam er mit einem der Flößer ins Gespräch. Aus Calmbach bei Wildbad kämen sie, erzählte er. Im württembergischen Schwarzwald gingen die Flöße über Enz, Nagold und Neckar bis Heilbronn. Dort musste umgeladen werden, jeweils zwei Flöße wurden nebeneinandergebunden und dann ging's neckarabwärts bis Mannheim.

»Jockele, sperr«, rief ein Zimmermann zu dem Flößer hinüber. Er war gerade dabei, die Stämme, die er kaufen wollte, zu begutachten. Der Flößer lachte kurz hinüber und erklärte Georg, so würden die Enztalflößer scherzhaft genannt.

»Beim Flößen auf der Enz muss man höllisch aufpassen, dass sich die Baumstämme nicht verkeilen. Deshalb heißt es rechtzeitig bremsen, das nennt man sperren, und so ist dieser Ruf zu unserem Spitznamen geworden.«

Am Nachmittag war das Holz versorgt und Georg bekam seinen Taglohn bar auf die Hand ausbezahlt. Morgen gäbe es nichts zu tun, aber übermorgen. In der Hütte könne er solange wohnen bleiben.

Er trocknete seine nassen Sachen mit den Flößerknechten an einem Feuer, dann klapperte er die Wirtshäuser in der Nähe des Hafens ab, sprach Schiffsleute an, erkundigte sich nach günstigen Mitfahrgelegenheiten nach Amsterdam, brachte das Gespräch auch vorsichtig auf die Auswanderer, auf die Seelenverkäuferei – ohne Ergebnis.

Bei seinen Erkundigungen hatte er aber manche nützliche Tipps bekommen für die Fahrt rheinabwärts. Man hatte ihm geraten, doch den Versuch zu machen, auf einem der Schiffe anzuheuern. Als Zimmermann hätte er gar keine schlechten Chancen. Zimmerleute würden auch auf den Rheinschiffen immer wieder gebraucht.

Zwei Tage später saß er völlig entmutigt am Ufer, wo die Schiffe nach Holland anlegten. Georg überschlug die Zeit, die er in Mannheim verloren hatte. Die Passage auf dem Rhein dauerte vierzehn bis sechzehn Tage. Könnte er die *Hope*, mit der Barbara auslaufen sollte, noch erreichen?

Ganz in Gedanken schaute er zu dem bauchigen zweimastigen Flussschiff hinüber, das nicht weit von ihm entfernt am Ufer vertäut lag. *Bönder* nannte man diese großen Segelschiffe mit ihrem mächtigen Steuerruder am Heck, wie er bei seinen Gesprächen erfahren hatte. Sie hatten auf dem Rhein die Treidelschiffe ersetzt, die vom Ufer aus an langen Tauen gezogen werden. *Berta Augusta* las er auf dem Bug des Schiffes, das gerade mit Fracht beladen wurde.

Da sieht er ihn! Kein Zweifel, Schwendt steht auf der Schiffsbrücke, wo er sich von einem Schiffer verabschiedet, springt ans Ufer und wendet sich der Stadt zu. Im Nu ist Georg auf den Beinen und nimmt die Verfolgung auf. Schwendt ist nicht allein, drei kräftige Burschen stoßen zu ihm.

Er muss vorsichtig sein. Schwendt zu stellen, ihn anzusprechen, kann er jetzt wegen seiner Begleiter nicht wagen. Im Geschiebe und Gedränge versucht er sich der Gruppe unbemerkt auf wenige Meter zu nähern und kann ihr Gespräch – zumindest teilweise – verstehen.

»In drei Tagen fährt die *Berta Augusta* ab, pünktlich bei Sonnenaufgang!«, hört er Schwendt seinen Begleitern zurufen, die sich wieder von ihm lösen.

Georg zögert einen Augenblick zu lang. Ein Fuhrwerk versperrt ihm die Sicht. Als es vorbeigefahren ist, hat er Schwendt aus den Augen verloren. Er ist maßlos enttäuscht, lässt die zu Fäusten geballten Hände sinken. Aber dann wird ihm klar, dass er die entscheidende Spur gefunden hat!

Den ganzen folgenden Tag über hielt er sich in der Nähe der *Berta Augusta* auf, wartete einen günstige Gelegenheit ab, den

Schiffsmeister zu sprechen. Als dieser endlich von Bord ging und gemächlich begann, sein Schiff vom Ufer aus zu betrachten, fasste er Mut.

»Brauchen Sie noch jemanden, der Ihnen auf dem Schiff zur Hand gehen könnte?«

Der Schiffsmeister musterte ihn belustigt.

»Suchst wohl eine günstige Passage nach Amsterdam und hast kein Geld in der Tasche?«

Georg lächelte treuherzig.

»Könnt ihr keinen kräftigen Zimmermann gebrauchen? Sicher gibt es auch an Ihrem schönen Schiff das eine oder andere auszubessern.«

»Zimmermann? So, so. Vielleicht, wenn ich wieder zurück bin. Du kannst ja in vier Wochen wieder mal nach der *Berta Augusta* schauen.«

Georg hakte nach.

»Und einen Platz für einen zahlenden Fahrgast?«

Der Schiffsmeister lachte.

»Alles ausgebucht. Du kommst zu spät, Junge. Aber es gibt ja noch viele andere Schiffe, wo du fragen kannst.«

Georg fasste sich ein Herz. Jetzt musste er die Katze aus dem Sack lassen.

»Schade. Ich wollte zusammen mit Schwendt morgen früh abreisen.«

Da wurde der Kapitän hellhörig. Was er denn mit Schwendt zu tun hätte?

Also doch! Man kannte anscheinend den Seelenverkäufer auch in Mannheim unter diesem Namen! Jetzt musste er die richtigen Worte finden. Georg überlegte fieberhaft, wie er dem Gespräch eine Wendung geben könnte, dass er mehr über Schwendt erfahren würde.

Er gab seiner Stimme einen enttäuschten Tonfall: »Ich hab in Heilbronn eine Weile mit ihm zusammengearbeitet und sollte mich mit ihm hier treffen.«

Der Kapitän sah ihn prüfend an: »Der kommt erst morgen früh wieder. Aber du kannst es ja mal im *Anker* versuchen.«

Damit ließ er Georg einfach stehen und spazierte in Richtung Innenstadt.

Er folgte ihm in einiger Entfernung. Als der Schiffsmeister in Richtung Großherzogliches Schloss abbog, wusste Georg, dass es keinen Sinn mehr hatte, ihm weiter nachzulaufen. Der Name des Gasthauses deutete auf eine Schifferkneipe hin. Also musste er in der Nähe des Neckarhafens suchen.

Nach zwei Mal fragen stand er endlich vor einem zweistöckigen Gebäude mit rotem Sandsteinsockel und blauem Schieferdach. Ein paar Treppenstufen führten zum etwas erhöht liegenden Erdgeschoss mit der Gastwirtschaft, darüber lagen wohl einige Fremdenzimmer, wie Georg vermutete. Hier also war der Kerl abgestiegen.

Er betrat die Wirtschaft und bestellte sich einen Schoppen Wein. Der Wirt zuckte die Schultern, als ihn Georg nach Schwendt fragte, spülte weiter unbeirrt seine Gläser ab, murmelte nach einer Weile gleichmütig, ohne Georg anzublicken: »Hunderte kommen hier wöchentlich durch. Ich kann mir doch nicht alle Namen merken.«

Georg sah ein, dass er von dem nichts erfahren würde. Aber das hieß noch lange nicht, dass ihm der Schiffsmeister einen falschen Hinweis gegeben hatte. Er setzte sich so, dass er den Eingang des Lokals einsehen konnte.

Langsam füllte sich die Gaststube. Doch als nach einer Stunde Schwendt noch nicht erschienen war, verließ er enttäuscht wieder den *Anker*. Vielleicht hatte der Kapitän der *Berta Augusta* sich doch einen Scherz mit ihm erlaubt oder einfach ins Blaue hinein spekuliert?

Trotzdem blieb er in der Nähe des Gasthauses und behielt den Eingang im Auge. Er vermutete, dass der Wirt ihn bloß hatte abwimmeln wollen. Wenn nicht – vielleicht trat Schwendt in Mannheim doch unter anderem Namen auf?

Der Kapitän der *Berta Augusta* kannte ihn unter dem Namen Schwendt, da war kein Zweifel, aber hier im *Anker* war er vielleicht auch unter anderem Namen abgestiegen. Steckten die beiden unter einer Decke? Schanzte Schwendt dem Schiffsmeister vielleicht Fahrgäste zu?

Als die Dämmerung einsetzte, betrat er wieder die Wirtschaft und traute seinen Augen nicht. Da saß Schwendt an einem der Tische im Hintergrund und sprach mit einigen Gästen. Schwendt musste also bereits im *Anker* gewesen sein, als er heute Nachmittag nach ihm gefragt hatte! Also hatte er ein Zimmer hier!

Georg überlegte, wie er sich nun verhalten sollte. An den Nebentisch setzen und versuchen, so viel von den Gesprächen aufzuschnappen, wie er nur konnte? Oder sich wieder davonmachen? Es war schließlich nicht ganz ungefährlich und es konnte gut sein, dass sich Schwendt noch an ihn erinnerte. Er wusste ja jetzt, wo Schwendt wohnte, das war schon was. Aber wie sollte es dann weitergehen? Nein, er musste jetzt handeln, die Gelegenheit beim Schopf packen.

Ein Platz an Schwendts Tisch war noch frei. Sollte er aufs Ganze gehen und ihn direkt ansprechen? Er hatte sich seit der Abfahrt von Heilbronn einen Bart stehen lassen. Vielleicht würde ihn Schwendt doch nicht erkennen? Er hatte sich bereits so weit vorgewagt, dass es nun kein Zurück mehr für ihn gab.

»Wie schön, ein alter Bekannter aus Heilbronn«, sprach er Schwendt mit gespielter Fröhlichkeit an. Der sah überrascht auf, seine Augenbrauen schoben sich zusammen, er musterte Georg und schien zu versuchen, ihn gedanklich einzuordnen. Für einen Moment wurde es Georg mulmig. Konnte sich Schwendt trotz seines Bartes an die kurze Begegnung erinnern, als er mit seinem Vater in Weinsberg die Schiffskontrakte bei ihm abgeholt hatte? Aber Schwendt schwieg.

»Schwendt, alter Schwede, du kennst mich nicht mehr?« Georg lachte ihm und den anderen zu, bevor er fragte: »Darf ich mich zu euch setzen?«

Schwendt machte eine Handbewegung, die Georg so deutete, dass er ihn an seinen Tisch einlud. Seine Gesprächspartner verfolgten neugierig, was sich zwischen ihm und Schwendt abspielte. Auch Schwendt schien darauf zu warten, dass Georg sein Auftreten erklärte.

»Das Geschäft mit der Auswandererwerbung ist hart,« fuhr Georg, nachdem er Platz genommen hatte, großspurig fort, »aber ganz einträglich. Ich hab mich auch eine Weile darin versucht, aber so gewitzt daherreden wie der Schwendt kann ich nicht. Der wickelt sie alle um den Finger und überzeugt noch seine eigene Großmutter, dass sie Hals über Kopf nach Amerika auswandern muss.«

Jetzt musste sich entscheiden, ob Schwendt ihn barsch zurechtweisen würde oder ob er den richtigen Ton getroffen hätte. Wenn Schwendts Tischnachbarn ebenfalls aus der Branche waren und mit ihm zusammenarbeiteten, hatte er gewonnen, wenn nicht, würde Schwendt grob werden müssen und ihm mitteilen, dass er ihn wohl verwechselt hätte.

Aber Schwendts Freunde am Tisch nickten zustimmend und lachten. Georg fiel ein Stein vom Herzen. Schwendt hatte ihn wohl als früheren Bekannten, an den er sich einfach nicht mehr erinnern konnte, akzeptiert.

Erleichtert erzählte er munter drauflos, vom Auswandererlager in Heilbronn, vom Auftreten des Regierungskommissars Friedrich List, von den Rückwanderern aus Amsterdam, von den Sorgen der holländischen Behörden, den Zurückweisungen von mittellosen Auswanderern an der holländischen Grenze – alles, was er selbst erlebt oder von Franz erfahren hatte – und hatte das Gespräch bald dahin gebracht, wo er es haben wollte.

Während die anderen nun offenherzig ihre Erfahrungen preisgaben, blieb Schwendt auffallend zurückhaltend. Da reifte in Georg ein Plan, wie er Schwendt aus der Reserve locken könnte. Die anfängliche Angst war wie weggeblasen. Die Rolle, die er spielte, begann ihm sogar langsam Spaß zu machen. Mit einem Mal fühlte er sich Schwendt überlegen.

Als das Essen serviert wurde, nutzte Georg die Gelegenheit, ihm zuzuraunen, dass er ihn unbedingt heute Abend noch allein unter vier Augen sprechen müsse. Es gebe wichtige Nachrichten aus Heilbronn.

Schwendt blickte überrascht auf, schien, wie von Georg erhofft, zu glauben, dass dieser beauftragt worden sei, mit ihm Kontakt aufzunehmen, dass Georg deshalb diese Vertraulichkeiten nur gespielt hatte, um bei seinen Gesprächspartnern keinen Verdacht zu erregen und zeigte sich erleichtert, weil er glaubte, Georg jetzt endlich richtig einstufen zu können.

»Hast du dein Zimmer auch in dieser noblen Herberge?«, fragte er Georg und ging nun endlich auf den kameradschaftlichen Ton ein, den Georg angeschlagen hatte.

Georg schüttelte den Kopf. »Ich darf mich um unsere lieben Auswanderer kümmern und schlafe bei den Schiffsmeistern draußen.«

Während des gemeinsamen Essens verebbte das Gespräch etwas, um danach beim Bier umso ausgelassener wieder aufzuleben. Georg hielt sich zurück, aber er spitzte die Ohren und erfuhr eine Menge über die Seelenverkäuferei.

Einer von Schwendts Freunden erzählte: »In Amsterdam ist ein gewisser Eckert aufgetreten. Er hat den Auswanderern gesagt, die schon seit Wochen vergeblich auf ein Schiff nach Amerika warteten, er hätte zehn Fußstunden von Amsterdam drei Schiffe liegen und könnte alle aufnehmen. Dann hat er abkassiert. Die Auswanderer haben sich auf den Weg gemacht, und suchten tagelang Eckerts Schiffe. Er selbst hat sich derweil abgesetzt und nun fahnden die holländischen Behörden fieberhaft nach einem ›Eckert‹. Der ist aber schon längst unter seinem wirklichen Namen in England untergetaucht.«

Bis spät am Abend hatte sich die fröhliche Runde nach und nach aufgelöst. Nur noch Schwendt und Georg waren am Tisch sitzen geblieben. Auch die meisten anderen Gäste hatten das Lokal verlassen.

»Die Sache hat sich zugespitzt«, begann Georg. »Du weißt, der Mord in Heilbronn oder der *Unfall* bei den Auswanderern, wie es noch offiziell heißt. Jedenfalls – der Verdacht ist auf dich gefallen. Die Polizei sucht nach dir, hält alles geheim, hat aber Verbindung zur badischen Polizei aufgenommen und zur hessischen auch. Es wird nicht mehr lange dauern, dann wird man dir hier in Mannheim auf der Spur sein.«

Schwendt trommelte nervös mit den Fingern auf den Tisch. »Ich war das nicht. Das wissen alle in Heilbronn. Wenn's nach mir gegangen wäre, hätte man den Kerl anders zum Schweigen gebracht.«

Georg fuhr ein Stich durchs Herz, wie redete der von seinem Vater! Aber er zwang sich, Ruhe zu bewahren. War er jetzt nicht ganz nahe daran, die Hintergründe und vielleicht sogar den Namen des Täters zu erfahren? Er musste jetzt die Rolle glaubhaft zu Ende spielen! Wie konnte er Schwendt dazu bringen, Einzelheiten preiszugeben?

»Wenn du mich fragst, war der Mord ein schwerer Fehler«, setzte er an und verwendete bewusst zum zweiten Mal das Wort *Mord*, um Schwendt zu provozieren.

Doch Schwendt ging nicht darauf ein, unterbrach ihn hastig: »Sag Hasler, wenn du wieder in Heilbronn bist, dass es mir zu heiß geworden ist. Ich setz mich ab, mach rüber nach Amerika. Hasler kann in Philadelphia nach mir fragen lassen. Übermorgen fahr ich los nach Amsterdam und dann gleich weiter.«

Er kritzelte auf einen Zettel eine Adresse, drückte ihn Georg in die Hand, zögerte einen Augenblick, nahm seine

Geldbörse aus der Tasche und schob ihm fünf Gulden über den Tisch. Georg war völlig überrascht, spielte aber geistesgegenwärtig den Gleichmütigen, strich die Summe ein, dankte mit einem kurzen Nicken und wusste, dass es jetzt keinen Sinn mehr hatte, mehr aus ihm herauslocken zu wollen.

Schwendt hatte ihn für einen Boten aus Heilbronn gehalten, der ihn warnen sollte, und deshalb ausgezahlt. Er stand auf und verabschiedete sich, indem er Schwendt kurz mit erhobener Hand zuwinkte.

An der Tür blickte er noch einmal zurück. Schwendt saß vor seinem Glas, stierte vor sich hin und schien ihn nicht mehr wahrzunehmen.

Über den Mord an seinem Vater hatte er nichts weiter erfahren, aber er hatte dennoch mehr erreicht, als er zu hoffen gewagt hatte: Schwendt hatte ihm den Namen eines Heilbronner Bandenmitglieds genannt und dazu eine Kontaktadresse in Philadelphia aufgeschrieben!

Während er durch die nächtlichen Straßen der Quadratestadt den Weg zu den Flößern suchte, ging er das Gespräch mit Schwendt noch einmal durch. Was nützten ihm die neuen Hinweise wirklich? An wen müsste er sich wenden? Was sollte er als Nächstes unternehmen? Jetzt hätte er die Hilfe von Franz dringend gebraucht.

Ganz in Gedanken überquerte er den Zimmerplatz bei den Flößern und stutzte. In der Hütte brannte Licht! War da noch jemand? Sonst war hier alles wie ausgestorben.

Als er die Tür geöffnet hatte, flackerte neben seinem Lager eine Kerze. Er schaute sich um, kein Mensch war zu sehen. Wer hatte sie angezündet? Wie lange brannte sie schon?

Er verriegelte sorgfältig die Tür, ging zögernd auf seinen Schlafplatz zu, setzte sich auf die Pferdedecken nieder und bemerkte unter dem Kerzenstummel einen Fetzen Papier.

»Pack dich«, stand da mit blutroter Farbe.

8

Amsterdam

Als Barbara Georg aus den Augen verloren hatte, schossen ihr die Tränen in die Augen und sie begann hemmungslos zu schluchzen. Pfitzer nahm sie in den Arm und versuchte sie zu trösten.

»Du kennst ihn doch erst seit wenigen Wochen. Und wenn er der Richtige ist, dann wird er dich finden und wenn nicht, dann war er nicht der Richtige.«

»Du hast doch mich.« Christoph streichelte ihre Hand.

Barbara riss sich los und lief zu ihrer Tante, die auf einer Kiste in der Mitte des Decks saß und sie in die Arme nahm.

Gleich hinter Mannheim passierten sie die badische Grenze. Ein Zöllner des Großherzogtums Hessen kam an Bord, sah sich die Passagierlisten durch, öffnete kurz eine Kiste, schaute pflichtgemäß in einen Reisesack, besprach sich mit dem Kapitän und machte sich Notizen. Fast zwei Stunden kostete sie der Aufenthalt.

Spät am Abend legte das Schiff auf einer Rheininsel an. Die Fahrgäste gingen an Land und setzten sich in Gruppen zusammen. Da und dort wurde ein Lagerfeuer entfacht, aber die milde Mailuft ließ sie auch ohne Feuer nicht frieren. Pfitzer hatte eben damit begonnen, einen dicken, ausgedorrten Ast ins Feuer zu schieben, als er angesprochen wurde.

»Darf ich mich zu Ihnen setzen? Ich reise allein und es würde mich sehr freuen, wenn Sie mich an Ihrem Feuer Platz nehmen ließen.«

Der Mann mochte Mitte dreißig sein, mittelgroß, dunkelhaarig, hager mit einem Kinnbart, in dem sich die ersten grauen Härchen zeigten. Seine auffallend sorgfältige und gediegene Kleidung unterschied ihn von den übrigen Auswanderern, zu denen er nicht recht zu passen schien.

»Wenn ich mich vorstellen darf, Jacob Ackermann aus Marbach am Neckar«.

Er streckte Pfitzer die Hand hin, der stand auf und hieß ihn herzlich willkommen.

»Ich bin Hans Pfitzer aus Löwenstein und das ist meine Familie: meine Frau Karolina, mein Sohn Christoph und meine Nichte Barbara.«

Jacob Ackermann gab allen die Hand, lächelte ihnen freundlich zu, Barbaras Hand hielt er einen Augenblick länger und blickte das Mädchen mit einem Anflug von Verwunderung an. Als er sich zu ihnen ans Feuer gesetzt hatte, holte er aus seinem Reisesack einen Laib Brot und ein großes Stück Schinken. Mit seinem Klappmesser schnitt er Scheiben von beidem ab und verteilte sie großzügig. Pfitzer bot Wurst und Käse an.

»Morgen legen wir in Koblenz an, da können wir neuen Proviant aufnehmen«, sagte Ackermann.

Er erkundigte sich nach Pfitzers Lebensgeschichte, hörte aufmerksam zu und unterbrach nur kurz seine Schilderungen, wenn Pfitzer auf die Willkür der Schreiber auf den Ämtern zu sprechen kam. Dann nickte Ackermann zur Bestätigung und fügte kurze, bittere Kommentare an. Diese Beamtenseelen seien das eigentliche Übel im Königreich Württemberg, borniert und außerdem bestechlich.

Als er hörte, dass Babara darauf hoffte, in Amsterdam auf Pump mitgenommen zu werden, schüttelte er missbilligend den Kopf. »Ich zweifle zwar nicht daran, dass der Kapitän dich mitnimmt, denn für junge Leute wird drüben am meisten gezahlt, aber die Sache mit dem Verdingen ist ein reines Glücksspiel. Ich will dir keine Angst einjagen, aber sei vorsichtig, an wen du gerätst.« Er blickte zu Pfitzer hinüber. »Ihr müsst auf jeden Fall darauf achten, dass bei ihrer Arbeitsverpflichtung jemand von der Deutschen Gesellschaft in Philadelphia dabei ist. An die könnt ihr euch auch wenden, wenn es Probleme gibt.«

Pfitzer sah ihn neugierig an. »Sie kennen sich aus in Philadelphia?«

Ackermann winkte ab.»Ich hab nur einige Handbücher für Auswanderer gelesen, man sollte eine so wichtige Entscheidung wie die Auswanderung ja nicht ohne Vorbereitung treffen.«

Pfitzer gab ihm recht und bat ihn, nun seine Geschichte zu erzählen.

Ackermann ließ sich nicht lange bitten. »Ich stamme aus einem Pfarrhaus in der Nähe von Ludwigsburg. Mein Vater schickte mich, als ich das Landexamen bestanden hatte, ins Seminar nach Maulbronn, schließlich kam ich ans Tübinger Stift und sollte wie mein Vater Pfarrer werden. Aber das war mir zu bieder. So ein vorgezeichnetes Leben zu führen, konnte ich mir nicht vorstellen: Seminar, Stift, Vikariat bei irgendeinem Dorfpfarrer, um dann selbst irgendwo auf der Schwäbischen Alb auf einer Pfarrstelle zu landen, das war nichts für mich. Ich interessiere mich für Geschichte, Philosophie und Politik, war mehrmals in Straßburg bei meinen demokratischen Freunden, die ganz andere Vorstellungen davon haben, wie ein Staat aufgebaut sein sollte. Jedenfalls habe ich es vorgezogen, nach meinen Examina keine Pfarrstelle anzustreben und so bin ich als Präzeptor in der Lateinschule von Marbach gelandet.«

Christoph hatte ihm mit großen Augen zugehört. »Was ist ein Präzeptor?«, fragte er gerade heraus.

»Das ist ein Lehrer«, erklärte Ackermann und stupste mit dem Zeigefinger auf Christophs Nase. »Er bringt den kleinen Jungen das Denken bei. So hatte ich wenigstens meine Aufgabe verstanden.«

»Und warum wandern Sie dann aus?«, fragte Barbara verwundert. »Lehrer ist doch ein schöner Beruf und Not werden Sie auch nicht gelitten haben.«

Ackermann seufzte. »Eigentlich hast du recht. Ich bin sehr gerne Lehrer und hungern habe ich – Gott sei Dank –

nie müssen, aber trotzdem bittere Not gelitten. Der Stadt-
pfarrer von Marbach, der gleichzeitig auch mein direkter
Vorgesetzter war, sah es nicht gern, wie ich den Kindern das
Denken beibrachte. Wenn ich von der Demokratie und der
Tyrannis im alten Griechenland erzählte und immer wieder
Vergleiche zog zu den Zuständen in Württemberg, hat ihm
das gar nicht gefallen. ›Sie verhetzen die Jugend!‹, hat er mir
immer wieder vorgeworfen, kurz gesagt, wir zerstritten uns
gründlich und er sorgte dafür, dass ich aus dem Dienst entlassen wurde. Jetzt will ich nach Amerika, wo das Denken
nicht verboten ist.«

Pfitzer schlug sich auf die Schenkel. »Das gefällt mir. Sie
haben sich nicht kleinkriegen lassen. Von Ihrer Sorte müsste
es mehr geben.«

»Ich kenne einige«, antwortete Ackermann lächelnd, »aber
die müssen alle gewaltig aufpassen, gerade jetzt, wo man in
Württemberg über eine Verfassung diskutiert. Sonst landen
sie auf dem höchsten Berg des Landes.« Er schaute zu Christoph und fragte: »Kennst du den?«

Christoph dachte kurz nach. »Vielleicht das Steinknickle
bei Neuhütten?«

Ackermann schmunzelte. »Der höchste Berg in Württemberg ist der Hohenasperg. Man ist zwar schnell droben, aber
es kann Jahre dauern, bis man wieder unten ist.«

Pfitzer lachte und sagte zu Christoph. »Das brauchst
du dir jetzt – dem Himmel sei Dank! – nicht mehr zu merken.«

Ackermann stimmte ihm lachend zu und fuhr fort: »Kennen Sie die Verse von unserem Landsmann Justinus Kerner?
Er ist Arzt und ein junger Dichter, der kein Blatt vor den
Mund nimmt. In meiner Studienzeit in Tübingen bin ich ihm
ein paar Mal begegnet.« Er schloss kurz die Augen, um sich
zu konzentrieren, dann begann er, aus Kerners Versen zu zi-
tieren:

»Einst hat man das Haar frisiert,
Hat's gepudert und geschmiert,
Dass es stattlich glänze
Steif die Stirn begrenze.

Nun lässt schlicht man wohl das Haar,
Doch dafür wird wunderbar
Das Gehirn frisiert
Meisterlich dressiert.

Puder und Pomade
Im Gehirn! – Gott Gnade!

In so einem Lande möchte ich nicht mehr leben.«

Barbara betrachtete ihn nachdenklich. Dass jemand auswandern wollte, obwohl er einen gut bezahlten und angesehenen Beruf hatte, konnte sie nur schwer verstehen.

Kurz vor der preußischen Grenze brach Unruhe unter den Fahrgästen aus. Es war das Gerücht aufgekommen, dass der preußische Zoll mittellose Auswanderer zurückschickte. An der holländischen Grenze drohe dieselbe Gefahr.

Barbara fuhr der Schrecken gewaltig in die Glieder. Bisher hatte ihr Onkel Hans für sie gesorgt. Wenn nun aber jeder sein Vermögen vorweisen musste, konnte er ihr nicht mehr helfen. Sein Geld reichte ja gerade für seine Frau und Christoph.

Ackermann beruhigte sie. »Das gilt für Familien und ältere Leute. Junge Leute wie dich lassen sie durch, denn sie wissen, dass sie in Amsterdam mitgenommen werden.«

Barbara atmete erleichtert auf, fühlte aber dennoch, wie unsicher ihre Lage war. Wenn sie nur bald in Amsterdam wären! Aber davor kam ja noch der holländische Zoll.

Sie passierten problemlos die preußische Grenze bei Koblenz, wo ihr Schiff anlegte. Pfitzer blieb mit seiner Familie an

Bord, Ackermann fragte Barbara, ob sie ihn nicht in die Stadt begleiten wollte, aber sie lehnte ab.

Die Reise ging in den nächsten Tagen weiter über Bonn, Köln, Düsseldorf, bis sie hinter Wesel die holländische Grenze erreichten. Ackermann hatte sich inzwischen mit Pfitzer und besonders mit Christoph angefreundet, dem er vom Schiff aus erklärte, was sie am Ufer sahen: den Felsen der Loreley, die Bergzüge des Siebengebirges, den Kölner Dom. Zu jeder Sehenswürdigkeit wusste er eine Geschichte.

Auch Barbaras Nähe hatte er gesucht. Doch sie wich ihm meistens aus, blieb an der Seite ihrer Tante, obwohl ihr Jacob Ackermann nicht unsympathisch war. Aber sie empfand eine seltsame Angst vor seiner Vertrautheit, die sie verunsicherte.

Der niederländische Zoll hielt sie fast einen ganzen Tag auf. Einer der Mitreisenden, ein Maurergeselle aus Neckarsulm, hatte die Nerven verloren, war von Bord gesprungen und losgelaufen. Er versuchte wohl zu Fuß über die Grenze zu kommen. Aber ein Reiter der Zollwache holte ihn bald ein und schleppte ihn zurück. Der Aufruhr war groß. Der Schiffsmeister wurde vernommen, der Maurergeselle verhaftet und im Anschluss daran die Reisenden einzeln kontrolliert.

Ackermann hatte sich neben Barbara postiert.

»Jacob Ackermann aus Marbach?«

Der Zöllner musterte ihn und verglich die Angaben auf dem Pass. Dort waren Größe, Haarfarbe, Augenfarbe, Gesichtsform und Statur notiert.

»Wie viel an Barvermögen führen Sie mit sich?«

Ackermann nannte die Summe von 675 Gulden, die der Zöllner mit einem anerkennenden Kopfnicken in ein Formular eintrug. Bevor Barbara auf die Frage des Zöllners antworten konnte, legte Ackermann den Arm um ihre Schulter und zog sie an sich.

»Sie reist mit mir.«

Der Zöllner salutierte und wandte sich Pfitzer zu, der das Geschehen interessiert verfolgt hatte. Barbara löste sich von Ackermann, drehte sich um, stützte die Hände auf der Reling ab und sah ins Wasser. Ihre Gedanken überschlugen sich.

Wie konnte er es wagen, sie anzufassen, sie an sich zu ziehen! Am meisten verwirrt aber war sie darüber, dass sie das gar nicht als unangenehm empfunden hatte. Und sie konnte ihm auch keinen Vorwurf machen. Er hatte sich für sie eingesetzt und im richtigen Augenblick genau das Richtige getan. Wer weiß, wie der Zöllner reagiert hätte, wenn sie ausgesagt hätte, ohne Vermögen einreisen zu wollen.

Sie dachte an Georg, versuchte, sich sein Gesicht vorzustellen. Er war so weit weg von ihr! Was war in den wenigen Tagen seit ihrer Trennung nicht alles geschehen!

Am Abend fand sie Pfitzer wieder allein an der Reling stehen. Er stellte sich neben sie, schaute wie sie in die dunklen Wellen mit ihren weißen Schaumkronen, die vom Bauch des Schiffes durchschnitten wurden. Eine Weile blickten sie beide schweigend ins Wasser.

Dann räusperte sich Pfitzer. »Jacob ist ein vornehmer, ehrenwerter Mann und er hat, glaube ich, was dich betrifft, ernsthafte Absichten. Er hat mir das gestern Abend in einem langen Gespräch angedeutet. Er ist nicht unvermögend, erwartet noch eine größere Summe aus einer Erbschaft, die ihm sein Vater anweisen will, wenn er drüben angekommen ist. Ich will dich zu nichts überreden. Aber ich wäre sehr froh, wenn ich wüsste, dass du dich drüben nicht verdingen müsstest.«

Barbara schwieg und starrte ins Wasser.

Pfitzer ließ sie allein und sagte im Weggehen: »Denk mal darüber nach. Wer weiß, ob du deinen Georg jemals wieder siehst.«

Bei Utrecht war die Fahrt auf dem Rhein zu Ende. Über einen Kanal ging es weiter nach Amsterdam. Sie hatten Glück. Bis vor wenigen Tagen waren die Schleusen hier und bei Wageningen wegen hohen Wasserstandes geschlossen gewesen. Auswanderer vor ihnen hatten tagelang vor den Schleusen warten müssen. Jetzt dauerte ihr letzter Abschnitt der Reise nur acht Stunden.

Am Hafen in Amsterdam empfingen die ankommenden Auswanderer bereits Agenten der Schifffahrtsunternehmen, drängten sich an sie heran, als sie von Bord gingen, priesen günstige Überfahrtsgelegenheiten an und vermittelten angeblich preisgünstige Unterkünfte.

Pfitzer fragte sich nach der Firma Zwißler & Co durch und wurde in ein Büro direkt am Hafen verwiesen. Ein Angestellter der Agentur begrüßte ihn freundlich.

»Sie haben Glück, die *Hope* ist noch nicht abgefahren, übermorgen geht ein letztes Küstenschiff hinauf nach Den Helder bei der Insel Texel, ich fahre selbst mit. Wir haben günstigen Wind, sodass die *Hope* dann gleich absegeln kann.«

»Ich dachte, wir segeln von Amsterdam aus nach Amerika!«

Der Angestellte lachte.

»Die Zuidersee ist hier nur drei Meter tief. Deshalb müssen wir mit flachen Schiffen bis zur Nordsee fahren, aber das dauert nicht lange, nur ein paar Stunden. Kommen Sie übermorgen früh pünktlich um sieben hier vorbei, dann können wir gemeinsam an Bord gehen.«

Pfitzer bedankte sich und fasste Mut, wegen Barbara anzufragen. Der Agent zog die Augenbrauen hoch.

»Über Redemptioners entscheidet der Kapitän. Wenn sie nach Den Helder mitfährt, muss sie extra zahlen.«

Pfitzer löste die Passage für Barbara. Er war erleichtert. Strehlin hatte ihn in Heilbronn darauf hingewiesen, dass man oft wochen- oder monatelang auf ein Schiff warten müsste. Für eine Woche Kost und Logis in Amsterdam müsse er fünf Gulden aufbringen. Da wäre ein guter Teil des Fahrgeldes schon bald aufgezehrt. Dieses Geld konnte er nun sparen. Mit dem Schiffsmeister würde er sprechen. Vielleicht könnten sie die Nacht über auf dem Schiff bleiben?

Jacob Ackermann machte sich unverzüglich in das Büro von Zwißler & Co auf, als er von Hans die gute Nachricht erfuhr. Und er hatte Glück. Es gab noch wenige Plätze auf der *Hope* und einen davon konnte er buchen.

Gegen Abend saßen sie zusammen an Deck und beglückwünschten sich zu der guten Entwicklung ihrer Reise. Ackermann hatte zwei Flaschen Rheinwein eingekauft, dazu geräucherten Fisch, Käse und Weißbrot. Als er die erste Flasche geöffnet und allen eingeschenkt hatte, stand er auf, räusperte sich.

»Ich bin froh, dass ich gleich zu Beginn meiner Reise so liebe Menschen getroffen habe und ich freue mich, dass wir auch zusammen die Fahrt nach Philadelphia machen. Unser Schiff heißt *Hope*, die Hoffnung. Wenn wir weiter so Glück auf unserer Reise haben, können wir schon in wenigen Wochen im Land der Freiheit und des Wohlstands sein.«

Er hob sein Glas. »Es steht mir zwar vom Alter her nicht zu, aber ich könnte mir gut vorstellen, dass wir vom Sie zum Du übergehen.«

Pfitzer stand nun ebenfalls auf und reichte ihm die Hand. Sie prosteten sich zu, nannten ihre Vornamen, am Schluss stand auch Christoph auf und streckte Jacob seine Hand hin. Jacob stellte sein Glas zur Seite, hob ihn hoch über seinen Kopf und lachte. »Du darfst Onkel Jacob zu mir sagen und ich verspreche dir, dass wir auch drüben in Amerika Freunde bleiben.«

Barbara fiel mit den anderen in sein Lachen ein. Es stimmte sie fröhlich, dass Jacob sich so mit ihrer Familie angefreundet hatte. Sie blickte zu ihm auf und bemerkte in seinen Augen ein Funkeln, das offene, aufrichtige Freude ausdrückte, und das gefiel ihr.

Nach dem Essen gab Pfitzer seiner Frau einen Wink. Karolina nahm Christoph an der Hand, und noch ehe Barbara sich anschließen konnte, waren sie beim breiten Fallreep, über das sie das Ufer erreichten. Barbara war ebenfalls aufgestanden, doch Jacob hielt sie zurück.

»Barbara, bitte bleib. Ich möchte mit dir reden.«

Sie spürte, wie ihr das Blut in den Kopf schoss und sie ahnte, was auf sie zukam. Ihre Gedanken überschlugen sich. Hier in Amsterdam hatte sie gehofft, mit Georg zusammenzutreffen. Übermorgen schon sollte die Fahrt losgehen. Es gab also gar keine Möglichkeit, dass Georg sie hier noch vorfinden könnte, selbst wenn er schon auf dem Weg nach Amsterdam sein sollte.

Aber sie konnte nicht auf ihn warten. Sie hatte kein Geld, keine Unterkunft. Sie musste mit ihrer Familie die Reise fortsetzen und konnte von Glück sagen, wenn sie der Kapitän der *Hope* mitnahm. Zögernd setzte sie sich wieder.

Jacob sah sie freundlich an und suchte nach den richtigen Worten.

»Dein Onkel hat mir von dir und Georg erzählt. Ich weiß, dass du ihn geliebt hast und vielleicht immer noch liebst. Deshalb fällt es mir schwer, über meine Gefühle zu sprechen. Ich habe dich in mein Herz geschlossen, schon als ich dich zum ersten Mal sah, auf der Rheininsel, am ersten Abend unserer gemeinsamen Reise. Erinnerst du dich noch?«

Prüfend sah er Barbara an. Als sie stumm zu Boden blickte, atmete er tief durch.

»Es tut mir leid, wenn ich dich mit meinen Worten verletzt haben sollte. Das war nicht meine Absicht. Verzeih mir, wenn ich zu direkt war.«

Barbara fasste sich. »Nein, Jacob, ich hatte es schon längst bemerkt, dass ich dir nicht gleichgültig bin. Ich danke dir, dass du uns und vor allem auch mir immer wieder geholfen hast. Aber ich liebe Georg, immer noch. Ich bin noch nicht frei.«

Dass sie das Wörtchen *noch* benutzt hatte, irritierte sie, kaum dass sie den Satz ausgesprochen hatte. Über Jacobs Gesicht huschte ein freundliches Lächeln. Er deutete dieses *noch* als Ermutigung.

»Lass dir Zeit, aber du könntest mir einen großen Wunsch erfüllen.«

Barbara sah ihn fragend an.

»Ich möchte dir die Überfahrt bezahlen. Die Vorstellung, dass du dich drüben bei irgendeinem Amerikaner verdingen musst, gefällt mir gar nicht.«

Sollte sie sein Angebot annehmen? Konnte sie es abschlagen? Sie machte ihm Hoffnungen, wenn sie sich darauf einließ! Jacob schien ihre Gedanken zu erraten.

»Du brauchst mir jetzt nicht zu antworten. Ich will, wenn sich die Gelegenheit ergibt, mit dem Kapitän sprechen. Vielleicht lässt er sich darauf ein, dass ich deine Überfahrt später bezahlen kann. Dann kannst du während der Reise in aller Ruhe darüber nachdenken.«

Tränen schossen ihr in die Augen. Sie nickte nur stumm, stand auf, ging auf das Fallreep zu und hastete an Land. Jacob blieb. Er wusste, dass er sie nicht weiter bedrängen durfte, wenn er nicht alles aufs Spiel setzen wollte.

In der Dämmerung kamen sie zurück aufs Schiff. Pfitzer und seine Frau schienen bedrückt, während Christoph fröhlich drauflos plapperte und Jacob die Schiffe beschrieb, die über die Zuidersee fuhren.

Später, als Christoph auf seinem Lager, das Karolina und Barbara ihm aus ihren Reisesäcken und einer großen Decke gebaut hatten, längst eingeschlafen war, erzählte Pfitzer: »Drüben bei den Fährschiffen haben wir Landsleute getroffen, zerlumpte, abgemagerte Gestalten, die uns angebettelt haben. Sie haben nichts mehr zu essen, haben ihr ganzes Geld ausgegeben, weil kein Kapitän sie mitnehmen will. Jetzt ziehen sie durch die

Straßen, singen vor den Häusern der reichen Holländer und sind froh, wenn sie ein bisschen Geld oder ein Stück Brot bekommen. Zurück nach Deutschland können sie nicht, weil kein Schiff sie mitnimmt. Manche haben sich zu Fuß aufgemacht, wollen rheinabwärts zurückwandern. Einer, den wir getroffen haben, ein Ludwigsburger, sagte, wenn er sich ein paar Gulden zusammengebettelt hätte, wollte er auch losziehen. So, wie der ausgesehen hat, kommt der aber nicht weit.«

Karolina berichtete von einer Familie aus dem Weinsberger Tal. Alles sei gut gegangen bis Amsterdam. Dann hätte ihre Pechsträhne begonnen. Das Schiff, mit dem sie fahren wollten, sei bereits fort gewesen. Wochenlang hätten sie gewartet, bis das Reisegeld aufgebraucht war. Kein Schiff konnte ausfahren.

Erst hätte es geheißen, die See sei zu stürmisch, dann gab es keinen Wind. Schließlich seien sie bis Den Helder gekommen, aber sie konnten nicht den halben Reisepreis bezahlen, den der Kapitän forderte. Und ganz ohne Geld wollte er sie nicht mitnehmen. Jetzt hofften sie inständig, dass sie auf der *Hope* mitgenommen würden.

Barbara erschrak. Sie machte in der Nacht kein Auge zu. Wollte das Schicksal es so? Wenn sie Jacobs Angebot annahm, war sie alle Sorgen los. Sie bekäme einen guten Mann und bräuchte sich weiter keine Sorgen zu machen.

Aber Georg! Sie liebte ihn doch und konnte ihn nicht betrügen – und wäre es kein Betrug, wenn sie ihn wegen der Aussicht auf ein leichteres Leben aufgeben und ihrer Vernunft nachgeben würde? Sie nahm sich vor, am nächsten Tag einen Brief an ihn zu schreiben. Jacobs Angebot wollte sie nicht annehmen, lieber sich in Philadelphia verdingen! Sollte sie in ihrem Brief an Georg Jacob erwähnen?

Der Schiffsmeister machte ihnen am Morgen klar, dass sie nicht noch eine Nacht an Bord bleiben könnten. Er bereite sich auf die

Rückfahrt vor und sie müssten bis neun Uhr vom Schiff sein. Jacob bedankte sich auch im Namen der Familie Pfitzer, drückte ihm einen Gulden in die Hand, worauf der Schiffsmeister einlenkte.

Wenn sie wollten und keine besonderen Ansprüche stellten, könne er sie bei einem Bekannten für eine Nacht unterbringen. Jacob nahm dankend an und der Schiffsmeister führte sie zu einem Häuschen in der Nähe des Hafens, wo sie ein kleines, aber wohnliches und sauberes Zimmer zugewiesen bekamen. Während sich Jacob mit Pfitzer und Christoph in die Stadt aufmachte, blieben Karolina und Barbara in ihrem Zimmer.

»Du denkst noch immer an Georg.«

Barbara nickte.

»Ich kann dich gut verstehen. Du hast eine schwere Entscheidung zu treffen.«

»Ich werde ihm schreiben, jetzt gleich.«

Karolina sah sie besorgt an. »Tu das, vielleicht wird dir beim Schreiben klar, was du fühlst und wirklich willst.«

Feder, Tinte und Papier fanden sie in Pfitzers Handgepäck, Barbara verzog sich in eine Ecke des Zimmers und schrieb:

Liebster Georg,

gestern sind wir hier in Amsterdam angekommen und morgen soll es schon weitergehen auf die Hope, die eine Tagesreise nördlich von Amsterdam vor Den Helder liegt. Bisher ist die Reise glücklich verlaufen, aber ich bin trotzdem sehr betrübt.

Ich hatte so darauf gehofft, dass wir uns in Amsterdam treffen und dann gemeinsam in die Staaten fahren. Aber daraus wird nun nichts. Bist Du in Deiner Angelegenheit weitergekommen? Ich habe solche Angst um Dich!

Bitte schreib mir nach Philadelphia. Ich werde gleich nach der Ankunft bei der Adresse, die Du mir gegeben hast, nachfragen. Ich denke an Dich. Vielleicht gibt es doch ein Wiedersehen?

In Liebe

Barbara

Sie faltete den Brief zusammen und adressierte ihn an Brenneisen in Weinsberg.

»Ich kann Georg nicht aufgegeben. Ich will bis Philadelphia auf ihn warten.«

»Aber dann ist es vermutlich zu spät. Du kannst Jacob so lange nicht hinhalten.«

Barbara zuckte die Schultern. »Mir ist wohler, wenn ich nicht das Gefühl habe von Jacob abhängig zu sein. Ja, er ist mir nicht unsympathisch und ich könnte mir sogar vorstellen, mit ihm zusammenzuleben. Aber mein Herz gehört eben Georg.«

»Dann hast du dich wohl richtig entschieden«, seufzte Karolina und umarmte sie. »Aber es wird nicht leicht sein, das deinem Onkel beizubringen.«

Barbara löste sich von ihrer Tante. »Wir müssen es ihm ja nicht gleich sagen, auch Jacob nicht. Wer weiß, was in den nächsten Wochen alles geschieht.«

9

Schwendt

Die Drohung, die er am Abend zuvor in der Flößerhütte gefunden hatte, konnte ihn nicht davon abhalten, sich weiter Gedanken darüber zu machen, wie er an Schwendt herankommen, ihn als Betrüger überführen und an die Polizei ausliefern könnte.

Warum war Franz ausgerechnet jetzt nach Amsterdam gereist! Wie sollte er hier in Mannheim selbst jemanden bei den Behörden finden, der seinen Bericht ernst nähme und bereit wäre, einzuschreiten? Sollte er es auf dem Mannheimer Rathaus versuchen? Sollte er sich beim Holzhof erkundigen, an wen er sich wenden könnte? Schließlich fragte er sich auf der Straße nach dem nächsten Polizeiposten durch.

Der Beamte auf der Wache führte gerade ein ausführliches Gespräch mit einem vornehm gekleideten Herrn. Georg wartete, konnte seine Ungeduld jedoch nicht verhehlen. Immer wieder schaute der Beamte missbilligend zu ihm herüber. Auf der Bank, die ihm während des Wartens als Sitzgelegenheit angeboten worden war, hielt er es bald nicht mehr aus und stand auf. Er brauchte Bewegung.

Schließlich unterbrach der Beamte seine Unterredung und wandte sich ihm zu.

»Junger Mann, was gibt es so Dringendes, dass Sie so nervös hin- und hermarschieren?«

Sein Gesprächspartner blickte ihn neugierig an, machte aber keine Anstalten, sich zurückzuziehen. Georg ließ sich davon nicht abhalten und erzählte seine ganze Geschichte, abschließend erstattete er Anzeige gegen Schwendt. Der Polizeibeamte unterbrach ihn kein einziges Mal und machte sich im Stehen einige Notizen. Dann wurde er förmlich, fragte ihn nach seinem Namen, seinem Beruf, seiner Herkunft, seinen Papieren.

»Sie sind also Ausländer, eingereist aus dem Königreich Württemberg mit dem Ziel auszuwandern. Wie viel Vermögen bringen Sie mit?«

Georg gab die paar Gulden an, die er noch hatte. Da fiel ihm der Wechsel ein, den ihm Manz in Heilbronn gegeben hatte. Er kramte ihn heraus und legte ihn dem Beamten vor. Der überflog das Papier, runzelte die Stirn.

»Sie haben also kein Geld auszuwandern, nur diesen Wechsel, dessen Echtheit ich nicht überprüfen kann. Wollen Sie damit etwa einen Kapitän davon überzeugen, Sie nach Amerika mitzunehmen?«

Georg drohte die Fassung zu verlieren. Er bemühte sich ruhig zu bleiben, doch seine Stimme zitterte: »Es geht doch jetzt nicht um meine Vermögensverhältnisse oder meine Auswanderung. Ich habe Ihnen gerade erklärt, wie wir betrogen wurden. Ich will, dass Schwendt und die ganze Bande von Seelenverkäufern auffliegt und ich die uns zustehende Summe Gulden wiederbekomme.«

Der Beamte zog die Augenbrauen hoch.

»Höchst merkwürdig, die ganze Angelegenheit. Das muss ich schon sagen. Diese wilde Geschichte, die Sie mir da erzählen, soll mich veranlassen, irgendeinen unbescholtenen Bürger hier zu verhaften?«

»Schwendt ist nicht irgendein unbescholtener Bürger, sondern ein gewiefter Verbrecher, der in Heilbronn, Mannheim und Amsterdam seine Helfershelfer hat und gerade dabei ist, sich nach Amerika abzusetzen!«

»Nun mal langsam, junger Mann, alles der Reihe nach«, wies ihn der Beamte zurecht. »Ich nehme das jetzt alles auf und morgen kommen Sie noch einmal hier vorbei, lesen sich das Protokoll durch und unterschreiben es.«

»Schwendt fährt übermorgen nach Amsterdam«, rief Georg ungehalten, »mit Protokollen ist der nicht aufzuhalten.«

Der Polizeibeamte herrschte ihn an, was er sich eigentlich erlaube, alles hätte seinen geregelten Lauf zu nehmen und jetzt solle er machen, dass er hinauskäme. Georg stürmte wütend aus dem Polizeirevier. Er war schon über der Straße, als er zurückgerufen wurde.

»Holla, junger Mann, warten Sie doch einen Augenblick!«

Georg fuhr erschrocken herum und sah den vornehmen Herrn aus der Polizeiwache auf sich zukommen. Was wollte der jetzt noch von ihm?

»Ich habe Ihr Gespräch mit dem Polizeibeamten mit angehört«, begann dieser atemlos. »Darf ich mich vorstellen? Abraham Rosenzweig, Tuchhändler hier in Mannheim. Ich fürchte, Sie haben sich in Ihrer Angelegenheit an den Falschen gewandt. Ein Polizeiwachtmeister ist es gewohnt, seine Anweisungen von oben zu bekommen und kann nicht einfach auf Verdacht selbständig handeln. Das müssen Sie verstehen.«

Er machte eine Pause, schien kurz nachzudenken, bevor er, ohne eine Antwort abzuwarten, weitersprach. »Ich glaube Ihnen Ihre Geschichte, weil ich weiß, dass die Seelenverkäufer auch hier in Mannheim dabei sind, die Auswanderer übers Ohr zu hauen und auszunehmen, und ich kenne jemanden, der sich sehr für Ihre Geschichte interessieren wird.«

Georg schöpfte Hoffnung. »Können Sie mir sagen, an wen ich mich dann wenden soll?«

Rosenzweig nickte.

»Wenn Sie wollen, bringe ich Sie gleich zu ihm, es ist noch keine Stunde her, dass ich mit ihm über das Auswandererelend gesprochen habe. Soviel ich weiß, ist er noch in seiner Kanzlei.«

Sie machten sich in Richtung Großherzogliches Schloss auf. Rosenzweig führte ihn in ein Palais und ließ sich bei Geheimrat Peter von Wangenheim melden. »Er ist in Mannheim zuständig für Auswandererangelegenheiten«, erklärte er Georg, nachdem der Diener gegangen war.

Unverzüglich wurden sie vorgelassen. Rosenzweig unterhielt sich kurz mit dem Geheimrat, während Georg abseits stand und die exquisite Ausstattung des hohen Raumes bewunderte. In diesem hohen Saal hätte ihr gesamtes Häuschen in Ellhofen Platz gefunden.

Die Wände waren nach französischer Mode tapeziert, die Möbel aus kostbaren Hölzern gefertigt und mit Intarsien versehen. Endlich verabschiedete sich Rosenzweig von Wangenheim und steckte Georg im Vorbeigehen seine Visitenkarte zu.

Wangenheim führte ihn zu einem kleinen Tisch, bot ihm Platz an und forderte ihn auf, sein Anliegen vorzubringen. Als Georg auf Franz von Wollenberg zu sprechen kam, blickte er erstaunt hoch und fragte nach. Von einem holländischen Kommissar mit diesem Namen hätte er noch nie etwas gehört, auch dass die Niederlande Kommissare nach Süddeutschland schickten, hätte er noch nie gehört.

Georg wurde unsicher, erwähnte die Auswandererbefragung Friedrich Lists in Heilbronn, das Zusammentreffen von List und Franz von Wollenberg im Gasthof *Kranen*.

Der Geheimrat entschuldigte sich mit einer kurzen Geste, nickte ihm aufmunternd zu und unterbrach ihn von nun an nicht mehr. Dann bat er ihn, sich einen Augenblick zu gedulden, begab sich hinter seinen riesigen Schreibtisch und setzte mit zügigen Federstrichen ein Schreiben auf, das er anschließend zusammenfaltete und versiegelte.

»Das bringen Sie dem Polizeipräsidenten. Geben Sie das Schreiben unten an der Pforte ab, man wird sie dann gleich zu ihm führen.«

Er beschrieb Georg den Weg zur großherzoglich-badischen Polizeibehörde, bedankte sich bei ihm und verabschiedete sich freundlich.

Wieder nur ein Schreiben, nach dem dringend hätte gehandelt werden müssen. Aber er hatte keine Wahl und er durfte keine Zeit verlieren! Tatsächlich musste er nur kurze Zeit warten, bis er in das Büro des Polizeipräsidenten vorgelassen wurde.

Wieder dasselbe Spiel. Er schilderte seinen Fall vom Auftreten Schwendts in Weinsberg, von ihren Nachforschungen im *Falken* in Heilbronn, von der Ermordung seines Vaters bis zu seinem Gespräch mit Schwendt im Mannheimer *Anker*. Wollenberg erwähnte er diesmal lieber nicht. Vielleicht würde er auf dieselbe Skepsis stoßen wie bei Geheimrat von Wangenheim?

Der Polizeipräsident hörte ihm aufmerksam zu, fragte da und dort nach, besonders wenn Georg Namen nannte. Dann stand er auf, ohne sich weiter zu erklären, wartete, bis auch Georg sich erhoben hatte, und machte ihm damit deutlich, dass das Gespräch nun beendet sei.

Als er Georgs fassungsloses Gesicht sah, sagte er: »Sie müssen verstehen, dass wir in solchen Angelegenheiten, besonders wenn es um Ausländer geht, vorsichtig sein müssen. Ich will sehen, was sich machen lässt. Sie hören wieder von mir. Wo kann ich Sie denn erreichen?«

Fieberhaft überlegte Georg, was er dem Polizeipräsidenten antworten sollte. Bei den Flößerknechten? Im Auswandererlager? Kurzerhand zog er die Visitenkarte von Rosenzweig heraus und reichte sie ihm hinüber.

Ein Schmunzeln zog sich über dessen Gesicht, dann gab er ihm die Karte wortlos zurück.

»Verzeihen Sie, wenn ich Sie noch einmal daran erinnere, dass die Sache eilig ist«, wagte Georg noch vorzubringen, wieder grenzenlos enttäuscht über das zögerliche Verhalten des Polizeipräsidenten.

Dieser gab ihm nur freundlich die Hand zum Abschied und erklärte in aller Ruhe: »Verstehen Sie doch, dass wir Ihre Angaben zunächst überprüfen müssen.« Dann winkte er einem Diener, der ihn hinausbegleitete.

Wieder stand Georg auf der Straße. Was jetzt? Bei Rosenzweig auf irgendeine Reaktion der Polizei warten, während Schwendt seelenruhig seine Abreise vorbereitete? Konnte er ihn mit Gewalt daran hindern? Schnell verwarf er den Gedanken, als er sich an die drei Begleiter von Schwendt erinnerte. Sollte er den Kapitän der *Berta Augusta* noch einmal auf Schwendt und dessen kriminelle Machenschaften ansprechen? Aber wenn der selbst zu dieser Bande gehörte? Mutlos machte er sich zu der Adresse auf Rosenzweigs Visitenkarte auf.

Abraham Rosenzweig – Tuchhandel stand auf dem großen Schild über der Toreinfahrt. Er reichte die Visitenkarte dem Hausdiener und nannte ihm seinen Namen. Einen Moment müsse er sich gedulden, sagte der und verschwand in den Privaträumen seines Herrn. Wenig später kam er zurück.

Bevor Georg irgendetwas erklären oder eine Bitte vorbringen konnte, teilte ihm der Hausdiener mit, die Herrschaft hätte nichts dagegen, wenn er vorübergehend im Hintergebäude schlafen würde, auf dem Heuboden über dem Pferdestall. Er solle dem Pferdeknecht aber Bescheid sagen.

Georg wurde zu einer gewölbten Durchfahrt verwiesen, die ihn in den Hinterhof führte. Hinter einem langgezogenen Brunnen fand er die Remise, links eine Unterstellmöglichkeit für einen großen Wagen zur Beförderung von Waren und eine elegante Kutsche, rechts den Pferdestall. Er brauchte nicht lange zu suchen. Ein kräftiger Bursche in seinem Alter war gerade dabei, die beiden Rappen mit Hafer zu versorgen.

»Kann ich dir helfen?« Georg nahm kurzerhand den Pferdestriegel von der Wand und begann mit kräftigen Strichen das Fell eines der beiden Pferde zu glätten.

Verwundert schaute der Pferdeknecht auf. »Du machst das recht geschickt«, sagte er, » aber sag mal, wo kommst du denn so plötzlich her?«

»Herr Rosenzweig hat mir erlaubt, heute Nacht auf dem Heuboden zu schlafen. Er hat mich bei der Polizeiwache getroffen.«

Misstrauisch sah ihn der Pferdeknecht an. Georg bemerkte sofort, dass er vermutlich gerade dabei war, falsche Schlussfolgerungen zu ziehen.

»Ich war gerade dabei, eine Anzeige aufzugeben«, beeilte er sich deshalb zu erklären. »Aber das ist eine lange Geschichte.«

»Na los«, ermunterte ihn er Pferdeknecht. »Die Arbeit ist nicht so langweilig, wenn man sich was erzählt. Übrigens, ich bin der Peter.«

Er streckte ihm seine Hand hin, in die Georg ohne zu zögern einschlug.

»Ich heiße Georg, Georg Schmidt aus Ellhofen in der Nähe von Heilbronn und bin erst seit wenigen Tagen hier in Mannheim. Meine Familie wollte nach Amerika auswandern, aber wir sind an die falschen Freunde geraten, an ganz gerissene Betrüger«, begann er seine Schilderung.

Peter fuhr herum, seine Augen funkelten. »Dann ist es dir wohl ähnlich wie mir gegangen. Auch ich wollte mal rüber, bin aber nur bis Antwerpen gekommen.«

Georg fühlte sich durch diese Bemerkung ermutigt und begann zu berichten, von Schwendt, von den Geschehnissen in Heilbronn, von seiner Spurensuche hier in Mannheim. Als er fertig war, bemerkte er, dass Peter aufgehört hatte zu arbeiten.

Er lehnte auf seiner Heugabel und sah ihn fassungslos an.

»Du hast versucht, diese Bande von Seelenverkäufern auffliegen zu lassen? Alle Achtung! Aber lange wirst du das nicht überleben. Die finden dich und dann – denk an deinen Vater!«

Er packte Georg am Arm, schüttelte ihn. »Versteh doch! Die kennen keine Rücksichten, für die geht es ums Ganze. Wenn dieser Schwendt Verdacht schöpft! Die dulden keine Mitwisser und Schnüffler schon gar nicht. Am besten machst du dich gleich morgen davon. Die hessische Grenze hast du in ein paar Stunden erreicht. Du bist doch ein Handwerksbursch. Geh auf die Walz, weit weg, nach Thüringen, nach Sachsen....«

Georg unterbrach ihn, schüttelte seine Hand ab.

»Deshalb bin ich nun wirklich nicht nach Mannheim gekommen. Jetzt warte ich erst mal ab, ob ich mit meiner Aussage im Polizeipräsidium etwas erreicht habe und so lange will ich gerne hier bleiben.«

Peter zuckte die Achseln.

»Mir soll's recht sein, wenn Rosenzweig nichts dagegen hat. Aber dann versteck dich hier wenigstens, geh nicht aus dem Haus, bleib auf dem Heuboden. Was du brauchst, kann ich dir besorgen. Morgens kannst du dich im Hof am Brunnen waschen. Und was mich angeht, von mir erfährt keiner was. Da brauchst du dir keine Gedanken zu machen.«

Er lud Georg ein, mit ihm Mittag zu machen. Sie setzten sich auf einen Wagen in der Remise, Peter packte Brot, Wurst und Käse aus.

Er war froh, ihn getroffen zu haben, wenngleich seine Warnung ihn nicht kalt ließ.

»Ich halte gern mit, hab auch einen Bärenhunger, weil ich heute noch nichts gegessen habe. Und dein Angebot, mir für heute Abend und morgen etwas zu essen zu besorgen, nehme ich liebend gern an. Wahrscheinlich hast du recht, dass ich jetzt nicht so offen durch Mannheim spazieren sollte. Aber ich hab etwas Geld und mir wär's lieber, wenn ich dir für deine Hilfe etwas geben könnte.«

Georg drückte ihm ein paar Münzen in die Hand, die Peter nach kurzem Zögern annahm und einschob.

»Jetzt erzähle ich dir meine Geschichte«, sagte der Knecht, während er sich sorgsam Wurstscheiben abschnitt und auf seinem Brot verteilte.

»Ich komme aus einem Dorf in der Nähe von Breisach. Zu Hause gab es keine Zukunft für mich. Unser Hof war zu klein, ich hab noch zwei Brüder, zwei mussten gehen. Mein Bruder hat Maurer gelernt und ist zur Zeit auf der Walz Richtung Bodensee und Oberschwaben. Ich bin mit einem Schiffsmeister aus Breisach über Mannheim den Rhein runter bis Antwerpen gefahren, dann war mein Geld weg. Ich hatte keinen Kreuzer mehr und in Antwerpen konnte wegen des schlechten Wetters wochenlang kein Schiff ablegen. Zufällig hatte ich denselben Schiffsmeister getroffen, der mich hergebracht hatte, der nahm mich mit zurück bis Mannheim. Dort wollte ich bei den Flößern arbeiten, um Geld für einen zweiten Anlauf zusammenzusparen. Aber im Floßhafen gibt es bloß da und dort Arbeit für Taglohn, das weißt du ja selber. Es reicht vielleicht zum Überleben, aber zu mehr nicht. Dann habe ich es beim Deichbau drüben am Rhein versucht, bis ich zu Rosenzweig kam.«

»Der scheint eine Schwäche für gescheiterte Auswanderer zu haben«, witzelte Georg.

Peter sah ihn ärgerlich an.

»Sag nichts gegen Rosenzweig. Der ist in Ordnung, auch wenn er Jude ist. Abraham Rosenzweig ist ein angesehener Bürger in Mannheim und mich hat er immer gut behandelt, sodass ich inzwischen meine Auswandererpläne ganz aufgegeben habe und froh bin, dass ich hier eine sichere Anstellung habe. Ich versorge seine Pferde und fahre inzwischen auch seine Kutsche, nachdem der alte Kutscher seine Arbeit hat aufgeben müssen. – Aber ich wollte dir gerade erzählen, wie ich zu Rosenzweig kam.«

Er nahm einen Schluck Wasser und begann.

»Also, das war so: Eines Abends bin ich auf der Chaussee vom Floßhafen am Rhein zur Stadt unterwegs, als mir eine Kutsche in rasender Fahrt entgegenkommt. Der Kutscher versucht vergeblich, die Pferde anzuhalten. Sie waren ihm durchgegangen, vermutlich hatte einen der beiden Rappen eine Wespe oder Biene in die Nüstern gestochen. Ich sehe, dass der Wagen dabei ist auszubrechen und von der Straße abzukommen und werfe mich ins Geschirr, bekomme den Rappen am Halfter zu packen, werde einige Meter mitgeschleift, der Kutscher reißt die Riemen zurück, brüllt auf die Pferde ein und gemeinsam schaffen wir es, das Gespann zum Stehen zu bringen.

Schweißgebadet steigt der alte Kutscher ab, Rosenzweig kommt bleich wie die Wand aus dem Wagen und beide drücken mir die Hand und bedanken sich für meinen Einsatz. Rosenzweig hatte es eilig, er gibt mir seine Karte, ich solle mir am nächsten Tag eine Belohnung abholen.

Das habe ich gemacht, wir kommen ins Gespräch, ich erzähle ihm von unserem Hof, dass ich gerne mit Pferden gearbeitet hätte, und er bietet mir die Stelle als Pferdeknecht an, denn sein Kutscher würde bald altershalber aufhören müssen.«

Georg gratulierte ihm zu seiner mutigen Tat, die ihm so viel Glück gebracht hatte. Ihn interessierte aber mehr Peters Schicksal in Antwerpen. Mit Unruhe dachte er daran, dass Barbara bald in Amsterdam nach einer Überfahrtsmöglichkeit auf Pump suchen würde. Er sprach Peter darauf an.

»Manche haben Glück, es ist noch Platz auf einem Schiff, das drauf und dran ist abzulegen. Dann kann der Kapitän ein gutes Geschäft mit ihnen machen. Oft bekommt er drüben das Doppelte in Dollars für einen bezahlt, den er an einen Amerikaner vermittelt. Dann ist es wieder wochenlang wie verhext und du hast plötzlich alles Geld aufgebraucht. Ich habe in Antwerpen Württemberger, Elsässer, Badener und Schweizer betteln sehen. Die waren am Ende und hatten nicht mal mehr das Geld für die Rückfahrt in die alte Heimat. Viele wollten auch gar nicht mehr zurück, weil sie sich schämten, so abgerissen und verarmt dort aufzutauchen. Ich hab dort unten Sachen erlebt, ich könnte dir stundenlang davon erzählen.«

Die Sonne schien ihm ins Gesicht. Georg streckte sich auf seinem Heubett. Zum ersten Mal seit Langem hatte er wieder richtig gut geschlafen. Er stand auf, klopfte sich ab, befreite sich von einzelnen Halmen, die an seiner Jacke hafteten, und stieg die Leiter hinunter zum Stall.

Peter war gerade dabei, die Pferde zu tränken. Georg schnappte sich den nächsten Eimer, ging auf den Hof zum Brunnen, füllte ihn und brachte ihn zu den Pferden. Peter hatte ihm bereits sein Frühstück, einen Kanten Brot und ein Glas Milch, hingestellt und schärfte ihm nochmals ein, hier zu bleiben, am besten auf dem Heuboden.

Georg setzte sich eine Weile in die Sonne und döste vor sich hin. Peter hatte recht. Auch wenn Schwendt von ihm selbst ja gewarnt worden war, als er einfach mal so behauptet hatte, auch die badische Polizei würde nach ihm suchen – wenn er in Heilbronn nachfragte, würde er schnell auffliegen. Nicht nur, dass er hier einigermaßen sicher war – er durfte auch nicht riskieren, dass jemand, der ihn suchte, sich nach ihm durchfragte. Hätte er sich bei den Flößern oder beim Hafen aufgehalten, wäre er wohl schnell gefunden worden.

Mit der Zeit ging ihm das Nichtstun jedoch gewaltig auf die Nerven. So schlenderte er hinüber zum Stall zu den Pferden, erkundete das Hintergebäude nach Fluchtmöglichkeiten, falls ihn doch jemand hier aufspüren sollte.

Er malte sich aus, was geschehen würde, wenn Schwendt gefasst wäre und seine Kumpanen fieberhaft nach der undichten Stelle suchten. Es würde nicht lange dauern, dann würden sie auf ihn kommen. Vielleicht kannten sie auch Rosenzweig und die Geschichte von seinem Pferdeknecht, dem Rückwanderer aus Antwerpen? Vielleicht waren sie schon auf dem Weg zu ihm?

Hinterausgänge gab es nicht. Die Remise schloss den Hof ab, die Nebengebäude grenzten direkt an Rosenzweigs Haus, sodass nur die Durchfahrt zur Straße blieb. Die Möglichkeiten, sich zu verstecken, waren sehr begrenzt.

Georg wurde immer nervöser. Bald hielt er es nicht mehr aus. Er musste hier raus. Er fühlte sich gefangen wie die Maus in der Falle. Draußen konnte er wenigstens flüchten, wenn ihm jemand auf den Fersen war, außerdem lief ihm die Zeit davon. Was machte er hier bei Rosenzweig? Er musste zum Hafen!

Er hob den Riegel vor dem großen Tor in der Einfahrt, schlüpfte hinaus und zog den Torflügel wieder zu, orientierte sich kurz am Sonnenstand, peilte die Richtung und lief los. Wenig später stand er an der Schiffslände.

Die *Berta Augusta* wurde beladen. Noch heute würde sie ablegen. Er mischte sich unter die Arbeiter, die Säcke und Kisten an Bord schleppten, die Mütze tief ins Gesicht gezogen. Dabei versuchte er den Zugang zum Schiff im Auge zu behalten. Dann wechselte er, um keinen Verdacht zu erregen, seinen Standort und hatte nun das gesamte Schiffsdeck im Blickfeld.

War das nicht Schwendt, der da oben auf den Kapitän einredete? Sollte er hier zusehen, wie der Kerl ungeschoren davonkam, während die Mannheimer Behörden schliefen? Einfach an Bord gehen und Schwendt zur Rede stellen, konnte er nicht. Ihm irgendwas erzählen, damit er das Schiff noch einmal verließe, hätte auch keinen Sinn. Schwendt würde Verdacht schöpfen. Von dem Gedanken, wieder zur Polizeiwache zu gehen, kam er schnell wieder ab. Er würde wie gestern abblitzen.

Da fasste er einen spontanen Entschluss, packte einen der Säcke, schulterte ihn so, dass sein Gesicht seitlich verdeckt war, bestieg hinter einem anderen Lastenträger das Schiff, ging an Schwendt und am Kapitän vorbei und setzte den Sack erst im Bauch des Schiffes ab.

Blitzschnell sah er sich nach einem Versteck um und kauerte sich hinter die aufrecht stehenden Säcke. Er würde mitfahren und irgendwann in der Nacht mit Schwendt abrechnen.

Plötzlich donnerte ein Sack auf ihn nieder und er verlor das Bewusstsein. Als er wieder zu sich kam und sich mühsam befreite, den Sack zur Seite wuchtete, hörte er Tumult auf dem Schiff. Hatte die *Berta Augusta* schon abgelegt?

Er quetschte sich aus seinem Versteck zwischen den Säcken, arbeitete sich durch, bis er von der Luke des Laderaums das Deck überblicken konnte. Polizei war an Bord! Einer der Beamten diskutierte gerade lautstark mit dem Kapitän. Daneben stand Schwendt, zwei weitere Polizisten hatten ihn sicher im Griff.

»Nein, das Schiff kann heute nicht abfahren. Erst müssen wir einige Sachverhalte klären.«

Der Kapitän war außer sich. Er habe Fristen einzuhalten.

Jetzt war es Zeit, sein Versteck zu verlassen. »Das ist der Betrüger, der uns das Geld abgeluchst hat!«, rief er und stieg aus der Luke.

Der Kapitän stierte ihn an. Was er hier unten im Laderaum mache? Er sei doch der Zimmermannsgeselle, der ohne Geld nach Amsterdam wollte!

Der Polizeioffizier schaute überrascht auf. »Mitkommen, alle drei!«, brüllte er.

Mit Vergnügen, dachte sich Georg und zog mit den Polizisten, dem Kapitän und Schwendt von Bord.

Seine Vernehmung begann wieder mit Förmlichkeiten. Georg zeigte seine Papiere, beantwortete alle Fragen zu seiner Person mit Eselsgeduld, obwohl ja alle Angaben in seinem Reisepass zur Auswanderung standen. Dann wies ihn der Beamte an, auf einer harten Holzbank zu warten, während er mit seinem Pass und dem Formular den Raum verließ. Wenig später kam er mit dem Polizeioffizier zurück.

»Georg Schmidt?«

Georg sah auf und nickte.

Der Polizeioffizier lächelte kurz. »Ihre Anzeige hat uns ganz schön auf Trab gebracht. Wir haben auch schon nach Heilbronn geschrieben. Einen von der Bande haben wir möglicherweise eben gefasst. Aber er leugnet natürlich noch und der Kapitän tut ebenfalls so, als hätte er keine Ahnung. Was ihn betrifft, stimmt das vielleicht sogar. Aber diesen Schwendt müssten wir zum Reden bringen. Am besten machen wir eine Gegenüberstellung. Sie haben doch nichts dagegen?«

»Ich bin nach Mannheim gekommen, um Schwendt hinter Schloss und Riegel zu sehen«, antwortete Georg grimmig. »Führen Sie mich zu ihm!«

Schwendt leugnete, wie zu erwarten war. Schlimmer noch, er beschuldigte Georg.

»Den habe ich vorgestern im *Anker* zum ersten Mal gesehen. Der ist an meinen Tisch gekommen, wo noch ein Platz frei war, und hat damit geprahlt, Auswanderern falsche Versprechungen gemacht und dafür kräftig abkassiert zu haben. Dafür habe ich Zeugen! Jetzt will er seinen Kopf aus der Schlinge ziehen und mich dafür belasten, mich, einen ehrlichen Makler der renommierten Firma Zwißler & Co in Amsterdam! Ich beantrage die Vernehmung meiner Zeugen! Ich bin unschuldig! Das alles ist ein schrecklicher Irrtum!«

Georg erinnerte ihn daran, dass er ihm deutlich gesagt hätte, er wolle sich rechtzeitig nach Philadelphia absetzen. Er erwähnte auch den Auftrag, den ihm Schwendt gegeben hatte, in der Annahme, er sei von den Heilbronner Komplizen zu ihm geschickt worden.

Zur Bestätigung zog er den Zettel mit der Adresse in Philadelphia aus der Tasche. Der Beamte nahm ihn, überflog ihn und reichte ihm seinem Kollegen weiter. Der verglich die Angaben auf dem Zettel mit den Papieren aus Schwendts Brieftasche, die vor ihm auf dem Schreibtisch lag, machte sich eine Notiz und gab Georg den Zettel zurück.

»Was soll ich Hasler nun berichten?«, fragte Georg spöttisch und wütend zugleich, »dass Sie dich in Mannheim geschnappt haben?«

Missbilligend sah ihn der Beamte an. »Bleiben Sie ruhig, junger Mann. Sie können jetzt gehen. Halten Sie sich in den nächsten Tagen zur Verfügung und verlassen Sie die Stadt nicht. Ihren Reisepass behalten wir vorläufig ein.«

Georg protestierte. Schließlich habe Schwendt seine Familie um ihr Vermögen gebracht und mit dem Mord an seinem Vater hätte er wohl auch zu tun.

»Das wird sich herausstellen, spätestens bei der Gerichtsverhandlung. Sie können ja gegen Schwendt als Kläger auftreten.«

Wieder stand er auf der Straße. War's das jetzt? Gut, Schwendt saß in Untersuchungshaft, aber das war auch schon alles, was er erreicht hatte. Was würde man Schwendt vor Gericht nachweisen können? Dass Schwendt Zeugen auftreiben und ihn durch deren Aussagen belasten wollte, machte die Sache noch schlimmer. Er selbst hatte keine Zeugen und außer dem Wisch mit der Adresse in Philadelphia keinerlei Beweisstücke. Niedergeschlagen machte er sich auf den Weg zu Rosenzweig.

Tags darauf versuchte er es wieder bei Geheimrat von Wangenheim. Nach langem Warten durfte er endlich eintreten. Wangenheim sah ihn griesgrämig an.

Ja, Schwendt bleibe vorläufig in Haft. Es habe sich bestätigt, dass er als Werber für die Auswanderung nach Amerika aufgetreten sei und in Württemberg einige Klagen gegen ihn vorlägen. Was er denn jetzt noch wolle? Schwendt sei ein kleiner Fisch. Auf die Hinterleute komme es an.

Ja, man sei ihm dankbar, aber Schwendt hätte seine Betrügereien im Königreich Württemberg begangen, nicht im Großherzogtum Baden. Vermutlich müsse man ihn bald wieder freilassen.

Georg fragte nach Hasler. Der sei hier unbekannt. Ebenso wie die zwei weiteren Namen, die man bei Schwendt gefunden hätte. Da wurde Georg hellhörig und fragte nach, was das denn für Namen seien.

Der Geheimrat zögerte, meinte, eigentlich sei es nicht üblich, dass er im Verlauf des Verfahrens Details preisgebe, aber vielleicht könne er ja zur Sache eine Aussage machen. Er griff nach einem Aktendeckel, entnahm ihm einen kleinen Zettel, der aus der Brieftasche von Schwendt stammte und auf dem die Namen Hasler, Albrecht, Baron und Manz notiert waren, außerdem ein stilisierter Raubvogel im Flug.

Die Namen Hasler, Albrecht und Baron standen nebeneinander, darunter ein Dreieck, dessen untere Spitze auf den Namen Manz zeigte. Daneben standen in Klammern ein F und ein W.

»Was der Raubvogel bedeuten könnte ist uns rätselhaft«, sagte der Geheimrat und sah Georg fragend an.

Georg überlegte fieberhaft.

»Darüber habe ich auf der Polizei doch ausgesagt. Der Raubvogel soll einen Falken darstellen. Im *Falken* in Heilbronn trifft sich die Bande. Ich habe dort deutlich gehört, was sie über Schwendt sagten, dass er Heilbronn verlassen und nach Mannheim gehen sollte. Die Namen kenne ich nicht, kann mir aber gut vorstellen, dass sie etwas mit Schwendts Kontaktleuten in Heilbronn zu tun haben.«

Der Geheimrat ging darauf nicht ein, zog den Zettel zurück, legte ihn wieder zu den Akten. Georg prägte sich die Namen ein. Dass Manz dabei war, verwirrte ihn. War Manz mit im Spiel? Kam daher sein Interesse an den Auswanderern, an seinem Schicksal und dem seines Vaters? Aber was bedeutete das Dreieck, dessen Spitze auf Manz wies, und die beiden hinter seinem Namen angefügten Buchstaben?

Der Geheimrat verabschiedete ihn.

»Es tut mir leid, dass ich zunächst nichts weiter für Sie tun kann. Vielleicht gelingt es uns mit Unterstützung der Polizei in Heilbronn weiterzukommen, aber es sieht nicht gerade vielversprechend aus.«

Wieder einmal wusste er nicht weiter. Aber jetzt aufgeben, jetzt, nachdem Schwendt endlich gefasst war? Sollte er mit den wenigen Hinweisen etwa zurück nach Heilbronn fahren und dort weiter auf eigene Faust ermitteln?

Er bedankte sich bei Geheimrat von Wangenheim. Auf seine Frage, was er denn jetzt vorhätte, antwortete er niedergeschlagen: »Sobald ich meinen Pass wieder habe, mache ich mich auf den Weg nach Amsterdam. Bis zu einer Verhandlung kann ich nicht in Mannheim bleiben. Für eine Klage gegen Schwendt fehlen mir die Mittel, außerdem kann ich mir keinen Anwalt leisten.«

Wangenheim schaute ihn nachdenklich an. »Lassen Sie den Kopf nicht hängen, junger Mann. Noch ist in dieser Sache nicht das letzte Wort gesprochen.«

Am Abend bat ihn der Hausdiener zu Abraham Rosenzweig. Der bot ihm Platz in einem tiefen Sessel seines Salons an, fragte ihn, ob er rauche und steckte sich, als Georg verneinte, selbst eine Pfeife an.

»Was ist denn bei Ihren Nachforschungen herausgekommen? Ich habe gehört, die Mannheimer Polizei hat einen der Seelenverkäufer verhaftet?«

Georg berichtete ihm ausführlich, schilderte noch einmal Schwendts Auftreten als Werber in Weinsberg, dann sein Zusammentreffen mit ihm im *Anker* in Mannheim, ging auch auf den Zettel mit den Namen ein, den ihm Geheimrat von Wangenheim gezeigt hatte.

Ob er sich an die Namen erinnere, wollte Rosenzweig wissen. Als er Manz erwähnte, hob Rosenzweig kurz die Augenbrauen, winkte aber, als Georg ihn fragend anblickte, ohne eine weitere Erklärung ab.

»Da haben Sie doch in kurzer Zeit schon viel erreicht«, machte er ihm Mut. Nach einer Pause, in der er den blauen Tabakschwaden versonnen nachblickte, fragte er: »Wo sind eigentlich die gefälschten Vertragspapiere geblieben, die Ihnen Schwendt angedreht hat? Auf denen hat er doch Ihre Anzahlung quittiert? Damit müsste man ihn doch überführen können.«

Georg schlug sich die Hand vor die Stirn.

»Das hatte ich glatt vergessen. Diesen verteufelten Vertrag habe ich irgendwo in meinem Reisesack stecken. Damit gehe ich gleich morgen zur Polizei!«

»Ich mache Ihnen einen Vorschlag«, sagte Rosenzweig ruhig. »Geben Sie mir den Vertrag, ich kann ihn schneller an die richtige Adresse bringen.«

Konnte er ihm denn vertrauen und ihm diese wichtigen Unterlagen aushändigen? Für einen Moment überlegte er, ob Rosenzweig nicht auch mit den Seelenverkäufern in Verbindung stehen könnte, verwarf aber den Gedanken sofort wieder. Blitzschnell ging er in Gedanken durch, was er von diesem jüdischen Tuchhändler wusste.

Er dachte an Peter und seine Geschichte. Er dachte daran, dass der Polizeipräsident wohlwollend geschmunzelt hatte, als er ihm gegenüber Rosenzweig erwähnt hatte. So bedankte er sich herzlich und versprach, den Vertrag nachher gleich herauszusuchen und vorbeizubringen.

Rosenzweig klingelte und kurz darauf erschien seine Haushälterin.

»Machen Sie dem jungen Mann ein ordentliches Vesperpaket zurecht. Und packen Sie ihm auch eine Flasche Wein mit ein.« Zu Georg gewandt meinte er: »Gedulden Sie sich noch etwas. Wie man mir sagte, haben Sie sich mit meinem Pferdeknecht angefreundet? Hören Sie auf ihn und bleiben Sie lieber in den nächsten Tagen hier in meinem Hause. Wenn es Ihnen auf dem Heuboden zu unbequem wird, kann ich Sie auch in einer Kammer unterbringen.«

Georg wehrte ab. Er schlafe herrlich im Heu und er sei ihm sehr dankbar, wie freundlich er ihn unterstütze.

Am Abend saß er mit Peter zusammen auf der Bank im Hof vor dem Pferdestall. Georg hatte ihn zum Abendessen eingeladen. Peter besorgte zwei Weingläser. Als Georg die Flasche entkorkt und beiden eingeschenkt hatte, hob er sein Glas. »Auf den alten Rosenzweig!«

Peter stand auf und stieß mit ihm an. »Auf deinen Erfolg bei der Polizei!«

Die nächsten beiden Tage zogen sich in quälende Länge. Auf Anweisung von Rosenzweig hielt Peter zu seiner Sicherheit die Toreinfahrt zur Straße, die sonst meist offen stand, verschlossen. Nach der Verhaftung Schwendts befürchtete auch Rosenzweig, dass dessen Leute ihm gefährlich werden könnten.

Georg brütete vor sich hin, dachte an Barbara. Ob sie schon in Amsterdam angekommen war? Wenn er doch nur endlich seinen Pass hätte! Zehn bis zwölf Tage auf dem Rhein – er könnte sie in Amsterdam noch antreffen. Aber erreicht hatte er hier in Mannheim noch zu wenig. Diese Ungewissheit, dieses Warten! Ob Rosenzweig mit seinen Vertragspapieren bei der Polizei weitergekommen war?

Rosenzweig ließ ihn durch den Hausdiener mit warmem Essen und Getränken versorgen, sodass es ihm an nichts fehlte und dennoch hätte er lieber heute als morgen Mannheim verlassen. Die einzige Abwechslung für ihn war, wenn Peter kam, um die Pferde zu versorgen oder anzuspannen. Georg half ihm dabei und war froh, wenn er sich nützlich machen konnte.

Am Morgen des vierten Tages saß er missmutig am Brunnen, da erschien Rosenzweig und rief ihn zu sich. Sofort war er auf den Beinen.

»Gute Nachrichten! Sie können sich bei Geheimrat von Wangenheim eine Belohnung abholen, dafür, dass Sie entscheidend dafür gesorgt haben, Schwendt und mit ihm auch seine Kontaktpersonen in Mannheim zu überführen. Ihren Reisepass bekommen Sie auch wieder. Peter soll anspannen, ich komme mit.«

Endlich! Georg bedankte sich bei Rosenzweig, drückte seine Hand und fragte ihn, wie Schwendt auf seine Unterschrift auf den Vorverträgen reagiert hätte.

Rosenzweig winkte ab. »Der Lump hat wieder versucht zu leugnen, aber diesmal hat er sich so in widersprüchlichen Aussagen verstrickt, dass ihm nichts übrig blieb, als den Betrug schließlich zuzugeben. Und es kommt noch besser. Dem Kapitän stellte man in Aussicht, dass er bald abfahren könne, wenn er endlich in Bezug auf Schwendt die Wahrheit sage und er sagte dann auch aus – und wie ausführlich! Er nannte auch die Namen einiger Mannheimer Komplizen von Schwendt.

Alle konnten inzwischen gefasst werden, bis auf einen, der hatte sich bereits nach Württemberg abgesetzt. Dort wird inzwischen schon nach ihm gesucht. Die Mannheimer Polizei ist dank Ihrer Mithilfe einen entscheidenden Schritt weitergekommen, den Seelenverkäufern hier endlich das Handwerk zu legen.

Leider habe ich wenig Hoffnung, dass Sie Ihr Geld wiederbekommen, aber Sie könnten mir sicherheitshalber eine Adresse geben, wohin ich mich wenden kann, falls man doch bei der Bande etwas beschlagnahmen kann. Ich werde Verbindung zu Geheimrat von Wangenheim halten.«

Rosenzweig begleitete ihn zu Wangenheim, der ihm sogleich entgegenkam und die Hand schüttelte.

»Da ist ja unser Held des Tages. Die großherzogliche Regierung ist Ihnen zu Dank verpflichtet. Schwendt bleibt wegen seiner Verbindungen zur Mannheimer Unterwelt in Haft. Inzwischen mehren sich die Hinweise, dass er unter anderem Namen seine Betrügereien auch in badischen Schwarzwalddörfern gemacht hat. Die Behörden in Karlsruhe und Offenburg sind informiert. So darf ich Ihnen nun nicht nur zu Ihrem Erfolg gratulieren, sondern auch diese Gratifikation überreichen.«

Er ging zu seinem Schreibtisch und kam mit einem Umschlag zurück. »Darin finden Sie auch Ihren Reisepass.«

Georg bedankte sich höflich und fragte nach den Namen auf dem Zettel, den die Polizei Schwendt abgenommen hatte, nach Albrecht, Baron, Hasler und nicht zuletzt Manz.

»Wir haben das an die württembergische Polizei in Heilbronn weitergeleitet. Mehr kann ich Ihnen dazu leider nicht sagen.«

Wangenheim geleitete Georg zur Tür und bat gleichzeitig Rosenzweig, noch einen Moment bei ihm zu bleiben.

Noch im Treppenhaus öffnete Georg den Umschlag. Er fand seine Papiere und eine Bankanweisung über zweihundert Gulden. Das war mehr als das Reisegeld nach Amerika!

Als er auf die Straße trat, traf er auf Franz.

»Du hier? Du wolltest doch schon vor einigen Tagen nach Amsterdam fahren!«

»Meine Vorgesetzten haben es sich anders überlegt. Ich war schon in Koblenz, da wurde ich zurückbeordert. Ich habe gleich einen dringenden Termin bei Geheimrat Wangenheim. Sehen wir uns heute Abend im *Anker*, so gegen sieben Uhr?«

Ohne auf eine Antwort zu warten, verschwand Franz im Gebäude.

Georg überlegte. Im *Anker* war er mit Schwendt zusammengetroffen. Und hatte Wangenheim nicht gesagt, dass er den Namen Franz von Wollenberg noch nie gehört hätte?

Schnell hatte er seine Sachen gepackt und sich von Rosenzweig und Peter verabschiedet. Mit einem befreiten Gefühl machte er sich auf den Weg zum *Anker*. Auf das Gespräch mit seinem Freund aus Heilbronn war er sehr gespannt. Er wollte es vorsichtig angehen lassen.

Franz erwartete ihn schon. Als Georg ihn fragte, weshalb er in dieser Hafenspelunke absteige, meinte er achselzuckend: »Das bringt mein Dienst so mit sich. Hier geben sich Auswanderer und zwielichtige Werber die Hand. Schwendt war wohl auch hier, wie mir Geheimrat von Wangenheim erzählt hat. Übrigens – herzlichen Glückwunsch zu deiner Prämie. Damit wäre deine Überfahrt finanziert.«

Georg schaute überrascht auf. Hatte der Geheimrat ihn angelogen, als er sagte, er hätte den Namen Franz von Wollenberg noch nie gehört? Zurückhaltend antwortete er, dass er zuerst noch einmal nach Heilbronn wollte. Er müsse seine Familie und Manz über den Verlauf der Angelegenheit unterrichten.

»Das kann ich doch übernehmen«, meinte Franz. »In den nächsten Tagen muss ich sowieso noch einmal nach Heilbronn.«

Georg winkte ab. »Ich möchte noch einmal persönlich Abschied nehmen und muss selbst noch mal mit Manz sprechen.«

Ein unwilliges Zucken huschte über Franz' Gesicht, er runzelte die Stirn, hatte sich aber gleich wieder im Griff. Leicht spöttisch sagte er dann: »Und deine Braut lässt du nun allein nach Philadelphia segeln?«

10

Auf der *Hope*

Der Makler von Zwißler & Co begleitete die Auswanderergruppe auf den flachen Segler, in dem schon einige vor ihnen Platz genommen hatten. Er sprach kurz mit dem Schiffsmeister, wies auf Barbara, der Seemann nickte und danach legten sie ab. Sie hatten guten Wind und die Fahrt ging zügig voran.

Jacob kümmerte sich wieder besonders um Christoph, zeigte ihm die Hafeneinrichtungen und erklärte ihm die Besonderheiten der Zuidersee. »Wir sind noch nicht ganz auf dem offenen Meer. Die Zuidersee ist von Land umgeben. Deshalb können die großen Schiffe hier gar nicht reinfahren und wir müssen jetzt raus zu ihnen.«

Karolina war froh, dass sie Christoph so gut versorgt wusste und sich selbst etwas Ruhe gönnen konnte. Barbara dagegen wäre es lieber gewesen, sie hätte durch Christoph etwas Ablenkung erfahren. Immer noch kreisten ihre Gedanken um Georg und darum, ob ihre Entscheidung, Jacob Ackermanns Angebot abzulehnen, richtig war.

Als sie den Hafen hinter sich gelassen hatten, setzte sich Pfitzer zu Jacob und Christoph und wartete eine günstige Gelegenheit ab, sich nach Barbaras Reaktion auf Jacobs Gespräch mit ihr zu erkundigen. Als Christoph gebannt verfolgte, wie ein Frachtensegler mit vielen Fässern an Deck an ihnen vorüberzog, sprach er Jacob darauf an. Der antwortete ausweichend:

»Sie hängt noch an Georg. Es sind ja erst gut zwei Wochen, dass sie sich von ihm verabschiedet hat. Aber sie hat mich nicht ganz ohne Hoffnung gelassen. Sie hat aber darauf bestanden zu fragen, ob der Kapitän sie ohne Bezahlung mitnimmt.«

»Das dumme Ding«, unterbrach ihn Pfitzer unwirsch. »Ich werd mal ein Wörtchen mit ihr reden müssen.«

»Bitte lass das, Hans. Ich kann sie gut verstehen und ich habe noch wochenlang Zeit, mich um sie zu bemühen. Ich will nicht, dass du Druck auf sie ausübst. Entweder es gelingt mir, ihr Herz zu gewinnen oder es soll eben nicht so sein. Wenn sie sich für mich entscheidet, kann ich sie auch noch in Philadelphia auslösen, auch wenn mich das einiges mehr kosten wird als der reguläre Fahrpreis.«

Christoph zog Jacob am Ärmel und zeigte zum Ufer hinüber.

Jacob erklärte: »Das sind Windmühlen. Der Wind treibt ihre riesigen Räder an, sie drehen sich und mit ihrer Kraft mahlt man das Korn.«

»Wir haben in Löwenstein Wassermühlen, zum Beispiel die Obere Mühle, da war ich schon drin. Wenn sie läuft, dann quietscht und klappert es ganz laut.«

Jacob erklärte geduldig, warum in ihrer alten Heimat Wassermühlen und hier unten in Holland Windmühlen betrieben werden.

»Bei uns gibt es Berghänge, das Wasser läuft bergab und kann Schaufelräder treiben. Hier oben ist alles flach, aber es weht ein kräftiger Wind. Wenn du willst, erzähle ich dir eine Geschichte von einem spanischen Ritter. Er nannte sich Don Quichotte von der Mancha. Als er zum ersten Mal Windmühlen sah, glaubte er, das seien Riesen mit vier Armen. Also, hör gut zu...«

Gegen Abend legten sie in Den Helder an. Ein Vertreter der Agentur Zwißler&Co nahm sie in Empfang.

»Kallenbach, Supercargo auf der *Hope*. Ich kann Sie zu Ihrer Wahl nur beglückwünschen. Die *Hope* ist unser bestes Schiff und Sie können keine günstigere Reisegelegenheit nach Philadelphia finden. Sie leben unterwegs wie in einem guten Landgasthof: Unterkunft, Speisen und Getränke, alles inbegriffen.«

Die Fahrgäste trugen sich in gelöster Stimmung im Hafenamt in Reiselisten ein, mussten wieder ihre Pässe vorweisen. Anschließend bezahlten sie ihren Reisepreis. Kapitän Klein von der *Hope* war persönlich anwesend, pries ihnen sein Schiff an und scherzte mit den Kindern.

Als Pfitzer mit Barbara vor ihn trat und um ihre Mitnahme bat, musterte er sie von oben bis unten, nickte dann und sagte mit großzügiger Geste: »Meinetwegen, aber sie muss drüben mit einer Dienstzeit von drei bis vier Jahren rechnen.«

Barbara war einverstanden. Mit gemischten Gefühlen unterschrieb sie ein Formular, in dem der Kapitän das Recht erhielt, in Philadelphia ihre Dienstzeit an den meistbietenden Käufer zu versteigern. Einerseits war sie froh, dass sie mitgenommen wurde, andererseits bedrückte sie die Vorstellung, drüben wie auf dem Sklavenmarkt feilgeboten zu werden.

Als sie sich auf der *Hope* einschifften, wies der Supercargo die Gruppen ein.

»Jeweils vier bis fünf Personen bilden eine *Messe*, das heißt eine Wohngemeinschaft im Zwischendeck. Sie teilen sich den Schlafplatz und das ausgegebene Essen.«

Pfitzer, seine Frau, Christoph, Barbara und Jacob wurden zu einer *Messe* zusammengefasst. Sie bestaunten den riesigen dreimastigen Segler, der ihnen im Vergleich zu den Fluss- und Fährschiffen, die sie bisher gesehen hatten, wie eine schwimmende Festung vorkam. Viele Meter trennten sie vom Wasser, wenn sie über die Reling hinunterblickten.

An Deck gab es mehrere Kajüten. Aus dem Kaminrohr der Kombüse stieg Rauch auf. Treppen führten nach unten in die

Frachträume, die für die Zwischendeckpassagiere umgebaut waren. Die *Hope* war, wie die meisten Auswandererschiffe, ursprünglich ein Frachtschiff gewesen.

Bereits vierhundert Passagiere hielten sich an Bord auf. Sie lagen schon drei Wochen vor Texel, aber am nächsten Morgen sollte es endlich losgehen.

Im ersten Zwischendeck wurde ihnen ein Schlafplatz mit zwei schmalen Kojen zugewiesen, die wie Stockbetten übereinander lagen.

»Warum nur zwei Kojen?«, fragte Jacob ungehalten.

Der Supercargo lachte trocken.

»Sie werden während der Fahrt so viel Zeit haben, dass sie sich beim Schlafen abwechseln können und zur Not passen ja auch zwei Leute in eine Koje rein.«

Die Halle im Zwischendeck ähnelte einem riesigen ausgeräumten Wirtshaussaal. Die Schlafkojen zogen sich jeweils an der linken und rechten Schiffsseite entlang. Zwischen ihnen dehnte sich auf etwa zehn Metern Breite ein Bretterboden, auf dem sich die Wohngemeinschaften eingerichtet hatten. Die meisten Leute saßen auf Kisten vor ihren Kojen, wo sie sich mit dem Rücken anlehnen konnten.

Ein beißender Geruch hing in diesem Raum. Wäscheleinen zogen sich an den Kojen entlang und auch hinüber zu der anderen Seite und zu einem Schiffsmast, der im Schiffsrumpf genau in der Mitte verankert und mit Brettern verkleidet war. Der Verschlag um den Mast im Zwischendeck reichte vom Fußboden bis zur Decke. Hier hing Hausrat: Teller, Töpfe, Besteck, Krüge, Tabakspfeifen.

»Das empfiehlt sich so«, erklärte der Supercargo den erstaunt dreinschauenden Neuankömmlingen. »Bei Seegang würde sonst alles durcheinanderpurzeln. Ihr könnt natürlich euer Zeug auch in euren Kisten lassen.«

Neben ihnen saß eine Skatrunde lautstark beim Spiel, drüben beruhigte eine Mutter ihren schreienden Säugling, vor ihnen hockte ein Mann auf dem Boden, mit dem Rücken zum Mast und spielte mit seinem kleinen Jungen ein Murmelspiel.

»Da ist ja Leben in der Bude«, bemerkte Jacob lakonisch.

Einerseits erfüllte ihn der Gedanke mit Zuversicht, dass sie unter so vielen Menschen mit dem gleichen Schicksal und Ziel die nächsten Wochen verbringen würden. Andererseits wurde ihm sofort klar, dass die Überfahrt ohne Reibereien und Konflikte kaum vorübergehen würde. So viele Menschen auf so engem Raum! Und das Familienleben spielte sich in aller Öffentlichkeit ab.

Sie teilten ihre Plätze ein. Barbara und Karolina beschlossen, mit Christoph in der unteren Koje zu schlafen, Hans mit Jacob darüber. Die beiden Frauen sahen sich an, Karolina schüttelte den Kopf.

»Sechs oder acht Wochen in diesem lausigen Zwischendeck, wie die Heringe im Fass. Das wird eine harte Zeit. Und wenn wir draußen auf dem Meer sind und Sturm und hohe Wellen aufkommen, was machen wir dann?«

Barbara tröstete sie.

»Wir sind zusammen und stehen das gemeinsam durch. Bisher hat alles so gut geklappt und wir müssen ja nicht dauernd hier unten sein, eigentlich nur zum Schlafen oder wenn das Wetter schlecht ist. Auf Deck haben wir genug frische Luft und viel Sonne.«

Bald hatten sie sich mit ihren Nachbarn bekannt gemacht, Auswanderern aus dem Elsass.

»Über die Verpflegung kann man nicht klagen«, versicherte ihnen Louis Scherwitz aus einem Dorf bei Straßburg. »Wenn auch das Wasser einen unangenehmen Geschmack hat und der Schiffszwieback keine besondere Delikatesse ist. Was bin ich froh, dass es morgen endlich losgeht. Das lange Warten macht einen ganz mürbe.«

Pfitzer und Scherwitz tauschten ihre Erfahrungen über die Reise nach Amsterdam aus. Scherwitz schimpfte auf den Neuländer, der sie auf ihrer Fahrt begleitet hatte.

»Zuerst hat's geheißen, im Fahrpreis sei alles enthalten. Dann musste man für alles, was über Wasser und trocken Brot hinausging, zahlen. Und erst die Wochen in Amsterdam! Das geht ins Geld! Alle wollen sie an uns armen Teufeln verdienen.«

Pfitzer brachte das Gespräch auf seine Nichte Barbara. »Sie muss sich drüben verdingen, wenn das bloß gut geht.«

Scherwitz schlug die Hand vor den Mund und flüsterte erschrocken: »Da hört man schlimme Sachen. Ein freigelassener Neger soll einmal eine ganze württembergische Familie gekauft haben.«

Jacob, der bisher stumm zugehört hatte, schaltete sich in das Gespräch ein.

»Warum soll es ihnen da schlechter gehen als bei einem weißen Dienstherrn?«, zischte er wütend. »Von den weißen Sklavenhaltern in Amerika hört man, dass manche von ihnen ihre schwarzen Sklaven zu Tode gepeitscht haben. Ein schwarzer Dienstherr, der selbst erst seit Kurzem die Freiheit erlangt hat, wird wissen, was es heißt, für andere arbeiten zu müssen und ganz von ihnen abhängig zu sein. Außerdem werden seine weißen Mitbürger sehr genau verfolgen, wie er mit seinen weißen Dienstleuten umgeht. Überdies gibt es in Philadelphia eine deutsche Gesellschaft, die darüber wacht, dass alles nach Recht und Gesetz abläuft.«

Scherwitz ließ sich nicht dreinreden. »Ich habe von amerikanischen Farmern gehört, die von weither nach Philadelphia kommen und dort ihre Arbeiter ersteigern. Wenn sie diese dann viele Tagesreisen weit mitgenommen haben, können die weißen Sklaven sich auch nicht mehr in Philadelphia beschweren.«

Pfitzer schwieg bedrückt. Wenn Barbara doch endlich Vernunft annähme!

Christoph hatte sich inzwischen aufgemacht, das Zwischendeck auf eigene Faust zu erkunden. Pfitzer hatte ihm eingeschärft, den Schiffsraum nicht zu verlassen und immer in Sichtweite zu bleiben.

Doch Jacob lachte ihn aus. »Daran wirst du dich schon gewöhnen müssen. Du kannst ihn nicht die ganze Zeit anbinden. Aber er wird dir schon nicht verloren gehen.« Er zog eine Karte aus der Tasche, entfaltete sie und begann Pfitzer und Scherwitz zu erklären: »Wir sind jetzt hier, ganz im Norden von Holland. Hier seht ihr die Insel Texel. Morgen oder übermorgen fahren wir in den Kanal ein, zwischen Frankreich und England, da ist die See häufig rau. Dann werden wir vermutlich, je nach Wind, südöstliche Richtung nehmen und an den Azoren nördlich vorbeisegeln. Und hier an der amerikanischen Küste ist die Mündung des Delaware, die müssen wir dann noch hinaufsegeln. Aber wenn wir erst einmal die Küste erreicht haben, kann uns nichts mehr passieren.«

Noch in der Nacht legte die *Hope* ab. Sie segelten bei gutem Wind zügig die holländische Küste entlang in Richtung England. Die Stimmung unter den Auswanderern war ausgelassen fröhlich, bis am zweiten Tag einer der Supercargos im Zwischendeck erschien und verkündete, wegen ihres langen Aufenthaltes vor der Insel Texel müssten leider die Rationen gekürzt werden. Ein Raunen ging durch den Saal, das in wüste Beschimpfungen überging. Sie hätten einen Vertrag unterzeichnet und Anspruch auf volle Kost.

Der Supercargo zuckte die Achseln. »Wir haben in Den Helder alles gekauft, was wir kriegen konnten. Jetzt müssen wir eben damit haushalten.«

Er betrat die unterste Stufe der Treppe zum Deck und bevor er nach oben ging, drehte er sich noch einmal um.

»Achten Sie auf größte Sauberkeit! An Bord sind bereits einige Passagiere an der Schiffspest erkrankt.«

»Dann laufen Sie einen englischen Hafen an und nehmen Sie weitere Lebensmittel an Bord!«, rief Jacob ihm aufgebracht nach, »und bringen sie dort die Kranken an Land! Lassen Sie am besten auch gleich die Wasserfässer austauschen. Das ungenießbare Wasser ist wahrscheinlich der Grund für die Krankheitsfälle an Bord.«

Ohne darauf zu antworten stürmte der Supercargo die Treppe hoch und ließ die aufgebrachte Menge im Zwischendeck zurück. Die Unruhe legte sich erst wieder, als die tägliche Branntweinration ausgegeben war. Die meisten versanken in dumpfes Brüten, andere gingen an Deck oder lenkten sich wieder mit Kartenspiel ab.

Jacob schärfte seinen Reisegefährten ein, das Wasser immer mit Essig vermischt zu trinken. Damit würde es besser verträglich. Er teilte aus seinem Proviant Kümmel und Wacholderkörner aus, die sie mehrmals am Tag kauen sollten. Das sei gut für den Magen und könne vor einer Ansteckung schützen.

Zu Pfitzer sagte er: »Das Wasser haben sie wohl in Amsterdam aus einem Verbindungskanal zum Rhein geschöpft, vermutlich aus demselben, auf dem wir von Utrecht nach Amsterdam gefahren sind. In Amsterdam gibt es keine Brunnen. Nach wenigen Tagen fault die Brühe und sie war vorher auch schon brackig. Aber daran werden wir uns gewöhnen müssen, das ist leider auf allen Schiffen so.«

Christoph betrachtete lange den schwärzlichen Schiffszwieback, bevor er hineinbiss. Dann spuckte er das Zeug gleich wieder aus. Der Zwieback war steinhart, musste in Wasser getunkt werden, damit man ihn überhaupt essen konnte. Jacob holte aus seinem Reisesack eine gedörrte Pflaume und hielt sie Christoph vor die Nase.

»Wenn du alles gegessen hast, kriegst du sie.« Christoph würgte brav den Zwieback hinunter.

Jacob nahm ihn mit nach oben an Deck. Aus der Kombüse quoll weißer Dampf. Die Tür stand weit auf, sodass man durch die Schwaden die Einrichtung sehen konnte. In einen riesigen schwarzen Herd waren zwei Becken eingelassen.

»Eines ist für Süßwasser, das andere für Meerwasser«, erklärte ihm Jacob.

In einem der mit siedendem Wasser gefüllten Becken hing ein Sack Kartoffeln, die hier mit der Schale gegart wurden, daneben stand ein riesiger Topf auf dem Herd, aus dem es nach Sauerkraut roch.

»Fleisch und Kartoffeln werden mit Meerwasser gekocht. Das ist salzig und deshalb gut für die Kartoffeln und das Fleisch – und wenigstens ist es nicht faulig«, erklärte Jacob.

Aus dem Backofen neben dem Herd duftete es nach frischem Brot. Christoph schnupperte, doch Jacob zog ihn weg. »Das ist leider nur für die Kajütenpassagiere. Wir müssen mit dem Schiffszwieback auskommen.«

»Warum kriegen die Brot und wir nicht?«, fragte Christoph wütend.

»Kajütenpassagiere bezahlen mehr für die Überfahrt. Das sind reiche Leute, die sich das leisten können. Aber schau mal, dort drüben.«

Jacob zeigte auf einen Schwarm Delfine, die das Schiff begleiteten. Christoph war begeistert. Wie die in der Sonne glänzten, aus dem Meer sprangen und gleich wieder eintauchten! Jacob erzählte ihm Geschichten von Delfinen, die sogar schon Menschen aus Seenot gerettet hätten. Lange betrachteten sie das Spektakel und Christoph konnte gar nicht genug bekommen.

Mittags wurde Essen ausgegeben. Aber die Stimmung blieb auch an diesem Tag schlecht. Die Auswanderer hatten von den im Vertrag genannten Verpflegung etwas anderes erwartet. Speisen wie im Gasthaus hatte man ihnen versprochen. Das Sauerkraut schmeckte modrig, die Kartoffeln wässrig und der Speck im Kraut war so stark gesalzen, dass man ihn kaum genießen konnte.

Aber am schlimmsten war das Trinkwasser. Von Tag zu Tag nahm es einen unerträglicheren Geschmack an. Jacob hatte auch einen Vorrat Zitronen mitgenommen und verteilte Schnitze an seine Reisegefährten, um drohendem Vitaminmangel vorzubeugen.

Eines Abends stand Barbara mit Jacob im Vorderschiff in der Nähe der Kajüte des Kapitäns. Es war vollkommen windstill, die Segel hingen schlaff. Das Wasser bewegte sich kaum und glich einer bleigrauen Masse. In der Schwüle des Abends war kein Lufthauch zu spüren.

Barbara fasste sich ein Herz. Sie wollte Jacob für seine Hilfe danken. Es war gut, dass er bei ihnen war. Sie nahm seine Hand und sagte leise. »Wie du dich um Christoph, meine Familie und um alle anderen kümmerst! Immer weißt du einen Rat. Ohne deine Unterstützung wären wir schon mehr als einmal verzweifelt. Manchmal kommst du mir wie unser Schutzengel vor.«

Jacob lächelte etwas gezwungen. Was sollte er ihr darauf antworten? Die Rolle, die sie ihm da mit ihren Worten zuwies, behagte ihm ganz und gar nicht. Andererseits hatte sie ihm ja nur danken wollen.

So sagte er schließlich ruhig: »Mit einem Engel oder einem Heiligen möchte ich eigentlich nicht verglichen werden. Aber du weißt ja, dass mir euer, und ganz besonders dein Wohlergehen am Herzen liegt.«

Sie hielt immer noch seine Hand. Er erwiderte ihren Händedruck und ließ ihre Hand nicht mehr los. Sollte er noch einmal einen Anlauf wagen und sie fragen, ob sie sein Angebot nicht doch annehmen wollte?

Da ging plötzlich die Tür der Kajüte auf, der Kapitän stürzte heraus und brüllte: »Segel einholen, es wird ernst!«

Steuermann und Maat gaben in Windeseile die Kommandos, die Matrosen kletterten die Takelage empor und in wenigen Augenblicken hatte sich das schläfrig-friedliche Bild an Deck völlig verwandelt.

»Alle Passagiere unter Deck«, schrie der Kapitän. Wind kam auf. Eine Bö fegte über das Wasser und ließ Schaumkronen aufspritzen. Barbara sah in der Ferne eine riesige blaugraue Wolke, die in rasender Geschwindigkeit auf sie zukam.

»Nun gnade uns Gott«, rief Jacob, fasste Barbara um die Schultern und stemmte sich gegen den Wind. Mühsam erreichten sie die Treppe zum Zwischendeck.

Kaum hatten sie ihren Platz gefunden, als ein Ruck durch das ganze Schiff ging. Der schwere Schiffskörper ächzte und knarrte, bäumte sich auf und sackte kurze Zeit später in die Tiefe, dass einem der Magen hochkam. Was nicht an der Wand befestigt war, kullerte durch das Zwischendeck. Kisten, Seesäcke, Töpfe – alles rutschte von einer Seite auf die andere.

Jammern und Stöhnen war zu hören, Schreie, Rufe nach den Kindern. Manche, die eben noch am Boden saßen, klammerten sich an den Kojen fest, versuchten in die Stockbetten zu klettern. Der Wind heulte auf, man hörte die Wellen über das Deck schlagen, den Regen niederprasseln. Einige der verängstigten Passagiere begannen laut zu beten, andere jammerten, ach wären sie doch zu Hause geblieben, jetzt seien sie endgültig verloren.

»Achtung, das Wasserfass!«

Pfitzer versuchte zusammen mit Scherwitz das Fass aufzuhalten, das auf die Kojen zustürzte. Vier Männer kamen ihnen zu Hilfe. Gemeinsam schafften sie es, die Tonne zum Stehen zu bringen und vor die Verschalung des Mittelmastes zu drücken. Mit einem Tau konnten sie das Fass notdürftig festbinden.

So schnell wie der Sturm gekommen war, so schnell war er wieder vorüber. Die Front war über sie hinweggebraust. Es dauerte aber noch Stunden, bis sich die aufgepeitschte See beruhigt hatte.

Erst am nächsten Tag erkannten sie das Ausmaß der Schäden, die der Sturm angerichtet hatte. Glücklicherweise war niemand von den Passagieren verletzt worden, aber vor allem den Kranken war die Erschöpfung nach den durchgestandenen Strapazen deutlich anzusehen.

Das Zwischendeck war schnell aufgeräumt, was zerbrochen und unbrauchbar geworden war, kam über Bord. An Deck hatte der Schiffszimmermann alle Hände voll zu tun, ebenso der Segelmacher. Nicht alle Segel hatte man rechtzeitig bergen können. Sie mussten nun ersetzt und, was noch ging, geflickt werden. Da ertönte ein gellender Schrei, Rufe nach dem Schiffsarzt.

»Im zweiten Zwischendeck haben sie einen Toten entdeckt«, berichtete Karolina atemlos, als sie gerade von oben kam. Die Schreckensnachricht hatte sich in Windeseile verbreitet. Das erste Opfer, das an der Schiffspest gestorben war!

Jacob versuchte den Schiffsarzt zu sprechen, der in der Kajüte bei den Offizieren und dem Kapitän wohnte. Die Kajüte zu betreten, war den Leuten aus dem Zwischendeck streng untersagt. Jacob passte ihn ab, als er vom Zwischendeck heraufkam.

»Ist die Krankheit ansteckend? Wie viele schweben in Lebensgefahr? Was unternehmen Sie gegen die Seuche? Wie müssen wir uns verhalten?«

Die Fragen prasselten auf den verwundert stehen gebliebenen Schiffsarzt nur so herunter. Der stierte ihn an, offensichtlich war er nicht ganz nüchtern.

»Weg da, ich habe Wichtigeres zu tun, als mich mit Ihnen zu unterhalten.«

Er ruderte mit den Armen, als wollte er Jacob wegschieben und verschwand in der Kajüte. Krachend ließ er die Tür ins Schloss fallen. Jacob hieb mit beiden Fäusten gegen die Tür, bis Kapitän Klein erschien. Der stieß ihn grob zurück.

»Was wollen Sie hier? Was geht Sie die Arbeit unseres Schiffsarztes an? Sehen Sie zu, dass Sie wieder ins Zwischendeck verschwinden, wo Sie hingehören.«

Jacob ließ sich nicht einschüchtern.

»Wenn die Fahrgäste an der Schiffspest erkranken und sterben, geht mich das wohl etwas an. Ich wollte sowieso schon mit Ihnen über die Zustände auf Ihrem Schiff reden.«

»Was für Zustände?«, brüllte der Kapitän. »Jetzt wird es mir aber zu bunt! Wollen Sie mir Vorschriften machen, wie ich mein Schiff zu führen habe? Scheren Sie sich zum Teufel!«

Er schlug die Tür zu und ließ Jacob stehen.

Jacob suchte einen der Supercargos, fand ihn schließlich im Vorschiff. Er baute sich vor ihm auf und überschüttete ihn mit Fragen: »Ist die ärztliche Versorgung gesichert? Haben Sie schon mit Kapitän Klein gesprochen? Was ist mit dem Schiffsarzt? Der macht einen seltsamen Eindruck!«

»Seltsam?«, lachte der Supercargo spöttisch. »Sie sollten erst sehen, wie er mit den Pferden umgeht!«

»Mit Pferden?«, fragte Jacob nach, als ob er nicht richtig gehört hätte.

Der Schiffsbegleiter lachte bitter: »Ein anderer Doktor war in Den Helder leider nicht aufzutreiben, nachdem der Kapitän den alten Schiffsarzt gefeuert hatte, weil er ständig besoffen war. Da hat er eben einen Pferdedoktor angeheuert.«

Er ließ ihn einfach stehen und steuerte auf die Treppe zu, die ins Zwischendeck hinunterführte.

Jacob verschlug es die Sprache. Ihm war durch diesen Vorfall mit einem Schlag bewusst geworden, wie sehr sie alle auf diesem Schiff Kapitän Klein und seinen Leuten ausgeliefert waren. Selbst wenn er die Möglichkeit hätte, sich in Philadelphia nach der Ankunft über den Kapitän zu beschweren, das konnte ihre Lage hier und jetzt nicht ändern.

In den nächsten Tagen breitete sich die Schiffspest rapide aus. Die Kranken klagten über Durchfall und Erbrechen und die hygienischen Zustände im Zwischendeck wurden unerträglich. So oft es ging, hielten sich Pfitzer und seine Familie an Deck auf, auch in der Nacht. Nur wenn sie das Wetter dazu zwang, nahmen sie ihre Kojen im Zwischendeck ein. Jacob träufelte nun in jeden Becher Wasser, den sie tranken, einige Tropfen einer besonderen Essenz, die ihm sein Freund, der Apotheker von Marbach, mitgegeben hatte.

Die Todesfälle häuften sich und die Seebestattungen waren an der Tagesordnung. Die Leichen nähte der Segelmacher in Tuch ein, der Kapitän sprach vor versammelter Mannschaft und den Fahrgästen ein mürrisches Vaterunser, dann wurde der Körper von zwei Matrosen über die Reling gehievt und klatschte kurze Zeit später auf dem Wasser auf.

Zurück blieben verzweifelte Freunde und Angehörige des Toten. Auch Matrosen blieben von der Schiffspest nicht verschont. Von den Kajütenpassagieren und den Offizieren erkrankte dagegen keiner.

Unmut und Verzweiflung auf dem Schiff nahmen ständig zu. Eines Tages brach wieder einmal unter den Passagieren Tumult aus. Am Nachmittag hatte eine Gruppe von Burschen die verschlossene Kapitänskajüte zu stürmen versucht. Sie hatten erfahren, dass mittags frisches Brot für die Kajütenpassagiere und die Schiffsoffiziere gebacken worden war und wollten den Kapitän zwingen, Brot an sie herauszugeben. Kapitän und Steuermann waren mit Taustücken erschienen und hatten auf sie eingeprügelt, bis sie ins Zwischendeck zurückflohen. Einige blieben blutend an Deck liegen und wurden nun von ihren Kameraden nach unten getragen.

»Ja, spinnt der jetzt? Das lassen wir uns nicht bieten, wir sind doch hier kein Freiwild!«, rief Jacob, als er davon erfuhr. »Los, alle zum Kapitän!«

Sechzig bis siebzig Männer folgten seinem Aufruf. Im weiten Halbkreis stellten sie sich um die Kapitänskajüte auf und ließen ihrem Zorn freien Lauf. Jacob bat nach einigen Augenblicken um Ruhe und rief: »Kapitän Klein, kommen Sie aus Ihrer Kajüte, wir haben mit Ihnen zu reden.«

Als keine Reaktion erfolgte, riefen die Männer im Chor nach Klein, bis der Kapitän schließlich erschien. Er stierte in die Runde, schüttelte seine Faust und rief: »Was soll das? Das sieht mir sehr nach einer Meuterei aus! Hier an Bord bestimme ich. Macht, dass ihr wegkommt, sonst lasse ich euch alle durchprügeln und die Rädelsführer kielholen.«

Die Männer verharrten schweigend und rückten mit drohenden Gesichtern auf ihn zu.

Der Kapitän wirkte zum ersten Mal verunsichert. Er schaute kurz zurück zu der offen stehenden Tür seiner Kajüte, dann wandte er sich wieder Jacob zu. Dieser nutzte die entstandene Pause und gab sich als Sprecher der Gruppe aus.

»Kapitän Klein, ich ersuche Sie höflich vor diesen versammelten Leuten hier, übrigens alles zahlende Fahrgäste Ihres Schiffes, um ein Gespräch.«

Der Kapitän verschränkte die Arme. »Hier an Bord gebe ich die Anweisungen, das hat jeder von euch im Überfahrtsvertrag mit Unterschrift anerkannt.«

Jacob ließ sich nicht darauf ein.

»Was in den letzten Tagen geschehen ist, beunruhigt uns alle und das sollte Sie nicht kalt lassen. Seit Beginn der Fahrt bekommen wir gekürzte Rationen, das Trinkwasser ist ungenießbar und das ist vermutlich der Grund für den Ausbruch der Seuche an Bord. Die ärztliche Versorgung ist völlig unzureichend. Wenigstens die Kranken müssen sauberes Wasser bekommen. Es steht für die Kajütenpassagiere und die Schiffsoffiziere ja reichlich zur Verfügung!«

»Für das Wasser und die Lebensmittel der Zwischendeckpassagiere sind die Vertreter der Firma Zwißler & Co zuständig«, antwortete der Kapitän unwirsch. »Wenden Sie sich doch an die Supercargos! Ich habe meinen Vertrag mit der Firma gemacht, stelle nur die Schlafplätze in den Zwischendecks zur Verfügung. Was den Proviant, das Wasser und so weiter angeht, dafür können Sie mich nicht zur Verantwortung ziehen.«

»Das sehe ich anders. Sie sind dafür verantwortlich, was an Bord Ihres Schiffes geschieht«, widersprach ihm Jacob. Die Männer an seiner Seite bestätigten ihn lautstark.

Der Kapitän blieb unbeeindruckt.

»Bringen Sie das mal bei den Behörden in Philadelphia vor. Die werden Ihnen was husten! So, und jetzt verschwinden Sie, ich muss mich um die Sicherheit des Schiffes kümmern.«

Er wandte sich um, stürmte in seine Kajüte und schlug die Tür hinter sich zu, begleitet vom lautstarken Protest der Männer um Jacob.

In den folgenden Tagen besserte sich die Situation wenigstens etwas. Die Rationen wurden großzügiger ausgegeben, beanstandetes Wasser über Bord gekippt und dafür neue Fässer geöffnet. Jacob begann, die Vorkommnisse an Bord aufzuschreiben. Er hatte den festen Entschluss gefasst, in Philadelphia Beschwerde gegen den Kapitän und die Maklerfirma einzulegen.

11

Der Tag der Entscheidung

Endlich kam Land in Sicht und einen Tag später segelte die *Hope* von einem Lotsen begleitet in die Mündung des Delaware-River hinein, der sie nach Philadelphia bringen sollte. Doch viele der Passagiere waren zu schwach, in den Jubel der gesund Gebliebenen einzustimmen.

Für die Auswanderer war die Fahrt damit aber noch nicht zu Ende. Mit Blick auf das Land ihrer Träume und Hoffnungen legte die *Hope* an einer der Inseln mitten im Delaware an.

»Einige Tage müssen wir uns gedulden, es könnte in unserem Fall auch etwas länger dauern, wegen der Quarantänevorschriften«, erklärte einer der Reisebegleiter. »Bald werden sich die Sanitätsbehörden bei uns melden und erst, wenn sie das Schiff freigegeben haben, können wir in den Hafen von Philadelphia einlaufen.«

Die Stimmung unter den Auswanderern sank auf den Tiefpunkt. So viele von ihnen waren immer noch krank, oder hatten erst vor Kurzem die Krankheit überwunden, waren aber noch deutlich von ihr gezeichnet. Jetzt, so knapp vor dem Ziel, sollten sie weiter auf dem ungeliebten Schiff ausharren?

Die Gesunden konnten wenigstens auf die Insel an Land gehen. Was war das für ein Gefühl, nach vielen Wochen auf See wieder festen Boden unter den Füßen zu spüren! Auch wenn sie sich nur auf einer kleinen, kargen Insel mit wenigen Verwaltungsgebäuden und einem Lazarett bewegen konnten – sie waren drüben, in der freien Welt!

Der Arzt, der noch am selben Abend aus Philadelphia auf die *Hope* kam, um sich ein Bild vom Zustand der Passagiere zu machen, war entsetzt über die Lage an Bord. Noch nie hätte er ein Schiff mit so vielen kranken und abgezehrten Menschen gesehen. Umgehend ließ er die Kranken ins Lazarett einweisen und gab dem Kapitän Bescheid, dass er den Behörden Meldung machen müsse. Jacob sprach lange mit ihm und schilderte anhand seiner Aufzeichnungen den Verlauf der Schiffspest.

Am folgenden Tag erschienen die amerikanischen Geschäftspartner von Zwißler & Co, zwei Herren namens Smith und Glaser, an Bord. Sie waren bereits über die Zustände auf der *Hope* unterrichtet worden, ließen Medikamente, frisches Gemüse und Milch liefern und forderten Rechenschaft vom

Kapitän, wie es zu solchen Verhältnissen kommen konnte. Der verwies sie an die Supercargos ihrer eigenen Firma. Als diese zur Rede gestellt wurden, machten sie die Passagiere für den Ausbruch der Schiffspest verantwortlich. Sie hätten zu wenig auf Reinlichkeit geachtet.

Alarmiert von den Zuständen auf der *Hope* besuchte am Spätnachmittag des folgenden Tages eine Kommission der Deutschen Gesellschaft von Pennsylvanien die Insel. Die Herren befragten zahlreiche Passagiere, den Kapitän, den Schiffsarzt und die Supercargos und verhandelten lange mit Jacob Ackermann. Ihr abschließender Bericht fällte ein schonungsloses Urteil über den Kapitän und die anderen Verantwortlichen an Bord:

»Die Verteidigung des Kapitäns und der Supercargos, die sich bei der Befragung ebenso widersprechend wie haltlos verstrickten, war augenscheinlich darauf berechnet, die Verantwortlichkeit von den einen auf die anderen zu wälzen. Weder Kapitän noch andere Schiffsbeamte hatten es für ihre Pflicht angesehen, für genügend Lebensmittel und die Gesundheit der Passagiere Sorge zu tragen. Es ging gerade so her, wie vor sechzig, siebzig Jahren. Die alte Habgier mit skrupelloser Behandlung der lebenden Fracht. Ein kranker Mann, erzählten die Passagiere, sei elend verschmachtet, weil er nicht einmal genug Wasser erhalten konnte, obwohl seine Frau dreimal in die Kajüte ging und flehentlich darum bat, während die Matrosen so viel Wasser hatten, wie sie trinken konnten.«

Die Kommission der Deutschen Gesellschaft forderte Glaser und Smith auf, Kleidungsstücke für 25 bis 30 Passagiere zu liefern. Die Kleider der Erkrankten seien so verunreinigt, dass sie sofort verbrannt werden müssten. Doch diese lehnten ab, dafür seien die Passagiere selbst verantwortlich, auch die Forderung nach weiterer Lieferung von Nahrungsmitteln wurden strikt zurückgewiesen.

Daraufhin wurde die Kommission von der Gesellschaft beauftragt, gerichtliche Schritte gegen die Vertreter von Zwißler & Co und den Kapitän einzuleiten. Außerdem organisierte die Gesellschaft eine Kleiderspende für die Passagiere der *Hope* in Philadelphia und bereits nach drei Tagen konnten Berge von Kleidungsstücken angeliefert werden.

Sie hatte von Georg geträumt. Ganz nah waren sie sich gewesen, dann verblasste seine Erscheinung. Sie wollte ihm nachlaufen, ihn festhalten und griff ins Leere. Schweißgebadet war sie aufgewacht.

Als sie mit Karolina darüber sprach, wurde ihr klar, dass sie jetzt eine endgültige Entscheidung fällen müsste. Mit Jacob war sie die letzten Tage ständig unterwegs gewesen, um nach den Kranken zu sehen, die im Lazarett nicht untergekommen waren. Nun konnten alle, die an Bord geblieben waren, als hinreichend genesen gelten und man erwartete, dass das Schiff bald freigegeben würde.

Bei der Versorgung der kranken Passagiere waren sie sich nähergekommen, Jacob hatte sich bei jeder Gelegenheit zuvorkommend und verständnisvoll gezeigt. Sie schätzte seine ruhige besonnene Art, sie verstanden sich bei der Pflege der Kranken ohne viele Worte. Sie fühlte, dass ihr nach ihrer Trennung, die kurz bevorstand, diese Gemeinsamkeit fehlen würde. Was empfand sie für ihn? Freundschaft oder doch Liebe? Hatte ihr Onkel recht, wenn er sagte, sie verrenne sich in eine fixe Idee, nur mit Georg glücklich werden zu können?

Jacob zeigte so viel Verständnis für sie. Nie hatte er sie unter Druck gesetzt, sich zu entscheiden, nachgefragt, ob sie nun sein Angebot annehmen wollte. Er wartete geduldig darauf, dass sie selbst darauf zu sprechen käme.

Sie hatten inzwischen den Hafen von Philadelphia angelaufen. Morgen würden die Käufer an Bord kommen. Ihr grauste vor diesem Gedanken. Drei bis vier Jahre einem fremden Herren dienen, irgendwo in diesem riesigen Land, vielleicht weit weg von ihrer Familie.

Konnte Georg das von ihr verlangen? Hatte er ihr bereits nach Philadelphia geschrieben? Diese Frage quälte sie, besonders weil sie wusste, dass sie sich jetzt entscheiden müsste, bevor sie oder ihre Tante Karolina Gelegenheit hatten, bei der angegebenen Adresse nach einem Brief von Georg fragen zu können.

Als Jacob mit Christoph und ihrem Onkel an Land gegangen war, suchte sie nach Pfitzers Schreibzeug, nahm einen Bogen Papier und schrieb ihren zweiten Brief an Georg. Es fiel ihr leichter als sie gedacht hatte. Mit einem Mal sah sie Georg wieder vor sich, wie in ihrem Traum.

Sie dachte nicht daran, ob und wie sie den Brief abschicken könnte, ob sie ihn einem Vertreter der Deutschen Gesellschaft, der immer wieder an Bord kam, mitgeben oder ob ihre Tante den Brief für sie besorgen könnte. Und während sie schrieb, wurde ihr klar, dass sie ihre Entscheidung bereits gefällt hatte.

Lieber Georg,

wir liegen jetzt vor Philadelphia. Es war eine schreckliche Überfahrt. So viele der Auswanderer sind gestorben, so viele sind immer noch krank, liegen im Lazarett und ringen um ihr Leben. Gott sei Dank sind mein Onkel, meine Tante und mein kleiner Cousin Christoph gesund geblieben.

Auch ich bin wohlauf, aber sehr betrübt. Ich weiß nicht, ob Dich mein erster Brief aus Amsterdam erreicht hat und ob Du mir bereits nach Philadelphia geschrieben hast. Ich weiß nicht einmal, ob Du noch an mich denkst. Aber ich weiß, dass Du in meinem Herzen lebst und nichts hoffe ich mehr, als dass wir uns bald, bald wiedersehen. Ist das ein bloßer Wunschtraum?

Morgen oder übermorgen wird unser Schiff freigegeben, dann werden die Serven, wie hier die Leute genannt werden, die sich verdingen müssen, an die meistbietenden künftigen Diensther-

192

ren versteigert. Das macht mir Angst. Ich bin in einem freien
Land, aber weiß nicht, wohin es mich verschlagen wird, wie ich
die Zeit meiner Dienstverpflichtung überstehen soll, getrennt
von Dir und meiner Familie.

Ich will meine Tante Karolina bitten, nach Deinem Brief zu fra-
gen, den Du mir vielleicht an die Adresse in Philadelphia ge-
schickt hast, die Du mir in der Heimat gegeben hast. Ich werde
sie auch bitten, dort einen weiteren Brief von mir zu hinterlegen,
in dem steht, wo ich dann hingekommen sein werde und wo Du
mich, meine Tante und meinen Onkel finden kannst.

Ich hoffe, dass es Dir gut geht und dass Du bald nachkommst.
In Liebe
Deine Barbara

Sie zeigte den Brief ihrer Tante. Karolina wurde blass, als sie
ihn las. Dann nahm sie Barbara in die Arme und beide begannen zu weinen.

Schließlich löste sich Karolina sanft von ihr, strich ihr übers
Haar.

»Ich werde dir helfen und will alles tun, dass wir dich bald
freikaufen können. Vielleicht ist Georg ja schon in Philadelphia und wir wissen es nur nicht?«

»Ach, Tante, er weiß, dass wir mit der *Hope* gefahren sind
und vermutlich wird man überall in der Stadt von unserem
Schiff sprechen, nach allem, was geschehen ist. So oft habe
ich gehofft, dass einer von der Deutschen Gesellschaft eine
Nachricht von ihm mitbringt. Bitte, schick den Brief an Herrn
Manz in Heilbronn ab. Den ersten habe ich an seinen Onkel
Friedrich Brenneisen in Weinsberg geschickt. Und frage nach
einem Brief von Georg an mich.«

»Ich werde immer wieder nachfragen und wenn ein Brief
gekommen ist, werde ich ihn dir schicken.«

»Heute Abend will ich mit Jacob reden«, sagte Barbara leise.

Pfitzer war gegen Abend mit Christoph und Jacob aufs Schiff zurückgekommen. Nach dem Abendessen setzten sie sich mit Barbara und Karolina auf Deck zusammen.

»Wir haben lange mit Herrn Graf von der Deutschen Gesellschaft gesprochen. Jacob hat eine Stelle als Aushilfslehrer an der deutschen Schule in Philadelphia in Aussicht. Mir hat er geraten, nach Germantown zu gehen. Das liegt nur wenige Kilometer von Philadelphia entfernt. Dort leben fast nur Deutsche, sagt er, außerdem viele Handwerker. Da finde ich für die erste Zeit bestimmt Arbeit in einer Flaschnerei, bis ich meinen eigenen Betrieb gründen kann.«

»Was wir auf der *Hope* erlebt haben, war übrigens kein Einzelfall«, berichtete Jacob. »Graf hat uns von Schiffen erzählt, die kurz vor uns angekommen waren. Sie haben derzeit alle Hände voll zu tun, um die Not der Auswanderer aus Deutschland zu lindern.«

Jacob schwieg einen Augenblick, dann sagte er: »Graf hat uns auch diese unglaubliche Geschichte erzählt: Vor einiger Zeit ist die *Ceres* eingelaufen, voll mit Auswanderern aus Deutschland und der Schweiz. Kaum war das Schiff aus dem Kanal zwischen England und Frankreich auf den Atlantik hinausgefahren, strich der Kapitän die vertraglich festgelegten Essensrationen eigenmächtig auf die Hälfte. Branntwein ließ er überhaupt nicht mehr ausschenken. Wer wollte, konnte gegen teures Geld Speisen und Getränke dazukaufen. Die Passagiere wurden regelrecht ausgenommen. Wer nicht zahlen konnte, musste hungern. Und es kam noch schlimmer: Kapitän und Schiffspersonal trugen immer ein Seil bei sich, um jeden Protest durch Peitschenhiebe zu ersticken. Als die *Ceres* vor Philadelphia angelegt hatte, unterzeichneten alle Passagiere ein Schreiben an die Deutsche Gesellschaft, in dem sie um Hilfe gegen den Kapitän baten.«

»Das hätten wir auch gemacht, wenn die Gesellschaft nicht von sich aus den Kapitän angeklagt hätte«, schob Pfitzer ein.

Jacob berichtete weiter: »Ein Anwalt der Gesellschaft kümmerte sich um die Passagiere und strengte einen Prozess gegen den Kapitän an. Er warf ihm Vertragsbruch vor und verlangte, dass alle, die sich dem Kapitän vertraglich zur Verdingung an Dienstherren verpflichtet hatten, sofort frei gelassen werden sollten. Der Richter gestand den Klägern zwar zu, dass ihnen Unrecht geschehen sei, lehnte aber den Antrag des Anwalts ab. Die Leute seien durch ihren Vertrag gebunden. So kam der Kapitän mit einer Ermahnung davon. Die Deutsche Gesellschaft informierte darauf den Heimathafen des Schiffes und die dortigen Behörden leiteten ebenfalls ein Verfahren gegen ihn ein. Wie das ausgegangen ist, wusste Graf nicht.«

»Noch schlimmer ist es den Fahrgästen auf der *General Wayne* gegangen«, erzählte Pfitzer. »Der Fall liegt allerdings schon einige Jahre zurück. Zwei Wochen nach ihrer Abfahrt lief das Schiff in einen englischen Hafen ein und blieb dort vier Wochen liegen. Während dieser Zeit kam ein englischer Werbeagent an Bord und der Kapitän versuchte, männliche Passagiere zum Eintritt in den englischen Militärdienst zu überreden. Zehn Burschen waren dazu bereit, vor allem deshalb, weil sie Angst hatten, der Proviant würde nicht bis Philadelphia reichen. Einer dieser neuen Rekruten war verheiratet und ließ Frau und Kind auf dem Schiff im Stich.«

Jacob erzählte weiter: »Bevor das Schiff den Hafen verließ, kam der Werbeoffizier noch einmal an Bord, um nach Rekruten zu fischen. Der Steuermann rief in Gegenwart des Kapitäns vier oder fünf Passagiere mit Namen auf und befahl ihnen, dem Offizier zu folgen. Als sie sich weigerten, fassten Kapitän und Steuermann einen von ihnen und warfen ihn gewaltsam in das Boot des Engländers. Doch dem gelang es, sich loszumachen und auf das Schiff zurückzuflüchten, wo er sich unter Deck versteckte. Er wurde gefunden, hervorgezogen und überwältigt.«

Pfister schaltete sich ein: »Allerdings hatte der britische Offizier inzwischen die Lust verloren, unter solchen Umständen *Freiwillige* abzuführen und entschuldigte sich damit, er sei nur auf dringende Einladung des Kapitäns überhaupt an Bord gekommen. Der Kapitän war darüber so wütend, dass er die Rationen der Passagiere auf ein Minimum kürzte, zwei Schiffszwiebacke und hundert Gramm eingesalzenes Fleisch pro Tag.«

»Und dann geschah etwas, was fast genauso auch bei uns passiert ist«, sagte Jacob. »Die Menschen waren durch das Jammern der Kinder nach Brot und durch ihren eigenen Hunger so verzweifelt, dass eine Gruppe junger Burschen kurz entschlossen das Magazin, wo das Brot lagerte, aufbrach, um sich zu nehmen, was ihnen vertraglich zugesichert war. Daraufhin ließ der Kapitän die jungen Leute öffentlich auspeitschen. Damit sie sich nicht zu wehren wagten, ließ er die Schiffsoffiziere mit geladenen Pistolen daneben stehen.

Die Tagesration kürzte er noch einmal auf einen Schiffszwieback pro Tag und Person und einmal die Woche verordnete er einen Fasttag. Die Lage der Passagiere muss entsetzlich gewesen sein, viele von ihnen sind verhungert. Der Kapitän ahnte wohl, was ihn in Philadelphia erwarten würde. Deshalb setzte er die lebendig Gebliebenen vor der Stadt aus und segelte allein weiter nach New York.

Die Deutsche Gesellschaft informierte sofort die New Yorker Behörden, die auch Anklage gegen ihn erhoben.«

Noch lange sprachen sie über ihre Erlebnisse auf der Reise an diesem Abend, dem letzten gemeinsamen, den sie an Bord verbrachten. Schließlich stand Pfitzer auf.

»Es ist spät geworden, wir gehen schon mal nach unten.«

Karolina nahm Christoph an der Hand und folgte ihrem Mann.

Eine Zeitlang saßen Jacob und Barbara schweigend nebeneinander. Sie überlegte, wie sie das klärende Gespräch, das nun folgen musste, einleiten sollte, aber Jacob kam ihr zuvor.

»Es ist vielleicht unser letzter Abend zusammen«, begann er mit heiserer Stimme. »Ich weiß nicht, wie du dich entscheiden wirst. Vermutlich hast du dich schon entschieden. Für mich wird morgen ein neues Leben beginnen. Nichts wünsche ich mir so sehr, als dass du dann an meiner Seite bist. Wenn du das auch möchtest, bezahle ich morgen noch vor der Versteigerung dem Kapitän deine Fahrtkosten.«

Barbara war ihm dankbar für seine deutlichen Worte. Nun konnte sie ihm eine ebenso klare Antwort geben. »Ich kann nicht«, sagte sie leise. »Ich könnte nicht mit dir zusammenleben, wenn ich noch immer an Georg denken müsste.«

Jacob stand auf. »Danke für deine Offenheit«, sagte er und seine Stimme zitterte. »Ich geh nach unten, pack meine Sachen und verabschiede mich von deiner Familie. Es wird für uns beide besser sein, wenn wir uns morgen nicht mehr sehen. Bei deiner Versteigerung will ich nicht dabei sein. Es würde mir das Herz brechen. Ich werde mir noch heute Nacht einen Gasthof in der Stadt suchen.«

Er sah sie nicht mehr an, gab ihr keine Hand zum Abschied. Barbara blieb allein zurück und weinte. Irgendwann in der Nacht schlich sie sich hinunter ins Zwischendeck. Als sie in ihre Koje kroch, drückte sie Karolina fest an sich.

Fast teilnahmslos ließ sie am nächsten Tag die Versteigerung der Serven über sich ergehen. Frühmorgens schon hatte sie sich von Karolina, Christoph und ihrem Onkel verabschiedet und dabei tapfer die Tränen zurückgehalten. Pfitzer hatte auf Vorwürfe verzichtet, aber deutlich zu verstehen gegeben, dass er seine Nichte nicht verstehen konnte.

Nun stand er mit seiner Frau und Christoph etwas abseits und schaute der Versteigerung mit steinerner Miene zu.

Karolina hielt Christoph fest umschlossen, der mit großen Augen das Geschehen verfolgte. Tags zuvor war in den Zeitungen Philadelphias die Versteigerung bekannt gemacht worden und zahlreiche Interessenten waren an Bord gekommen.

Ein Vertreter der Deutschen Gesellschaft war bei der Versteigerung dabei und notierte sich die Namen der Serven und der Käufer. Nach und nach rief der Kapitän die Passagiere auf, die ihm das Fahrgeld schuldig geblieben waren.

Unter den Ersten war eine gesamte Familie, die zur Versteigerung kam. Der Vater, deutlich von der eben erst überstandenen Krankheit gezeichnet, die Mutter, eine kleine verhärmte Frau und zwei Jungen im Alter von zehn und zwölf Jahren.

Für die Eltern fand der Kapitän keine Käufer. Dann erhöhte er einfach die vorgesehene Dienstzeit der beiden Jungen von vier auf acht Jahre und in kurzer Zeit waren die beiden versteigert. Sie hatten kaum noch Zeit, sich von ihren Eltern zu verabschieden. Die waren jetzt zwar frei, aber sahen ihre Kinder mit einem wildfremden Menschen abziehen.

Schließlich kam sie an die Reihe. Ein dicker Bauer bekam den Zuschlag und bezahlte ihr Fahrgeld, worauf der Kapitän in ein vorbereitetes Formular den Namen des Käufers und ihren eigenen Namen eintrug.

Bevor sie den Vertrag unterschrieb, überflog sie den Text.

Dieser öffentliche Contract bezeugt, dass Barbara Pfitzer von freien Stücken und mit ihres Onkels Einwilligung sich als Dienstmagd verpflichtet hat dem Friedrich Hasselmann von Frankford bei Philadelphia.

Wegen den 90 Talern, bezahlt an Kapitän Klein für die Überfahrt von Amsterdam, wie auch aus anderen Gründen hat sich die genannte Barbara Pfitzer verpflichtet und überlassen und überlässt sich auch durch gegenwärtige Verbriefung als Dienstmagd an den Friedrich Hasselmann um ihm, seinen Vollziehern, Verwaltern und Agenten vom heutigen Tag an für und auf volle Zeit von drei Jahren von nun an gerechnet.

Während welcher ganzen Zeit die genannte Dienstmagd ihrem genannten Herrn, dessen Vollziehern, Verwaltern und Agenten treulich und gehorsam dienen wird, wie es einer guten und redlichen Dienstmagd geziemt.

Und der genannte Friedrich Hasselmann, seine Vollzieher, Verwalter und Agenten sollen während dem besagten Zeitraum der genannten Dienstmagd verschaffen und reichen hinreichende Speise, Trank, Kleider, Wäsche und Wohnung, ihr auch sechs Wochen lang Schulunterricht geben lassen in jedem Jahre ihrer Dienstzeit, und am Schluss derselben ihr belassen zwei vollständige Ankleidungen, wovon eine neu.

Und für die genaue Haltung haben beide benannten Teile sich gegeneinander durch diese Urkunde fest verbunden. – Zur Beglaubigung haben sie es wechselseitig mit eigener Handschrift und Siegel versehen.

Datiert den 3. August.a.d.1817

»Komm, Mädchen, auf meinem Hof wirst du dich wohlfühlen.«

Sie folgte Hasselmann willenlos, ohne sich noch einmal umzudrehen. Christoph schrie laut auf, rief immer wieder ihren Namen, riss sich los und wollte ihr nachrennen, doch sein Vater hielt ihn zurück und nahm seinen schluchzenden Sohn in den Arm.

12

Heilbronn

Franz hatte eingelenkt, als er eingesehen hatte, dass Georg nicht davon abzuhalten war, seine Suche in Heilbronn fortzusetzen. Er hatte sich sogar ganz begeistert von seinem Plan gezeigt, Häberle mit seiner Familie auf dem Neckarschiff nach Heilbronn mitzunehmen. Die Rückwanderer gehörten zu den

Ärmsten der Armen, hatte er gesagt, und er wolle auch mitfahren und sich am Reisepreis für alle fünf beteiligen. Welcher Schiffsmeister sie nach Heilbronn bringen würde, wüsste er ebenfalls schon. Georg solle ihn nur machen lassen.

Auf Georgs Frage, warum er nicht standesgemäß mit der Kutsche nach Heilbronn reisen wolle, wie bei der Fahrt nach Mannheim, antwortete er, auch das gehöre zu seinem Geschäft. Wenn er seinen Auftraggebern in den Niederlanden einen realistischen Bericht abliefern wollte, müsse er alles hautnah miterleben und das Schicksal der Rückwanderer aus eigener Anschauung kennenlernen.

Nun stand er an der Schiffslände. Vor einer Stunde hatte Franz ihn losgeschickt zur *Neckarschwalbe* und ihrem Kapitän Heinz Stöckle. Die Summe, für die sie Stöckle flussaufwärts mitnehmen wollte, war Georg lächerlich niedrig vorgekommen. Franz hatte geschmunzelt und von »guter Verhandlungstaktik« gesprochen. Stöckle sei ihm noch einen Gefallen schuldig gewesen, hatte er angedeutet.

Er bezahlte dem Schiffsmeister den Reisepreis im Voraus und machte sich auf, Häberle zu suchen. Es war nicht schlecht gelaufen. Schwendt saß im Gefängnis. Das konnte er als seinen Erfolg ansehen. Gut, Rosenzweigs Hilfe hatte ihm die entscheidenden Türen geöffnet, aber ohne seine Hartnäckigkeit wäre Schwendt jetzt weit über der Grenze im Hessischen oder in Preußen, jedenfalls schon auf dem Weg nach Philadelphia.

Seine eigene Auswanderung war jedoch in weite Ferne gerückt. Dafür schien er kurz davor, das Verbrechen an seinem Vater aufzuklären. Die Lösung hing eng mit dieser verschlüsselten Botschaft zusammen, die bei Schwendt gefunden worden war. Seit ihm der Geheimrat diesen Zettel gezeigt hatte, ließ ihn die rätselhafte Anordnung der Namen nicht mehr in Ruhe: Hasler, Baron, Albrecht und das Dreieck, das auf Manz zeigte. Ob die drei noblen Herren für Manz Aufträge erledigen sollten? Und wenn ja, welche?

Und was hätte das dann mit Manz' merkwürdig zuvorkommendem Verhalten seiner Mutter und seiner Schwester gegenüber zu tun? War Manz doch der Auftraggeber für den Mord an seinem Vater? Hatte er Heinrich Schmidt aus dem Weg räumen wollen und ihn gleich dazu, indem er ihm die Auswanderung so schmackhaft gemacht und so großzügig finanziell unterstützt hatte?

Georg schüttelte den Kopf. Nein, wenn Manz seinen Vater hätte umbringen lassen wollen, um ihn wegen seiner Mutter aus dem Weg zu räumen, hätte er das schon viel früher tun können und offensichtlich hatte er die Weinsberger Weinhändlerstochter vergessen gehabt, als er aus Amerika wieder zurückgekommen war, sonst hätte er sich schon viel früher im Hause Brenneisen sehen lassen. Aber was hatte er dann mit der Bande zu tun? Was bedeutete dieses verflixte Dreieck?

Die schweren Regenwolken senkten sich, als er bei den Auswanderern ankam. Bald würde sich ein Gewitter entladen. Am Neckarhafen herrschte Hochbetrieb. Während neue Schiffe mit Auswanderern gerade angelandet waren, machten sich Schiffe für die Rückfahrt bereit.

Wo steckte Häberle? War er schon mit seiner Familie zu Fuß losgezogen? Da hatte ihn Georg endlich entdeckt. Er rief ihm schon von Weitem zu. Doch Häberle achtete nicht darauf. Wie verzweifelt sie aussahen! Kathrin schaute kaum auf, während sie ihrem Vater half, einen großen Koffer zu schließen.

Häberles Frau begrüßte ihn mit verweinten Augen.

»Nun müssen wir uns doch zu Fuß auf den Weg zurück nach Schwaigern machen und die meisten Sachen hier lassen, verschenken, fortwerfen, ach was weiß ich.«

Häberle brummte: »Darauf wird's auch nicht mehr ankommen. Ich habe ganz andere Sorgen. Werden sie uns nach Württemberg hineinlassen? Wir haben nur Papiere zur Ausreise und auf unser Bürgerrecht haben wir allesamt verzichtet.«

»Packt eure Sachen wieder zusammen«, rief Georg fröhlich und nachdem er die erstaunten und ratlosen Gesichter der drei bemerkt hatte, fügte er in beruhigendem Ton hinzu: »Setzt euch erst mal.«

Er zog aus seinem Reisesack eine Flasche Wein und während Frau Häberle nach Bechern kramte, begann er zu erzählen.

»Ich hab' euch doch von Schwendt erzählt, diesem windigen Seelenverkäufer. Der hat sich auch im Badischen herumgetrieben und seine dunklen Geschäfte sogar hier in Mannheim gemacht – unter den Augen der Polizei. Und ich bin einen großen Schritt weitergekommen. Den Betrüger, der uns in Weinsberg falsche Überfahrtsverträge verkauft hat, habe ich gefunden und der Polizei ausliefern können.«

Kathrin verfolgte seinen Bericht mit strahlenden Augen. Ihr Vater hörte ihm eher gleichgültig zu. Was ging ihn Georgs Erfolg an? Sollte er freudig mit ihm feiern, während alle seine Hoffnungen, den Rhein runter waren? Doch er wollte nicht unhöflich sein. »Und, bist du jetzt zufrieden? Kannst wieder ruhig schlafen?«, fragte er trocken.

Georg stockte, bemerkte Häberles Angst, die er nur mühsam zu überspielen versuchte.

»Die Einzelheiten kann ich euch später erzählen. Aber ich habe eine Neuigkeit, die auch euch interessieren wird. Ich habe nämlich einen Schiffsmeister gefunden, der uns bis nach Heilbronn mitnimmt, euch drei mitsamt eurem Gepäck, mich und meinen Freund Franz von Wollenberg.«

Kathrin himmelte ihn an. »Du fährst nicht weiter nach Amsterdam?«

»Vorerst nicht«, sagte Georg. »Ich muss jetzt nach Heilbronn, dort sitzen noch einige von dieser Bande, die meinen Vater auf dem Gewissen haben.«

»Dieser Schiffsmeister nimmt uns einfach so mit?« Häberle schüttelte ungläubig den Kopf und stellte seinen Becher neben sich auf den Boden.

»Für die Ergreifung von Schwendt war eine Prämie ausgesetzt«, erklärte Georg nicht ohne Stolz. »Ich bin jetzt sozusagen ein reicher Mann.« Er lachte und erklärte weiter: » Mein Freund Franz will auch noch was drauflegen. Ihr wisst ja, er ist von der niederländischen Regierung geschickt worden, um alles über die Not der Auswanderer und Rückwanderer zu erfahren. Und wenn ihr erst mal in Heilbronn seid, wird sich auch ein Fuhrwerk finden, das euch nach Schwaigern mitnimmt, dafür werde ich schon sorgen.«

»Das können wir nicht annehmen«, lehnte Häberle entschieden ab. »Du brauchst dein Geld doch selbst für deine eigene Auswanderung.«

»Widerstand ist zwecklos«, grinste Georg. »Ich hab den Schiffsmeister schon im Voraus bezahlt, ob ihr nun mitkommt oder nicht.«

Frau Häberle hatte Tränen in den Augen und drückte ihm die Hand, dann zog sie ihn an sich und umarmte ihn. Kathrin schloss sich ihr an und gab ihm einen dicken Kuss.

Häberle stammelte Dankesworte und meinte: »Da haben wir bei allem Pech doch noch ein bisschen Glück. Vielleicht ist das ein gutes Zeichen, dass sie uns auch in Schwaigern nicht im Stich lassen.«

»Jetzt bringen wir eure Sachen erst mal auf die *Neckarschwalbe* und dann lade ich euch zu einem Abendessen in den *Anker* ein. Dort habe ich auch schon ein Zimmer für euch bestellt, damit ihr die letzte Nacht vor der Abreise in richtigen Betten schlafen könnt.«

Der Wirt im *Anker* kümmerte sich um Georg und seine Gäste mit ausgesuchter Höflichkeit.

»Dass dieser Schwendt ein solcher Gauner ist, habe ich ja nicht ahnen können!«, hatte er zu Georg gesagt, als dieser um ein Zimmer für Häberles gebeten hatte. Dann hatte er ihm zu seinem Erfolg gratuliert. Georg zeigte sich erstaunt darüber, dass der Wirt so gut informiert war, doch dieser erzählte ihm mit bemühter Freundlichkeit, dass bei ihm auch die werten Herren vom Polizeirevier verkehrten und sich Georgs Heldentat schnell herumgesprochen hätte. Das wüsste inzwischen halb Mannheim. Die Zimmer bekäme er zum Vorzugspreis.

Offensichtlich ging es ihm darum, jeden Verdacht einer möglichen Komplizenschaft mit Schwendt und seinen Leuten von sich abzulenken.

Häberle und seine Familie konnten ihren Kummer für ein paar Stunden vergessen. So feierten sie bis weit in die Nacht und Georg musste immer wieder die Szene an Deck der *Berta Augusta* erzählen, als er aus seiner Ohnmacht aufgewacht und als blinder Passagier aus dem Laderaum gestiegen war.

Kathrin drängte sich an seine Seite. Sie suchte seine Nähe, doch Georg schob sacht ihre Hand von seinem Arm. Er wollte ihr nicht weh tun, aber er dachte an Barbara. Auch wenn sie so weit von ihm weg war und ein Wiedersehen in noch weitere Ferne gerückt war, spürte er, dass er sie so schnell nicht vergessen konnte. Er nahm sich vor, spätestens auf ihrer gemeinsamen Fahrt mit Kathrin darüber zu sprechen. Das Mädchen sollte sich keine Hoffnungen machen.

Die Fahrt neckaraufwärts nach Heilbronn ging recht gemächlich voran. Gegen den Strom wurden die schweren Lastkähne von Pferden gezogen. Ein langes Tau führte vom Mittelmasten zum Ufer. Dort waren Pferde angeschirrt, die auf dem Leinpfad mit lauten Rufen vorwärts getrieben wurden. Treideln nannte man das.

Franz kümmerte sich auf der Fahrt mit besonderem Eifer um die Häberles. Er wolle ihnen für die Einreise nach Württemberg ein persönliches Schreiben mitgeben, in dem auf die Not der Rückwanderer aus niederländischer Sicht hingewiesen würde. Häberle gab er den Rat, in Heilbronn in einer der neuen Fabriken nach Arbeit zu suchen. Kathrin könnte in der Stadt auch eine Stelle als Hausmädchen finden. Häberle fasste wieder Mut. Vielleicht brauchte er gar nicht mehr nach Schwaigern zurück? Ein paar Tage könnten sie sicher bei den Auswanderern am Neckar vor der Stadt unterkommen und vielleicht hätte er dann schon Arbeit und ein Dach über dem Kopf gefunden.

Georg suchte, als sie an Bord gegangen waren, das Gespräch mit Kathrin. Er erzählte ihr von Barbara, dass er inständig hoffe, sie drüben in Philadelphia zu finden. Wenn er in Heilbronn alles geregelt hätte, würde er sich sofort erneut auf den Weg machen.

Sie schien nicht überrascht zu sein, blickte traurig zu ihm auf und drückte ihm wortlos die Hand, als ob sie sich damit von ihm verabschiedete. Dann lief sie hinüber zu ihrer Mutter und ließ sich von ihr trösten.

Georg blieb die meiste Zeit für sich allein an der Reling und verfolgte die gemächliche Fahrt an Heidelberg vorbei ins tief eingeschnittene Neckartal mit den Burgruinen, die durch die dichten, tiefgrünen Bergwälder in rotem Sandstein grüßten. Bei Gundelsheim weitete sich das Tal und die ersten Weinberge erschienen.

Franz versuchte mehrfach mit ihm ins Gespräch zu kommen, doch Georg blieb einsilbig. Tausend Gedanken gingen ihm durch den Kopf. Wie hatte sich in den letzten Wochen sein Leben verändert! Wie kleinlich erschien ihm jetzt die Habgier seines Onkels Friedrich Brenneisen in Weinsberg, der ihren Hof schon längst verkauft hatte. An wen wohl? Sollte er hinüber nach Ellhofen und sich die neuen Besitzer ansehen? Nein, das konnte warten. Aber zum Grab seines Vaters wollte er gleich nach der Ankunft gehen. Sollte er zuerst zur Mutter nach Weinsberg oder zu Manz? Er wollte ihm wenigstens die 50 Gulden für die Fahrt nach Amsterdam zurückgeben. Und was sollte er mit dem Wechsel für die Bank in Philadelphia machen? Wann würde er dort ankommen? Würde er dann Manz noch vertrauen können? Philadelphia war so weit weggerückt von ihm!

Am meisten beschäftigte ihn, ob er bei Manz oder seinem Onkel Friedrich einen Brief von Barbara vorfinden würde. Hatte sie ihm aus Amsterdam geschrieben? Wie war ihre Fahrt dorthin verlaufen? Mussten sie lange auf ihr Schiff warten? Teilten die Pfisters ihr Schicksal mit den anderen verarmten Auswanderern? Waren sie vielleicht ähnlich wie Häberle aus Schwaigern schon wieder im Begriff zurückzureisen?

»Mach doch nicht so ein verdrießliches Gesicht. Freu dich doch auf das Wiedersehen mit deiner Mutter und deiner Schwester!« Franz war neben ihn getreten, klopfte ihm auf die Schultern und versuchte, ihn von seinen trüben Gedanken abzulenken. »Jetzt kannst du bald als guter Sohn, der seine Pflicht getan hat, Abschied nehmen. Kauf deiner Mutter und deiner Schwester ein schönes Geschenk von der Prämie. Falls beim Prozess gegen Schwendt euer Reisegeld – oder ein Teil davon – auftaucht, werde ich mich darum kümmern. Ich komme ja immer wieder nach Mannheim.«

»Danke, aber das wird nicht nötig sein«, antwortete Georg kühl. »Dafür will schon Rosenzweig sorgen. Aber ich mache mir da keine großen Hoffnungen. Schwendt war sicher nicht so dumm und hatte sein Geld bei sich, als er verhaftet wurde. Das hat er bestimmt längst in Sicherheit gebracht.«

Zögernd erzählte er von seinem Plan, sich in Heilbronn nach Hasler, Baron und Albrecht zu erkundigen. Franz betrachtete ihn mit hochgezogener Augenbraue. Wo er denn diese Namen herhätte? Georg berichtete ihm von dem mysteriösen Zettel, den man bei Schwendt gefunden hatte.

»Kannst du dir einen Reim darauf machen?«

»Warum erzählst du mir das erst jetzt? Das sind doch wichtige Hinweise!«, fuhr ihn Franz erregt an.

Als Georg nicht gleich antwortete, rief er drohend: »Gib bloß acht, wenn du auf diesen Manz triffst! Trau ihm nicht über den Weg, auch wenn er deine Schwester aufgenommen hat und deiner Mutter schöne Augen macht.«

Sie standen eine Weile schweigend nebeneinander und starrten ins Wasser, dann nahm Franz den Gesprächsfaden wieder auf und sagte in versöhnlicherem Ton: »Wir haben beide gemeinsam nach den Mördern deines Vaters gesucht und sind dabei ein gutes Stück vorangekommen. Ist das kein Grund, dass wir uns auch weiterhin vertrauen? Ich denke, dass dazu aber auch gehört, dass wir ehrlich zueinander sind und uns alles sagen, was diesen Fall betrifft.«

Georg wunderte sich, dass Franz so verletzt reagierte. Trotzig antwortete er: »Es hat sich eben bis jetzt keine Gelegenheit ergeben, das zu erwähnen. Im Übrigen dachte ich, du wüsstest über alles Bescheid, du hast doch selbst mit dem Geheimrat gesprochen.«

Franz schien sich wieder beruhigt zu haben.

»Lass uns nüchtern an die Sache rangehen«, sagte er. »Manz ist der einzige Name von den vieren, der uns bekannt ist. Vielleicht gibt es noch einen anderen Manz in Heilbronn, aber ich habe das Gefühl, dass der Tabakhändler dahintersteckt. Fandest du seine auffällige Anteilnahme an euerem Geschick, am Tod deines Vaters nicht verdächtig? Gut, er kannte vor Jahrzehnten deine Mutter, galt damals als Freund der Familie, hat dann aber offenbar nichts mehr von sich hören lassen. Jetzt stellt sich heraus, dass er mit Schwendt und den Seelenverkäufern in Verbindung steht. Ist das nicht merkwürdig?«

Er überlegte einen Moment. »Das Dreieck kann vieles bedeuten. Vielleicht sollte er vor diesen drei Herren gewarnt werden, die dabei waren, ihm auf die Schliche zu kommen?

Vielleicht sollten die drei aber auch mit ihm Kontakt aufnehmen. Dann wäre er der Verbindungsmann der Seelenverkäufer in Heilbronn. Am besten du zeichnest mir alles so auf, wie es auf dem Zettel ausgesehen hat, und ich erkundige mich beim Heilbronner Gericht und bei der Polizei. Ich denke, meine Stellung wird die Herren dort eher auf Trab bringen, als wenn du dort als Zimmermannsgeselle auftrittst.«

Georg spürte, dass seine Zurückhaltung Franz gegenüber unberechtigt gewesen war. In Mannheim hatte er den Freund so vermisst. Dass er nun in Heilbronn auf ihn zählen konnte, stimmte ihn zuversichtlich.

Er ergriff die Hand seines Freundes und drückte sie. »Das würdest du für mich tun?« Franz nickte, doch bevor er antworten konnte, setzte Georg hinzu: »Aber Manz übernehme ich. Dem will ich jetzt selbst auf den Zahn fühlen. Er wird ein weiteres Gespräch mit mir nicht ablehnen. Dir gegenüber hat er sich bei der Beerdigung in Ellhofen eher distanziert gezeigt, erinnerst du dich?«

Franz nickte: »Du hast recht. Wir sollten unsere Stärken gezielt einsetzen, um gemeinsam zum Erfolg zu kommen. Ich werde mich bei meinen Bekannten in Heilbronn umhören, mich beiläufig nach Hasler, Albrecht und Baron erkundigen und auch die Häberles im Auge behalten. Vielleicht kann ich ihnen ein bisschen bei ihrem Neuanfang helfen.«

»Du findest mich wieder im *Kranen*, am besten in den Abendstunden«, sagte Franz, als sie sich zum Abschied an der Schiffslände vor der Stadt die Hand gaben. »Grüß deine Mutter und deine Schwester von mir und Augen auf, wenn du zu Manz gehst!«

Georg dankte ihm noch einmal für seine Hilfe und blickte ihm versonnen nach, als Franz sich mit Häberle und seiner Familie zum Auswandererlager aufmachte.

Er wurde nicht schlau aus ihm. Auf der einen Seite setzte er sich immer wieder ein, wenn es darum ging, tatkräftig vorzugehen, wie bei der Auswandererbefragung in Heilbronn, als er ihn zum Tisch von diesem württembergischen Rechnungsrat List geschoben hatte, um seine Aussage zu machen, oder eben jetzt, als es darum ging, dass Häberle nach der gescheiterten Auswanderung in der Heimat wieder Fuß fasste.

Auf der anderen Seite ging er eigene Wege, verschwand und tauchte plötzlich wieder auf – wie zufällig. Und diese merkwürdige Distanz zwischen Manz und ihm – schon bei Vaters Beerdigung!

Er wollte zunächst bei Manz vorbeischauen, ging mit raschen Schritten durch die Brückentorstraße zum Marktplatz und über den Kieselmarkt in die Sülmerstraße. In den frühen Abendstunden herrschte geschäftiges Treiben in der Stadt und mehrmals musste er im letzten Moment einem Fahrzeug ausweichen, als er sich, ganz in Gedanken, wie er das Gespräch mit Manz anlegen wollte, einen Weg durch die Menge suchte.

Kräftig pochte er mit dem mächtigen Eisenring, der als Klopfer diente, an die schwere Eichentür.

Der Hausdiener erkannte ihn sofort. »Der junge Herr Schmidt, was für eine Überraschung! Kommen Sie herein, ich werde Sie gleich melden.«

Die Überraschung war ganz auf Georgs Seite, als ihm nach wenigen Augenblicken seine Schwester und seine Mutter fassungslos entgegenstürzten, während Manz abwartend auf der Treppe stehen geblieben war, um das unvermutete Familienglück nicht zu stören.

Nach vielen Umarmungen und überraschten Fragen, die auf keine Antwort warteten, schaltete sich Manz ein. »Nun lasst den Jungen doch erst mal zur Ruhe kommen.«

Er lachte Georg freundlich zu, drückte seine Hand, legte seinen Arm um seine Schultern und schob ihn zur Tür, die in einen geräumigen Salon führte. Georg staunte über die gediegene Möblierung, die einen beachtlichen Wohlstand ausstrahlte. Mit wenigen Worten wies Manz den Hausdiener an, für ein anständiges Abendessen zu sorgen. »Geh rüber in die *Sonne*, die sollen uns was liefern!«

»Was für ein Zufall, dass ich euch alle beide hier treffe«, begann Georg zögernd, als sie in den tiefen Sesseln vor dem großen, runden gusseisernen Ofen Platz genommen hatten.

Seine Mutter griff nach seiner Hand. Sie spürte seine Irritation. »Ach Georg«, sagte sie, immer noch aufgewühlt. »Das ist kein Zufall. Ich hoffe, du wirst mich verstehen: Ich habe mich mit Herrn Manz lange ausgesprochen, damals, als du weggefahren warst. So ganz allein bei meinem Bruder in Weinsberg, als die unglücklich heimgekehrte Schwester in ihrem früheren Elternhaus, das war nichts für mich. Herr Manz hat mir angeboten, doch einfach mit in sein schönes großes Haus nach Heilbronn zu kommen und Anna bei ihrer Arbeit als Haushälterin zu unterstützen. Ich hab mir das eine Weile überlegt und hab mich dann entschieden, sein Angebot anzunehmen. Vor allem deshalb, weil ich wieder mit Anna zusammen sein konnte – und so bin ich hier eingezogen.«

Also doch! Die Gedanken in seinem Kopf überschlugen sich. Musste Vater dafür sterben? War das alles von langer Hand eingefädelt? Er erinnerte sich an sein erstes Zusammentreffen mit dem Heilbronner Kaufmann, als dieser, kaum als der Name Brenneisen gefallen war, so betroffen reagiert hatte. Er dachte auch daran, dass Brenneisen Manz bei der Beerdigung in Ellhofen so freundlich empfangen hatte. Sollte Manz ihre Notlage ausgenutzt haben, um als Retter der restlichen Familie dazustehen und seine Mutter an sich zu binden?

Trotz seiner Erregung versuchte er seine Bestürzung zu verbergen, was ihm aber nur teilweise gelang. Er bemühte sich aber, die Angelegenheit sachlich zu sehen, und musste sich eingestehen, dass seine Verdächtigungen auf reinen Spekulationen beruhten. Solange er keine weiteren, eindeutigeren Hinweise hatte, durfte er Manz nicht verdächtigen. Wahrscheinlich tat er ihm sogar Unrecht, wenn er ihm unterstellte, etwas mit dem Tod seines Vaters zu tun zu haben.

So dankte er Manz freundlich aber distanziert für seine Hilfsbereitschaft, verdrängte die düsteren Gedanken und begann von seiner Suche nach Schwendt zu erzählen. Dabei nahm er sich wieder vor, Manz genau zu beobachten. Wie würde er reagieren, wenn er von Schwendts Verhaftung hörte oder von den Namen auf dem Zettel, der bei ihm gefunden wurde und die auf Heilbronn verwiesen?

»Dann bist du also doch nicht nach Amsterdam gefahren?«, unterbrach ihn Anna und schob gleich eine Frage nach. »Hast du es dir anders überlegt und willst hier nach Arbeit suchen?«

»Mein Entschluss steht fest«, antwortete Georg ruhig. »Wenn ich hier alles erledigt habe, werde ich fahren.«

Alle schauten ihn überrascht an.

»Und warum bist du dann überhaupt zurückgekommen?«, fragte seine Mutter und konnte ihre Enttäuschung kaum verbergen.

Ohne sich auf lange Erklärungen einzulassen, entgegnete Georg entschlossen: »Schwendt sitzt im Gefängnis. Ich habe ihn in Mannheim aufgespürt und die badische Polizei hat ihn verhaftet. Jetzt geht es mir darum, seine Komplizen in Heilbronn ausfindig zu machen.«

Georg brach die fassungslose Stille, die nun eingetreten war, und berichtete weiter von seinen Erlebnissen in Mannheim, erwähnte Abraham Rosenzweig, achtete auf Manz und bemerkte ein überraschtes Schmunzeln.

Als er auf den Zettel mit den Namen Hasler, Albrecht und Baron zu sprechen kam, huschte ein dunkler Schatten über Manz' Gesicht und seine Züge nahmen einen besorgten Ausdruck an. Dass auf dem Zettel auch sein Name stand, erwähnte Georg lieber nicht. Er erzählte auch von dem Unglück der Familie Häberle, von seiner Rückreise mit ihnen und Franz und dessen Hilfsbereitschaft.

»Du hast dich mit Franz von Wollenberg angefreundet?«, fragte Manz und seine Stimme klang scharf.

Georg tat so, als sei er überrascht, obwohl Manz' Reaktion seine Befürchtungen eher bestätigte. Deshalb fragte er mit gespielter Verwunderung nach, wobei er Manz genau fixierte: »Er hat uns doch schon in Heilbronn dabei geholfen, nach den Mördern Vaters zu suchen.«

»Franz von Wollenberg hat in Heilbronn keinen guten Ruf«, antwortete Manz ausweichend.

»Sagen dir die Namen auf dem Zettel was?«, fragte Georg nun direkt.

Manz zögerte mit der Antwort. »Albrecht und Baron sind in Heilbronn bekannte Familien. Einige Albrechts und Barons kenne ich natürlich, kann mir aber nicht vorstellen, dass einer von ihnen in Verbindung zu Schwendt stand.«

Dann strich er sich mit einer fahrigen Handbewegung die Haare aus der Stirn und sagte: »Sei bloß vorsichtig, Georg. Du hast doch jetzt Schwendt, der euch betrogen hat, überführt, was willst du denn noch von den anderen?«

»Ich will, dass der Mord an Vater aufgedeckt wird und die Täter vor Gericht kommen«, fauchte Georg und sah ihn mit funkelnden Augen an.

Manz schien von seinem Auftritt nicht besonders beeindruckt. Er zuckte mit den Schultern.

»Das ehrt dich zwar, aber es bringt dich auch in große Gefahr. Ich habe dir schon einmal gesagt, lass dich mit diesen Leuten lieber nicht ein. Die schrecken auch vor weiteren Gewalttaten nicht zurück.«

»Jetzt freuen wir uns doch erst einmal, dass Georg wieder da ist«, ging Anna dazwischen und löste mit ihrer Bemerkung die gespannte Atmosphäre.

Es war spät geworden und so bot ihm Manz ein Gästezimmer in seinem Haus an. Georg nahm dankend an, wies aber darauf hin, dass er gleich morgen früh weiter nach Weinsberg zu seinem Onkel wandern wollte. Seine Mutter umarmte ihn und begann zu weinen.

Anna zeigte ihm den Weg zu seinem Zimmer. Georg nutzte die Gelegenheit, sich mit seiner Schwester auszusprechen. Eher pflichtgemäß erkundigte er sich zunächst über ihre Arbeit im Hause, dann fragte er gerade heraus: »Eines kann ich nicht begreifen. Verstehst du, warum Mutter so schnell hier eingezogen ist? Vater ist ja erst seit wenigen Wochen beerdigt!«

Anna setzte sich neben ihn aufs Bett.

»Du weißt ja, dass sich die beiden von früher kennen und ich glaube, sie waren damals nicht nur flüchtig miteinander befreundet. Mutter hat mir da einige Andeutungen gemacht. Als Manz dann plötzlich weg musste, weil sein Vater ihn nach Philadelphia schickte, kam es zu einem hastigen Abschied, der Mutter damals wohl sehr nahe gegangen ist. Wenig später hat sie dann Vater geheiratet.«

Anna lächelte und nahm seine Hand. »Ich glaube, es ist nicht ganz zufällig, dass ihr beide, du und Manz, den gleichen Vornamen habt.« Dann löste sie ihre Hand, stand auf und sagte: »Manz ist sehr rücksichtsvoll. Mutter wohnt mit mir in einem großen Zimmer im Dachgeschoss und sie trauert noch sehr um Vater. Trotzdem – Mutter und Manz verstehen sich gut – und was soll schlecht daran sein? Ich glaube, sie sehen es als Fügung an, dass sie sich jetzt nach über zwanzig Jahren noch einmal getroffen haben.«

»Wenn es nicht die Fügung von Manz ist«, bemerkte Georg trocken.

»Was meinst du damit?«, fragte Anna erschrocken und wich einen Schritt zurück.

Georg winkte ab, als wolle er sich nicht weiter darüber äußern, konnte aber eine bissige Frage nicht unterdrücken. »Es ist alles recht schnell gegangen, findest du nicht?«

»Manz ist in Ordnung, das wirst du schon noch merken«, beendete Anna resolut das Gespräch, ging zur Tür und wünschte ihm eine gute Nacht.

Am frühen Morgen schon, als alle noch schliefen, machte er sich auf den Weg nach Weinsberg. Er traf seinen Onkel auf dem Marktplatz an, mit Nachbarn im Gespräch.

Als Brenneisen ihn sah, erstarrte er: »Georg, was machst du denn hier? Was ist passiert?«

Erschrocken verabschiedete er sich von seinen Gesprächspartnern und schob seinen Neffen eilig ins Haus.

Georg erzählte nicht ohne Stolz, wie es zu Schwendts Verhaftung gekommen war. Dass sein Onkel damals in Weinsberg vor seinem Haus mit Schwendt gesprochen hatte, hatte er nicht vergessen. Gespannt wartete er deshalb auf Brenneisens Reaktion. Doch sein Onkel gratulierte ihm mit aufrichtiger Freude zu seinem Erfolg, konnte einen ironischen Kommentar aber nicht unterdrücken.

»Bei dir scheint wenigstens die Brenneisenlinie durchzukommen. Das hätte dein Vater nicht geschafft. Aber lassen wir die Toten ruhen. Was hast du denn jetzt vor?«

Georg ging auf die spitzige Bemerkung nicht ein.

»Die Mannheimer Polizei hat ihren Kollegen nach Heilbronn geschrieben, damit der Seelenverkäufer-Bande endlich auch hier das Handwerk gelegt wird. Aber das dauert mir alles entschieden zu lang. Deshalb will ich jetzt in Heilbronn selbst nach den Kerlen suchen.«

»Alle Achtung, das gefällt mir, du gibst nicht so schnell auf.« Brenneisens Gesicht nahm einen besorgten Zug an. »Aber mach dir keine zu großen Hoffnungen. Bis Oberamtsgerichtsrat Rümelin endlich aktiv wird, müssten die Verbrecher ihm schon auf dem Präsentierteller serviert werden und ohne seine Anordnung wird die Polizei nichts unternehmen. Das ist der Teufelskreis der Bürokratie.«

So hatte Georg seinen Onkel noch nicht kennengelernt. Bisher hatte er sich ihm gegenüber immer zurückhaltend gezeigt. Die alte Feindschaft zwischen dem Onkel und seinem Vater hatte das Bild, das Georg von ihm hatte, offenbar sehr einseitig bestimmt. Er war sich jetzt fast sicher, dass sein Onkel nichts mit Schwendt zu tun gehabt hatte.

Aber er musste Gewissheit haben. Deshalb fasste er sich ein Herz.

»Eine Sache geht mir nicht aus dem Kopf und beschäftigt mich immer wieder. Versteh mich nicht falsch, ich will nur eine klare Antwort. Damals, als Schwendt in Weinsberg seine Werberede gehalten hat, habe ich dich anschließend mit ihm zusammenstehen sehen. Was hattest du mit ihm zu besprechen?«

Brenneisen stutzte einen Augenblick, dann stieg ihm die Zornesröte ins Gesicht.

»Was ich mit ihm zu besprechen hatte? Das kann ich dir genau sagen. Ich habe ihm damals erklärt, dass sein Auftritt hier auf württembergischen Boden gegen geltendes Recht verstößt und dass ich ihn beim Oberamt anzeigen würde. Das habe ich dann auch getan, aber der Schuft war natürlich schon längst über alle Berge.«

»Dann hattest du also gewusst, dass er ein Betrüger war, und hast uns trotzdem unseren Hof abgeluchst?«, schleuderte ihm Georg aufgebracht entgegen.

»Immer langsam mit den jungen Pferden«, donnerte Brenneisen zurück. »Dass er ein Betrüger war, wusste ich nicht. Aber eine derartige Auswandererwerbung, die das Blaue vom Himmel verspricht und die Menschen in Scharen zu unüberlegten Entscheidungen treibt, ist – Gott sei Dank! – bei uns verboten. Außerdem hatte er für seine Rede bei der Stadt keine Genehmigung eingeholt. Und sage jetzt nicht, ich hätte euch nicht gewarnt! Aber dein Vater war ja ganz versessen darauf, mit Sack und Pack nach Amerika zu ziehen!«

»Er war verzweifelt, das weißt du ganz genau, und du hast das ausgenutzt! Unser Hof war mehr als 500 Gulden wert.«

Brenneisen blickte ihn wütend an, aber er fasste sich schnell und blieb erstaunlich ruhig.

»Du hast was Entscheidendes vergessen, Georg. Ich habe ihm auch seine Schulden erlassen, die er seit Jahren bei mir hatte und die sich immer höher angehäuft hatten. Immer wieder habe ich ihm ausgeholfen, schon wegen meiner Schwester – deiner Mutter! Aber irgendwann einmal musste damit Schluss sein. Deshalb kam mir sein Auswanderungsplan nicht ganz ungelegen, das gebe ich zu. Vergiss aber bitte auch nicht, dass ich dich, Anna und deine Mutter hier in Weinsberg aufgenommen hätte, das war für mich selbstverständlich nach dem Tod deines Vaters. Aber ihr wolltet ja nicht!«

Georg schwieg betroffen. Dann fragte er leise: »Wie hoch waren denn seine Schulden?«.

Brenneisen stand auf, ging zu seinem Schreibsekretär und holte eine Mappe. Wortlos legte er Georg die Schuldscheine vor, einen nach dem anderen. Georg überschlug die Summe. Sie betrug mehr als tausend Gulden!

Georg machte sich die nächsten Tage daran, das Dach von Brenneisens Haus auszubessern. Dabei hatte er viel Zeit nachzudenken. Ob Franz von Wollenberg noch im *Kranen* logierte? Er sollte sich möglichst bald mit ihm treffen. Vielleicht hatte er schon Neuigkeiten für ihn.

Ob Häberle in einer der neuen Heilbronner Fabriken Arbeit gefunden hatte? Was war mit Kathrin? Hatte sie eine Stelle als Dienstmädchen bei einer Heilbronner Bürgersfamilie bekommen?

Auch seine Mutter und seine Schwester wollte er wieder besuchen. Er hatte ihnen gesagt, dass er für's Erste in Weinsberg bei Onkel Friedrich bleiben werde.

Anna hatte er vor seiner Abreise nach Mannheim seine Zeichenmappe mit den Entwürfen zur Aufbewahrung gegeben, Phantasiebauten, eine Halle für Bürgerversammlungen, verschiedene Werkhallen, das meiste in dem neuen klassizistischen Stil: einfach und klar gegliederte Fronten, aber gediegen in der Ausführung, zweckmäßig und ohne Schnörkel. Sollte er sie nach Weinsberg mitnehmen und sie Brenneisen zeigen? Sollte er hier in Württemberg versuchen, seine Ausbildung zum Baumeister fortzusetzen?

Dann ging er in Gedanken noch einmal die Suche nach den Mördern seines Vaters durch. Schwendt wartete in Mannheim auf seinen Prozess. Ob sich Rosenzweig noch einmal melden würde? Und was war mit dem Mannheimer Bandenmitglied, das sich nach Württemberg abgesetzt hatte? War der Bursche inzwischen in Heilbronn? Hatte er die Heilbronner Seelenverkäufer gewarnt? Waren sie längst nach Amerika geflohen? Sollte er zu Strehlin? Vielleicht wusste der mit den Namen Baron, Hasler und Albrecht etwas anzufangen!

Der Falke! Warum hatte er bisher nur auf die Namen geachtet? Der Wirt wusste mit Sicherheit mehr und er selbst hatte ja sozusagen einen Auftrag von Schwendt, fiel ihm ein, und er musste trotz seiner trüben Gedanken schmunzeln. Fünf Gulden hatte er dafür erhalten, Hasler auszurichten, dass Schwendt sich nach Philadelphia absetzen wollte.

Das war's! Im *Falken* musste er seine Suche beginnen – gleich morgen! Vielleicht fand er dort auch eine Spur, die zu Manz führte und erklärte, welche Rolle er in dieser Sache spielte. Langsam begann sein Plan zu reifen und als er stolz seinem Onkel am Abend das fertige Dach zeigen konnte, wusste er, wie er vorgehen würde.

Zeitig machte er sich auf den Weg nach Heilbronn, schaute kurz bei seiner Mutter und seiner Schwester in der Sülmerstraße vorbei, bevor er sich bei der Polizei nach dem Stand des Verfahrens um seinen Vater erkundigte, um auszuloten, inwieweit die Mannheimer Polizei in Heilbronn etwas erreicht und zumindest neues Interesse an der Verfolgung der Seelenverkäufer geweckt hätte. Aber nichts davon hatte er bemerkt. Das Verfahren sei inzwischen eingestellt, wurde ihm mitgeteilt.

Sein verändertes Aussehen durch seinen Bart, den er sich seit seiner Abfahrt nach Mannheim hatte stehen lassen, würde ihm jetzt wieder von Nutzen sein. Schwendt hatte ihn jedenfalls damals in Mannheim nicht erkannt. So betrat er mit gemischten Gefühlen am frühen Nachmittag die Wirtsstube des *Falken*. Und er hatte Glück. Der Wirt sah ihn kaum an, behandelte ihn mit einer Mischung aus beflissener Freundlichkeit und Gleichgültigkeit wie jeden anderen Gast.

Nur wenige Tische waren besetzt. Georg bestellte sich ein Glas Wein und da er ordentlich Hunger verspürte, eine Portion Salzfleisch mit Brot.

Während er auf sein Essen wartete, zog er ein kleines Blatt Papier aus der Tasche, das er bereits sorgfältig vorbereitet hatte, faltete es auf und überflog noch einmal seinen Text: Zunächst hatte er die Namen Hasler, Albrecht und Baron genauso angeordnet, wie er es auf dem Zettel Schwendts im Mannheimer Polizeibüro gesehen hatte, dann das Dreieck, das auf Manz zeigte. Darunter hatte er die eigentliche Botschaft geschrieben: *Schwendt ist verhaftet, hat ausgesagt und viele von uns schwer belastet. Weiteres nächsten Donnerstag, Drei Uhr Nachmittag, im Kranen.*

Dieses Briefchen würde er den Drahtziehern zuspielen, der Wirt würde es ihnen weiterleiten, und dabei ihm – ohne es zu wissen – einen entscheidenden Dienst erweisen. Das war so sicher wie das Amen in der Kirche.

Er müsste nur zum angegebenen Zeitpunkt zusammen mit Franz im *Kranen* sein. Um diese Stunde war das Mittagessen vorüber. Vermutlich würden nur ein paar Schiffsleute da sein, die man leicht an ihrer Kleidung erkennen konnte.

Sie müssten sich auf die besser gekleideten Männer konzentrieren, die gegen drei die Gaststube betreten würden. War Manz unter ihnen, konnte das kein Zufall sein. Dann müssten sie bei ihm ansetzen und zur Polizei oder zum Amtsgericht gehen. Wenn nicht, würde er als Mittelsmann der Mannheimer auftreten und sie direkt ansprechen, wenn die Gelegenheit dazu günstig schien. Aber diese Einzelheiten wollte er noch zusammen mit Franz durchsprechen.

Er rollte das Briefchen in Bleistiftstärke zusammen und steckte es auf dem Weg zu den Toiletten im Hinterhof durch das Schlüsselloch der kleinen Tür in den Salon, in dem sich die Mittwochsrunde traf. Mit Sicherheit würde es der Wirt entdecken. Spätestens, wenn er das Türchen aufschließen wollte. Dann war noch genügend Zeit, dass er die Herren der Mittwochsrunde benachrichtigte.

Zuversichtlich machte er sich auf den Weg zum *Kranen*, wo man ihm sagte, dass Franz hier zwar noch wohne, heute aber wohl den ganzen Tag außer Haus sei. Doch bis zum Abend wollte er nicht warten, dann eben morgen.

Enttäuscht wanderte er nach Weinsberg zurück. Sein Onkel lud ihn zum Essen ein und erzählte von seinen Geschäften. Georg gab sich Mühe, Interesse zu zeigen. Großzügig schenkte der Onkel sich und Georg immer wieder nach. Nicht mehr ganz nüchtern kam er dann am späten Abend auf Georgs Auswanderung zu sprechen.

»Ich bin froh, dass du jetzt hier bist. Die Zeiten werden wieder besser, glaub mir. Das Korn draußen auf den Feldern steht gut und es wird eine gute Ernte geben. Auch in den Weinbergen sieht es gut aus. Bleib doch hier! Spätestens in ein paar Wochen hast du wieder Arbeit.«

Als Georg nicht darauf antwortete, fügte er hinzu: »Du weißt, ich habe keine Familie. Ob ich je noch heirate, weiß ich nicht. Irgendwann wird das alles hier« – er machte eine ausholende Geste – »wahrscheinlich dir und Anna gehören. Hast du darüber schon einmal nachgedacht?«

Georg wusste nicht, was er darauf antworten sollte. So offen hatte er seinen Onkel noch nie erlebt. Hatte ihm der Wein die Zunge gelöst? Meinte er es ernst?

Kaum hatte er sich in den frühen Morgenstunden des nächsten Tages aufgemacht, um Franz in Heilbronn aufzuspüren, lief der ihm auf dem Marktplatz über den Weg. Franz suchte ihn in Weinsberg! Er rannte auf Georg zu, schwenkte seinen Arm. Er schien erregt zu sein, begrüßte ihn atemlos, er müsse dringend mit ihm reden. Dann fragte er kurz, wo sie sich ungestört unterhalten könnten und Georg schlug den Platz vor der Johanniskirche vor.

Schweigend stiegen sie die Kirchstaffel hoch und in dem schmalen Winkel zwischen Kirche und Stadtmauer, zwischen zwei hoch aufgerichteten uralten Grabsteinen, begann Franz hastig auf Georg einzureden.

»Du bist in Gefahr. Gestern Abend war ich noch im *Falken* und habe durch Zufall ein Gespräch mitbekommen, bei dem immer wieder dein Name genannt wurde. Sie sprachen von Schwendt, der in Mannheim verhört werde. Offenbar wissen sie, dass du ihn aufgespürt und der Polizei ausgeliefert hast. Du musst untertauchen, gut, dass du nicht bei Manz wohnst, der muss ihnen alles gesteckt haben. Die Leute sind gefährlich und entschlossen, alles zu tun, um dich mundtot zu machen.«

Georg schmunzelte.

»Das habe ich so eingefädelt, schön, dass mein Plan aufgegangen ist.«

Als ihn Franz entgeistert musterte, erzählte ihm Georg, was er gestern im *Falken* vorbereitet hatte.

Franz war erschrocken und überrascht zugleich.

»Was du da vorhast, das ist doch viel zu riskant! Wenn Manz zu ihnen gehört – und davon können wir ausgehen –, dann wissen die jetzt genau, wie du aussiehst und bemerken den Schwindel, wenn sie dich am Donnerstag im *Kranen* treffen. Und mich kennen sie vermutlich sowieso – ich bin in Heilbronn ja als der ›Holländer‹ bekannt.«

Er dachte einen Moment nach, dann lenkte er ein. »Vielleicht könnte dein Plan doch aufgehen. Wir müssen uns jedenfalls am Donnerstagnachmittag verstecken, nicht in der Gaststube im *Kranen* einfach abwarten, bis sie kommen. Aber vielleicht können wir den Eingang im Auge behalten und überwachen, wer gegen drei das Wirtshaus betritt und wieder verlässt. Die werden höchstens zehn Minuten warten und bald befürchten, es könnte sich um eine Falle handeln. Dann werden sie schleunigst aufbrechen. Vielleicht denken sie, es könnte auch dem Mittelsmann etwas dazwischengekommen sein.«

Nach einer kurzen Pause fuhr er fort: »Aber wenn Manz nicht erscheint, heißt das noch lange nicht, dass er nicht doch zu ihnen gehört. Er kann sich auch bedeckt im Hintergrund halten, gerade wegen dir.«

»Eigentlich hatte ich daran gedacht, einfach den Mittelsmann zu spielen und ihnen zu erzählen, was in Mannheim passiert ist – vorausgesetzt, Manz ist nicht dabei. Mensch, Franz, wir müssen dran bleiben!«

Franz schlug sich die Hand vor die Stirn.

»Und wenn sie den Braten riechen, wenn sie Zwischenfragen stellen und du dich in Widersprüche verwickelst? Wenn Manz ihnen schon von dir berichtet hat?«

Georg wurde nachdenklich. Franz hatte recht.

»Meinst du, es wäre auch zu gefährlich, wenn ich bei meinem Onkel hier in Weinsberg bleibe?«

»Manz weiß, dass du meistens in Weinsberg bei Brenneisen bist. Das wäre jetzt nach allem, was du auf den Weg gebracht hast, mehr als leichtsinnig.«

Er dachte einen Augenblick nach.

»Ich bring dich bei Häberle unter«, antwortete er dann kurz entschlossen. »Die haben inzwischen eine kleine Dachwohnung in der Schäfergasse gefunden.« Franz grinste ihn an: »Kathrin wird sich freuen.«

Sie verabredeten sich auf Donnerstag zwei Uhr mittags beim *Kranen* und zogen miteinander über den Weinsberger Sattel nach Heilbronn in die Schäfergasse. Franz verabschiedete sich vor der Tür eines schmalen, dreistöckigen Fachwerkhauses.

»Richte Häberle und seiner Frau einen Gruß von mir aus, ich muss weiter zu Notar Strehlin. Er soll mir einige Auskünfte über die Auswandereragenturen hier in Württemberg geben. Das brauche ich für meinen Bericht nach Den Haag. Ich werde ihn beiläufig auch nach Hasler, Baron und Albrecht fragen.«

Georg klopfte. Als niemand kam, öffnete er zaghaft die Haustür und blickte in ein dunkles Stiegenhaus. Gerätschaften hingen an der Wand, ein Karst zum Lockern des Bodens, mehrere Rebmesser, ein Tragekorb. Die Tür zum Hinterhof stand offen, Bündel von Weidenruten zum Hochbinden der Reben im Frühjahr und aufgeschichtete Pfähle stapelten sich. Das alles kannte er gut aus Ellhofen.

Kein Zweifel, hier wohnte ein Weingärtner. Er rief nach Häberle, worauf eine behäbige Frau mittleren Alters aus einem der Räume im Erdgeschoss angeschlurft kam. Georg stellte sich vor, nannte sein Anliegen.

Sie musterte ihn interessiert von oben bis unten.

»So, so, der Georg Schmidt aus Ellhofen kommt uns besuchen. Du gehörst wohl auch zu den Hungerleidern, die nach Amerika wollen und denen unterwegs das Geld ausgegangen ist?«

Georg schaute sie verwundert an, worauf sie geringschätzig schnaubte.

»Das war doch dein Vater, der vor ein paar Wochen besoffen in den Neckar gefallen und ertrunken ist. Darüber hat man in Heilbronn noch lange geredet. Und deine Mutter wohnt jetzt beim Manz in der Sülmerstraße?«

»Er ist umgebracht worden«, antwortete Georg trotzig, »aber ich weiß nicht, was Sie das angeht. Wohnt hier die Familie Häberle?«

Die Frau schaute ihn amüsiert an, ohne gleich auf seine Frage zu antworten.

»Umgebracht? Das höre ich zum ersten Mal.« Dann lachte sie, ohne auf eine Antwort zu warten und sagte: »Die Häberles findest du oben in den beiden Kammern im Dachstock. Aber nur die Frau wird da sein.«

Sie machte einen Schritt zur Seite, gab den Weg zur Treppe frei und bedeutete ihm mit einem leichten Kopfnicken, dass er nun nach oben gehen könnte.

Sie erwartete ihn schon, hatte seine Stimme gehört und die letzten Worte mitbekommen.

»Ein unverschämtes Weibsbild«, meinte sie leise, aber sichtlich erregt, als sie die Tür hinter ihnen geschlossen hatte, »neugierig und klatschsüchtig, fragt einen ohne Bedenken aus. Wie oft habe ich sie schon beim Lauschen erwischt!«

Als sich ihr Zorn gelegt hatte, sagte sie ruhiger: »Aber wir sind froh, dass wir für's Erste hier wohnen können.«

Die schmale Kammer war eigentlich eher ein Holzverschlag, hatte nicht einmal eine eingezogene Decke, gab den Blick auf die Unterseiten der Dachziegel des Giebels frei, der sich meterhoch erhob. Ein schmales Giebelfenster zur Straße ließ nur wenig Licht in den Raum. Ein Tisch, drei Stühle, ein Hocker, ein halbhoher Schrank, auf dem eine große Blechschüssel und eine Kanne standen, bildeten das ganze Mobiliar.

»Wir schlafen drüben in der anderen Kammer«, erklärte sie ihm. »Jetzt im Sommer kann man's hier einigermaßen aushalten. Aber mir graut vor dem Winter. Hoffentlich haben wir bis dahin eine andere Wohnung gefunden. Gut, dass wir unsere kleine Suse vorerst bei meinem Schwager in Schwaigern unterbringen konnten. Aber setz dich doch! Schön, dass du uns besuchen kommst. Mein Mann und Kathrin haben Arbeit in der Silberwarenfabrik von Bruckmann gefunden. Sie werden erst heute Abend zurück sein. So lange wirst du vermutlich nicht warten können.«

Georg entschuldigte sich für sein unangekündigtes Erscheinen. Wenn es ihr jetzt ungelegen sei, könne er auch später wieder kommen, aber sie gab ihm deutlich zu verstehen, dass er ihnen immer willkommen wäre, nach dem, was er alles für sie getan hatte.

Er berichtete knapp vom Wiedersehen mit seiner Familie, von seinem Zusammentreffen mit Franz von Wollenberg am Morgen in Weinsberg und suchte nach Worten, die seine Lage einerseits erklären, andererseits die Häberles nicht zu sehr beunruhigen sollten.

»Es könnte sein, dass die Komplizen von Schwendt hinter mir her sind. Herr von Wollenberg hat so eine Andeutung gemacht. Jedenfalls hält er es für besser, wenn ich für einige Tage untertauche, genauer gesagt bis Donnerstag. Dann wird sich unser Verdacht geklärt haben. Und deshalb suche ich jetzt einen Unterschlupf bis übermorgen.«

Sie blickte ihn besorgt an. Selbstverständlich könne er bei ihnen bleiben, allerdings sollte die Hausfrau möglichst nichts davon mitkriegen. Sie würde genau beobachten, wann er ginge, wann er käme, würde Verdacht schöpfen, ihn entweder hinauswerfen oder zumindest über ihn und Katrin tratschen.

Sie überlegten, wie er es anstellen könnte, ungesehen ins Haus zu kommen. Schließlich führte sie ihn in die andere Kammer, die zum Hof hinaus lag.

Georg schaute aus dem Fenster und prüfte Möglichkeiten, wie er die Wohnung der Häberles ungesehen erreichen könnte. Ein schmaler Schuppen lehnte sich an die Rückfront des Hauses an, von dessen Dach das Giebelfenster leicht zu erreichen wäre. Gleichzeitig verstellte der Schuppen mit seinem vorgezogenen Dach den Blick zu den anderen Fenstern des Hauses, die auf den Hof gingen.

Die Traufseiten der Häuser ließen von der Straße her jeweils einen schmalen Durchlass frei, durch den er in der Dunkelheit schleichen und den Hinterhof erreichen könnte, ohne dafür das Haus betreten zu müssen. Dann auf das Dach des Schuppens klettern und zum Fenster balancieren. Das Fass, das neben dem Schuppen aufrecht stand, würde ihm dabei helfen.

Das war sicher nicht leicht, aber es war zu schaffen. Ganz ohne Risiko war das sicher nicht. Er müsste vor allem höllisch aufpassen, keinen Lärm zu machen. Er prägte sich den Weg genau ein und hoffte auf eine helle Nacht.

Sie ließ sich schließlich auf seinen Plan ein, wenn ihr auch nicht wohl dabei war. Nicht auszudenken, wenn Georg die Hausleute weckte, wenn sie ihn für einen Einbrecher hielten!

Georg beruhigte sie: »Im Dunkeln kann ich, ohne dass man mich sieht, bis vor's Giebelfenster klettern und dann klopfe ich leise. Ihr Mann kann mir dann die Hand reichen und beim Einsteigen helfen. Dann bleib ich in der Wohnung. In der Nacht zum Donnerstag verschwinde ich dann wieder so, wie ich hereingekommen bin.«

Kurz darauf machte er sich auf den Weg, nicht ohne sich zuvor lauthals von Frau Häberle zu verabschieden, sodass er für die Hausfrau als abgemeldet gelten konnte.

Er kaufte Proviant für die nächsten beiden Tage ein, denn er wollte der Familie nicht noch zusätzliche Kosten für seine Verpflegung aufbürden, und vergaß auch nicht einige Leckereien für seine Gastgeber, Zuckergebäck für Kathrin und ihre Mutter, Tabak für den Vater und zwei Flaschen Wein, von denen er heute Nacht eine mit den Häberles zusammen leeren wollte.

All das packte er in seinen Tornister, dann verließ er schleunigst die Stadt durch das Sülmertor, denn er wollte sich möglichst wenig in der Stadt zeigen. Jetzt galt es, die Zeit bis zum entscheidenden Zusammentreffen im *Kranen* zu überbrücken, ohne im letzten Moment ein Risiko einzugehen.

Hoffentlich verhielt sich Franz ebenso. Wenn die Bande wusste, dass er hinter der Verhaftung von Schwendt steckte, war auch Franz gefährdet. Besonders, wenn Manz tatsächlich dabei sein sollte. Sie waren so kurz vor ihrem Ziel!

Er spazierte an den Papiermühlen auf der Neckarinsel vorbei und hielt sich bis zum Abend in der Nähe des Flusses auf. Er wollte möglichst wenig Menschen begegnen, bevor er sich im Schutz der Dunkelheit wieder zur Schäfergasse aufmachte.

13

Die Falle schnappt zu

Sein Plan war bestens aufgegangen. Häberle hatte ihn bereits am offenen Fenster erwartet, als er in den Hof geschlichen und auf das Dach des Schuppens geklettert war. Er hatte am Giebelbalken in der hinteren Kammer ein starkes Seil fest verknotet und aus dem Fenster hängen lassen. Georg ergriff es mit der rechten Hand, seine linke packte Häberle mit beiden Händen und zog ihn hoch.

Fast lautlos war er durchs Fenster geglitten, flüsternd wurde er von den beiden Frauen begrüßt. Flüsternd stießen sie dann auf Häberles Neubeginn mit einer der mitgebrachten Flaschen Wein an und erzählten sich, was sie inzwischen erlebt hatten. Dabei vermieden sie jedes laute Geräusch, um ja die Hausleute nicht zu wecken. Es war eine groteske Situation und mehrmals mussten sie lachen, selbstverständlich ebenfalls leise und hinter vorgehaltener Hand.

Häberle und seine Tochter arbeiteten bei der Warenverpackung in Bruckmanns Silberwarenfabrik. Kathrin klebte Etiketten, während ihr Vater die Kisten zum Transport verlud. Beide wirkten zuversichtlich, dass sie bald genügend verdienen würden, um sich eine bessere Wohnung leisten zu können.

»Ich will versuchen, mit Näharbeiten etwas dazu zu verdienen,« wisperte Frau Häberle und Kathrin raunte: »Stell dir vor, Herr von Wollenberg hat uns die Miete für den ersten Monat vorgestreckt.«

Sie öffneten auch noch die zweite Flasche und aßen von Georgs mitgebrachtem Zuckergebäck. Georg erzählte von seinem Vorhaben nur andeutungsweise, Franz von Wollenberg und er verfolgten eine heiße Spur und übermorgen würde es sich herausstellen, ob sie damit richtig lägen. Erst als bereits die Morgendämmerung einsetzte, wünschten sie sich eine gute Nacht.

Bereits vor sechs Uhr morgens waren Kathrin und ihr Vater aus dem Haus zur Arbeit aufgebrochen. Georg blieb in der vorderen Kammer und holte den Schlaf der vergangenen Nacht nach. Frau Häberle besorgte einen kurzen Brief an Brenneisen nach Weinsberg, in dem Georg geschrieben hatte, dass er ein oder zwei Tage bei Freunden in Heilbronn bleiben wolle und er sich keine Sorgen machen solle.

In den frühen Morgenstunden des folgenden Tages kletterte Georg wieder mit Häberles Unterstützung aus dem Fenster und verschwand in aller Heimlichkeit, ohne dass die Hausleute etwas davon mitbekamen. Den Vormittag verbrachte er wieder in den Feldern und Wiesen am Neckar und machte sich erst am frühen Nachmittag in die Stadt auf. Als die Rathausuhr vier Mal zur vollen Stunde und darauf zwei Mal zur zweiten Mittagsstunde schlug, ging Georg über die Neckarbrücke in Richtung *Kranen*.

Franz erwartete ihn schon und schlug vor, dass sie sich etwas abseits am Flussufer niederlassen sollten, um das weitere Vorgehen zu besprechen. Als sie ein Plätzchen gefunden hatten, fasste Franz zusammen: »Also, du bleibst am besten hier in der Nähe im Schutz der Büsche und überwachst den Eingang. Ich suche in der Wirtsstube ein Plätzchen, wo ich alles im Blick habe, mich aber notfalls rasch wieder verdrücken kann.

Fall eins: Kommt niemand, sind die Burschen untergetaucht, vielleicht schon in Amerika, wohin Schwendt ja auch wollte. Das würde bedeuten, Manz hätte sie vorgewarnt, und dann hat es auch keinen Sinn mehr, hier nach ihnen weiterzusuchen. Dann bin ich in einer halben Stunde wieder da und du musst dich entscheiden, ob du hier in Heilbronn bleiben und nach Arbeit suchen willst oder doch auswandern.« Grinsend fügte er hinzu: »In Philadelphia wartet Barbara, in der Schäfergasse Kathrin.«

Er machte eine Pause, schaute Georg fragend an, der nur zustimmend nickte. Dann fuhr er fort. »Fall zwei: Kommen tatsächlich verdächtige Personen – ohne Manz – , werde ich austesten, ob sie mich kennen. Ist das der Fall, wird das Gespräch wohl schnell beendet sein. Wenn nicht, versuche ich mich als Mittelsmann der Mannheimer Gruppe auszugeben, sie in ein Gespräch zu verwickeln und möglichst viel über sie in Erfahrung zu bringen. Unmittelbar danach berichte ich dir alles und wir setzen am besten gleich danach in meinem Zimmer im *Kranen* ein Gedächtnisprotokoll für unsere Aussage bei der Polizei auf.

Fall drei: Wenn Manz dabei ist, herrscht größte Gefahr für uns beide. Er kennt mich und dann muss ich sofort verschwinden, möglichst ohne dass er mich gesehen hat, sonst schöpft er Verdacht. Aber dann wissen wir wenigstens, dass wir bei ihm ansetzen müssen, um weiterzukommen.«

Georg musste zugeben, dass Franz an alles gedacht hatte. Als sie sich verabschiedet hatten, sah Georg seinem Freund nach, der zügig auf das Wirtshaus zuschritt. Spätestens jetzt, da die Heilbronner Bande über seine Rolle Bescheid wusste, war dessen Hilfe nötiger denn je. Er dankte dem Schicksal, dass er Franz von Wollenberg kennengelernt hatte. Ohne ihn wäre sein Unternehmen wohl aussichtslos gewesen.

Als Georg von Ferne die Rathausuhr drei Mal schlagen hört, taucht Manz auf. Also doch!

Manz sieht sich um, als suche er jemand, dann geht er auf eine Gruppe von Männern zu, spricht kurz mit ihnen. Die Gruppe bewegt sich zur Eingangstür des Gasthofes. Manz zögert, schaut sich noch einmal um und folgt ihnen in einiger Entfernung. Zwei Männer der Gruppe postieren sich am Eingang, Manz und die anderen gehen hinein.

Er hatte es gewusst! Manz steckt hinter den Seelenverkäufern! Er hatte Kontakte nach Amerika, hatte ihn loswerden wollen, indem er seine Auswanderung unterstützte. Sein Plan wäre beinahe aufgegangen, aber Manz hat nicht damit gerechnet, dass er zurückkommen würde. Wenn er ihn jetzt entdeckt, muss er vermuten, dass Georg ihn entlarvt hat.

Aber anscheinend hat er ihn nicht bemerkt. Sollte er jetzt nicht schleunigst verschwinden? Aber was ist dann mit Franz? Er hat keine Ahnung, dass Manz zwei Leute vor dem Gasthof postiert hat! Soll er allein loslaufen oder auf ihn warten? Was nützt es, wenn sie beide gemeinsam fliehen? Wäre es nicht besser, wenn er nicht mit Franz zusammen gesehen würde?

Er steht noch wie gelähmt, ohne einen Entschluss gefasst zu haben, als er sieht, wie Franz aus dem *Kranen* stürzt und auf ihn los läuft, zwei Männer hinter ihm her.

»Du wirst verfolgt«, schreit Georg. »Wir müssen weg, in die Stadt, schnell!«

Er läuft vor Franz her, schaut zurück, sieht wie die Verfolger zurückfallen, der Abstand zu ihnen wird immer größer.

Gleich haben sie die Brücke erreicht, in der Stadt werden sie vielleicht in einer der schmalen Gassen untertauchen können. Franz holt zu ihm auf, schnaubt atemlos: »Wir müssen in die Stadt hinein, bevor sie uns schnappen, lauf zu, zum Brückentor, von dort bring ich dich in ein sicheres Versteck.«

Mitten auf der Brücke sieht Georg Polizisten, die von der Brückentorstraße anrücken. Er ruft Franz zu: »Das ist unsere Rettung, gleich haben wir es geschafft.«

Die Verfolger haben nun ebenfalls die Brücke erreicht, unter ihnen auch Manz. Von den Polizeisoldaten scheinen sie sich aber nicht abschrecken zu lassen. Ganz im Gegenteil!

Aber Franz bleibt stehen, keucht, wird bleich wie die Wand, schwingt sich auf die Brüstung der Brücke. Will er sich den Fluss stürzen? Warum läuft er denn nicht weiter?

Da stürmen die Polizisten vor, ergreifen Franz im letzten Moment, ziehen ihn zurück auf die Brücke, drehen ihm die Arme auf den Rücken.

»Ihr habt den Falschen festgenommen«, schreit Georg verzweifelt. »Dort sind die Mörder meines Vaters!«

Drei Schritte von ihm entfernt bleiben die Verfolger keuchend stehen. Manz versucht Georg anzusprechen, doch der schiebt ihn weg, brüllt immer noch auf die Polizisten ein, bis einer von ihnen handgreiflich wird und ihn ebenfalls festnimmt. Eine Menge von Schaulustigen drängt auf die Brücke, wird aber von einem Beamten zurückgewiesen, der sie lautstark auffordert, die Straße frei zu machen.

»Wir sollten das Gespräch auf der Polizeiwache fortsetzen«, sagt Manz ruhig. Georg und Franz werden abgeführt, Manz und seine Begleiter folgen.

Manz hielt sich zurück, sagte kein Wort. Franz von Wollenberg war gleich in eine Zelle gebracht worden, Georg dagegen führte ein Beamter in das Büro des Polizeikommandanten, Manz blieb im Vorzimmer sitzen.

Ein Schreiber nahm zunächst seine Personalien auf, dann erschien der Polizeikommandant, begrüßte Georg freundlich und ließ ihn vor seinem riesigen Schreibtisch Platz nehmen.

»Herr Schmidt, ich habe hier ein Schreiben des Mannheimer Polizeipräsidenten vorliegen, das sich sehr günstig über Sie äußert. Sie haben durch Ihren mutigen Einsatz zur Festnahme einiger von der badischen wie von der württembergischen Polizei gesuchter Gesetzesbrecher ganz entscheidend beigetragen.«

»Es sind die Mörder meines Vaters«, sagte Georg trotzig und brauste gleich wieder auf. »Sie sind auf der falschen Spur, begreifen Sie denn nicht?«

Der Kommandant versuchte ihn zu beruhigen. »Wie auch immer. Einer der Festgenommenen, der Reiseagent Ferdinand Schwendt, der sich als Angestellter der Firma Zwißler & Co ausgibt, hat ausgesagt und dabei Ihren Begleiter Franz von Wollenberg schwer belastet.«

»Das ist doch gelogen!«, rief Georg aufgebracht. »Er hat auch mich vor der Mannheimer Polizei verleumdet. Sie können doch diesem Kerl nicht mehr glauben als einem Kommissar der niederländischen Regierung!«

Wieder bemühte sich der Beamte ruhig zu bleiben.

»Hören Sie mich doch bitte zuerst einmal an, bevor Sie vorschnell urteilen.«

Georg achtete nicht auf die Zurechtweisung.

»Ich kenne Franz von Wollenberg seit einigen Wochen. Er hat mich bei der Suche nach den Mördern meines Vaters unterstützt und auch jetzt zur Entlarvung von Herrn Georg Manz beigetragen.«

»Bitte unterbrechen Sie mich jetzt nicht mehr!«, antwortete der Polizeioffizier scharf. »Franz von Wollenberg ist ein vorbestrafter, bei den württembergischen Gerichten längst bekannter Hochstapler. Sein eigentlicher Name ist Franz Wilhelm. Mag sein, dass er in niederländischen Diensten steht, er hat sich die letzten Jahre vorwiegend in Amsterdam aufgehalten, aber hier gelten württembergische Gesetze. Wir nehmen die Hinweise der badischen Polizei sehr ernst und werden sie prüfen und so lange bleibt Franz Wilhelm hier in Haft.

Ich will ganz offen mit Ihnen reden. Dieser Ferdinand Schwendt hat ausgesagt, Wilhelm sei der Kopf der Bande. Franz Wilhelm sei es darum gegangen, Ihren Vater aus dem Weg zu räumen und Sie zur Auswanderung zu bewegen. Falls dies nicht gelänge, sollten auch Sie unschädlich gemacht werden, wie er sich ausdrückte. Anscheinend hat Wilhelm die Nachforschungen Ihres Vaters nach den Aktivitäten der Seelenverkäuferbande nervös gemacht. Schwendt und Baron hätten davon abgeraten, aber Hasler und Wilhelm hätten sich durchgesetzt. Der Mord sollte wie ein Unfall aussehen und so hat ihn die Heilbronner Polizei ja auch zunächst eingestuft.«

Georg fiel plötzlich das Taschentuch ein, das er im Gebüsch am Neckar bei seinem Vater gefunden hatte. Er trug es immer noch bei sich. Das Monogramm! Gezeichnet mit einem F! Das konnte Franz bedeuten! Die beiden Buchstaben F und W auf dem mysteriösen Zettel neben Manz' Name! Nach der scharfen Zurechtweisung verzichtete er aber darauf, den Polizisten noch einmal zu unterbrechen.

»Wilhelm wollte sich auch um Manz kümmern. Er hatte Schwendt eine verschlüsselte Instruktion zukommen lassen, die ihm aber von der Polizei in Mannheim bei der Festnahme abgenommen worden war.«

Georg überlegte bitzschnell. Stammten etwa alle diese rätselhaften Drohbriefe, die er an verschiedenen Stellen in Heilbronn und Mannheim vorgefunden hatte, vielleicht auch von Franz? Jedes Mal, wenn so ein Zettel auftauchte, war Franz in seiner Nähe gewesen!

»Wir haben Herrn Manz schon vor Tagen verhört. Er hat uns die Spur zu Franz Wilhelm gewiesen, die zu dessen Verhaftung heute Nachmittag geführt hat.«

Manz! Hatte er die Intrige eingefädelt, um Franz zu belasten? Aber wenn er sich getäuscht hätte und Franz tatsächlich ein Betrüger und Hochstapler war?

»Ihre Festnahme geschah natürlich nur zu Ihrem Schutz. Sie sind frei, da Sie ja als Opfer von Franz Wilhelm anzusehen sind, dem Sie gerade noch rechtzeitig entkommen sind.«

Er war mit seinen Ausführungen am Ende, nickte Georg freundlich zu und sagte seelenruhig mit einem aufmunterndem Lächeln: »Nun dürfen Sie mir Fragen stellen.«

Georg wusste nicht, wo anfangen. So viel trieb ihn um! Er sah sein Verhältnis zu Manz und zu seinem Freund Franz mit einem Male auf den Kopf gestellt, bemühte sich ruhig zu bleiben, wählte sorgfältig seine Worte.

»Angenommen, die Beschuldigungen gegen Franz von Wollenberg – oder Franz Wilhelm – träfen zu, wie erklären Sie sich dann dessen Einsatz für die Auswanderer, seine Tätigkeit als Kommissar?«

»Inwieweit er tatsächlich einen Auftrag der niederländischen Regierung hat, werden wir noch überprüfen. Aber selbst wenn dies zutreffen sollte, war das für ihn eine ideale Tarnung; er war sozusagen der Wolf im Schafspelz, immer bestens informiert und gegenüber den Behörden über jeden Verdacht erhaben. Er trieb ein gewagtes Spiel, aber sehr raffiniert und durchaus erfolgreich. Es war ja nur ein Zufall, dass er überführt wurde, besser gesagt«, korrigierte er sich, »das Ergebnis Ihres Einsatzes, der Schwendt in Haft und zu seiner Aussage gebracht hat. Schwendt war dabei, sich nach Amerika abzusetzen wie übrigens Hasler und Baron. Die sind längst abgereist.«

»Und was ist mit Albrecht?«

»Albrecht ist ein kleiner Fisch. Wir haben ihn verhört. Er war nur kurze Zeit dabei und ist ausgestiegen, als er gemerkt hat, zu welchen verbrecherischen Mitteln die Seelenverkäufer griffen. Er hat übrigens Schwendts Aussage in wichtigen Punkten bestätigt. Aber mehr kann ich Ihnen zu diesem Zeitpunkt noch nicht sagen.«

»Welche Rolle spielt Manz in der ganzen Angelegenheit?«

Der Polizeikommandant schmunzelte. »Das soll er Ihnen nachher selber erzählen. Da wartet noch eine ganz andere Überraschung auf Sie.«

Georgs Gedanken überschlugen sich. Was er in dieser Viertelstunde gehört hatte, warf alles durcheinander. Sollte er sich so in Franz getäuscht haben?

»Haben Sie noch weitere Fragen?«, unterbrach der Polizeioffizier seine fieberhaften Überlegungen.

Georg zögerte, erwähnte dann doch das Taschentuch und überreichte es dem Polizeikommandanten. Der zeigte sich sehr interessiert, stellte einige Fragen dazu, wo und wann er es gefunden hätte, und machte sich Notizen. Georg erwähnte auch, dass das Taschentuch nach Äther gerochen hatte, noch Stunden, nachdem er es gefunden hatte.

Der Polizeioffizier lächelte zufrieden: »Damit schließt sich eine wichtige Lücke. Wir können jetzt den Tathergang rekonstruieren und nachweisen, wie er es geschafft hat, einen Unfall vorzutäuschen.«

Er stand auf und gab Georg zum Abschied die Hand.

Georg wankte aus dem Büro. Im Vorzimmer blickte ihn Manz prüfend an, stand auf, sagte aber zunächst kein Wort. Georg blieb unschlüssig, wusste nicht, wie er sich ihm gegenüber verhalten sollte. So standen sie sich eine zeitlang schweigend gegenüber, bis Manz vorsichtig den Anfang machte.

»Du hast gerade sicher einiges zu hören bekommen, was du erst verdauen musst. Wenn du willst, gehen wir zusammen ein Stück und du kannst mich alles fragen, was du auf dem Herzen hast. Wir können das aber auch verschieben und ich kläre dich erst auf, wenn du selbst auf mich zukommst.«

Georg nickte, dabei fiel ihm auf, dass das keine angemessene Antwort auf Manz' Frage war. Aber er wollte seine Zustimmung zu dessen rücksichtsvollem Vorschlag ausdrücken. Nach einer kurzen Pause antwortete er deshalb, dass es ihn schon interessieren würde, was er ihm zu sagen hätte.

Sie gingen schweigend über den Marktplatz zur Kilianskirche, dann weiter zum Fleiner Tor und hinaus in die Gärten vor der Stadt. Erst als sie die Häuser hinter sich gelassen hatten, begann Manz seinen Bericht.

»Ich fange mit den Ereignissen der letzten Tage an. Als du erwähnt hattest, dass du mit Franz von Wollenberg, eigentlich Franz Wilhelm, befreundet bist, bin ich sehr in Sorge geraten. Schon bei der Beerdigung deines Vaters war er mir aufgefallen, vor allem, dass er einen anderen Namen trug, machte mich skeptisch. Ich kenne ihn von früher unter seinem wirklichen Namen. Er war ein junger Bursche damals, eigentlich aus gutem Hause, aber immer wieder in kleinere Betrügereien verwickelt. Auch unserer Firma ist er eine größere Summe schuldig geblieben, als wir ihm einen Vorschuss für ein Geschäft gaben, das nicht zustande kam. Sein Vater hat später seine Schulden bei mir anstandslos bezahlt. Meist konnte er durch sein liebenswürdiges Auftreten den Kopf aus der Schlinge ziehen und die Richter nachsichtig stimmen. Er wurde als unerfahrener Mitläufer betrachtet, dem man auch wegen seiner Jugend einiges nachsehen wollte.

Als er mir vor einigen Wochen plötzlich wieder in Heilbronn über den Weg lief, stellte ich Erkundigungen über ihn an, vor allem als ich hörte, er trete als Kommissar der niederländischen Regierung auf. Das scheint auch tatsächlich in irgendeiner Form zuzutreffen, vielleicht hat er sich den Behörden in Amsterdam als Kenner der württembergischen Verhältnisse angeboten und wirklich einen Auftrag von ihnen bekommen. Meine Informanten deuteten aber außerdem an, dass er Verbindungen zu den Auswandererwerbern hatte, die in letzter Zeit in der Gegend um Heilbronn am Werk waren. Ich habe darüber die Heilbronner Polizei informiert und bin vermutlich dadurch ins Zielfeld der Bande geraten.

Dann wurde ich wegen des Briefes aus Mannheim zur Aussage vorgeladen und mein Verdacht verstärkte sich. Jedenfalls hatte ich beschlossen, Wilhelm weiterhin im Auge zu behalten. Ich wusste, dass du drüben in Weinsberg bei Brenneisen wohnst und dachte mir, dass er Kontakt zu dir aufnehmen würde. So war ich seit Ende letzter Woche immer wieder in Weinsberg, hielt mich beim unteren Tor auf, wo die Straße von Heilbronn ins Städtchen hineinführt, und habe meine Augen offengehalten. Vorgestern Morgen sah ich ihn dann zu Brenneisens Haus laufen.«

»Sie haben ihm die ganze Zeit nachspioniert?«, fragte Georg und schüttelte den Kopf. »War Ihnen meine Sicherheit denn so wichtig?«

»Warum, wirst du bald erfahren. Aber der Reihe nach. Als ich sah, dass ihr über die Kirchstaffel zum Kirchplatz hinaufsteigen wolltet, nahm ich einen anderen Weg und traf kurz nach euch ein, versteckte mich hinter einem Mauervorsprung und bekam euer Gespräch in allen Einzelheiten mit. Damit konnte ich der Polizei einen genauen Termin nennen, wann und wo sie Wilhelm festnehmen konnte.«

»Warum hat die Polizei nicht selbst nach ihm gesucht?«

»Das hat sie ja. Wilhelm sollte seine Vorladung zum Verhör polizeilich übermittelt bekommen. Aber er hat hier keinen Wohnsitz und du weißt ja, wie die Bürokratie arbeitet – sie versucht erst einmal, seinen Aufenthaltsort zu ermitteln. Aber Franz Wilhelm ist gewieft und lässt sich nicht so schnell schnappen. Darüber hinaus gab es auch nur vage Beschuldigungen von Schwendt gegen ihn, sodass die Angelegenheit nicht als vordringlich eingestuft wurde. Erst als ich bei der Polizei massiv vorstellig geworden bin, den Beamten auf den

Kopf zu gesagt hatte, dass Franz im *Kranen* abgestiegen sei und von Fluchtgefahr gesprochen habe, hat sie sich endlich dazu bringen lassen, heute Wilhelm in Haft zu nehmen.«

Georgs Frage war damit nicht beantwortet. »Aber warum war Ihnen das so wichtig? Was hatten Sie davon, wenn Franz verhaftet wurde?«

Manz blieb stehen, wirkte verlegen. »Kommst du mit in die Sülmerstraße?«

Georg fühlte sich dazu jetzt nicht im Stande. Er schüttelte den Kopf. »Sie müssen verstehen, dass ich das, was ich heute gehört habe, erst verarbeiten muss.«

»Wirst du uns bald besuchen kommen?«

»Ja, sicher«, wich Georg aus und machte damit deutlich, dass er das Gespräch jetzt lieber beenden wollte.

Manz lächelte verständnisvoll und drückte ihm die Hand. Sollte Georg ihn einfach so stehen lassen? Er wusste nicht, wie er sich verhalten sollte und antwortete daher etwas unbeholfen: »Ich danke Ihnen, dass Sie sich so viel Zeit für mich genommen haben.«

Dann machte er sich auf nach Weinsberg.

Brenneisen begrüßte ihn freundlich, bemerkte aber bald, dass seinen Neffen etwas bedrückte. Er ließ ihn in Ruhe, fragte nicht nach und wartete darauf, bis Georg mit der Sprache herausrückte. Erst am nächsten Abend, als sie gemeinsam beim Abendessen saßen, bot sich dazu die Gelegenheit.

Georg bat ihn zunächst von Manz zu erzählen, von der Zeit, als dieser noch häufiger Gast bei den Großeltern Brenneisen war. Sein Onkel ahnte, was ihn bewegte, und erinnerte sich.

»Dass Georg Manz damals so oft bei uns war, lag vor allem an deiner Mutter. Ja, unsere Väter kannten sich gut, waren auch Geschäftspartner, aber ich glaube, er suchte immer wieder einen Anlass, um nach Weinsberg zu kommen. Und die beiden verstanden sich auch immer besser.«

Er zögerte kurz, bevor er fortfuhr: »Ich ging damals davon aus, dass er bald bei meinem Vater um ihre Hand anhalten würde. Aber es ist dann ganz anders gekommen, wie du ja selbst weißt. Hals über Kopf hat er sich verabschiedet, weil sein Vater ihn angeblich dringend drüben in Philadelphia brauchte.«

Wieder machte er eine Pause. »Deine Mutter war todunglücklich. Wir hatten damals das Gefühl, dass der alte Manz mit der Wahl seines Sohnes nicht einverstanden war. Mein Vater war Weinhändler hier in Weinsberg, Manz senior baute gerade seine Tabakfabrik in Heilbronn auf und wurde immer wohlhabender. Er glaubte wohl was Besseres zu sein, dachten wir. Jedenfalls war mit einem Mal die Sache zwischen Manz junior und deiner Mutter aus.«

Georg berichtete ihm zögernd, was in den letzten Tagen in Heilbronn geschehen war. Brenneisen betrachtete ihn nachdenklich. »Deine Mutter und Manz scheinen ja jetzt wieder zusammengefunden zu haben. Aber vielleicht kann sie dir mehr dazu sagen. Ich bin jedenfalls stolz auf dich, wie du dein Ziel gegen alle Hindernisse verfolgst. In Franz von Wollenberg oder Franz Wilhelm hast du dich vermutlich getäuscht. Das wirst du schlucken müssen. Und vielleicht hast du mit ihm wirklich den Mörder deines Vaters gefunden.«

Tagelang hatte Georg nicht den Mut, nach Heilbronn in die Sülmerstraße zu gehen. Dafür traf ein Brief für ihn ein, von Franz, aus der Untersuchungshaft geschrieben. Hastig faltete er ihn auf.

Lieber Georg,
alles ist ein schrecklicher Irrtum. Dieser Schwendt will mich zu Fall bringen, weil er weiß, dass ich seiner Bande auf der Spur bin. Meine Karten sehen schlecht aus, das ist mir klar. Meine Tätigkeit für die Niederländer erforderte es nun einmal, auch über das

Geschäft mit der Auswandererwerbung und den damit verbunde-
nen Betrügereien Informationen zu sammeln. Das wird jetzt alles
gegen mich verwendet. Ich hoffe nur, dass meine Vorgesetzten in
Amsterdam sich für mich einsetzen und mich bald rehabilitieren.
Einzig und allein ging es mir darum, Dich vor Manz zu schüt-
zen, weil ich davon ausging – wie Du ja auch –, dass er zu der
Bande gehört.

Glaube mir, mit dem Mord an deinem Vater habe ich nichts zu
tun. Bei der Vernehmung wurde ich auf das Taschentuch ange-
sprochen, das Du beim Tatort gefunden hast. Ja, es gehört mir.
Wahrscheinlich hat mir einer von der Bande dieses Taschentuch
gestohlen, es irgendwo gefunden oder meine Wäscherin besto-
chen, es ihm zu geben. Jedenfalls hat er es benutzt, um eine fal-
sche Fährte zu legen. Ich war zur Tatzeit im Kranen. Das kann
der Wirt bestätigen und das wird die Polizei bald herausgefunden
haben.

Vermutlich hast Du auch gehört, dass ich unter falschem Na-
men aufgetreten bin. Das stimmt, leider, und ich kann verstehen,
wenn Du darüber enttäuscht bist. Ich habe in der Jugend einige
Dummheiten gemacht und meinen ehrlichen Namen befleckt.
Deshalb war ich dazu gezwungen, Württemberg zu verlassen
und dabei habe ich die Gelegenheit genutzt, mir in Amsterdam
einen neuen, unbelasteten Namen zuzulegen.

Glaube mir, ich bin unschuldig. Ich werde sicher bald frei gelas-
sen und ich bitte Dich, gib mir dann eine Gelegenheit, Dir alles
noch deutlicher erklären zu können.

Franz

Wem sollte er glauben? Er prüfte noch einmal, was für und was
gegen die Unschuld von Franz sprach. Wenn Franz ihn hätte
aus dem Weg räumen wollen, hätte er in Mannheim, auf der gemeinsamen Schiffsreise oder in Heilbronn mehr als einmal eine
gute Gelegenheit dazu gehabt. Er hätte sich auch jederzeit nach

Amsterdam oder Philadelphia absetzen können, spätestens seit er gewusst hatte, dass Schwendt in Haft saß und gegen ihn aussagen könnte. Und weshalb hatte er bei dem Plan, die Bande im *Kranen* zu überführen, mitgemacht? Alles nur zur Tarnung oder um ihn und Manz unter Kontrolle zu halten?

Aber hatte er Georg nicht immer dazu geraten, die Vergangenheit ruhen zu lassen und nach Amerika zu fahren? Und hatte er nicht mehrmals seine Pläne geändert, war nicht nach Amsterdam gefahren, sondern in Mannheim geblieben, war mit ihm zurück nach Heilbronn gereist, nur um ihn weiter beaufsichtigen zu können?

Sollte seine Großzügigkeit den Rückwanderern gegenüber lediglich wieder einmal jeden Verdacht von ihm ablenken? Oder hatte er sich immer wieder von ihm einlullen lassen?

Die Geschichte mit dem gestohlenen Taschentuch war sicher nicht besonders glaubwürdig. Und Georgs Skepsis gegenüber Manz hatte Franz immer gezielt bestärkt. Anna hatte recht. Was war denn so schlimm an Mutters Wunsch, von ihrem jähzornigen und herrschsüchtigen Bruder in Weinsberg wegzuziehen? Georg fühlte, wie sein Inneres immer mehr Abstand von Franz gewann.

Am Nachmittag machte er sich endlich nach Heilbronn auf. Seine Mutter war allein zu Hause, der Hausdiener führte ihn in den Salon und meldete ihr seinen Besuch.

»Georg, da bist du ja endlich, heil und unversehrt!« Sie umarmte ihn und machte ihm deutlich, dass sie von Manz schon in allen Einzelheiten informiert war. »Dass dir nichts geschehen ist, ist mir das Wichtigste. Ich hatte solche Angst, dich auch noch zu verlieren.«

Sie zog ihr Taschentuch heraus, wischte sich über die Augen, fasste sich wieder. »Anna wird bald da sein, auch Herr Manz wird bald aus seiner Firma kommen. Wie geht es drüben in Weinsberg?«

Georg spürte, dass sie sich mühsam beherrschte, ihre Tränen zurückzuhalten. Sie wandte sich ab, ohne eine Antwort von ihm abzuwarten. Georg wusste nicht, wie er sich verhalten sollte. Stockend begann er zu berichten, dass er ganz gut mit seinem Onkel zurechtkäme, merkte aber bald, dass ihm seine Mutter gar nicht zuhörte.

Plötzlich unterbrach sie ihn, ergriff seinen Arm und sagte leise: »Ich hatte so gehofft, dass du kommst. Jetzt ist es so weit und wir sind allein. Georg, es fällt mir schwer, dir das zu sagen, was ich dir jetzt sagen muss.«

Sie machte eine Pause, sammelte sich.

»Georg Manz hat sich für uns und auch besonders für dich sehr eingesetzt. Anna hat dir ja schon erzählt, dass ich vor meiner Heirat eng mit ihm befreundet war. Ich hatte mir damals Hoffnungen gemacht, bevor er so plötzlich fortging nach Amerika, und unsere Beziehung damals ist nicht ohne Folgen geblieben.«

Georg erstarrte. Nach den Andeutungen des Polizeikommandanten und seines Onkels hatte er zwar manches unterschwellig geahnt und vielleicht auch deshalb den Besuch in der Sülmerstraße hinausgezögert. Doch lähmte ihn jetzt diese Gewissheit, die ihm seine Mutter in ihren wenigen kargen Worten gab.

Sein Vater war und blieb Heinrich Schmidt! Trotzdem – obwohl er sich innerlich dagegen sträubte – sagte ihm sein Verstand, dass alle Mosaiksteine, die seit Donnerstagnachmittag durcheinandergeworfen waren, sich allmählich wieder in der richtigen Ordnung zusammenzufügen begannen.

»Seit wann weiß Manz davon?«, fragte er tonlos.

»Erst seit wenigen Wochen. Als du nach Vaters Beerdigung schon gegangen warst, haben wir lange über Anna und über dich gesprochen und ich habe es ihm endlich sagen müssen. Solange dein Vater noch gelebt hat, hätte ich das nicht übers Herz gebracht. Kurz nach seiner Abreise nach Philadelphia wusste ich, dass ich schwanger mit dir war. Ich hatte es nur meinem Vater gestanden, sonst niemandem, und der hat die Hochzeit mit Heinrich Schmidt eingefädelt, der ja schon länger um mich geworben hatte, um die Schande für die Familie zu verhindern. Ich war zuerst sehr traurig, aber mit der Zeit habe ich Heinrich mehr und mehr geliebt. Das musst du mir glauben. Ich habe ihm nie gesagt, dass du nicht sein Sohn bist.«

Die Mutter bat ihn inständig, zum Abendessen zu bleiben. Doch Georg fürchtete sich vor dem Gespräch mit seinem leiblichen Vater, das nun folgen musste. Schließlich erklärte er sich doch damit einverstanden.

Als Georg dann schließlich mit ihm allein war, begann Manz vorsichtig:

»Glaub mir, ich kann mir gut vorstellen, wie dir zu Mute ist. Als sie mir die Geschichte damals in Weinsberg erzählt hat, war ich zunächst fassungslos.«

Er lächelte still.

»Aber ich muss zugeben, dass mir – je mehr ich darüber nachdachte – diese Neuigkeit immer besser gefallen hat. All die Jahre meiner Ehe hatte ich mir einen Sohn gewünscht, aber meine Ehe ist kinderlos geblieben. Meine Frau und ich hatten nicht darunter gelitten, ich habe sie bis zu ihrem Tode sehr geliebt, aber es hatte mir etwas gefehlt, das wurde mir jetzt deutlich, als mir so plötzlich in reiferen Jahren ein Sohn geschenkt wurde. Deine Mutter bat mich, dir nichts davon zu sagen. Du hattest ja gerade deinen Vater verloren. Doch als du dann so unverhofft wieder zurückgekommen bist, war uns klar, dass wir es dir nicht weiter verheimlichen konnten.«

»Ihr hättet mich ohne dieses Wissen weg nach Amerika fahren lassen? Vielleicht wart ihr ganz froh, auf diese Weise das Problem los zu sein«, warf Georg schroff ein.

»Ich hatte vorgesorgt, dass der Kontakt zu dir nicht abbricht«, antwortete Manz ruhig. »Du erinnerst dich, dass ich dir Adressen von meinen Geschäftsfreunden drüben gegeben hatte, und wir hatten bis zuletzt gehofft, dass du doch nicht fährst. Außerdem – deine Mutter konnte es dir einfach nicht sagen, versteh doch, sie stand ja selbst noch unter Schock.«

Er legte seine Hand auf Georgs Arm.

»Nimm dir Zeit, denk in Ruhe über alles nach. Ich werde Verständnis für dich haben, auch wenn du mich als Vater ablehnen solltest. Du solltest aber wissen, dass ich mich herzlich darüber freuen würde, wenn du irgendwann meine Freundschaft annehmen könntest.«

Georg dankte ihm für seine Offenheit und verabschiedete sich rasch. Anna und seiner Mutter ließ er einen Gruß ausrichten. Er wollte sie jetzt nicht sehen und noch in der Nacht wanderte er hinüber nach Weinsberg.

Er hatte seine Zeichenmappe mitgenommen, die Anna für ihn aufbewahrt hatte und stürzte sich in Bauentwürfe, die sein Onkel mit Interesse betrachtete.

»In dir steckt mehr als ein Zimmermannsgeselle. Denk mal ernsthaft darüber nach, dich in einer der neuen Schulen, die der König im Land aufgemacht hat, zu bewerben.«

Aber darum ging es ihm jetzt nicht. Er versuchte, Abstand zu gewinnen, um seine Gedanken und Gefühle zu klären. Seine gesteckten Ziele hatte er fast erreicht. Schwendt und Franz Wilhelm saßen in Haft. Aber er konnte sich darüber nicht freuen. Franz hatte ihn sehr enttäuscht. Der Schmerz über die vorgespielte Freundschaft saß tief.

Hasler und sein Komplize Baron waren entkommen, vielleicht waren sie die eigentlichen Drahtzieher der Bande. Jetzt setzten sie vermutlich in Philadelphia ihr schmutziges Geschäft fort. Von dort planten sie möglicherweise gerade ihre neuen Aktionen, vielleicht diesmal in Hessen oder der bayerischen Pfalz, der Schweiz oder dem Elsass, wo ebenfalls Tausende auswandern wollten! Man müsste die Behörden in den Vereinigten Staaten auf dieses Treiben aufmerksam machen!

Sein Mitleid mit seinem ermordeten Vater und seine Wut auf die Täter wuchsen von Tag zu Tag. Dass Heinrich Schmidt gar nicht sein wirklicher Vater war, verstärkte eher seine Schuldgefühle ihm gegenüber. Irgendwie fühlte er sich mitverantwortlich für seinen Tod.

Manz blieb ihm innerlich fremd. Die Nähe zwischen ihm und seiner Mutter machte ihm zu schaffen und dass Manz sein Vater sein sollte, verwirrte ihn. Er konnte nicht vergessen oder verdrängen oder einfach so weitermachen, als ob das alles nicht geschehen wäre.

Es führte kein Weg daran vorbei. Er musste sich noch einmal mit seiner Mutter, Anna und Manz aussprechen, lange hatte er sich dazu noch nicht stark genug gefühlt. Seinem Onkel Friedrich hatte er sich diesmal nicht anvertrauen können.

Endlich war er so weit und beschloss, noch am selben Tag nach Heilbronn in die Sülmerstraße zu wandern. Die Zeichenmappe nahm er wieder mit.

Anna empfing ihn freudig. Seine Eltern seien zu Hause. Georg begriff zuerst nicht. Anna bemerkte seine Unsicherheit, zog ihn in den leeren Salon im Erdgeschoss, schloss die Tür und drückte ihn in einen Sessel. Sie verschränkte ihre Arme, blieb vor ihm stehen und setzte ihm den Kopf zurecht.

»Georg, es hat keinen Sinn, sich gegen die Tatsachen zu stellen. Nach dem schlimmen Unglück mit Vater sah es übel für uns aus. Das weißt du ganz genau. Dann kam Manz, der sich rührend um uns gekümmert hat. Sollen wir ihn dafür hassen? Er hat keine Schuld am Tod meines Vaters und dass er dein leiblicher Vater ist, hat er nicht wissen können, bis ihm Mutter davon berichtet hat. Hat sie dabei etwas falsch gemacht? Hätte sie ihm das verschweigen sollen? Jetzt kapier das doch endlich. Niemand verlangt von dir, plötzlich Sohnesgefühle zu deinem neuen Vater zu entwickeln, am wenigsten Onkel Georg.«

Onkel Georg? So nannte sie ihn nun? Da hatte sich bereits eine neue Familie gebildet und er sollte in sie hineingezogen werden! Er würde nicht dazugehören wollen! Aber in einem hatte sie recht. Sein Verhältnis zu Manz musste er irgendwie auf die Reihe kriegen.

Annas Worte hatten ihn zunächst eher in seinem Trotz bestätigt. Aber sie gaben ihm dann doch die Grundlage, die vielen Erfahrungen der letzten Tage neu zu bewerten. Was sie sagte, war richtig. Das musste er sich eingestehen. Es ging nicht darum, fröhlich in eine neues Familienglück einzustimmen, es ging darum, die Rollen zu klären, um ein künftiges Miteinander erträglich zu machen. Diese Einsicht gab ihm endlich die Ruhe und Gelassenheit zurück, die er verloren geglaubt hatte. Er fühlte sich nun frei, mit seinen Eltern reden zu können.

So ging er in das Gespräch mit ihnen und scheute sich nicht, dabei eine gewisse Distanz gegenüber Manz zu wahren, die dann auch von beiden stillschweigend akzeptiert wurde.

Manz fragte ihn nach seinen Plänen, Georg zeigte ihm seine Zeichenmappe, die seinen neuen Vater beeindruckte. In Amerika würde er als Baumeister damit Karriere machen können. Manz bot ihm aber auch an, als Mitarbeiter in seine Firma einzusteigen. Wenn er wollte, könne er drüben in den Staaten Erfahrungen dafür sammeln. Seine Geschäftsfreunde würden ihm schnell das nötige Handwerkszeug beibringen, um in der Tabakbranche Fuß zu fassen. Heute sei übrigens ein Brief für ihn angekommen – aus Philadelphia.

Hastig riss Georg ihm den Brief aus der Hand. Er war von Barbara! Als er ihn überflogen hatte, überfiel ihn eine tiefe Traurigkeit.

14

Georgs Seetagebuch

Er hatte das Angebot von Manz angenommen, sich bei dessen Geschäftsfreunden in Philadelphia umzusehen, zunächst für ein Jahr. In dieser Zeit wollte er sich über seine berufliche Zukunft klar werden, sich nach Möglichkeiten erkundigen, in den Staaten als Baumeister zu arbeiten, oder doch in die väterliche Firma einzusteigen.

Aber vor allem musste er Barbara finden und sie aus ihrer Dienstknechtschaft freikaufen. Er kam sich wie ein Verräter vor. Wie verzweifelt hatten ihre Worte geklungen! Vor wenigen Wochen war sie an einen amerikanischen Dienstherrn versteigert worden und er hatte das nicht verhindern können. Ob sie in der Nähe von Philadelphia untergekommen war? Sie liebte ihn noch und hoffte darauf, dass er sie in diesem weiten Land fand. Seine Entscheidung war in dem Augenblick gefallen, als er ihren Brief gelesen hatte. Was sollte er noch hier? Er durfte keinen Augenblick mehr zögern!

Manz hatte ihn mit einem großzügigen Vorschuss ausgestattet, weiteren Wechseln, die er in der Nationalbank in Philadelphia einlösen konnte. Außerdem hatte er ihm ein Schreiben an einen seiner Geschäftspartner mitgegeben.

Der Abschied war ihm diesmal nicht schwer gefallen. Er hatte das Gefühl, die verlorene Zeit einholen zu müssen. Seine Aufgabe in Heilbronn und Mannheim war erfüllt. Wenn er Barbara gefunden hatte, konnte er die Suche nach Hasler und Baron drüben fortsetzen und er hatte ja dafür schon einen Anhaltspunkt, die Adresse, die ihm Schwendt in Philadelphia notiert hatte, und die er Hasler aushändigen sollte.

Manz hatte ihm den dringenden Rat gegeben, sich an die Deutsche Gesellschaft von Philadelphia zu wenden, die sich nicht nur um die deutschen Einwanderer kümmere, sondern auch Buch über die Angekommenen führe, dort könne er Hinweise auf die Passagiere der *Hope* erhalten, die vor Wochen hier an Land gegangen waren.

Manz hatte es sich auch nicht nehmen lassen, von Notar Strehlin, den er persönlich gut kannte, seine Überfahrt gründlich vorbereiten zu lassen, was dieser gerne übernahm. Georg sollte sich als Kajütenpassagier auf dem amerikanischen Segler *Henry Clay* in Amsterdam einschiffen.

Anna wäre am liebsten mit ihrem Bruder losgefahren, aber sie sah ein, dass es besser war, wenn sie bei ihrer Mutter blieb. Georg tröstete sie damit, an Bord der *Henry Clay* Tagebuch zu führen und den Reisebericht seinem ersten Brief aus Philadelphia beizulegen.

So bestieg er zum zweiten Mal eines der Neckarschiffe nach Mannheim. Diesmal winkte er seiner Mutter, seiner Schwester und Manz, die ihn zum Hafen begleitet hatten, und im Moment des Abschiednehmens spürte er zum ersten Mal, dass auch Manz jetzt zu seiner Familie gehörte.

Die Fahrt über Mannheim rheinabwärts verlief zügig und ohne weitere Zwischenfälle. In Amsterdam erhielt er von der Reederei den Bescheid, dass die *Henry Clay* zur Abfahrt bereit vor Den Helder liege. Er erkundigte sich auch nach der Ausfahrt der *Hope*. Alles sei nach Plan gegangen, wurde ihm versichert. Gleich am nächsten Tag fuhr er mit einem der flachen Küstenboote über die Zuidersee zu seinem Schiff und bezog eine der wenigen bevorzugten Kajütenkabinen an Deck.

Schon am zweiten Abend faltete er einige Bögen in der Mitte zusammen, fügte sie ineinander und schrieb die erste Seite seines Seetagebuches.

15. September 1817
Der erste Tag auf See neigt sich dem Ende zu. Das Wetter ist gut und der Kapitän meint, die Schönwetterphase sei

typisch für den Frühherbst und könnte noch eine ganze Weile anhalten.

Das Schiff ist voll mit Auswanderern, die im Zwischendeck dicht auf dicht logieren. Es muss sehr unangenehm sein, dort mit Hunderten zusammengepfercht zu leben und wenn ich daran denke, dass die Familie Pfitzer so gefahren ist, wird mir ganz übel.

Ich habe in meiner kleinen, aber gemütlichen Kabine Tisch, Bett und Schrank für mich ganz allein und vor allem vier Wände um mich herum, außerdem ein kleines Fenster, durch das ich den Himmel und den fernen Horizont sehen kann.

Unser Segler nimmt gerade Kurs auf den Kanal und ich bin gespannt, ob wir morgen schon die englischen Kreidefelsen sehen können.

18. September 1817

Wind und Wetter sind freundlich, wir segeln bereits an der englischen Südküste mit den hohen Kreidefelsen entlang, die man in der Ferne gut erkennen kann, und werden den Kanal bald passiert haben.

Gestern hat uns der Kapitän beim Abendessen in der Messe eine unglaubliche Geschichte erzählt.

Auf seiner letzten Fahrt durch den Kanal waren ihm Seeräuber begegnet. Tunesische Piraten tauchten plötzlich im Kanal auf und durch sein Fernglas sah er eines dieser Schiffe auf sich zukommen. Er zählte etwa 60 bis an die Zähne bewaffnete Araber und mehrere Geschütze. Der Kapitän rief sofort alle Passagiere an Deck und wies sie an, ein mörderisches Geschrei zu beginnen. Dazu ließ er die Schiffsoffiziere in die Luft schießen. Tatsächlich drehten die Piraten ab, kamen aber noch zwei Mal ziemlich nahe an das Schiff heran, jedes Mal fürchterlich beschimpft von den Auswanderern.

Der Kapitän gab zu, damals ziemlich Angst ausgestanden zu haben. Wenn die gefeuert hätten, sagte er, hätten sie vermut-

lich sein Schiff versenkt. Aber ihr Ziel sei es ja gewesen, die Henry Clay zu entern, auszurauben, die Passagiere auf einem Sklavenmarkt in Algier zu verkaufen und das gekaperte Schiff ins Schlepptau zu nehmen und da erschienen ihnen die Überzahl von an die 500 Passagieren doch zu riskant. Dass Piraten aus Nordafrika bis in die Nordsee gelangt sind, sei dieses Jahr sogar im Deutschen Bundestag in Frankfurt behandelt worden.

23. September
Nun hat der Wind doch auf West gedreht und der Kapitän hat entschieden, den ursprünglich vorgesehenen Kurs zu verlassen und Richtung Azoren zu segeln. Es hätte keinen Sinn vor dem Wind zu kreuzen und sich im spitzwinkligen Zickzack mühsam vorwärts zu bewegen. Nach Norden auszuweichen, sei jetzt im Herbst zu gefährlich.

Gestern sind wir an der Insel Saint Mary, etwa zwanzig englische Seemeilen südwestlich der Südwestspitze von Cornwall vorbeigesegelt. Darauf soll es Kanarienvögel geben, hat der Kapitän erzählt, wie bei uns Spatzen.

Der Westwind brachte auch dicke Regenwolken, sodass es jetzt an Deck recht ungemütlich ist. Manchmal schießen die Regentropfen fast waagrecht gegen die Kajütenwand und trommeln auf das Dach. So habe ich mich in meine Kabine verzogen und lese die Fachbücher über Architektur, die mir Onkel Friedrich zum Abschied geschenkt hat.

Sobald der Westwind nachlässt, will der Kapitän die eingeschlagene Südwestrichtung wieder verlassen und sich am ursprünglichen Kurs orientieren. Eigentlich hätte ich nichts dagegen, wenn wir auf einer der Azoreninseln unsere Fahrt unterbrechen und ich an Land gehen könnte.

Aber der Kapitän sagte mir, kein versichertes Schiff dürfe ohne Not in einen fremden Hafen einlaufen, der für eine Landung nicht vorgesehen sei. Die Versicherer würden dadurch entweder von der übernommenen Gewähr für Unfälle vollständig befreit werden, oder doch ein Recht auf Entschädigungszahlungen gegen den Reeder und den Kapitän geltend machen können. Doch er könne mich gut verstehen. Die Azoren seien ein Paradies! Der Kapitän schwärmte mir von den Orangenhainen und Weinbergen auf der Insel Pico vor, die er einmal angelaufen hatte.

27. September

Der Wind hat gedreht und wir haben wieder Kurs nach Westen aufnehmen können und vielleicht holen wir die verlorene Zeit sogar wieder ein. Auch das Wetter hat sich gebessert und es ist wieder wärmer geworden.

Gestern Nacht rief der Kapitän die Kajütenpassagiere an Deck. Er zeigte uns das seltsame Schauspiel des Meeresleuchtens. Dort, wo sich das Wasser bewegte, glich es einer glühenden Masse. Sobald die Wellen vom Bug des Schiffes durchschnitten wurden, fingen sie an zu leuchten und der Weg, den das Schiff zurückgelegt hatte, sah noch eine ganze Weile wie ein silberner Lichtstrom aus.

Die spritzenden Tropfen sprangen wie Funken. In einiger Entfernung vom Schiff, wo das Meer ruhig blieb, sah man dagegen gar nichts. Der Kapitän ließ einen Eimer Wasser in die leuchtenden Fluten hinab, aber als er das Wasser an Deck gezogen und den Eimer ausgekippt hatte, war nichts Auffälliges zu bemerken. Es war vom gewöhnlichen Meerwasser nicht zu unterscheiden. Das Meeresleuchten käme von winzig kleinen Tierchen, erklärte uns dann der Kapitän.

1. Oktober

Heute sahen wir Haifische, fliegende Fische, Delfine zu Hunderten, Quallen und auch riesige Walfische.

Mehrere kleine Fische, so groß wie Forellen, begleiteten einen Hai. Das Meer war ruhig und ich sah deutlich, dass sie nicht

*bloß um den Rachen des Haies, sondern abwechselnd hinein-
und wieder herausschwammen. Sie schillerten in allen Farben
und der Kapitän sagt, sie würden vortrefflich schmecken. Er
versuchte den Hai mit einer Harpune zu fangen, weil er, wie er
sagte, in dessen Rachen sicher einige von ihnen finden würde.
Aber gerade, als er die Harpune auf ihn richten wollte, tauchte
der Haifisch ab.*

*Von den Walfischen hielten wir uns lieber fern. Kein Schiff
wagt es, in ihre Nähe zu kommen. Ein einziger Schlag mit der
Schwanzflosse könnte eine ganze Schiffsseite aufreißen, meinte
der Kapitän.*

7. Oktober
*Die letzte Woche ist nichts Aufregendes passiert, was einen
Bericht lohnen würde. Deshalb schreibe ich Dir etwas über die
Zustände an Bord.*

*Die unbequemen Verhältnisse im Zwischendeck, wo die aller-
meisten Fahrgäste hausen müssen, habe ich ja schon erwähnt.
Auch der Kapitän hält sie nicht für vertretbar, sagt aber, er
könne nichts daran ändern. Die Reederei, für die er fährt,
versucht den größten Profit herauszuschlagen und die armen
Auswanderer wollen möglichst preisgünstig in die Staaten
kommen. Wenn ich die Leute vom Zwischendeck an Bord sehe,
bekomme ich ein schlechtes Gewissen, denn bis jetzt habe ich
meine Reise richtig genießen können.*

*Für die wohlhabenden Fahrgäste, also die Kajütenpassagiere,
zu denen ich ja auch gehöre, für den Kapitän und die Offi-
ziere, steht ein Diener zur Verfügung, der in ganz England
und Nordamerika Steward heißt. Er übt alle Pflichten eines
Kellners und Kammerdieners aus und wird nur dann zum Se-
gelaufziehen verpflichtet oder auch zu anderer Schiffsarbeit,
wenn es unbedingt nötig ist.*

*Niemand außer ihm und den Kajütenpassagieren darf ohne
besondere Erlaubnis des Kapitäns die Kajüte betreten, ja nicht*

einmal den Fuß auf die vom Verdeck in die Kajüte führende Treppe setzen. Ich habe mehrmals gesehen, dass Neulinge unter den Matrosen, welche dagegen verstießen, vom Steward sofort zurückgetrieben wurden.

Überhaupt herrscht auf den amerikanischen Schiffen eine strenge militärische Zucht. Kein Matrose darf einen Kajütenpassagier ansprechen. Unterhaltung der Passagiere mit den Matrosen ist jedem Kapitän unangenehm. Eigentlich ist sogar eine längere Unterhaltung der Kajütenpassagiere mit den Fahrgästen des Zwischendecks untersagt, aber daran halte ich mich nicht und unser Kapitän hat auch nichts dagegen.

Der Kapitän übt die oberste Befehlsgewalt an Bord aus. Die Gesetze erlauben ihm sogar, die Matrosen durch Schläge mit dem Seil vor versammelter Mannschaft zu strafen und ihnen im Notfall Ketten anzulegen. Aber dazu sei es bei ihm noch nie gekommen, hat der Kapitän mir gegenüber betont.

14. Oktober

Mein Tagebuch ist inzwischen zu einem Wochenbuch geworden. Aber vieles davon, wie es an Bord aussieht, habe ich Dir schon berichtet und bin eigentlich recht froh, wenn die Reise weiterhin so ungestört verläuft. Lieber verzichte ich auf die Schilderung eines Seesturms auf hoher See, als dass ich diesen selber durchmachen muss.

Wir kommen zügig voran. Das Wetter ist immer noch gut und wenn es so weitergeht, meint der Kapitän, wird es eine kurze Überfahrt.

Je länger ich an Bord bin, desto deutlicher wird mir, welche Vorteile ich als Kajütenpassagier genieße. Während die Auswanderer im Zwischendeck nur mit dem Nötigsten versorgt sind, werden uns sogar die Bettwäsche, die Arzneimittel, alle Getränke gestellt – auch alkoholische – und alles ist im Kajütenpreis enthalten.

Sogar Zitronen, Orangen, und getrocknete Pflaumen wer-
den für uns mitgeführt, auch für den Fall, dass wir seekrank
werden. Es soll sogar Schiffe geben, die Kühe an Bord halten,
damit die Passagiere immer frische Milch und Sahne haben.
Neugierig, wie ich nun mal bin, habe ich unseren Steward
gefragt, was man so an Bord verdient. Er hat mir bereitwillig
Auskunft gegeben. Der Steward unseres Schiffes wohnt in
Baltimore und erhält für seinen Dienst monatlich 18 Dol-
lars. Matrosen erhalten 14 bis 18 Dollars monatlich; der
Schiffschreiner 18 – 20, der zweite Steuermann 20, der erste
Offizier 30 Dollars. Der Kapitän eines amerikanischen Schif-
fes bekommt monatlich etwa 100 Dollars und dazu Prozente
von der Fracht – so nennt man auch die Passagiere im Zwi-
schendeck! – oder dem eingenommenen Reisegeld, sodass ein
fleißiger Kapitän in wenigen Jahren ein schönes Vermögen
zusammensparen kann.

20. Oktober
Seit vorgestern ist es recht kalt geworden. Die See wird rau-
er und es regnet, mitunter graupelt es auch. Der Steward
hat in der Kajüte die Öfen angeheizt. Im Zwischendeck gibt
es dagegen keine Öfen. Bei diesem Wetter können die armen
Leute auch nicht an Deck kommen und Luft schnappen,
denn dort ist es natürlich noch kälter als in dem muffigen
Schiffsbauch.
Von der Seekrankheit bin ich bisher verschont geblieben und
der Kapitän meinte, wenn ich bis jetzt so gut durchgehalten
hätte, würde sie bei mir auch nicht mehr auftreten. Neben
mir wohnt ein Arzt aus Heidelberg mit seiner Frau, den hat
es ganz schön erwischt. Der Steward gibt ihm mehrmals
am Tag esslöffelweise Oliven- und Mandelöl und gedörrtes
Obst, damit sich sein Magen wieder beruhigt. Der Kapitän
schaut regelmäßig nach ihm. Gut, dass sich die Fahrt dem
Ende zuneigt. Es ist ein Elend, ihn so leiden zu sehen.

26. Oktober

Gestern Abend haben wir zum ersten Mal Land gesehen, nur einen schmalen dunklen Strich, kaum zu erkennen, aber es war die Sensation an Bord! Wir drängten uns an die Reling winkten und jubelten, als ob uns drüben jemand sehen oder hören könnte. Schon davor hatte uns der Kapitän auf die vielen Seevögel verwiesen. Auch einige Landvögel waren darunter, die sich weit aufs Meer hinausgewagt hatten.

Nach wochenlanger Fahrt auf dem Ozean war das ein unbeschreibliches Erlebnis, das allen sehr nahe ging. Die Auswanderer aus dem Zwischendeck strömten an Bord, alle wollten den dünnen Streifen Land sehen. Manche fielen auf die Knie, dankten Gott und stimmten einen Choral an.

Heute Morgen hat der Kapitän die Tiefe ausloten lassen, mit einem Senkblei, dessen unteres Ende mit Talg bestrichen war. Als es herausgezogen wurde, klebte Sand dran. Das Meer wird seichter und es geht dem Land zu!

29. Oktober

Gestern ist ein Lotse an Bord gekommen. Sie heißen hier Piloten. Die amerikanischen Piloten fahren mit ihren Boot weit genug aufs Meer hinaus, sodass die ankommenden Schiffe nicht lange auf sie warten müssen.

Wir segelten rasch in die Mündung des Delaware hinein; jedoch nur, solange es hell war. Nachts gingen wir vor Anker, um nicht auf einer Sandbank aufzusitzen. Fast die ganze Seeküste der Vereinigten Staaten ist flach, hat man mir erklärt. Ich sah hier nichts als Sandhügel mit einzelnen Nadelholzwäldern.

Heute Abend haben wir die Quarantäneinsel vor Philadelphia erreicht und ich konnte zum ersten Mal nach mehr als sechs Wochen wieder festen Boden betreten. Das ist ein unbeschreibliches Gefühl. Anfangs hat man Mühe auf den Beinen zu bleiben, denn der Gleichgewichtssinn hat sich ganz auf das Schwanken des Schiffes eingestellt.

Morgen wird ein Arzt an Bord kommen. Da wir kaum Krank-
heitsfälle haben, meint der Kapitän, dass wir spätestens über-
morgen in Philadelphia an Land gehen könnten.
Damit schließe ich mein Seetagebuch, das ich ganz speziell für
Dich geschrieben habe. Aber Du darfst natürlich auch Mutter
und meinem Vater daraus vorlesen.

Er steckte die einzelnen gefalteten Bögen, die er noch einmal
überflogen hatte, zusammen, und beförderte sie in einen Umschlag. Gleich morgen wollte er sie einem Brief an Anna bei-
legen. Dann ging er noch einmal hinaus auf Deck und sog die
kühle Nachtluft ein.

Die Wochen auf dem Schiff waren trotz des gleichmäßigen Tagesablaufs schnell vergangen. Täglich neue Eindrücke.
Wolken und Meer sahen bei jedem Wetter anders aus, mal lag
die Wasserfläche wie ein leuchtend blauer Teppich vor ihm,
mal wie eine bleigraue Masse, dann wieder bewegt mit weißer Gischt auf den Wellenkämmen.

Er hatte die Überfahrt genossen. Hier an Bord war alles
sehr überschaubar gewesen, das Schiff war ihm wie eine kleine Insel im weiten Ozean erschienen. Nachdenklich schaute
er über den Fluss zu den Konturen der Hügellandschaft, die
sich in der hellen Nacht abzeichneten.

Dort drüben empfing ihn ein riesiges unbekanntes Land,
mit fremden Menschen, fremden Gebräuchen, fremder Sprache – und irgendwo unter den Sternen, die er über dem Delaware und dem Horizont über den Bäumen am Ufer wahrnahm, wartete Barbara auf ihn.

Er konnte in seiner letzten Nacht auf der *Henry Clay* kaum
schlafen, so viel ging ihm durch den Kopf. Als am frühen
Morgen die Anker gelichtet wurden und sie in den Hafen
von Philadelphia einfuhren, fiel die Bangigkeit, die ihn in der
Nacht ergriffen hatte, ganz von ihm ab und machte einer zu-
nehmenden Begeisterung Platz. Die ganze Stadt lag vor ihm in

der Morgensonne und er konnte es kaum erwarten, von Bord zu kommen.

15

Philadelphia

Die Stadt erschien ihm riesengroß. Die Menschen waren geschäftig unterwegs und seine Überraschung wuchs ständig: Überall hörte er Leute deutsch sprechen.

Georg war im *Gasthof der Vereinigten Staaten* abgestiegen, dem *United States Hotel*. Beide Bezeichnungen, die deutsche wie die englische, waren an der Fassade des eindrucksvollen Gebäudes zu lesen. Sie wurden in der von vielen deutschen Auswanderern und ihren Nachkommen bewohnten Stadt nebeneinander verwendet.

Über hunderttausend Einwohner zählte Philadelphia. Das regelmäßige Straßensystem, das die Stadt in Quadrate einteilte, erinnerte ihn an Mannheim, nur war hier alles viel großzügiger angelegt.

Kaum in seinem Zimmer angekommen, suchte er den Umschlag mit dem Seetagebuch heraus, nahm einen Bogen Papier, setzte sich an den Tisch und schrieb:

Philadelphia, den 31. Oktober 1817

Liebe Anna,
die Überfahrt habe ich gut hinter mich gebracht und ich bin sehr erleichtert, dass alles bestens abgelaufen ist. Bis auf wenige kalte und windige Tage hatten wir schönes Wetter, guten Wind und ruhige See. Der Kapitän sagte zum Abschied, dass selten eine Überfahrt so glatt verläuft. Trotzdem graut mir, wenn ich an die Erlebnisse der letzten Stunden an Bord zurückdenke.

Heute Morgen kamen Amerikaner an Bord, um die Serven zu ersteigern. Der Kapitän leitete diese widerliche Veranstaltung. Serven nennt man hier die Fahrgäste, die der Kapitän ohne Zahlung mitgenommen hat, um sie nach ihrer Ankunft an die Meistbietenden zu verhökern. Ich konnte dem Treiben nicht lange zusehen, zumal ich weiß, dass es Barbara ebenso ergangen ist, wie den armen Schluckern auf unserem Schiff und so bin ich regelrecht von Bord geflohen. Mein Reisegepäck wird heute Nachmittag von Hotelangestellten bei der Niederlassung der Reederei abgeholt.

Ich bin auf Anraten von Manz im besten Hotel von Philadelphia abgestiegen, nur mit dem nötigsten Handgepäck ausgerüstet. Manz meinte, dort würde man mir schnell und zuvorkommend weiterhelfen, vor allem die Leute aufzusuchen, deren Adressen er mir mitgegeben hat.

Natürlich will ich mich bald nach einer billigeren Wohnung umsehen. Vielleicht kann mir jemand von seinen Geschäftsfreunden ein möbliertes Zimmer vermitteln? Sobald ich fertig bin, will ich den Brief mit dem Seetagebuch, das ich für Dich geführt habe, bei der Post aufgeben.

Ich bin froh, dass ich Dich und Mutter in guten Händen weiß. Auf See hatte ich viel Zeit über alles nachzudenken. Du hattest recht. Man muss die Dinge nehmen, wie sie nun mal sind, und versuchen, das Beste daraus zu machen. Dazu fühle ich mich jetzt bereit. Ich hoffe, ihr seid alle gesund. Vielleicht erreicht euch der Brief noch vor Weihnachten, aber das kann man bei den unsicheren Fahrzeiten der Schiffe nicht wissen.

Wenn ich Verbindung mit den Geschäftspartnern von Manz aufgenommen habe, melde ich mich wieder. Grüß Mutter herzlich von mir und auch meinen Vater.

Dein Bruder Georg

Er faltete den Brief, steckte ihn zu seinem Seetagebuch in den Umschlag und machte sich auf, die Stadt zu erkunden. Der

Portier konnte ihm in makellosem Deutsch Auskunft geben und erklärte ihm anhand eines Stadtplanes das Grundsystem des Straßenverlaufs der Stadt.

»Philadelphia wird durch den langen Markt in zwei Teile, einen südlichen und einen nördlichen, geteilt, und die meisten Straßen beider Teile laufen parallel zu diesem Marktplatz. Sie sind nummeriert mit von Osten nach Westen steigenden Zahlen. Wenn Sie eine bestimmte Wohnungsadresse suchen, ist das eine ungeheuere Erleichterung, wie Sie bald bemerken werden. Die Bezeichnung eines Hauses lautet beispielsweise: Nr. 20 in der zweiten Straße, südlich vom Markt. Also, Sie orientieren sich am Markt – am besten beginnen Sie zunächst immer dort – dann zählen Sie die Straßen und Hausnummern. Mit den Straßen östlich und westlich des Marktes verhält es sich ebenso.«

Georg fragte nach dem Postamt und dem Gebäude der Deutschen Gesellschaft und der Portier bezeichnete beides im Plan, den er für Georg vorgesehen hatte, mit einem Kreuz.

Er zögerte einen Augenblick und sagte freundlich: »Also, wenn Sie einen Brief absenden wollen, dann können Sie diesen aber auch mir geben, das besorgt das Hotel.«

Dann wies er wieder auf den Stadtplan: »Die Deutsche Gesellschaft finden Sie hier in der siebten Straße, in westlicher Richtung.«

Georg erkundigte sich außerdem nach den Adressen, die ihm sein Vater mitgegeben hatte. Er fieberte danach, dort ein Lebenszeichen, einen Brief von Barbara vorzufinden. Freundlich bedankte er sich bei dem hilfsbereiten Portier und machte sich gleich auf den Weg.

Er machte sich bittere Vorwürfe. Warum hatte er ihr nicht schon längst selbst – von Mannheim oder von Heilbronn aus – nach Philadelphia geschrieben! Barbaras Brief fiel ihm ein, in dem sie die Hoffnung ausgedrückt hatte, gleich nach ihrer Ankunft eine Nachricht von ihm vorzufinden. Dass sie möglicherweise mehrmals vergeblich hier nachgefragt hatte, schmerzte ihn tief. Doch dann tröstete ihn der Gedanke, dass es dafür zu spät gewesen war, als er vor seiner Abfahrt Barbaras Brief in Händen hielt. Ein Antwortbrief wäre nicht früher als er selbst in Philadelphia angekommen.

Die Bank, bei der er die Wechsel von Manz einlösen konnte, lag genau seinem Hotel gegenüber. Georg war von der Architektur des Gebäudes sehr beeindruckt. Die Vorderfront zierten dorische Säulen, was ihn an einen griechischen Tempel erinnerte, – und diese riesigen Ausmaße, die gediegene Ausstattung!

Doch zunächst zog es ihn in die dritte Straße nördlich des Marktes. Dort wohnte Louis Schilling, der Geschäftsfreund seines Vaters, mit dem er sich zuerst in Verbindung setzen wollte, denn an diesen sollte sich Barbara wenden, wenn sie in Philadelphia angekommen war.

Schilling empfing ihn freundlich, wenn auch etwas verwundert, und fragte belustigt, ob Manz der Auffassung sei, ihre Geschäftsbeziehungen durch einen Mitarbeiter der Firma in Heilbronn kontrollieren lassen zu müssen. Georg erklärte ihm, dass er ein völliger Neuling im Tabakgeschäft sei und sein Vater ihn nach Philadelphia geschickt habe, um dort Einblick in die Branche zu bekommen.

»Ihr Vater?« Schilling sah ihn neugierig an.

Georg überreichte den Empfehlungsbrief von Manz, den Schilling gleich öffnete, überflog und mehrmals ein Schmunzeln nicht unterdrücken konnte.

»Na, das ist ja eine tolle Geschichte, da ist mein guter Freund Georg Manz noch auf seine alten Tage Vater geworden und kam dazu, wie die Jungfer zum Kind, wie man so schön auf gut Deutsch sagt.«

Er stand auf, und drückte Georg noch einmal die Hand.

»Herzlich willkommen in Philadelphia, im Land der unbegrenzten Möglichkeiten. Sie wollen etwa ein Jahr hier bleiben? Haben Sie denn schon eine Wohnung gefunden?«

»Zurzeit wohne ich noch im *Gasthof der Vereinigten Staaten*«, sagte Georg zögerlich.

»Noble Adresse«, meinte Schilling, »aber auf die Dauer viel zu teuer. Wenn Sie wollen, höre ich mich bei meinen Bekannten um, wäre Ihnen das recht?«

Georg bedankte sich herzlich.

»Das wäre eine große Hilfe für mich, ich kenne mich in der Stadt noch kaum aus.«

Aber er brannte darauf, zu erfahren, wo er Barbara finden könnte und so fragte er Schilling gerade heraus, ob bei ihm vielleicht ein Brief für ihn abgegeben worden sei.

Schilling dachte kurz nach, schüttelte den Kopf, dann schaute er Georg nachdenklich an, zog für einen kurzen Moment die Augenbrauen zusammen, bevor sich seine Gesichtszüge wieder glätteten, und lachte.

»Wie mir Ihr Vater geschrieben hat, wissen Sie selbst erst seit kurzer Zeit, dass Sie der Sohn von Georg Manz sind.«

Wie Schuppen fiel es Georg von den Augen. Schilling kannte seinen eigentlichen Namen ja gar nicht! Er hatte sich ihm als Sohn des Kaufmanns Manz aus Heilbronn vorgestellt.

»Georg Schmidt«, beeilte er sich zu sagen und fügte überflüssigerweise noch hinzu: »Schmidt mit dt.«

»Dann habe ich tatsächlich etwas für Sie«, erklärte Schilling, holte aus seinem Schreibsekretär einen Brief, schaute kurz auf den Absender.

»Eine Dame, Karolina Pfitzer, hat das vor Wochen für Sie abgegeben. Sie nannte den Namen Manz und sagte, dass ein Bekannter von ihm sich bei mir nach diesem Brief erkundigen würde. Nun, so etwas kommt in einer Hafenstadt wie Philadelphia häufiger vor.«

Georg nahm den Brief gleich an sich. Obwohl er ihn am liebsten sofort geöffnet hätte, zwang er sich, ihn zunächst einzustecken, bedankte sich und erklärte in kurzen Worten, dass eine befreundete Familie Wochen vor ihm nach Philadelphia abgefahren sei, er in der Heimat noch einiges zu erledigen gehabt hätte und nun erfahren wollte, wo er sie treffen könne.

Schilling lächelte, zwinkerte ihm zu.

»Dann hoffe ich, dass sie noch in der näheren Umgebung von Philadelphia zu finden ist und Sie bereits sehnsüchtig erwartet werden.«

Er machte eine kurze Pause.

»Wenn Sie wollen, können Sie mich bei meinen Geschäften begleiten, ich würde Sie auch gerne mit den anderen Kaufleuten in der Branche bekannt machen und – wenn Sie nichts dagegen haben – sie einfach als Sohn von Manz aus Heilbronn vorstellen. Die meisten der älteren kennen ihn noch gut aus seiner Zeit hier in Philadelphia. Kommen Sie morgen früh – oder vielleicht besser übermorgen, denn Sie müssen sich ja hier noch etwas umschauen, vielleicht weiß ich dann auch schon eine Wohnung für Sie.«

Kaum in seinem Hotelzimmer angekommen, riss er hastig den Brief auf – und war enttäuscht, als er die wenigen Zeilen vor sich sah. Nicht Barbara hatte ihm geschrieben.

Lieber Georg,

während Du diese Zeilen liest, hat Barbara ihren Dienst schon aufgenommen. Sie arbeitet auf dem Hof von Friedrich Hasselmann in Frankford. Mit dem Bauern versteht sie sich ganz gut, aber seine Frau ist eine Giftspritze und drangsaliert sie, wo sie nur kann. Ich weiß nicht, wie lange das gut geht.

Wir wollen nach Germantown ziehen. Dort leben viele Deutsche und es gibt eine Menge Handwerker, wo sich Hans nach Arbeit umsehen kann.

Wir hoffen, dass es Dir gut geht und freuen uns auf ein Wiedersehen.

Herzliche Grüße
Karolina Pfitzer

Er ging in einer Welle unterschiedlicher Empfindungen unter, fühlte sich glücklich, traurig, besorgt und hoffnungsvoll zugleich. Tränen stiegen ihm in die Augen. Allmählich begriff er, dass dieser knappe Brief weit mehr war, als er zu hoffen wagen konnte. Es war – wenn auch nicht von ihr selbst geschrieben – ein Lebenszeichen von Barbara! Er setzte sich auf sein Bett und las den Brief wieder und wieder. Gleich morgen wollte er sich nach Frankford aufmachen, obwohl er keine Ahnung hatte, wo dieser Ort lag.

Der Portier erklärte es ihm: »Frankford liegt nordöstlich von Philadelphia. Zu Fuß sind Sie in gut zwei Stunden da. Sie können aber auch eine Kutsche nehmen.«

Georg war selig über diese Antwort, hätte den alten Herrn am liebsten umarmt. Barbara lebte nur zwei Wegstunden von ihm entfernt! Er beeilte sich zu sagen, dass er die kurze Strecke lieber zu Fuß gehen würde, obwohl es den Portier vermutlich gar nicht interessierte.

»Es ist eigentlich ganz einfach.«

Der Protier nahm wieder einen Stadtplan zur Hand.

»Sie nehmen hier die Landstraße Richtung New York, die führt mitten durch Frankford hindurch. Der Ort ist nicht sehr groß, sie können sich dort durchfragen – auf deutsch natürlich. Frankford wurde vor über hundert Jahren von deutschen Auswanderern gegründet.«

Am liebsten wäre Georg gleich losgelaufen, aber es war schon dunkel geworden. In der Nacht schlief er sehr unruhig und so brach er bereits im Morgengrauen auf. Als er die letzten Häuser von Philadelphia hinter sich gelassen hatte, führte ihn sein Weg durch Gärten, Wiesen und Felder. Die Ernte war längst eingefahren und die herbstbraunen Bäume begannen schon ihre Blätter zu verlieren.

Auf der gut ausgebauten Landstraße herrschte lebhafter Verkehr, immer wieder musste er einer Kutsche oder einem Bauernfuhrwerk ausweichen.

Nach einer gefühlten Ewigkeit hatte er endlich die ersten Häuser von Frankford erreicht und erkundigte sich nach dem Hof von Friedrich Hasselmann. Der läge gleich hinter der Kirche, erklärte ihm ein Bauer in Pfälzer Mundart, die ihm aus Mannheim vertraut klang. Er rannte das letzte Stück, fragte bei der Kirche noch einmal nach und wurde auf ein stattliches Anwesen verwiesen. Als er den Hof überquert hatte, fand er die Bäuerin bei den Hühnern.

Sie blickte ihn mürrisch an. »Der Bauer ist nicht da«, grummelte sie dann abweisend, noch bevor er den Mund hatte aufmachen können.

Georg achtete nicht darauf, stellte sich höflich vor, er sei erst vor Kurzem in Philadelphia angekommen und suche eine Bekannte aus der Heimat, ob hier eine Barbara Pfitzer als Magd angestellt sei.

»Barbara Pfitzer?«, fragte die Bäuerin gedehnt und mit spöttischem Ton, stellte sich breitbeinig mit beiden Händen in den Hüften vor ihn hin und musterte ihn geringschätzig von oben bis unten.

Dann donnerte sie los: »Was bin ich froh, dass dieses Saumensch endlich weg ist. Faul, frech und aufmüpfig, schaffen wollte sie möglichst wenig, dafür um so mehr fressen und den Männern schöne Augen machen. Die konnten wir hier nicht brauchen. Mein Mann hat sie wieder verkauft.«

Georg war zutiefst bestürzt. Es musste sich um ein Missverständnis handeln.

»Barbara Pfitzer aus Löwenstein«, wiederholte er noch einmal leise und schaute die Bäuerin unsicher an.

»Ja, eben die«, blaffte sie zurück. »Die findest du hier nicht mehr und jetzt scher dich zum Teufel.«

Georg ließ sich nicht so einfach abweisen und fragte, immer noch um Freundlichkeit bemüht: »Können Sie mir nicht sagen, wo sie hingekommen ist?«

»Ach, irgendein Gastwirt hat sie schließlich genommen«, antwortete die Frau unwillig, »nicht hier in Frankford, irgendwo weiter weg.«

»Kann ich noch mal kommen, wenn der Bauer wieder da ist?«

»Der wird dir dasselbe sagen und jetzt schau, dass du weiterkommst, du hältst mich von der Arbeit ab.«

Was sollte er tun? Bis zum Abend lungerte er im Ort herum, schaute immer wieder aus der Ferne, ob er Hasselmann sehen könne, fragte den Wirt, als er dann in der Dorfschenke ein paar Bratwürste mit Sauerkraut aß, ob hier alle so unfreundlich wären wie auf dem Hof von Hasselmann.

Was er denn von Hasselmann wolle, erkundigte sich der Wirt, nachdem er ihn zuerst verwundert, dann amüsiert angeschaut hatte, und als Georg ihm aufgebracht von seinem Gespräch mit der Bäuerin erzählte, setzte er sich zu ihm an den Tisch.

»Bei denen hängt der Haussegen gewaltig schief. Er wäre ja eigentlich in Ordnung, aber er hat zu Hause nichts zu bestimmen und seine Frau ...« Er winkte ab, »ich will ja nichts sagen, aber die hat Haare auf den Zähnen. Seien Sie froh, dass sie Ihnen nicht den Besen über den Kopf geschlagen hat.«

Von Barbara wusste er nichts. Ob Hasselmann heute wohl noch heimkomme?

Der Wirt zuckte die Schultern. »Möglich, vielleicht auch nicht. Der bleibt oft ein paar Tage weg, geschäftlich, sagt er, bei dieser Frau wundert mich das nicht.«

Unverrichteter Dinge wanderte Georg müde und niedergeschlagen zurück nach Philadelphia. Er würde jeden Tag wiederkommen, bis er Hasselmann antreffen würde! Aber ob der ihm die Adresse, wo Barbara zu finden wäre, nennen konnte, wollte oder durfte? Wäre es nicht besser, sich zunächst nach den Pfitzers in Germantown umzusehen? Die müssten doch eigentlich wissen, wo Barbara hingekommen war!

So machte er sich tags darauf nach Germantown auf. Der Portier hatte ihm wieder den Weg dorthin beschrieben.

»Immer dem Schuylkill nach, flussaufwärts, nicht zu verfehlen und gut zu Fuß zu erreichen. Wie der Name schon sagt, leben hier besonders viele Deutsche. Der alte Name heißt auf Pennsylvanien-Deutsch ›Deitsches Schtädl‹«, fügte er schmunzelnd in Pfälzischer Mundart hinzu. »Ich bin dort geboren.«

Eigentlich hätte er sich heute Morgen bei Schilling vorstellen sollen, aber der Gedanke an Barbara hatte ihm keine Ruhe gelassen. So wanderte er das Flusstal aufwärts und sah bald rechter Hand das Städtchen vor sich liegen. Schnurgerade zog sich die Hauptstraße durch Germantown hindurch.

An den Geschäften und Handwerksbetrieben waren fast nur deutsche Namen zu sehen. Die meisten, die er fragte, hörten ihm bereitwillig zu, bedauerten aber, ihm keine Auskunft geben zu können. Hans Pfitzer sei ihnen nicht bekannt. Da sah er auf der Straße einen Jungen mit einem Laib Brot unterm Arm auf sich zukommen. Das war doch...

»Christoph«, rief er laut.

Der Junge schaute auf, erstarrte für einen Augenblick, ließ den Laib Brot fallen, schrie seinen Namen aus Leibeskräften und rannte auf ihn zu. Georg fing ihn auf, drehte ihn in der Luft, bevor er ihn wieder absetzte.

»Endlich«, sagte Christoph, »du hast aber ganz schön lange gebraucht!«

Georg hatte inzwischen den Brotlaib von der Straße aufgelesen und kritisch betrachtet. »Ich kauf einen neuen«, sagte er dann, »zeigst du mir den Weg zur Bäckerei?«

Auf dem Weg redete Christoph ununterbrochen auf ihn ein, erzählte, dass sie hier seit ein paar Wochen lebten, dass Barbara auf der Überfahrt fast Jacob geheiratet hätte, dass sie sehr traurig sei und dass es ihr bei dem Wirt, wo sie jetzt hingekommen sei, gar nicht gefalle.

Georg ging vor ihm in die Hocke, ergriff seine beiden Arme und fragte ihn eindringlich. »Wo ist Barbara jetzt? Lebt sie hier in Germantown?«

Christoph sah auf ihn nieder.

»Ich weiß nicht wie der Ort heißt. Hier in Germantown ist sie nicht. Aber Mutter weiß es ganz bestimmt.«

Sie kauften Brot und noch eine Menge Kuchenstücke. Christoph wurde immer ausgelassener.

»Jetzt bleibst du aber bei uns«, rief er.

Georg lachte.

»Sobald ich Barbara gefunden habe.«

Dann erklärte er ihm, dass er drüben in Philadelphia wohne. Christoph schaute etwas enttäuscht, meinte aber, da könne man hin- und herlaufen, das sei nicht weit, er komme ihn bald besuchen.

Vor einem einstöckigen Holzhäuschen, das an die Felder grenzte, blieb Christoph stehen.

»Hier wohnt die Tante Mechthild und wir«, sagte er stolz.

»Tante Mechthild?«, fragte Georg.

Christoph erklärte: »Die kennst du nicht, ist aber nett. Sie ist ganz allein und ich darf manchmal zu ihr ins Wohnzimmer. Wir wohnen in den Zimmern hinter der Küche.«

Dann wetzte er los und kündigte ihn an.

»Georg ist da, Georg ist da!«

Karolina Pfitzer lief ihm durch den Vorgarten entgegen, umarmte ihn und ließ ihn nicht zu Wort kommen. Wann er denn angekommen sei, ob er schon ihren Brief... aber ja, sonst wäre er ja nicht hier, wie es ihm gehe und daheim?

»Hans wird sich freuen – und Barbara«, dabei stockte sie, trat einen Schritt zurück und blickte Georg fragend an.

»Gestern war ich gleich bei Hasselmann in Frankford«, sagte er, »aber da war sie nicht mehr. Wo ist sie denn? Ich muss unbedingt zu ihr!«

Erleichtert atmete Karolina auf, nickte, bat ihn, doch hereinzukommen.

Als sie über den Kiesweg auf das Haus zuschritten, sagte sie: »Barbara ist in Reeseville, das ist nicht sehr weit von hier. Sie arbeitet als Magd im Gasthof *König von Preußen*. Manchmal muss sie auch bis tief in die Nacht Gäste bedienen. Sie ist sehr unglücklich dort.«

Georg kam die Bemerkung in den Sinn, die Christoph bei der Begrüßung gemacht hatte und ihm seitdem wie ein Dorn im Herzen saß. Er musste gleich jetzt diese Frage stellen.

Zu Christoph gerichtet fragte er: »Wer ist dieser Jacob, den sie fast geheiratet hat?«

Bevor Christoph antworten konnte lachte Karolina Pfitzer kurz auf und sagte beschwichtigend: »Sie hat sich gegen ihn entschieden und seinen Antrag abgelehnt – und das nur, weil sie dich immer noch liebt. Dabei hätte er ihr das Geld für die Überfahrt bezahlt.«

Christoph erklärte: »Jacob ist Schulmeister und bringt den Kindern das Denken bei. Mir hat er auf der Reise alles erklärt und er hat auf dem Schiff allen kranken Menschen geholfen.«

Karolina Pfitzer ergänzte: »Er war Lehrer in Marbach, wurde gekündigt, weil er zu freiheitliche Gedanken hatte, und hat jetzt bei der Deutschen Gesellschaft in Philadelphia wieder eine Stelle als Lehrer gefunden, zunächst nur zur Aushilfe. Er hat sich mit uns während der Überfahrt angefreundet.«

Georg fragte nach seinem vollen Namen. Er nahm sich vor, sich bei der Deutschen Gesellschaft nach ihm zu erkundigen. Fürs Erste war er aber beruhigt und wechselte das Thema.

»Und ihr, habt ihr euch schon eingelebt? Sie haben erwähnt, dass Ihr Mann bereits Arbeit gefunden hat?«

»Er arbeitet bei einem Bauflaschner, verlegt Wasserleitungen, baut Dachrinnen ein. Überall wird gebaut und die Handwerker haben volle Auftragsbücher.«

Sie legte Christoph die Hand auf die Schulter.

»Lauf schnell hinüber zur Werkstatt von Herrn Schultheiß und wenn Vater da ist, sag ihm Bescheid, vielleicht kann er kurz zu uns rüberkommen.«

Hans Pfitzer durfte seine morgendliche Vesperpause bis zum Mittag verlängern, sie aßen den mitgebrachten Kuchen, tranken Kaffee und erzählten sich die Erlebnisse ihrer Reise.

Hans hatte gleich bei der Begrüßung darauf bestanden, dass sie endlich alle zum *Du* übergingen. Immer wieder brachte Georg das Gespräch auf Barbara.

»Sie muss noch drei Jahre dienen, das wird eine harte Zeit«, seufzte Pfitzer.

Georg ließ sich genau den Weg nach Reeseville beschreiben und brach gegen Mittag auf. Er müsse zu Fuß gut sechs Stunden rechnen, sagte Karolina. Mit der Postkutsche ginge es deutlich schneller. Diesmal nahm er die Kutsche.

Der *König von Preußen* lag direkt an der Hauptstraße. Georg erblickte schon von Weitem ein stattliches Haus mit mehreren Nebengebäuden. Ein altes Schild verkündete, dass der Gasthof eine Station war, wo die Postkutschen hielten, die Pferde versorgt und manchmal auch ausgewechselt wurden. Der Kutscher setzte ihn vor dem Gasthof ab.

Als er ausstieg, schlug ihm sein Herz bis zum Halse. Er zwang sich zur Ruhe, betrat den großen Wirtshaussaal, der um diese Zeit am späten Nachmittag nur spärlich besetzt war und suchte sich einen freien Tisch in der Nähe der Theke.

Der Wirt, ein kräftiger Mann in mittleren Jahren mit rotem Gesicht und buschigem Schnurrbart, blieb hinter dem Schanktisch bei seinen Gläsern stehen und fragte ihn, als er sich an einen Tisch gesetzt hatte, auf Deutsch nach seinen Wünschen. Georg bestellte ein Bier und erkundigte sich, ob hier eine Barbara Pfitzer arbeite.

»Worum handelt es sich?«, fragte der Wirt freundlich, aber nicht ohne Argwohn in der Stimme und kam an seinen Tisch.

»Ich kenne sie aus unserer alten Heimat«, antwortete Georg mit mühsam gespielter Gelassenheit.

Der Schnauzbart blicke ihn prüfend an, schien sich aber mit seiner Antwort zufrieden zu geben, wandte den Kopf nach hinten und rief: »Bärbel, da will einer was von dir.«

Kurz darauf war sie da. Sie stand in der Tür, die wohl zur Küche führte, mit Kopftuch und Schürze, blickte ängstlich zu ihrem Herrn, erkannte Georg, erblasste, riss sich das Tuch vom Kopf und stürzte an seinen Tisch.

»Na, na, immer langsam«, sagte der Wirt, hielt sie grob am Oberarm fest, sodass sie Georg nun drei Schritte entfernt gegenüberstand.

»Fünf Minuten, nicht länger«, schärfte ihr der Wirt mit leiser, drohender Stimme ein, blickte sie scharf an, ließ sie dann ruckartig los und verschwand hinter seinem Tresen.

Sprachlos schauten sie sich an. Barbara schluchzte auf, setzte sich an seinen Tisch, wischte ihre Tränen mit dem Ärmel ihrer Kittelschürze ab, lachte und weinte gleichzeitig, griff nach seiner Hand und ließ sie nicht mehr los.

Georg spürte einen Kloß in der Kehle. Als er den Kerl so mit Barbara umgehen sah, wäre er ihm am liebsten an die Gurgel gegangen. Er hatte sich so manches zusammengereimt, als er von Barbaras Arbeitsstelle gehört hatte, aber diese kurze Szene hier vor diesem Wirtshaustisch übertraf seine schlimmsten Erwartungen.

»Du bist da!«, ergriff sie als Erste das Wort.

»Barbara«, brachte er kaum zwischen seinen Lippen hervor und drückte ihre Hand. So saßen sie zunächst einige Augenblicke still einander gegenüber, musterten sich, unfähig, ihren Gefühlen Ausdruck zu geben.

Sie fragte ihn, wann er angekommen sei, nach seiner Überfahrt und er antwortete in kurzen Sätzen. Was sie da redeten, kam ihm alles so nebensächlich, so belanglos vor. Da erschien der Wirt mit seinem Bier, stellte es vor ihn hin.

»Wohl bekomm's! Sie entschuldigen«, sagte er dann, wandte sich an Barbara: »Genug geschwätzt, marsch an die Arbeit«, und wies sie in die Küche zurück. Zu Georg meinte er nicht unfreundlich: »Bald ist hier alles voll mit den Abendgästen, da gibt es in der Küche viel zu tun, das müssen Sie verstehen.«

Georg saß völlig kopflos vor seinem Bier. Das kurze Wiedersehen kam ihm so unwirklich vor. Mühsam versuchte er Ordnung in seine Gedanken und Gefühle zu bringen. Er hatte nur daran gedacht, Barbara wiederzusehen, sie in die Arme zu nehmen. Jetzt fühlte er sich hilflos, hatte sich nicht einmal mit ihr aussprechen können.

Wie lange musste sie heute noch arbeiten? Bis zum späten Abend? So lange sollte er hier auf sie warten müssen? Und dann? Sie war dem Wirt, der so grob mit ihr umging, vertraglich zum Dienst verpflichtet. Er würde alles daran setzen, diesen Vertrag abzulösen und wenn es sein ganzes Geld kosten würde, das ihm Manz mitgegeben hatte. Er winkte dem Wirt.

»Ist was mit dem Bier?«

Georg bat ihn, sich kurz zu ihm zu setzen, was dieser nach einigem Zögern widerwillig tat.

»Ich bin vor wenigen Tagen in Philadelphia angekommen«, begann Georg. »Ich bin nicht unvermögend. Barbara ist meine Verlobte. Durch ungünstige Umstände wurden wir getrennt und sie ist mit ihrer Familie vor mir ausgewandert. Sie haben ihre Dienstzeit von drei Jahren vor Kurzem von Hasselmann in Frankford gekauft. Ich möchte den Vertrag ablösen. Sagen Sie mir, was das kostet.«

Der Wirt stierte ihn an.

»Das kommt ja gar nicht in Frage. Schlagen Sie sich das aus dem Kopf. Ich brauche das Mädchen dringend in der Küche. Ich kann Sie Ihnen nicht verkaufen.«

Er stand auf und wollte sich zu seiner Theke aufmachen. Georg ergriff sein Handgelenk, das noch auf dem Tisch aufgestützt war. »Wann kann ich heute Abend mit ihr reden?«, fragte er mit forderndem Ton.

»Sie ist erst fertig, wenn die letzten Gäste gegangen sind, und dann muss sie noch in der Küche aufräumen. Das wird heute nichts mehr. Morgen früh vielleicht, vor der Arbeit.«

»Dann geben Sie mir ein Zimmer.«

Der Wirt betrachtete ihn misstrauisch, nickte dann, winkte ihm mitzukommen und führte ihn eine Treppe höher zu den Gästezimmern. Den Preis für eine Nacht wollte er im Voraus haben. Georg setzte sich aufs Bett, schaute sich in seiner Herberge um. Der Raum war einfach eingerichtet, aber sauber, das Fenster ging zur Straße, auf der Kommode stand eine Waschschüssel mit einer Kanne frischen Wassers, hatte Barbara sie gefüllt?

Er fühlte sich leer, wie gelähmt. Während er hier saß, arbeitete sie unten in der Küche und er konnte nicht mit ihr reden, ihr sagen, wie sehr er sie liebte und dass er alles versuchen wollte, sie aus dieser Lage zu befreien. Wie viel müsste er dem Wirt bieten, dass er sie gehen ließ? Wie müsste er es anstellen, dass der Wirt sich bereit erklärte, auf sein vertraglich zugesichertes Recht zu verzichten?

Er fand keine Antworten auf seine Fragen, ging unruhig im Zimmer auf und ab, hielt es schließlich hier nicht mehr aus. Im Schankraum würde er sie vielleicht ab und zu sehen, wenn sie Gäste bediente. Würde er das ertragen können? Sollte er versuchen, sich in die Küche zu schleichen, das Küchenfenster ausfindig machen, um dort mit ihr kurz zu sprechen? Er schlug sich das aus dem Kopf. Den Wirt durfte er nicht verärgern, denn er wollte etwas von ihm, nicht umgekehrt.

So stieg er wieder hinunter in den Wirtshaussaal, der sich allmählich mit Gästen füllte. Auf seinem Tisch stand noch das unberührte Bier. Er setzte sich und bestellte ein einfaches Vesper.

So saß er den ganzen Abend in Gedanken versunken, brütete vor sich hin, gab den Tischgenossen, die eine Unterhaltung mit ihm beginnen wollten, nur einsilbig Auskunft und wartete darauf, dass sich Barbara zeigen oder sich eine Gelegenheit bieten würde, dass er sich in die Küche schleichen könnte, aber der Wirt blieb eisern hinter seinem Schanktisch, wie ein Wachhund, während eine andere Magd die Gäste bediente.

Spät am Abend waren endlich die letzten Gäste gegangen. Barbara hatte er nicht mehr gesehen. Der Wirt gab ihm zu verstehen, dass er nun schließen müsse, gab ihm einen Hausschlüssel, falls er erst später in sein Zimmer wolle. Georg ging nach draußen, umrundete den *König von Preußen*, schaute zu den Fenstern, wo er die Küche vermutete.

Als überall im Haus die Lichter verloschen waren, machte er sich zur Hintertür auf dem Hof auf, die er bereits verschlossen fand. Sollte er leise an die Tür klopfen, wartete sie vielleicht bereits auf ihn?

Während er noch überlegte, hörte er leise seinen Namen rufen und fuhr herum. Im Fenster eines Nebengebäudes nahm er einen schwachen Lichtschein wahr. Als er näher getreten war, erkannte er im offenen Fenster Barbara.

»Warte, ich komm runter«, flüsterte sie ihm zu und nach wenigen Augenblicken stand sie vor ihm. »Komm rein«, sagte sie rasch. »Pass auf der Stiege auf!«

Leise schlichen sie in Barbaras Kammer hoch und kaum hatten sie die Tür hinter sich geschlossen, fielen sie sich lautlos in die Arme.

Sie hatten sich so viel zu erzählen. Barbara berichtete mit gedämpfter Stimme von der Überfahrt, von Jacob und ihrer Entscheidung, ihn zurückzuweisen. Georg versicherte ihr, alles zu unternehmen, um sie hier herauszuholen.

Er erzählte von Manz, dass er sein leiblicher Vater sei, dass er ihm großzügig Geld gegeben habe, berichtete, wie er in Germantown Christoph und die Pfitzers getroffen hatte, schilderte ihr die Begegnung mit Frau Hasselmann in Frankford.

Barbara lachte und weinte und immer wieder umarmten sie sich. Schließlich fragte sie Georg nach ihrer täglichen Arbeit hier im Gasthof.

»Morgens um sechs fange ich an, mit dem Auskehren der Gaststube, dann muss gewischt und die Tische müssen abgeschrubbt werden. Wenn Übernachtungsgäste da sind, wird Frühstück serviert, anschließend werden die Zimmer hergerichtet und dann ist auch schon Zeit, das Mittagessen vorzubereiten, dann kommt das Abspülen, Küche putzen und die Vorbereitungen für das Abendessen beginnen. Danach wieder abspülen, manchmal auch bedienen bis zum Schluss.«

»Das sind ja sechzehn, siebzehn Stunden am Tag«, überschlug Georg kurz. »Und wann hast du eine Pause, wann kommst du raus?«

Barbara blickte zu Boden.

»Dafür ist keine Zeit. Das geht jeden Tag so, am Werktag wie am Sonntag. Aber lass uns jetzt von was anderem reden. Was hast du für Pläne?«

Georg zögerte. Ihre Schilderung drohte ihm den Boden unter den Füßen wegzuziehen. Da sollte er von seinen Plänen reden! Aber schnell wurde ihm klar, dass es für Barbara besser war, wenn er ihrer Bitte nachgab und sie etwas von ihrem traurigen Los ablenkte.

Er sprach von Schilling, bei dem er eigentlich heute mit der Arbeit hätte beginnen sollen, davon, dass er vielleicht in das Tabakgeschäft einsteigen werde, vielleicht auch nach Möglichkeiten suchte, sich seinen Traum, Baumeister zu werden, doch noch erfüllen zu können.

Er schwieg, strich ihr das Haar aus der Stirn, drückte sie an sich. »Es fällt mir so schwer, von mir selbst zu erzählen und dabei nicht daran zu denken, was du hier durchmachst.«

Im Morgengrauen verabschiedeten sie sich. »Komm bald wieder«, sagte Barbara mit feuchten Augen.

Niedergeschlagen wanderte er zurück nach Philadelphia.

In seinem Hotelzimmer machte er sich frisch und ging gleich zu Schilling, der ihn freundlich und verständnisvoll begrüßte, ohne darauf einzugehen, dass er sich um einen Tag verspätet hatte. Es treffe sich gut, dass er heute noch in der Firma vorbeischaue. Er müsse gleich los zum Hafen, um die Sendung aus Virginia zu begutachten.

Obwohl er die Nacht wenig geschlafen hatte, tat Georg die Ablenkung gut. Schilling erklärte ihm, was man beim Import- und Exportgeschäft beachten musste, nahm ihn anschließend ins Lager seiner Firma mit, zeigte ihm verschiedene Tabaksorten, die er in den Südstaaten eingekauft hatte, erläuterte ihm die Qualitäten, welche Blätter als Deckblätter für die Zigarren geeignet seien, welche in den Verschnitt gingen.

»Aber das kann Ihnen Manz in Heilbronn besser erklären«, fügte er schmunzelnd an.

Im Hafenamt ging er mit ihm die bereits vorbereiteten Papiere durch, erklärte die Zollbestimmungen, stellte ihn dem einen oder anderen Beamten vor und lud ihn um die Mittagszeit zum Essen in einem Restaurant in der Nähe des Hafens ein.

Beiläufig erkundigte sich Schilling, ob Georg seine Bekannten gefunden hätte und Georg fasste sich ein Herz, erzählte freimütig von seinen Begegnungen in Frankford, Germantown und Reeseville.

Schilling hörte aufmerksam zu.

»Das mit den Serven ist eine böse Sache«, meinte er dann, »eigentlich dürfte so etwas im freien Amerika nicht mehr geduldet werden. Man müsste in Deutschland den Menschen deutlich machen, dass man in Teufels Küche kommen kann, wenn man sich einem Kapitän anvertraut, der einem das Fahrgeld auslegt. Und hier in den Staaten müsste es Gesetze geben, die das Redemptionersystem, wie es bei uns genannt wird, verbieten. Eben haben wir bei uns in den Nordstaaten die Sklaverei abgeschafft, aber für die eigenen Landsleute, die

274

von geldgierigen Geschäftemachern ersteigert werden, um sie gnadenlos auszubeuten oder teuer weiterzuverkaufen, tun wir nichts.«

»Gerade das Gegenteil geschieht in Deutschland«, warf Georg aufgebracht ein. »Dort treten die Seelenverkäufer in den Dörfern auf und versprechen den armen Leuten das Paradies auf Erden. Die paar Jahre für das Abverdienen des Reisegeldes erscheinen den meisten als kleineres Übel, als in Deutschland Hunger leiden zu müssen. Dabei ist ihre Not hier genauso groß, wenn nicht sogar schlimmer.«

Georg erzählte von den Seelenverkäufern und ihren Betrügereien in seiner Heimat und schilderte dabei seine eigenen Erfahrungen in Mannheim und Heilbronn.

Schilling betrachtete ihn nachdenklich. »Sie sollten sich mit dem Anwalt der Deutschen Gesellschaft in Verbindung setzen«, sagte er dann. »Ich kenne ihn gut. Er heißt Andreas Leinau.«

Er notierte den Namen eilig auf einen Bierdeckel und Georg steckte ihn ein.

16

Menschenhändler

Gleich am nächsten Morgen machte er sich zum Gebäude der Deutschen Gesellschaft auf. Mit Schilling hatte er abgesprochen, dass er sich erst am Nachmittag bei ihm melden sollte. Schilling hatte Verständnis gezeigt, ihm auf die Schulter geklopft und ihm Mut gemacht.

»Tritt nur entschlossen auf, das macht hier Eindruck, und grüß Leinau von mir.«

Der Neubau in der 7. Straße lag etwas abgesetzt hinter einem Vorgarten und wirkte recht freundlich. Georg betrat die

Halle im Erdgeschoss und hörte Kinder singen. Er traute seinen Ohren nicht. Das war ein deutsches Volkslied! Er klopfte an der Tür, worauf eine Männerstimme den Gesang abbrach.

»Sieh mal nach, wer da draußen steht«, hörte er den Lehrer sagen. Ein kleiner Junge öffnete die Tür und sah ihn neugierig an.

»Die Geschäftsräume der Gesellschaft sind im zweiten Stock«, rief der Lehrer ihm zu, bemerkte seine Unsicherheit und kam freundlich näher.

»Karl Keyser«, sagte er und streckte Georg die rechte Hand hin.

Georg stellte sich ebenfalls vor und fragte nach Rechtsanwalt Leinau.

»Herr Leinau kommt nur gelegentlich in die Geschäftsstelle, aber Sie können es ja oben einmal versuchen. Vielleicht haben Sie Glück.«

Er hatte Glück, der Rechtsanwalt war in seinem Büro. Er bat die Sekretärin den Gruß von Schilling auszurichten und wurde gleich von ihm empfangen. Diesmal stellte er sich nicht mit seinem eigentlichen Namen, sondern mit »Georg Manz« vor, wobei Leinau überrascht aufschaute.

»Ich kannte vor vielen, vielen Jahren einen Georg Manz aus Heilbronn, sind sie vielleicht mit ihm verwandt?«

»Er ist mein leiblicher Vater«, bestätigte Georg und war über seine gewählte Formulierung selbst überrascht. Für jemanden, der seine Lebensgeschichte nicht kannte, musste diese Bezeichnung merkwürdig klingen.

Leinau schien nichts weiter aufgefallen zu sein. Er erkundigte sich nach seinem Vater, rechnete zurück, »das müsste jetzt an die zwanzig Jahre her sein«, schaute versonnen aus dem Fenster. Dann drehte er sich zu Georg um und begann in geschäftsmäßigem Ton zu referieren.

»Die deutsche Gesellschaft kümmert sich an erster Stelle um den Rechtsschutz für Einwanderer, an zweiter Stelle sorgt sie für deren Wohl durch Geldleistungen, Vermittlung von Arbeit, Behandlung bei Krankheit, Not und sonstiger Hilfe. An dritter Stelle schließlich engagiert sie sich in kultureller Hinsicht, unterhält eine Schule für deutsche Einwandererkinder und stellt allen Interessierten eine umfangreiche Bibliothek zur Verfügung. Was kann ich für Sie tun?«

»Ich bin an einer Auskunft in Sachen Rechtsschutz interessiert«, begann Georg zögernd. Stockend berichtete er dem Rechtsanwalt, dass eine Bekannte aus der Heimat sich als Serve hätte verdingen müssen. Nach den ersten Sätzen verlor er seine Zurückhaltung und schilderte Barbaras Schicksal mit wachsender Empörung.

»Sie wird ausgenutzt. Das kann in einem freien Land wie Amerika nicht dem Gesetz entsprechen. Siebzehn Stunden Arbeit vom frühen Morgen bis in die Nacht, kein freier Tag und das drei Jahre lang – das kann doch niemand aushalten!«

Leinau hatte ihm voller Anteilnahme zugehört.

»Nehmen Sie doch Platz«, lud er ihn ein und während Georg sich auf einen Stuhl niederließ, der vor dem Schreibtisch des Rechtsanwalts stand, setzte sich Leinau, ihm zugewandt, zur Hälfte auf eine Ecke des Schreibtisches, umfasste sein rechtes Knie mit beiden Händen und begann zu erklären.

»Freilich haben Sie recht. Ich kann Ihre Empörung gut nachvollziehen. Das sind wahrhaftig unerträgliche Zustände. Aber ich fürchte, wir können trotzdem für Ihre Bekannte wenig tun. Seit Jahren führe ich diesen vergeblichen Kampf mit den Gerichten gegen diese verdammte Menschenschinderei.«

Er stand auf, holte aus einem Aktenschrank eine Mappe, blieb vor Georg stehen und schlug sie auf. Georg wollte ebenfalls aufstehen, doch der Rechtsanwalt drückte ihn auf den Stuhl zurück und setzte sich in den Schreibtischsessel auf der anderen Seite des Tisches, während er die Mappe immer noch geöffnet in der linken Hand hielt.

Mit dem Handrücken der rechten schlug er geräuschvoll auf die Blätter.

»Hier habe ich den Fall von einem Serven, der sich vor sieben Jahren an uns mit der Klage gewandt hatte, dass er seinem Herrn, Thomas Leiper, seit siebzehn Jahre diene und jeden Tag bis zum Umfallen arbeiten müsse. Siebzehn Jahre erschien auch uns völlig unangemessen. Meist handelt es sich um Dienstzeiten von vier, fünf Jahren – Ihre Bekannte hat in dieser Hinsicht also noch Glück gehabt.

Wir reichten Klage ein – ohne Erfolg. Das Gericht sprach den Kläger schuldig. Es begründete das Urteil knapp damit, dass einmal eingegangene Verträge einzuhalten seien, und in diesem Vertrag waren nun einmal siebzehn Jahre Dienstzeit ausgemacht. Der Unglückliche hatte selbst unterschrieben. Er musste sogar noch zwanzig Dollar Strafe zahlen. Diese Summe haben wir natürlich übernommen.«

Er warf den Aktendeckel auf den Schreibtisch, verschränkte die Arme und schwieg.

»Aber solche Verträge sind doch sittenwidrig!«

»Das schon, aber diese Einschätzung müssten wir erst einmal vor den Gerichten durchsetzen. Wir arbeiten daran, aber bisher ohne Erfolg.«

Er stand wieder auf, drehte sich zum Fenster und erklärte, ohne dabei Georg anzusehen: »Sehen Sie, der Fehler liegt im System begründet. Den weißen Sklaven, wie sie auch genannt werden, geht es oft sogar noch schlechter als den schwarzen, die es leider in den Südstaaten immer noch gibt. Der Besitzer versucht bei einem schwarzen Sklaven wenigstens dessen Arbeitskraft zu erhalten, darin liegt für ihn ja sein Wert. Je kürzer aber die Dienstverpflichtung des weißen Sklaven ist, desto mehr möchte der Käufer aus dieser Dienstzeit herausholen und die Gesetze erlauben ihm das. Drei oder vier Jahre wird er schon durchhalten, denkt sich der Dienstherr.«

Er holte von einer Ablage am Fenster ein Formular und legte es Georg vor. Mit einer Handbewegung lud er ihn ein, sich das Papier durchzulesen.

»Das sind die Verträge, die gewöhnlich in Philadelphia genutzt werden, und so einen Vertrag hat Ihre Bekannte wohl auch eigenhändig unterschrieben, sonst wäre es gar nicht zu einem Arbeitsverhältnis gekommen.«

Er zitierte auswendig aus dem Text, dass sich der Serve seinem Herrn für die volle Zeit verpflichte, treulich und gehorsam zu dienen.

»Von festen Arbeitszeiten, von freien Tagen steht hier nichts. Nur jährlich sechs Wochen Schulunterricht muss der Käufer einem minderjährigen Serven – also einem Kind! – gewähren. Aber wer prüft das nach?«

Georg fragte, ob er das Formular behalten könne und Leinau überließ es ihm gerne.

»Die einzige Möglichkeit bestünde darin, vor einem Gericht nachzuweisen, dass Ihre Bekannte schlecht untergebracht wäre, zu wenig zu essen bekäme, keine Kleidung gestellt bekäme oder wenn sie offensichtlich misshandelt oder zu etwas gezwungen würde, was nicht ihrem Dienst als Magd entspräche.«

Georg schwieg betroffen.

Der Anwalt zog einen dicken Aktenordner aus einem Regal hinter seinem Schreibtisch. »Hier sammeln wir Zeitungsannoncen von Interessenten an Serven, damit wir die Auswüchse dokumentieren können. Er reichte den Ordner Georg über den Tisch, der blätterte in den Seiten und las.

Heute ist das Schiff »Boston« hier angelangt mit etlichen hundert Deutschen, unter welchen sind allerlei Handwerker und junge Leute, sowohl Manns- wie Weibspersonen, auch Knaben und Mädchen. Diejenigen, welche geneigt sind, sich mit dergleichen zu versehen, werden ersucht, sich zu melden bei D. Rundle in der Frontstraße.

Es ist zu verkaufen einer deutschen Magd Dienstzeit; sie ist ein
starkes, frisches und gesundes Mensch und wird keines Fehlers
wegen verkauft, sondern nur, weil sie sich in den Dienst nicht
schickt, in welchem sie jetzt steht; sie versteht alle Bauernarbeit,
wäre auch gut für ein Wirtshaus; sie hat noch fünf Jahre zu stehen.

Leinau betrachtete ihn mitfühlend, wie er in den Akten blätterte. Schließlich räusperte er sich nach einer Weile und fragte: »Kann ich sonst noch etwas für Sie tun?«

Seine freundlich an ihn gerichteten Worte klangen Georg wie Hohn. Aber er fasste sich schnell.

»Ich danke Ihnen für die Auskunft und dass Sie sich so viel Zeit für mich nehmen, aber ich hätte tatsächlich noch eine Frage in einer anderen Angelegenheit.«

Leinau schaute auf seine Taschenuhr und nickte dann Georg ermutigend zu.

Er berichtete dem Rechtsanwalt von der Seelenverkäuferbande, von den Praktiken der Auswandererwerbung, von dem Schleuserring, der auch in Philadelphia seine Leute habe. Er nannte die Namen Hasler und Baron, zog den Zettel aus der Tasche, den ihm Schwendt in Mannheim gegeben hatte mit der Adresse hier in Philadelphia und legte ihn so auf den Schreibtisch, dass Leinau ihn lesen konnte.

Dieser hörte ihm mit steigendem Interesse zu, schrieb mit, fragte nach, notierte die Adresse auf dem Zettel, bevor er ihn Georg wieder zurückgab.

»Ich werde diesen Fall an das Gericht weiterleiten. Hier können, ja hier müssen wir aktiv werden. Das wäre ein Ansatzpunkt, auch dieses leidige Redemptionersystem an den Pranger zu stellen, das solche Verbrechen begünstigt. Wenn es zum Prozess kommt, wären wir Ihnen sehr dankbar, wenn Sie sich als Zeugen zur Verfügung stellen könnten.«

Er erkundigte sich, wo Georg wohne und Georg nannte ihm die Adresse von Schilling, erklärte, dass er im *Gasthof der*

Vereinigten Staaten nur vorübergehend untergebracht sei und noch keine andere Wohnung gefunden hätte. Beim Geschäftspartner seines Vaters werde er ihn die nächste Zeit auf jeden Fall erreichen können.

»Na, dann kommen Sie mal mit.«

Leinau führte ihn in das Archiv der Gesellschaft, zeigte ihm die Protokollbände, die dort seit ihrer Gründung 1764 aufbewahrt wurden. Er zog ein Büschel Akten heraus, das neben den Bänden lag.

»Das sind die noch ungebundenen Protokolle.«

Er blätterte in den Papieren und suchte einen Bogen heraus.

»Hier habe ich einen Fall von vergangenem Jahr, der Sie interessieren wird. Ein Einwanderer beklagt sich über aggressive Auswandererwerbung: Ich lese Ihnen aus seinem Brief vor:

Unbekannt, unbemittelt und hilflos wage ich es den Beistand der Deutschen Gesellschaft zu erflehen und hoffe, dass Sie mir denselben umso eher werden angedeihen lassen, wenn ich versichere, es beweisen zu können, dass ich auf eine seelenverkäuferische Art hierher gebracht und danach in niederträchtiger Weise bin verlassen worden. In Erwartung einer geneigten Antwort, Hochachtungsvoll
Giesbert Vorster, an Bord der Brig Barilla.«

Leinau steckte den Brief zurück, legte das Aktenbündel auf einem Tisch ab und stützte beide Hände auf die Platte und schwieg einen Augenblick.

»Ich erinnere mich noch genau«, sagte er dann, während er sich wieder erhob. »Es war ein verwickelter Fall, aber Vorster hatte Glück, denn die von ihm namentlich genannten Seelenverkäufer Caspar und Carl Hobrecker waren den Gerichten bereits bekannt und konnten auch hier in Philadelphia zur Rechenschaft gezogen werden. Ich übernahm seine Interessenvertretung und wir konnten uns vor Gericht durchsetzen. Vorster erhielt eine Entschädigung von 140 Dollar, das war mehr als der Preis für die Überfahrt. In Ihrem Fall handelt es sich aber zusätzlich um Betrug und vielleicht noch um weitere Delikte.«

Der Anwalt sah wieder auf seine Taschenuhr und verabschiedete sich.

»Schauen Sie doch öfter bei uns rein, wir haben auch eine ausgezeichnete Bibliothek«, lud er ihn ein, drückte ihm die Hand und sagte zum Abschluss: »Wir sollten in Kontakt bleiben – und vergessen Sie nicht, Sie können sich in allen Fragen, die Ihr Einleben hier betreffen, an uns wenden.«

In den folgenden Tagen zog es Georg fast jeden Nachmittag hinaus nach Reeseville, um am Abend Barbara zu sehen. Der Wirt akzeptierte stillschweigend seine Besuche, wehrte aber jeden neuen Anlauf Georgs ab, über eine Ablösung des Vertrags zu reden. Er wanderte auch, wenn es sein Praktikum bei Schilling möglich machte, ab und zu nach Germantown zu den Pfitzers hinüber.

Schließlich fasste er Mut, was er immer wieder hinausgeschoben hatte, endlich anzugehen – Jacob Ackermann persönlich kennenzulernen. Er erinnerte sich, dass Pfitzer ihm davon erzählt hatte, dass Ackermann als Hilfslehrer in der Deutschen Schule der Gesellschaft angestellt wäre. Barbara erzählte er nichts davon.

So machte er sich an einem Vormittag, den er bei Schilling freinehmen konnte, wieder zur Deutschen Gesellschaft auf und brachte in der Bibliothek in Erfahrung, dass um 12 Uhr Jacob Ackermanns Mittagspause begann.

Er griff während der Wartezeit wahllos einige Bücher aus den Regalen, blätterte ein Auswandererhandbuch und eine Reisebeschreibung durch Nordamerika durch, als plötzlich Leinau hereinschaute und auf ihn zukam.

»Herr Manz, ich habe Neuigkeiten für Sie«, begann er und begrüßte ihn mit Handschlag. »Die beiden Herren, Hasler und Baron, sind kurz vor Ihrer Ankunft mit dem Schiff *Vaterlandsliebe* tatsächlich in Philadelphia angekommen. Ich habe die Passagierlisten im Hafenamt durchgesehen. Die Klage gegen beide habe ich inzwischen aufgesetzt und weitergeleitet. Jetzt müssen wir allerdings etwas Geduld haben. Aber demnächst müssen Sie mit einer Vorladung rechnen.«

Als er Georgs erschrockenen Blick bemerkte, fügte er hinzu: »Ich begleite Sie natürlich zum Gericht.«

Sie kamen ins Gespräch, Leinau erkundigte sich nach seiner Bekannten, nach Georgs ersten Eindrücken in der Stadt, ob er immer noch im Hotel wohne.

Als Georg bejahte, sagte er: »Da hätte ich vielleicht was für Sie. Ein Mandant von mir sucht einen neuen Untermieter. Er wohnt in einem Landhaus in Richtung Germantown. Warten Sie, ich gebe Ihnen seine Karte.«

Er kramte in seiner Aktentasche, zog einen Umschlag hervor und entnahm ihm eine Visitenkarte.

Georg las den Namen mit halblauter Stimme: Johannes Schweikle, Architekt.

»Seine Familie kommt aus der Nähe von Stuttgart«, schmunzelte Leinau. »Das könnte doch passen?«

Georg nahm sich vor, sobald wie möglich bei diesem Architekten vorbeizuschauen. Wenn das kein gutes Vorzeichen war!

Wenig später stand er auf der Straße vor dem Haus der Deutschen Gesellschaft, um Jacob Ackermann abzupassen.

Kurz nach Zwölf verließ ein sportlich wirkender Mann Mitte dreißig das Gebäude, sah Georg kurz fragend an, bevor er seinen Weg fortsetzte. Das also war er! Georg hätte fast vergessen, ihn anzusprechen.

»Entschuldigen Sie«, rief er ihm nach, »ich suche Jacob Ackermann.«

Der Angesprochene blieb stehen, drehte sich zu Georg um, musterte ihn erstaunt von oben bis unten.

»Der bin ich. Kennen wir uns?«

»Hätten Sie einen Augenblick für mich Zeit«, bat Georg. »Ich bin vor Kurzem in Philadelphia angekommen, stamme aus einem Dorf bei Heilbronn und kenne die Familie Pfitzer in Germantown, die mir von Ihnen erzählt hat.«

Neugierig kam Jacob Ackermann auf ihn zu und reichte ihm die Hand.

»Ich bin auf dem Weg zum Mittagessen, wollen Sie mich begleiten?«

Georg willigte ein, Ackermann schlug ein kleines Lokal ganz in der Nähe vor, wo man preisgünstig essen könne.

»Hausmannskost«, sagte er. »Dort bekommen Sie sogar Spätzle mit Soß, wie zu Hause.«

Georg erkundigte sich höflich nach seiner Arbeit in der Schule und Ackermann sagte: »Die deutschen Kinder sind hier alle unter sich. Ihre Eltern wohnen in deutschen Vierteln, sie kaufen in deutschen Geschäften ein, zu Hause werden deutschsprachige Zeitungen gelesen, dabei sollten sie doch Englisch lernen, um sich in die amerikanische Gesellschaft einzugliedern. So dankbar ich bin, hier unterrichten zu können, so zweifle ich doch, ob es nicht besser wäre, sie besuchten eine Schule, in der auch englischsprachige Kameraden sind.«

Als sie das Essen bestellt hatten, kam Georg gleich zur Sache. »Entschuldigen Sie, ich habe mich Ihnen vorhin noch gar nicht vorgestellt«, begann er zögernd.

»Nicht nötig, Herr Schmidt«, antwortete ihm Ackermann grinsend und als er Georgs erstaunten Blick sah, erklärte er: »Ich dachte mir gleich, als Sie Heilbronn und die Familie Pfitzer erwähnt hatten, es müsste doch mit dem Teufel zugehen, wenn das nicht der Georg Schmidt aus Ellhofen ist, wegen dem mir Barbara einen Korb gegeben hat. Machen wir keine Umstände, ich bin Jacob.«

Georg schlug erfreut in seine dargebotene Hand ein. So ungezwungen hatte er sich dieses erste Kennenlernen nicht vorgestellt. »Christoph hat mir viel von eurer gemeinsamen Reise erzählt«, begann er vorsichtig.

»Wie geht es Barbara? Denn deshalb bis du ja vermutlich hier«, half ihm Jacob weiter.

»Sie lebt bei ihrem zweiten Dienstherrn, einem Wirt in Reeseville, im Gasthof *König von Preußen*.«

Jacob nickte. »Ein merkwürdiger Name, ich hab davon gelesen. Das Wirtshaus ist über hundert Jahre alt und nach dem Preußenkönig Friedrich II. benannt.«

Georg ging nicht darauf ein. Er wollte jetzt nicht über Wirtshausnamen in Pennsylvanien sprechen. Mit ernster Miene erklärte er: »Um es kurz zu sagen. Barbara geht es schlecht. Sie wird regelrecht ausgebeutet, muss vom frühen Morgen bis spät in die Nacht hinein arbeiten und der Wirt will sie nicht herausgeben. Ich habe immer wieder versucht, mit ihm ins Gespräch zu kommen, wie viel er dafür wollte, den Vertrag abzulösen. Das Geld dafür hätte ich ja. Ich war auch schon bei Leinau, dem Anwalt der Deutschen Gesellschaft. Aber der hat mir keine Hoffnungen machen können.«

Jacob sagte bitter: »Sie hätte es auch anders haben können.« Mit einem Schluck Bier spülte er seinen aufkommenden Ärger hinunter, dachte kurz nach, spielte mit dem Besteck auf seinem Gedeck, während die Kellnerin Georg eine Bratwurst mit Kraut servierte und anschließend Jacob eine Portion geschmälzte Maultaschen brachte.

»Man müsste ihren Vertrag kennen.«

»Den habe ich dabei.«

Jacob schaute verwundert auf.

Georg zögerte etwas und stellte dann klar: »Den Vertrag hat natürlich der Dienstherr von Barbara. Aber Herr Leinau hat mir einen Vordruck gegeben, der zurzeit für solche Verträge verwendet wird.«

Jacob nickte zufrieden.

»Jetzt essen wir mal zuerst, sonst wird das schöne Essen kalt. Dann schauen wir uns den Vertrag an. Guten Appetit.«

Nach dem Abservieren zog Georg das Formular aus seiner Tasche und reichte es Jacob über den Tisch. Der ging den Text durch, schüttelte immer wieder den Kopf und sagte schließlich ärgerlich: »Da bleiben den Serven ja keinerlei Rechte. Sie sind mit Kopf und Kragen ihrem Dienstherrn ausgeliefert.«

»Leinau meinte, nur wenn man dem Wirt eine Vertragsverletzung vorwerfen könne, hätte man Aussichten, dass das Verhältnis gelöst wird.«

»Was für Verletzungen? Er kann doch über Barbara frei verfügen!«

Jacob ging den Text noch einmal durch.

»Höchstens hier: Da steht, dass Barbara ihm dienen muss *wie es einer guten und redlichen Magd geziemt.* Hier könnte man vielleicht einhaken und ihre Arbeitsbedingungen mit anderen Dienstverhältnissen vergleichen.«

Er legte das Papier auf den Tisch und seufzte. »Ich fürchte aber, dass es auch im freien Land Amerika keine Gesetze gibt, die verhindern, dass Dienstleute vor Ausbeutung geschützt werden. Aber sprich doch noch einmal mit Rechtsanwalt Leinau über diesen Passus. Der kennt sich in diesen Angelegenheiten besser aus.«

Er nahm ein Schluck aus seinem Bierglas und erkundigte sich über die Gründe von Georgs verspäteter Abreise nach Amerika. »Pfitzer hat mir erzählt, dass du in Deutschland noch dringend etwas zu erledigen hattest?«

Georg erzählte ihm von den Seelenverkäufern, mit denen er in Mannheim und Heilbronn zu tun gehabt hatte. Jacob hörte ihm aufmerksam zu.

»Dass du da nicht lockergelassen hast, meinen Respekt.«

Georg erwähnte auch die kürzlich erfolgte Ankunft Haslers und Barons in Philadephia und die Klage, die Leinau bei Gericht eingereicht hatte.

Jacob schmunzelte.

»Wer sich mit dir anlegt, hat wohl nichts zu lachen. Aber mach dir nicht zu viele Hoffnungen. Die Polizei in den Staaten braucht auch lange, bis sie endlich einschreitet und das Land ist riesengroß. Dass so was hier überhaupt geduldet wird!«

Georg schnaubte: »Und jetzt sitzen die Burschen in dieser Stadt und treiben weiter ihr Unwesen. Sie sollen in den Handel mit Dienstverträgen der Serven eingestiegen sein und gute Geschäfte damit machen. Das ist Menschenhandel! Ich werde mir morgen die Adresse, die mir Schwendt gegeben hat, einmal genauer ansehen. Vielleicht krieg ich raus, ob Hasler und Baron hier wirklich abgestiegen sind.«

Jacob blickte ihn besorgt an.

»Sei bloß vorsichtig! In Mannheim und Heilbronn ist ja alles gut gegangen, ob du ein drittes Mal heil davonkommst, kannst du nicht wissen.«

Er trank sein Glas aus.

»Aber die Sache interessiert mich. Treffen wir uns morgen wieder hier um dieselbe Zeit?«

Georg drückte ihm die Hand.

»Abgemacht. Ich werde da sein, wenn mich die beiden nicht inzwischen gefressen haben.«

Georg bestand darauf, die Rechnung zu bezahlen und Jacob war nach einigem Hin und Her damit einverstanden. Als sie sich vor dem Gasthaus verabschiedeten, sagte Jacob mit bemüht freundlichem Lächeln: »Grüß die Pfitzers von mir und auch Barbara und enttäusche sie nicht, sonst bekommst du's mit mir zu tun.«

Er ging zurück zu Schilling ins Büro, wo er inzwischen selbständig Angebote der Zulieferer verglich und für einen möglichen Abschluss vorbereitete. Als er wenig später auf seine tägliche Nachmittagsbesprechung mit Schilling wartete, dachte er noch einmal über sein Gespräch mit Jacob Ackermann nach. Jacob war schwer in Ordnung. Ob er in ihm einen Freund finden könnte? Oder würde Barbara immer zwischen ihnen stehen?

Seltsam, Jacob schien ihm Barbara nicht zu missgönnen, hatte sich sogar hilfsbereit gezeigt. Aber dass sie ihn abgewiesen hatte, nagte noch an ihm. Seine Enttäuschung darüber war deutlich zu spüren gewesen. Konnte er ihm vertrauen oder versuchte Jacob auf diese Weise über ihn wieder in Kontakt mit Pfitzers und Barbara zu kommen? Georg verwarf den Gedanken sofort wieder und musste sich eingestehen, dass Barbara mit Jacob sicher einen guten Ehemann gefunden hätte.

Er dachte auch an seine unbedacht dahingeworfene Bemerkung, Hasler und Baron auf der Spur bleiben zu wollen. Hatte er es wirklich ernst gemeint? Sollte er das Spiel fortsetzen, das er mit Schwendt in Mannheim getrieben hatte, als er sich als Mittelsmann der Seelenverkäufer in Heilbronn ausgegeben hatte? Er könnte jetzt vortäuschen von Franz Wilhelm geschickt worden zu sein.

Immer mehr vertiefte er sich in diesen Gedanken, bis sein Entschluss feststand. Noch heute Abend würde er das Haus in der fünften Straße südlich des Marktplatzes aufsuchen. Schon oft war er daran vorbeigegangen, hatte es flüchtig betrachtet, sich überlegt, wie er wohl vorgehen könnte, um etwas über die Bewohner zu erfahren. Aber immer wieder hatte er gezögert und sich eingeredet, dass er jetzt, kaum dass er Barbara gefunden hatte, kein Risiko eingehen sollte. Er hatte Leinau auf die Spur der Menschenhändler gesetzt, eine Klage gegen Hasler und Baron lief – reichte das nicht?

Wenn sie aber bereits untergetaucht waren oder gerade dabei waren, die Stadt zu verlassen? Dabei hatte er das Gefühl, kurz vor dem Ziel zu stehen! In diesem Haus würde er möglicherweise den Schlüssel finden, sie zu stellen. Wenn er Leinau oder der Polizei konkrete Angaben machen könnte, würden sie einschreiten, so wie es ihm in Mannheim bei der Festnahme Schwendts gelungen war.

Als sie das Tagesgeschäft besprochen hatten, vertraute er sich Schilling an und legte ihm seinen Plan dar.

Schilling zeigte sich nicht begeistert.

»Ich kann Ihren Zorn auf diese Verbrecher verstehen. Aber glauben Sie nicht, es wäre besser, ihre Verfolgung lieber der Polizei zu überlassen? Sie bringen sich doch selbst in Gefahr. Das ist die Sache doch nicht wert!«

»Mit den Behörden habe ich schlechte Erfahrungen gemacht«, wandte Georg ein. »Wenn man nicht etwas nachhilft, passiert gar nichts. Und wenn die Polizei sich vielleicht endlich doch aufrafft, sind die Schufte bereits über alle Berge. Ohne mein Eingreifen säße Schwendt jetzt nicht im Gefängnis.«

Schilling runzelte die Stirn und wiegte bedenklich den Kopf.

»Ich würde mir das noch einmal gründlich überlegen. Sie setzen nicht nur Ihr eigenes Leben, sondern auch die Zukunft Ihrer Braut aufs Spiel!«

Georg lenkte ein, zumindest zum Schein.

»Das werde ich tun. Jedenfalls danke ich Ihnen, dass Sie mir so geduldig zugehört haben.«

Wenig später stand er vor dem Haus in der fünften Straße. Es sah frisch renoviert und sehr gepflegt aus im Vergleich zu den Häusern in der Nachbarschaft, unterschied sich aber in der Bauweise wenig von ihnen.

Er klopfte energisch an die Tür. Ein schwarzer Hausdiener öffnete ihm. Georg erschrak. Er sprach nur gebrochen Englisch. Wie sollte er dem Mann da seine mühsam zurechtgelegte Geschichte erzählen? Doch durfte er nicht zu lange zögern, um nicht schon am Anfang seines Unternehmens Verdacht zu erregen.

»Wollenberg schickt mich«, sagte er kurz entschlossen auf Deutsch. »Können Sie das Ihrem Herrn ausrichten?«

»Ich bin der Herr hier«, antwortete ihm der Schwarze in fast akzentfreiem Deutsch. »Mein Name ist Adam Forster. Was wollen Sie?«

Damit hatte er nicht gerechnet! Hatte ihm Schwendt in Mannheim eine falsche Adresse gegeben? Hatte das Haus inzwischen seinen Besitzer gewechselt? Er musste alles auf eine Karte setzen. »Ich habe eine wichtige Botschaft für die Herren Hasler und Baron.«

Sein Gegenüber musterte ihn kritisch. »In welcher Angelegenheit?«

»Sagen Sie ihnen einfach, ich hätte eine dringende Nachricht von Franz von Wollenberg für sie.«

»Wenn Sie sich einen Augenblick gedulden könnten«, antwortete Forster lächelnd, nickte ihm freundlich zu und schloss die Tür vor seiner Nase.

Unruhig lief er ein paar Schritte vor dem Haus auf und ab. In Gedanken spielte er alle möglichen Szenarien durch. Sollte er lediglich einen Gruß ausrichten, sollte er sie warnen, sollte er von Schwendts Verhaftung berichten oder auch von der Verhaftung von Franz?

Immer wieder blickte er nervös zur Tür. Endlich öffnete sie sich und ein junger Mann, wenig älter als er, bat ihn einzutreten. Er wurde in einen Salon geführt, dessen Fenster von schweren Vorhängen verhüllt waren und nur durch einen schmalen Spalt ein wenig Tageslicht hereinließen, was den Raum nur spärlich erhellte.

Im Zwielicht erkannte er den Schwarzen mit zwei Herren im Gespräch. Da blickte einer von ihnen plötzlich auf, sah ihn spöttisch an und verzog seine Miene zu einem hämischen Grinsen.

»Guten Abend Herr Schmidt, wie schön, dass Sie uns hier in Philadelphia besuchen.«

Georg erstarrte. Die Herren der Mittwochsrunde! Das war der Mann, der sich im *Falken* in Heilbronn neben ihn gesetzt und ihm die erste Warnung in die Tasche gesteckt hatte! Dieser Kerl hatte ihn erkannt!

Blitzschnell überlegte er, wie er sich aus der Affäre ziehen könnte. Sollte er seine Identität abstreiten, von einer Verwechslung sprechen? Aussichtslos, denn nun erkannte er auch den Zweiten, der damals im *Falken* dabei war. Also Baron und Hasler höchst persönlich waren das damals gewesen! Sollte er den Unwissenden spielen? Eine Möglichkeit gab es vielleicht, eine hauchdünne Chance.

Er riss sich zusammen, gab den Herren scheinbar unbeeindruckt die Hand, nannte sie beim Namen, wobei er zufällig die richtigen traf und begann mit gespielter Gelassenheit.

»Ich möchte gleich zur Sache kommen. Mein Freund, Franz von Wollenberg, wurde in Heilbronn irrtümlich festgenommen und sitzt jetzt dort in Haft. Er hat mich inständig gebeten, Sie davon zu unterrichten. Sie müssen ihm helfen. Da ich gerade dabei war, nach Philadelphia auszuwandern, habe ich mich angeboten, Ihnen sein Anliegen persönlich vorzutragen.«

Die beiden schauten sich verwundert an. Dann machte Forster eine auffordernde Handbewegung und sagte mit eiskalter Stimme: »Sprechen Sie!«

Georgs Herz raste. Er hatte keine Wahl, er musste weiter den Ahnungslosen spielen. Vielleicht hatten die beiden noch nichts Genaues von Schwendt, dessen Festnahme und seiner eigenen Rolle dabei erfahren? Vielleicht waren sie Hals über Kopf geflohen, als sie davon hörten, dass die Mannheimer Komplizen verhaftet waren?

Er klammerte sich an diesen Strohhalm.

»Ein gewisser Georg Manz hat Franz von Wollenberg schwer belastet und ihm Betrug und Seelenverkäuferei vorgeworfen. Dabei ist Manz selbst der Verbrecher. Er hat meinen Vater umgebracht. Franz hofft, Sie könnten in einem Brief an die Heilbronner Polizei die Sache richtig stellen. Er meint, Sie könnten seine Unschuld beweisen.«

Stille.

Glaubten sie ihm? Hatten sie ihm seine Darstellung abgenommen? Georg spürte, die folgenden Augenblicke würden entscheiden, ob er hier heil wieder herauskäme oder in ziemliche Schwierigkeiten geraten würde.

»Warten Sie hier einen Moment, wir müssen uns kurz beraten«, sagte der Schwarze, nun wieder in freundlich verbindlichem Ton, stand auf, ging zur Tür und winkte Hasler und Baron, ihm zu folgen.

Georg vernahm vor der Tür ein mit verhaltenen Stimmen geführtes erregtes Gespräch, dann hörte er, wie der Schlüssel energisch herumgedreht wurde. Er saß in der Falle!

Er stürzte zur Tür, presste sein Ohr dagegen und verstand nun Wort für Wort, was im Nebenraum gesprochen wurde.

»Was machen wir mit ihm?«

»Wir können ihn unmöglich gehen lassen.«

»Aber wenn er bereits die Polizei informiert hat?«

»Ausgeschlossen, er glaubt an seine Freundschaft mit Wilhelm. Also hat er keine Ahnung.«

»Trotzdem, wir müssen ihn verschwinden lassen. Wenn er hier die Behörden auf Wilhelm aufmerksam macht und dabei unsere Namen nennt?«

»Soll ich ihn nach Baltimore mitnehmen und dort mit einem gefälschten Vertrag als Serve verkaufen?«

»Auch zu riskant. Wer weiß, in wessen Hände er gerät. Und falls er hier nur den Naiven gespielt hat und in Wirklichkeit ein Spitzel der Polizei ist, wird der Boden hier zu heiß. Wir müssen verschwinden.«

»Und was soll ich dann mit ihm machen?«

»Wir nehmen ihn mit. Wir besorgen eine Kutsche, du gibst ihm ein Betäubungsmittel in irgendeinem Drink und wenn wir weit genug von Philadelphia weg sind, wird es einen kleinen Unfall am Straßenrand geben.«

»Morgen Nachmittag haben wir alles gepackt oder vernichtet. So lange musst du ihn hier behalten.«

Georg stürzte zum Fenster, zog die Vorhänge auf. Die Griffe waren abgeschraubt. Dann hörte er, dass die Tür geöffnet wurde. Er raste los, versuchte den verdutzten Forster zur Seite zu drängen und an ihm vorbeizulaufen, da spürte er einen derben Faustschlag auf seinem Hinterkopf, sodass er zu Boden stürzte. Mühsam rappelte er sich hoch, doch Forster drückte ihn in einen Sessel neben der Tür.

»Entschuldigen Sie«, sagte er freundlich, »normalerweise gehe ich so nicht mit meinen Gästen um, aber die Herren Baron und Hasler meinten, Sie sollten hier dringend auf sie warten, bis sie wieder zurück sind. Sie müssen ein paar Vorbereitungen treffen, Sie verstehen. Ich werde Sie jetzt allein lassen. Wenn Sie einen Wunsch haben, klopfen Sie einfach an der Tür.«

Als Forster gegangen war, machte sich Georg daran, den Raum genauer zu untersuchen. Gab es eine zweite Tür? Ließen sich die Fenster vielleicht doch irgendwie öffnen oder einschlagen? Sie waren vergittert.

Inzwischen war es fast dunkel geworden und im Salon brannte kein Licht. Bald sah er kaum noch seine Hand vor den Augen. Er klopfte, bat Forster um eine Kerze.

»Sie werden verstehen, dass ich Ihren Wunsch leider nicht erfüllen kann«, sagte dieser durch die verschlossene Tür. »Offenes Feuer in einem Raum wie diesem ist gefährlich. Am besten, sie gehen frühzeitig schlafen.«

Sollte er versuchen die Tür einzuschlagen? Sie war aus massivem Eichenholz. Sollte er wenigstens die Tür verrammeln, Sessel und Tisch davor schieben? Das hätte seine Situation kaum verbessert.

Sollte er Forster bitten, ihm etwas zu essen zu bringen und dabei noch einmal einen Fluchtversuch starten? Er verwarf den Gedanken gleich wieder. Der Kerl war ihm körperlich überlegen. Seine einzige Chance bestünde darin, sich nicht von Forster betäuben zu lassen und irgendwie zu fliehen, wenn ihn die beiden abholen kämen.

Mühsam versuchte er sich in der Nacht wachzuhalten, doch als draußen der Morgen dämmerte, verfiel er in einen unruhigen Schlaf.

Als er erwachte, hörte er laute Stimmen. Er hatte keine Ahnung, wie lange er geschlafen hatte, rannte zum Fenster, sah durch die Gitterstäbe auf die Straße, wo sich ein Menschenauflauf um eine Kutsche gebildet hatte.

Pferde wieherten, ein Schuss krachte. Blitzschnell drehte er sich um. Jemand versuchte mit einer Axt die Türe einzuschlagen, die splitternd nachgab. Er versuchte hinter einem der schweren Sessel in Deckung zu gehen.

Als er einen Mann in Polizeiuniform erkannte, kam er hinter dem Sessel hervor.

»Sind Sie Georg Schmidt?«

Er nickte stumm und wurde nach draußen geführt. Vor der Haustür stand eine Kutsche. Ein Polizist redete auf einen Kutscher ein, ein anderer drängte die Schaulustigen zurück, um die Straße für die Kutsche frei zu machen. Diese rollte los, fuhr ein kurzes Stück und hielt wieder an. Erst jetzt hatte Georg freie Sicht auf die Straße. Da stand Schilling! Als dieser ihn erkannt hatte, stürzte er auf ihn zu.

»Mein Gott, Georg, sind Sie verletzt?«

»Mit mir ist soweit alles in Ordnung, aber was hat das alles hier zu bedeuten?«

Der Polizist, der ihn herausgeführt hatte, bat ihn, aufs Revier mitzukommen, zur Aufnahme seiner Personalien, zur Klärung einiger Fragen und er müsste auch damit rechnen, später vor Gericht eine Aussage zu machen.

»Ich begleite Sie«, sagte Schilling.

»Sie können die Droschke benutzen«, bot ihnen der Polizist an. »Die drei, die sie bestellt hatten, werden sie jetzt nicht mehr brauchen.«

»Sie sind ein Teufelskerl«, meinte Schilling, als sie in der Kutsche Platz genommen hatten. »Sie haben es tatsächlich geschafft, die Kerle sind verhaftet.«

Georg blickte ihn verwirrt an. »Wie konnte das alles so schnell geschehen? Ich verstehe nicht...«

Schilling blickte ihn belustigt an.

»Als Sie heute Morgen nicht im Büro erschienen waren, machte ich mir ernsthaft Sorgen. Ich erinnerte mich lebhaft an unser Gespräch von gestern. Deshalb ging ich gegen Mittag rüber zur Deutschen Gesellschaft und zu Leinau, wo Sie in letzter Zeit ja immer stecken. Ich begann ihm gerade zu erklären, was Sie mir gestern anvertraut hatten, da kommt Jacob Ackermann dazu, hört sich die Geschichte ebenfalls an und bestätigt, dass Sie ihm Ähnliches über Ihre Pläne berichtet hätten. Sie hätten sich heute um Punkt 12 Uhr mit ihm verabredet, er habe mehr als eine Stunde auf Sie gewartet, jetzt sei es Viertel nach zwei.

Leinau handelte nun, ohne zu zögern. ›Ich glaube, ich weiß, wo er steckt‹, hat er zu uns gesagt und die Adresse erwähnt, die Sie ihm gezeigt hatten. Er schickte einen Boten zum Gericht mit der dringenden Bitte, umgehend ein Polizeikommando zu beauftragten, das Haus, in dem wir Sie vermuteten, aufzusuchen und notfalls stürmen zu lassen. Er hatte ja bereits die Klage eingereicht und dort auch von Fluchtgefahr gesprochen. Jetzt käme noch der Verdacht auf Freiheitsberaubung und vielleicht sogar Mord dazu.«

Schilling lachte, als er Georgs erschrockenes Gesicht sah.

»Er hat vielleicht etwas dick aufgetragen, aber es hat wohl Eindruck gemacht. Der Staatsanwalt hat nicht gezögert, sondern gleich die Polizei informiert. Ackermann und ich sind sofort losgelaufen und warteten ungeduldig vor dem Haus – in sicherer

Entfernung, muss ich zu unserer Schande gestehen. Wir taten so, als wären wir in ein interessantes Gespräch vertieft, ließen aber den Eingang nie unbeobachtet. Als die Polizei endlich gegen vier anrückte, waren zwei Männer gerade damit beschäftigt, die Kutsche mit ihrem Gepäck zu beladen, ein Dritter stand dabei und unterhielt sich mit ihnen. Es war höchste Zeit! Ums Haar wären sie abgefahren. Aber die Beamten hatten das Haus bereits umstellt, die Straße auf beiden Seiten abgesperrt. Sie wurden alle drei festgenommen. Wir redeten auf die Polizisten ein, machten ihnen klar, dass Sie vermutlich im Haus gefangen säßen, und was dann geschah, wissen Sie selbst.«

»Wo ist Ackermann?«, fragte Georg atemlos.

Schilling zuckte die Achseln.

»In dem ganzen Durcheinander habe ich ihn nicht mehr gesehen. Aber Sie wissen ja, wo Sie ihn finden können.«

»Ich habe Ihnen beiden mein Leben zu verdanken«, sagte Georg, immer noch erregt und berichtete von dem Gespräch, das er an der Tür belauscht hatte.

Schilling legte ihm beruhigend die Hand auf die Schulter.

»Aber Sie haben gewonnen und Ihr Ziel erreicht, das zählt. Sehen Sie, das imponiert mir, das ist die Art zu handeln, die wir in Amerika schätzen. Wagemut, ein bisschen Glück und ein bisschen Hilfe durch gute Freunde tut das Übrige.«

Gleichzeitig mit Leinau kamen sie beim Polizeipräsidium an. Schilling wartete im Vorzimmer, Georg bestand darauf, dass Leinau als Anwalt der Deutschen Gesellschaft bei seiner Vernehmung anwesend sein sollte. Nicht dass er davon ausging, juristischen Beistand zu benötigen, aber er wusste, wie wichtig Leinau dieser Fall war, um endlich etwas gegen das Redemptionersystem unternehmen zu können.

Außerdem – bisher war er in Philadelphia überall mit Deutsch gut durchgekommen, aber falls es doch Sprachprobleme geben sollte, konnte ihm Leinau helfen.

Georg nahm sich Zeit, gewissenhaft alle Einzelheiten über seine Erlebnisse mit den Seelenverkäufern zu Protokoll zu geben, schilderte Schwendts Auftreten als Werber in Weinsberg, die Ermordung seines Vaters beim Auswandererhafen in Heilbronn, seine Spurensuche in Mannheim, die Überführung der Schleuser in Heilbronn und schließlich, was er vor wenigen Stunden hinter der Tür des Hauses in der Fünften Straße über die Pläne der Bande gehört hatte.

Der Polizeioffizier, der ihn vernahm, machte abschließend deutlich, dass die drei so schnell nicht frei gelassen würden. Sie hätten auf die Polizisten geschossen, sich damit ihrer Festnahme widersetzt und außerdem Georg gegen seinen Willen eingeschlossen. Das sei versuchter Mord, Widerstand gegen die Staatsgewalt und Freiheitsberaubung.

»Aber ihr eigentliches Geschäft, dieser abscheuliche Menschenhandel!«, ereiferte sich Leinau.

Der Beamte zuckte die Schultern.

»Tja, ich fürchte, dagegen können wir nichts unternehmen. Der Kauf von Dienstverpflichtungen und deren Weiterverkauf verstößt nicht gegen das Gesetz und die eben geschilderten Straftaten wurden nicht in den Staaten, sondern in Deutschland begangen.«

Leinau geriet außer sich. Er stand auf und hieb mit der Faust auf den Tisch.

»Ihnen ist doch hoffentlich klar, dass diese Verhältnisse im Land der Freiheit, wie Amerika genannt wird, unmöglich geduldet werden können.«

Der Polizeioffizier wand sich bei seiner Antwort.

»Ich gebe Ihnen natürlich recht, aber uns fehlen einfach die gesetzlichen Grundlagen. Bemühen Sie sich doch um eine Aussagemöglichkeit vor Gericht, wenn dem Trio der Prozess gemacht wird. Wenn in der Urteilsbegründung die Richter zur Auffassung gekommen sind, dass dieses System zum

Missbrauch einlädt, wie Sie sagen, hätten Sie eine gute Vorlage für eine Gesetzesinitiative.«

Auf dem Weg nach draußen beglückwünschte ihn Leinau, der sich inzwischen wieder einigermaßen beruhigt hatte. Georg habe nicht nur einen persönlichen Erfolg errungen, sondern dem Kampf gegen die Menschenhändler einen großen Dienst erwiesen.

Mit Schilling fuhren sie zur Deutschen Gesellschaft, wo sich Leinau und Georg von Schilling verabschiedeten. Georg wollte noch zu Jacob und sich bei ihm bedanken. Als er mit Leinau durch den kleinen Vorgarten auf das Gebäude zuging, nutzte er die Gelegenheit, ihn noch einmal wegen Barbaras Vertrag anzusprechen.

Leinau blieb stehen und sah ihn betrübt an.

»Da kann ich Ihnen leider wenig Hoffnung machen. Sie haben ja eben gehört, was man mir bei der Polizei gesagt hat. Vielleicht ergibt sich im Zusammenhang mit dem Prozess eine Gelegenheit, den Fall zur Sprache zu bringen, aber das kann lange dauern. Sie müssen einfach Geduld haben.«

Jacob war noch da, obwohl der Unterricht längst beendet war. Georg fand ihn in der Halle im Erdgeschoss, wo der Schulraum untergebracht war. Er war gerade dabei, die Schülerhefte durchzusehen.

»Das ist ein schöner Anlass, die Arbeit für heute zu beenden«, sagte er, als Georg ihn gefunden hatte, packte die restlichen Hefte in seine Mappe und lud ihn zu einem Bier ein.

Georg bestand darauf, die Rechnung zu übernehmen. Das sei das Mindeste, nach dem, was Jacob heute für ihn getan hätte.

»Weißt du«, sagte Jacob, als sie beim zweiten Bier saßen, »was mir an der ganzen Geschichte besonders wichtig ist, das ist, dass die Gerechtigkeit wieder ein Stück weitergekommen ist. Amerika ist das Land der Freiheit, aber auch hier muss diese immer erst durchgesetzt und erkämpft werden. Und dass dies möglich ist, verdanken wir der Verfassung und dem Bürgersinn, der in den Vereinigten Staaten herrscht. Deshalb liebe ich dieses Land. Ich bin sicher, dieses Unwesen mit den Serven wird bald ein Ende haben.«

»Barbara hilft das in ihrer jetzigen Lage wenig«, seufzte Georg. »Wenn ich nur wüsste, was ich tun könnte. Ich habe mir schon überlegt, sie einfach nachts zu entführen und mit ihr Richtung Westen zu fliehen. Wir könnten uns einem Siedler-Treck anschließen. Etwas Geld habe ich ja. Eine Farm irgendwo am Mississippi...«

»Und dort mit den Indianern kämpfen«, ergänzte Jacob ironisch. »Ich weiß nicht, die Vergangenheit wird euch bald eingeholt haben und ihr bleibt euer ganzes künftiges Leben auf der Flucht. Wartet lieber darauf, dass der Wirt einen Fehler macht. Führt Protokoll über ihren Dienst. Schreibt die Arbeitszeiten auf. Vielleicht könnte das auch Leinau bei seinem Kampf gegen das Redemptionersystem nützen.«

»Aber das wird ewig dauern«, klagte Georg. »Ich weiß nicht, wie lange Barbara das noch durchsteht.«

Jacob sah ihn ernst an.

»Das wird auch von dir abhängen, ob du ihr Mut machen und Kraft geben kannst. Lass den Kopf nicht hängen. Sie braucht jetzt deine Unterstützung.«

Dann lenkte er das Gespräch in eine andere Richtung, erkundigte sich nach Georgs ersten Erfahrungen im Tabakgeschäft, nach seiner Wohnungssuche.

Als sie sich am späten Abend vor dem Lokal voneinander verabschiedeten, sagte Jacob geheimnisvoll: »Ich hab noch eine Neuigkeit – für dich und Barbara. Ich habe mich mit der Tochter meines Kollegen, mit Laura Keyser, verlobt. Wir wollen bald heiraten.«

»Und das sagst du erst jetzt?«, platzte Georg heraus. Er schüttelte ihm kräftig die Hand und gratulierte ihm und dabei wurde ihm ganz leicht ums Herz.

Zurück im Hotel fand er einen Brief aus Heilbronn vor. Manz schrieb ihm, sie hofften, er sei gut in Philadelphia angekommen und er sollte doch bald von sich hören lassen. Georg bekam ein schlechtes Gewissen. Er hätte längst nach Heilbronn schreiben müssen. Der Brief schilderte das Leben in der Stadt am Neckar, auch die Entwicklungen in der Zigarrenfabrik und enthielt am Ende eine Nachricht, die Georg betroffen machte.

Franz Wilhelm leugnet weiter jeden Anteil an der Ermordung deines Vaters, obwohl alle Indizien auf seine Schuld hinweisen. Er streitet auch alle Verbindungen zu den Betrügereien von Schwendt, Hasler und Baron ab. Die beiden Letzteren waren übrigens auch an vielen anderen Orten in Württemberg und Baden als Werber aufgetreten, nicht nur Schwendt. Alle drei haben falsche Verträge verkauft. Wie du weißt, sind die beiden ja nach Amerika entkommen.

Die Polizei geht fest davon aus, dass Wilhelm der eigentliche Kopf der Bande ist, aber beweisen lässt sich das nur schwer. Fest steht, dass er in Amsterdam von Maklerfirmen und Kapitänen Kopfgeld-Prämien für jeden Auswanderer bekommen hat, den er herbeigeschafft hat. Dafür kann man ihn in Württemberg aber nicht belangen und ob das in Holland überhaupt strafbar ist, weiß ich nicht.

Obwohl vermutlich er es war, der die falschen Verträge beschafft und an Schwendt, Hasler und Baron weitergegeben hat, hat er sich selbst die Finger nicht schmutzig gemacht. Einen eigentlichen Auftrag von der niederländischen Regierung hatte er nie. Er hat aber dort jemand kennengelernt und sich angeboten, seine Erfahrungen mit den Auswanderern für diesen einen Regierungsbeamten niederzuschreiben. Mit dieser Masche hatte er sich als offiziellen Kommissar des Königreichs der Vereinigten Niederlande ausgegeben. Und immer hat er dafür gesorgt, dass andere für ihn den Kopf hinhalten. Es kann also sein, dass er nach seinem Prozess auf freien Fuß kommt.

In seinem Antwortbrief, den er gleich aufsetzte, ging Georg darauf ein.

Dass Wilhelm Vater getötet hat, wird mir auch selbst immer mehr zur Gewissheit. Immerhin kann ich in dieser Sache Neues berichten. Heute wurden Hasler und Baron in Philadelphia verhaftet und da sie mit der Schusswaffe Widerstand gegen die Staatsgewalt geleistet haben, bleiben sie vorerst hinter Gittern....

Von seinem eigenen Abenteuer erwähnte er nichts. Dafür schilderte er seine Arbeit bei Schilling, betonte, dass sie ihm zunehmend gefalle.

Er berichtete auch kurz vom Leben der Pfitzers in Germantown, von Barbara und ihrem Los und dass er noch Wege suche, wie er ihr helfen könnte. Dann gab er den Brief dem Portier und machte sich auf in den *König von Preußen* in Reeseville. Er freute sich schon darauf, Barbara die Nachricht von der Verlobung Jacobs überbringen zu können.

Zwei Tage später erhielt Georg ein kurzes Schreiben von Leinau, er solle am nächsten Tag um zehn Uhr im *König von Preußen* sein. Sein Herz raste. Sofort macht er sich auf den Weg in die Deutsche Gesellschaft, traf aber Leinau dort nicht an. Er wartete ungeduldig auf Jacob, der aber auch nichts wusste.

»Keine Ahnung, was Leinau vorhat, aber ich habe trotzdem ein gutes Gefühl«, machte er Georg Mut, »wieso sollte er dich sonst an einem bestimmten Tag zu einer bestimmten Uhrzeit nach Reeseville bestellen?«

Sollte er heute schon los? Jacob riet ihm ab. Je nachdem, was Leinau im Schilde führte, könnte das seine Pläne stören. Er solle sich lieber gedulden.

Georg zwang sich, dem Rat seines Freundes zu folgen. Beim Hin- und Herüberlegen, wie er das Warten bis morgen einigermaßen erträglich überbrücken könnte, fiel ihm ein, dass er sich endlich bei Johannes Schweikle, dem Architekt, der einen neuen Untermieter suchte, vorstellen sollte.

Er zog seinen besten Straßenanzug an, den er sich für Kundenbesuche mit Schilling zugelegt hatte, machte sich auf den Weg und fand das Landhaus in den Außenbezirken von Philadelphia, fast auf halbem Weg nach Germantown. Es lag in einem parkähnlichen Garten mit altem Baumbestand und sah recht herrschaftlich aus.

Über einen Kiesweg gelangte er zur Eingangsfront. Eine breite Treppe führte zu einer kleinen Terrasse. Vier kannelierte Säulen stützten einen Giebelvorbau, der deutlich Züge klassizistischer Architektur trug. Als er den schweren Griff eines Glockenzuges bewegte, ertönte ein feines Dingdong, ein Hausmädchen öffnete ihm und führte ihn, als er sein Anliegen genannt hatte, in einen hellen freundlichen Raum.

Nach wenigen Minuten erschien der Hausherr persönlich, ein wohlbeleibter Fünfziger mit grauen Locken und gemütlichem Gesichtsausdruck, begrüßte ihn freundlich, fragte nach seiner Herkunft, seiner Heimat und als Georg ihm erzählte, er stamme aus einem Dorf bei Heilbronn, verfiel er in schwäbische Mundart und sagte, dann seien sie ja fast Landsleute.

Georg äußerte sich anerkennend über die Architektur der Villa, protzte etwas mit seinem inzwischen angelesenen Fachwissen, sodass sich Schweikle nach seinem Beruf erkundigte.

»Ich bin gelernter Zimmermann. Mein eigentliches Berufsziel war lange Zeit, Baumeister zu werden. Vielleicht klappt es auch noch damit. Zur Zeit arbeite ich aber im Tabakgeschäft. Mein Vater, Georg Manz, betreibt eine Tabakfabrik in Heilbronn und er hat mich nach Philadelphia zu einem Geschäftsfreund geschickt.«

»Aber Sie haben sich doch als Georg Schmidt vorgestellt?«, fragte Schweikle verwundert.

Georg erzählte ihm kurz, dass er selbst erst seit einem knappen halben Jahr davon wüsste, erwähnte die unglückliche Liebesgeschichte seiner Mutter mit Manz und dass die beiden jetzt wieder zusammengefunden hätten und ihm deshalb das Geheimnis seiner Herkunft eröffnet hätten. Vom Tod Heinrich Schmidts erzählte er nichts.

Schweikle hörte ihm amüsiert zu.

»Georg Manz aus Heilbronn. Den kenne ich noch von früher. Vor über zwanzig Jahren habe ich ihn hier in Philadelphia öfter getroffen. Was für ein Zufall, was für eine Geschichte! Und Sie sind sein Sohn!«

Hocherfreut, dass Georg bei ihm wohnen wolle, zeigte er ihm das Zimmer. Es hatte einen eigenen Zugang zum Garten, war groß und gediegen möbliert und der Preis erschwinglich. Georg war begeistert und sie wurden sich schnell handelseinig. Er könne sofort einziehen und er freue sich auf viele interessante Gespräche, über Architektur und über die Heimat seiner Eltern, die schon vor seiner Geburt aus der Gegend von Stuttgart nach Philadelphia ausgewandert waren.

Schon kurz nach neun war Georg drüben in Reeseville beim *König von Preußen*. Noch mitten in der Nacht war er in Philadelphia losgelaufen, um rechtzeitig da zu sein. Doch Leinau war schon vor ihm mit einer Mietkutsche eingetroffen und erwartete ihn bereits vor dem Gasthof.

»Entschuldigen Sie, wenn ich daran gedacht hätte, hätte ich Ihnen vorgeschlagen, Sie mit meiner Kutsche mitzunehmen. Sicher waren Sie Stunden unterwegs. Um zehn Uhr bin ich mit dem Wirt verabredet, machen wir einen kleinen Spaziergang?«

Georg nickte stumm, seine Kehle war wie ausgetrocknet und seine Nerven waren zum Zerreißen gespannt.

»Ich will versuchen, Herrn Brotbeck, also dem Wirt, etwas Druck zu machen. Ich weiß, das ist ein Risiko. Wenn wir ihn verärgern, muss das Ihre Bekannte vielleicht ausbaden. Aber wir dürfen nichts unversucht lassen. Ich habe ihn um ein Gespräch gebeten und angedeutet, dass es um eine Klage gegen ihn ginge. Kurz gesagt – ich werde ihm vorhalten, dass er den Vertrag verletzt, wenn er seine Dienstleute ununterbrochen von morgens bis in die Nacht arbeiten lässt und dass die Deutsche Gesellschaft schon mehrmals solche Verträge vor Gericht als sittenwidrig mit Erfolg eingeklagt hätte. Das ist ein bisschen dick aufgetragen, ich weiß, eigentlich haben wir bei Gericht mit unseren Klagen in ähnlichen Fällen selten etwas erreicht. Aber ich gehe davon aus, er wird sich in juristischen Belangen nicht so gut auskennen. Es kommt mir darauf an, ihn etwas einzuschüchtern, zu verunsichern, mürbe zu machen.«

Er lächelte verschwörerisch, blieb stehen, ergriff Georgs Arm und schüttelte ihn leicht.

»Dann wären Sie dran. Bieten Sie ihm einen guten Preis. Wenn wir Glück haben, ist er die Sache leid und gibt nach.«

»Ich habe ihm schon längst gesagt, er soll mir nur einen Preis nennen und ich löse Barbara ab.«

»Haben Sie dabei schon über eine bestimmte Geldsumme gesprochen?«

Georg schüttelte den Kopf.

Leinau rechnete ihm vor.

»Sehen Sie: Eine Überfahrt kostet 70 bis 80 Dollar. Der Kapitän wird bestimmt einiges mehr für den Dienstvertrag verlangt haben, sagen wir mal 100 oder 120 Dollar. Brotbeck hat Barbaras Dienstzeit von Hasselmann, diesem Landwirt aus Frankford, gekauft, der vermutlich nicht mehr verlangt oder von Brotbeck bekommen hat, als er selbst bezahlt hat. Man kennt hier die Preise. Könnten Sie 150 Dollar aufbringen?«

»Jederzeit, auch mehr«, beeilte sich Georg zu sagen.

»Beginnen Sie Ihr Angebot bei 100 Dollar«, riet ihm Leinau. »Dann erhöhen Sie auf 120 Dollar. So kriegen wir ihn vielleicht dazu, auf den Handel einzugehen. Bei 120 Dollar bleiben Sie, mehr hat er sicher nicht bezahlt und für diesen

Betrag kann er sich die Arbeitszeit einer neuen Magd kaufen. Lassen Sie durchblicken, dass Sie eventuell auch höher gehen könnten, bis er schließlich selbst seine Forderung stellt. Dann hätten wir ihn so weit.«

»Da geht's ja zu wie auf dem Viehmarkt, widerwärtig«, schimpfte Georg.

»Tja, so ist das eben bei diesem üblen Geschäft«, seufzte Leinau.

Punkt zehn betraten beide die Gaststube. Georg hoffte, Barbara zu sehen, vergeblich. Vielleicht ist es ja besser so, dachte er bei sich, als er sich die Szene ausmalte, die Leinau ihm beschrieben hatte. Seine Spannung wuchs ins Unerträgliche.

Sie setzten sich. Der Wirt kam an ihren Tisch, musterte Georg misstrauisch, begrüßte Leinau und fragte mit Blick auf Georg: »Was soll das denn? Was hat der Kerl mit unserem Gespräch zu tun?«

»Ich habe Herrn Schmidt zufällig auf dem Weg hierher getroffen und ihn gebeten mitzukommen«, sagte Leinau. »Die Angelegenheit betrifft auch ihn. Wie Sie wissen, kümmern wir uns von der Deutschen Gesellschaft in Philadelphia auch um die Serven und ihre Dienstverträge. Bei Ihnen arbeitet doch eine gewisse Barbara Pfitzer.«

»Hat der Kerl mich angeschwärzt? Und das, obwohl ich immer wieder ein Auge zugedrückt habe, wenn er das Mädchen von der Arbeit abgehalten hat«, rief der Wirt zornig.

»Das tut jetzt nichts zur Sache. Setzen Sie sich doch kurz zu uns.« Leinau ließ sich nicht aus der Ruhe bringen.

»Kennen Sie den Wortlaut des Vertrags?«

Er wartete einen Augenblick, bis Brotbeck einen Stuhl herangerückt und sich gesetzt hatte, dann nahm er ein gängiges Vertragsformular aus seiner Mappe.

»Hier steht, dass sich das Arbeitsverhältnis von Serven in nichts von dem anderer Angestellten unterscheiden soll. Viele

Käufer von Dienstzeiten wissen das gar nicht. Deshalb müssen wir sie immer wieder darauf hinweisen. Wir haben schon so viele Klagen vor Gericht erfolgreich durchgezogen, mit dem Ergebnis, dass die Dienstherren ihre Serven sofort entschädigungslos freigeben mussten. Ich fürchte, in Ihrem Fall wird es nicht anders verlaufen.«

Der Wirt stand auf, brüllte: »Ich lasse mir doch von Ihnen nicht vorschreiben, was meine Knechte und Mägde tun dürfen und was nicht! Hinaus aus meinem Haus, alle beide!«

»Das könnte Sie Ihre Lizenz kosten«, sagte Leinau ruhig und blieb sitzen. »Wir sind hier als unbescholtene Gäste und haben das Recht, als solche behandelt zu werden.«

»Was wollen Sie denn?«, schrie der Wirt wütend und fassungslos, setzte sich aber wieder, als ihm Leinau freundlich zugenickt und eine entsprechende Handbewegung gemacht hatte, die ihn zum Platznehmen aufforderte.

»Sie könnten sich auch den ganzen Ärger ersparen«, sagte er dann besänftigend. »Sie wissen ja von dem Liebesverhältnis zwischen Georg und Barbara und Liebe setzt eine ungeheure Energie frei. Ich fürchte, diese jungen Leute würden sich nie mit der jetzigen Situation abfinden. Habe ich recht, Herr Schmidt? Möglicherweise wären sie aber zu einem Vergleich bereit. Herr Schmidt ist ja nicht unvermögend.«

Jetzt blickte er auffordernd zu Georg hinüber, der das Signal verstand.

»Ich gebe Ihnen 100 Dollar, wenn Sie das Mädchen aus Ihrem Vertrag entlassen.«

Brotbeck stierte ihn an.

»Das hast du ja fein eingefädelt. Aber damit mache ich ja ein Verlustgeschäft.«

»Sie haben Hasselmann nicht mehr als 100 Dollar gegeben, wir kennen die Preise«, pokerte Leinau.

»120 Dollar, hier vor Zeugen, morgen haben Sie die Summe, bar auf die Hand«, erhöhte Georg.

Brotbeck blickte verunsichert von einem zum anderen, schließlich brummte er unwillig: »Meinetwegen, aber erst, wenn ich das Geld hier auf dem Tisch sehe.«

Leinau zog seine Brieftasche und blätterte dem verdutzten Brotbeck 120 Dollar auf den Tisch. Dann holte er Tinte und Feder aus seiner Aktentasche und ein vorbereitetes Formular.

»Bitte quittieren Sie hier«, sagte er in aller Ruhe, »und jetzt holen Sie das Mädchen.«

17

Abschied von Philadelphia

Ein halbes Jahr später standen Barbara und Georg am Hafen, um sich nach Rotterdam einzuschiffen. Ihre Freunde hatten es sich nicht nehmen lassen, die beiden direkt am Schiff zu verabschieden. Noch am Abend würde die *Vaterlandsliebe* die Mündung des Delaware hinuntersegeln und am frühen Morgen das offene Meer erreichen.

Jacob Ackermann war mit seiner Frau gekommen. Er hatte inzwischen eine feste Stelle in Germantown bekommen, nachdem er eine Zusatzprüfung in Englisch abgelegt hatte. Er unterrichtete jetzt auch Christoph, der mächtig stolz war, dass sein Freund sein Lehrer war. Jacob ließ ihm aber nichts durchgehen und während des Unterrichts musste ihm Christoph denselben Respekt zollen wie alle anderen Schüler.

Barbara hatte die letzten Monate bei Pfitzers im Haus von Mechthild Lübbers verbracht. Sie würde den Augenblick im Leben nicht mehr vergessen, als sie der Wirt völlig unvorbereitet aus der Küche des *Königs von Preußen* in die Gaststube gerufen hatte und ihr kurz mitteilte, sie könne ihre Sachen packen und gehen.

Georg saß da mit einem ihr unbekannten Mann am Tisch, stand auf, schloss sie in die Arme und begleitete sie in ihre Kammer. Ohne noch einmal in die Schankstube zurückzukehren hatten sie dann fluchtartig den Gasthof verlassen und warteten auf der Straße auf Leinau, der sie mit seiner Kutsche in Germantown bei Pfitzers absetzte.

Mechthild Lübbers, Karolina und Christoph waren zu Hause, als sie ankamen und die alte Dame hatte sie herzlich in ihrem Häuschen willkommen geheißen. Bald war auch Hans dazugekommen und sie feierten mit Kaffee und Kuchen bis weit in den Abend hinein.

Karolina und Barbara hatten inzwischen mit ihrer Vermieterin Freundschaft geschlossen und eines Abends, kurz vor Weihnachten, hatte sie die Pfitzers zu sich nach oben eingeladen und erklärt, sie sehe nicht ein, dass Karolina, Christoph, Barbara und Hans sich in den engen zwei Zimmern drängen sollten, während sie in ihrem Haus viel zu viel Platz hätte.

Deshalb schlug sie vor, die Wohnungen zu tauschen, gegen einen geringen Mietaufschlag. Inzwischen lebten sie zusammen wie in einer Familie und die alte Dame war richtig aufgeblüht. Hans war inzwischen als Partner in das Geschäft von Schultheiß eingestiegen und an der Werkstatt prangte ein Schild: *Schultheiß und Partner.*

»Das bin ich«, sagte Hans stolz, zeigte auf Partner und lachte, als er mit Karolina und Christoph vor der Werkstatt stand.

Georg hatte sich mit Johannes Schweikle angefreundet. Äußerst interessiert hatte sich der Architekt seine Bauzeichnungen angesehen, sein Talent gelobt und an den langen Winterabenden, wenn Georg einmal nicht in Germantown bei Pfitzers war, hatten sie sich vor dem Kamin die Köpfe über Architektur heiß geredet. Schweikle hatte ihn auch dann und wann auf eine seiner Baustellen mitgenommen und Georg wurde klar, dass er noch eine Menge lernen müsste, wenn er als Baumeister eigenständig tätig sein wollte.

Gleichzeitig machte ihm die Arbeit mit Schilling im Tabakgroßhandel immer mehr Freude und schließlich war die Entscheidung gefallen.

Er hatte Manz, wie er seinen leiblichen Vater in Gedanken immer noch nannte, nach Heilbronn geschrieben und ihn gefragt, ob sein früheres Angebot noch gelte, dass er richtig in die Heilbronner Firma einsteigen könnte. Der hatte umgehend hocherfreut geantwortet.

Barbara fiel der Abschied von Pfitzers schwer, aber sie freute sich auch auf Heilbronn, wo sie mit Georg glücklich sein und eine Familie gründen würde. Gleich nach der Ankunft in Heilbronn wollten sie heiraten.

Georg hatte zwei Plätze für Kajütenpassagiere gebucht und am Morgen, als sie das Gepäck an Bord gebracht hatten, sahen sie sich schon einmal ihre Kabinen an, wo sie jetzt für sechs Wochen zusammen leben würden. Sie lagen direkt nebeneinander. Der Kapitän hatte besorgt seinen Kopf gewiegt und geschmunzelt. Zwei junge Leute vor der Hochzeit, Tür an Tür, da müsse er aber aufpassen.

Johannes Schweikle drückte Georg an sich: »Richte dem alten Georg Manz einen schönen Gruß von mir aus!«

»Von mir auch«, schloss sich Schilling an und schüttelte Georg kräftig die Hand.

Jacob umarmte Georg, klopfte ihm auf die Schulter.

»Wenn wir einen Jungen bekommen, nennen wir ihn Jacob«, sagte Georg lachend.

»Und wenn wir ein Mädchen bekommen, heißt sie Barbara«, revanchierte sich Jacob.

Barbara konnte sich nur schwer von Karolina lösen, bis Hans etwas vorwurfsvoll meinte: »Für deinen alten Onkel solltest du aber auch noch Zeit haben.«

»Kommt ihr uns bald wieder besuchen?«, fragte Christoph, als Georg ihn noch einmal hochgehoben und durch die Luft gewirbelt hatte.

»Das kann schon sein«, sagte Georg. »Weißt du, Amerika ist ein schönes Land und wir haben hier so viele gute Freunde.«

Als die beiden an Bord gegangen waren, sagte Pfitzer zu seiner Frau: »Das hätten die beiden einfacher haben können.«

»Ihrer Liebe hat's nicht geschadet!«, antwortete seine Frau und winkte.

Nachwort

In den Jahren 1816 und 1817 verließen Tausende Armuts-flüchtlinge die Kurpfalz, Baden, Württemberg und die an-grenzenden Gebiete der Schweiz und des Elsass', um nach Amerika auszuwandern.

Hauptgrund für diesen Auswanderungsschub waren Miss-ernten und in der Folge Hungersnöte, welche zu Hoffnungs-losigkeit und Verzweiflung besonders in der Landbevölke-rung führten. Groß war die Not besonders im nördlichen Württemberg und in der alten Kurpfalz um Mannheim und Heidelberg. Die Chroniken berichten darüber.

In Mannheim sammelten sich die Auswanderer vom Neckartal und vom Oberrhein. Der Neckarhafen in Heilbronn war bereits im 18. Jahrhundert Ausgangspunkt für viele Aus-wanderer aus Nordwürttemberg gewesen.

1817 strömten so viele Menschen, die zur Auswanderung nach Amerika, Russland oder Polen bereit waren, nach Heil-bronn, dass sich die württembergische Regierung veranlasst sah, eine groß angelegte Befragung in Heilbronn, Neckarsulm und Weinsberg durchzuführen. Beauftragt wurde damit der damalige württembergische Rechnungsrat Friedrich List, der sich zu diesem Zweck vom 30. April bis zum 6. Mai 1817 in Heilbronn, Neckarsulm und Weinsberg aufhielt.

Die Protokolle seiner Befragung und sein zusammenfas-sender Bericht liegen im Reutlinger Listarchiv. Sie zeichnen ein anschauliches Bild der Not der Auswanderer, aber auch der Hintergründe der Auswanderung. List erfuhr, dass Aus-wandererwerber die Not der Menschen ausnutzten und sie zum Verkauf ihrer Häuser, Äcker und Felder überredeten und ihnen das Blaue vom Himmel versprachen, was sie in Amerika erwarten sollte. Teilweise wurde ihre Tätigkeit auch von einflussreichen Mitbürgern unterstützt, die den Besitz der Auswanderer preisgünstig erwarben. Die Aussagen der

Auswanderer im *Kranen* in Heilbronn bei ihrer Vernehmung durch Friedrich List sind größtenteils wortgetreu aus den Quellen übernommen.

Neuländer wurden die Werber häufig genannt, weil sie von den »neuen Ländern« berichteten. Als *Seelenverkäufer* bezeichneten sie häufig die Kritiker dieser Praxis, so auch Friedrich List. Der Begriff *Seelen* wurde damals auch generell für *Einwohner* verwendet. So schrieb man beispielsweise: *Dieses Dorf hat 500 Seelen.* Damit wird deutlich, dass der Begriff *Seelenverkäufer* mit der heute gängigen Bezeichnung »Menschenhändler« gleichgesetzt werden kann.

Diese Seelenverkäufer arbeiteten eng mit Maklerfirmen in den Atlantikhäfen, z.B. Rotterdam und Amsterdam, zusammen, von denen sie Kopfgeldprämien für die gewonnenen Auswanderer erhielten.

In verschiedenen Quellen sind für diese Jahre auch zahlreiche Betrugsfälle überliefert, bei denen Auswanderer um ihr Fahrgeld geprellt wurden. Angebliche Reiseagenten kassierten im Voraus das Reisegeld oder eine Anzahlung unter Vorspiegelung günstiger Überfahrtskosten und verschwanden dann auf Nimmerwiedersehen. Was Georg im Mannheimer *Anker* z.B. über einen Betrüger in Holland namens Eckert gehört hatte, ist direkt aus den Quellen übernommen.

Geworben wurde auch damit, dass man ohne Besitz und Geld nach Amerika auswandern könne. Bis etwa 1820 war es tatsächlich möglich, das Fahrgeld in Amerika nachträglich abzuverdienen. Der Begriff *Redemptioner*, der in Amerika offiziell dafür verwendet wurde, weist auf diese Praxis hin. Die Seelenverkäufer brachten diese armen Teufel zu den Atlantikhäfen, Kapitäne nahmen sie dann ohne Bezahlung auf Pump mit, um sie drüben, vor allem in den Häfen Philadelphia und Baltimore an amerikanische Interessenten zu versteigern.

Nach der Abschaffung der Sklaverei in den Nordstaaten bestand dort ein großes Interesse an billigen Arbeitskräften. So wurde dieser Vorgang zeitweise auch »White Slavery« genannt, was nicht ganz korrekt ist. Die Einwanderer gingen nicht in den Besitz ihrer neuen Herren über. Versteigert wurde ihre Dienstzeit und darüber ein Vertrag aufgesetzt, der von beiden Seiten unterschrieben wurde.

Allerdings war dieses System der Ausbeutung für die Betroffenen oft äußerst hart und ihre Lebensbedingungen unterschieden sich kaum von denen der Sklaven. Der Vertrag, den Barbara unterzeichnen musste, ist so für das Jahr 1817 in den Jahrbüchern der Deutschen Gesellschaft von Philadelphia überliefert. Die Fälle, die Rechtsanwalt Leinau Georg schilderte oder zu lesen gab, sind ebenfalls authentisch, wie auch die Annoncen deutschsprachiger Zeitungen in Philadelphia, wo Dienstzeiten von Serven zum Kauf angepriesen wurden.

Viele verdienten gut an dem Redemptionersystem. Die Seelenverkäufer profitierten von den Prämien, die Kapitäne verkauften die Dienstzeiten so teuer, dass sie weit mehr als die Fahrtkosten bekamen und die Dienstherren hatten dadurch jahrelang billige Arbeitskräfte, denen sie keinen Lohn außer Essen und Kleidung schuldeten.

Man kann sich vorstellen, dass manche von ihnen versuchten, möglichst viel aus der erworbenen Arbeitskraft herauszuschinden. Auswandererhandbücher der Zeit berichten darüber, ebenso die Protokolle der Deutschen Gesellschaft in Philadelphia.

Bereits die Überfahrt im Zwischendeck der umgebauten Frachtschiffe war für viele mit Strapazen, Krankheit und Tod verbunden. Darüber berichten die Protokolle der Deutschen Gesellschaften von Philadelphia und Baltimore ausführlich. Was Barbara und Jacob auf der *Hope* erlebt haben, ist größtenteils um 1817 so geschehen.

Die Dauer der Überfahrt in einem Segler war schwer abzuschätzen, hing vor allem vom Wetter ab. So wurde den Fahrgästen eine gute Versorgung mit Lebensmitteln versprochen, aber in den meisten Fällen die Rationen bald drastisch gekürzt. Die Reiseunternehmen gingen, um Kosten zu sparen, immer vom günstigsten Fall aus. Ihre Reisebegleiter, sogenannte Supercargos, kauften auch mal weniger als nötig ein, mit der Ausrede, dass sie nicht mehr in den holländischen Hafenstädten hätten auftreiben können.

Häufig waren die Fässer mit Salzfleisch und Schiffszwieback Monate, sogar Jahre alt. Das Trinkwasser wurde meist aus den Kanälen in Holland geschöpft. Auch darüber berichten die Quellen teilweise bis ins Detail.

Völlig anders verlief die Überfahrt der Kajütenpassagiere, die einen höheren Preis zahlten. Für sie wurde an Bord sogar frisches Brot gebacken, die Kajüten wurden bei kalter Witterung beheizt und sie speisten an der Tafel des Kapitäns. Gespräche zwischen Kajüten- und Zwischendeckpassagieren wurden nur ungern geduldet. Georgs Seetagebuch und seine Erlebnisse als Kajütenpassagier orientieren sich an einer zeitgenössischen Reisebeschreibung.

Die Deutsche Gesellschaft in Philadelphia prangerte die Verhältnisse in den Zwischendecks der Auswandererschiffe immer wieder an und kämpfte vor allem auch gegen die Praxis der Versteigerung von Dienstzeiten mitteloser Einwanderer. Sie gewährte den Einwanderern Rechtsbeistand bei Prozessen gegen die Kapitäne und Überfahrtsunternehmen und beaufsichtigte die Versteigerungen, um Schlimmstes zu verhindern – schließlich mit Erfolg, denn um 1820 fand diese Praxis ein Ende.

Vor diesem Hintergrund habe ich die Romanhandlung entworfen. Verwendet habe ich vor allem folgende Quellen:

Karl Rommel, Grundzüge einer Chronik der Stadt Löwenstein, Löwenstein 1893

F.L.J. Dillenius, Weinsberg, vormals freie Reichs-, jetzt württembergische Oberamtsstadt, Chronik derselben, Stuttgart 1860

Untersuchungsprotokolle und Abschlussbericht Friedrich Lists an die Württemberische Regierung, Listarchiv Reutlingen und Hauptstaatsarchiv Stuttgart, abgedruckt in Günter Moltmann, Aufbruch nach Amerika, Die Auswanderungswelle von 1816/17, Stuttgart 1989

Bericht des Freiherrn Moritz von Fürstenwärter 1819 an den Deutschen Bundestag zu Frankfurt über die Verhältnisse der Auswanderung, in: Günter Moltmann, Aufbruch nach Amerika, Die Auswanderungswelle von 1816/17, Stuttgart 1989

Gottfried Duden, Bericht über eine Reise nach den westlichen Staaten Nordamerikas und einen mehrjährigen Aufenthalt am Missouri in den Jahren 1824 bis 1827, Elberfeld 1829

Ernst Ludwig Brauns, Skizzen von Amerika. Zu einer belehrenden Unterhaltung für gebildete Leser und mit besonderer Rücksicht auf Reisende und Auswanderer nach Amerika, Halberstadt und Magdeburg 1829

Oswald Seidensticker, Geschichte der Deutschen Gesellschaft von Pennsylvanien. Von der Zeit der Gründung 1764 bis zum Jahre 1876. Festgabe zum Jubeljahre der Republik, Philadelphia 1876

Gottlieb Mittelberger, Reise nach Pennsylvanien im Jahr 1750 und Rückreise nach Deutschland im Jahr 1754, herausgegeben, eingeleitet und erläutert von Jürgen Charnitzky, Sigmaringen 1997

Außerdem zahlreiche Briefe und Augenzeugenberichte aus:

Hans-Jürgen Grabbe, Vor der großen Flut: die europäische Migration in die Vereinigten Staaten von Amerika 1783-1820, USA Studien 10, Stuttgart 2001

Jakob der Flößer

von Hans-Henrik von Köller

448 Seiten, Euro 12,80

Schon als kleiner Junge kommt der Waise Jakob Hassler in die Obhut des Schwarzwälder Hauptschiffers Ridinger. Kaum volljährig übernimmt er die Leitung einer riskanten Flößer-Fahrt auf dem Rhein. Schnell gerät er in einen Strudel aus Macht, Missgunst und Intrigen. In großer Gefahr, trifft er eine folgenschwere Entscheidung, die sein weiteres Leben prägen wird.

Der Autor nimmt den Leser mit auf eine packende Zeitreise – hinein in die Täler des Schwarzwalds und entlang des großen, reißenden Stroms, dem Rhein.

Es waren die Schwarzwälder Flößer des späten Mittelalters, die mit ihren weiten Reisen den Rhein hinab dazu beitrugen, den westeuropäischen Kulturraum weiter zu erschließen und gleichzeitig enger miteinander zu verbinden.

www.wellhoefer-verlag.de

In Heidelberg lockte die Freiheit

von Ulrike Halbe-Bauer

320 Seiten, Euro 13,90

Als Wunderkind am prachtvollen Renaissance-Hof von Ferrara gefeiert, gerät Olympia Morata (1526-1555) schon bald in das Intrigenspiel zwischen Herzog Ercole II. und seiner Gattin Renata di Francia. Unter dem Einfluss der Inquisition wird die junge Gelehrte aus ihrer Stellung vertrieben. Sie rettet sich mit ihrem deutschen Ehemann Andreas Grundler über die Alpen in das von Religionskriegen geschüttelte Deutschland.

Doch der Ruf ihrer ungewöhnlichen Bildung ist ihr vorausgeeilt. Nach langer Flucht mitten durch die Kriegsparteien findet sie mit ihrem Mann und Bruder in Heidelberg unter dem Schutz Kurfürst Friedrich II. eine neue Heimat. Dort eröffnet sich ihr eine Perspektive, die für eine Frau im Europa des 16. Jahrhunderts einzigartig ist: Der Kurfürst beruft sie als Lehrerin für griechische Sprache und Literatur an seine berühmte Universität.

www.wellhoefer-verlag.de

Mein Agnes

von Ulrike Halbe-Bauer

320 Seiten, Euro 12,80

Als die junge Agnes Frey 1494 den gerade von seiner Gesellenwanderung heimgekehrten Maler Albrecht Dürer heiratet, weiß sie noch nicht, dass ihr Mann der große Erneuerer der Malerei nördlich der Alpen werden wird. An seinem Erfolg hat sie Anteil. Denn sie verkauft seine Werke auf Messen und Märkten, begleitet ihn auf Reisen und erlebt mit ihm seine großen Triumphe in Antwerpen.

Ulrike Halbe-Bauer, bekannt für ihre biografischen Romane über interessante Frauen der Geschichte (u.a. Olympia Fulvia Morata, Paula Modersohn-Becker, Käthe Kollwitz, Fanny Mendelssohn-Hensel und Gala Dalì) zeigt, dass sich zu Dürers Zeiten in Folge des veränderten Welt- und Menschenbildes nicht nur die Rolle des Künstlers, sondern auch die Rolle der Frau entscheidend veränderte.

www.wellhoefer-verlag.de

Der Untergang der Kurpfalz

von Wolfgang Vater

320 Seiten, Euro 13,90

1799 – Die Kurpfalz steuert auf dramatische Ereignisse zu. Die linksrheinische Pfalz ist besetzt. Die französischen Revolutionsheere stehen vor den Toren Mannheims und Heidelbergs. Der Kampf tobt. Niemand weiß, wie sich das Blatt wenden wird und wem man in diesen Zei-ten noch vertrauen kann.

August Hosé und der taube Künstler Peter de Walpergen versuchen mit der Macht der Aufklärung den über sie hereinbrechenden Kriegswirren zu begegnen. Aber auch sie scheint der unerbittliche Strudel der Zeit mitzureißen, zumal sie von ihrer nicht unbelasteten Vergangenheit eingeholt werden.

In bester Tradition gelingt es Wolfgang Vater (bekannt durch seinen Roman „Die Flucht nach Heidelberg") die Zeitumstände und die entscheidenden Ereignisse, die zum Ende der Kurpfalz führten, anhand der Schicksale von Menschen und ihrem Handeln erlebbar zu machen.

www.wellhoefer-verlag.de